비포

BEFORE
by Anna Todd

비포

초판 1쇄 인쇄 2020년 9월 21일
초판 1쇄 발행 2020년 9월 25일

지은이 | 안나 토드
옮긴이 | 강효준

발행인 | 금교돈
편집인 | 문경선
디자인 | 장선희
마케팅 | 이종웅, 김민정

발행 | 콤마
주소 | 서울시 중구 세종대로 21길 30
등록 | 2013년 11월 7일 제301-2013-205호
내용 문의 | 02-724-7855~7
구입 문의 | 02-724-7851
인스타그램 | @comma_and_style

ISBN 979-11-88253-21-0 03840

* 잘못된 책은 구입하신 곳에서 바꾸어 드립니다.

비포

안나 토드 지음
강효준 옮김

상상할 수 없을 만큼 무한한 영감을 주는
나의 멋진 독자들에게, 이 책을 바칩니다.

'헤사'(Hessa)의 플레이리스트

⟨Never Say Never⟩ 더 프레이(The Fray)
⟨Demons⟩ 이매진 드레곤스(Imagine Dragons)
⟨Poison & Wine⟩ 더 시블 워즈(The Civil Wars)
⟨I'm a Mess⟩ 에드 시런(Ed Sheeran)
⟨Robbers⟩ The 1975
⟨Change Your Ticket⟩ 원 디렉션(One Direction)
⟨The Hills⟩ 위켄드(The Weeknd)
⟨In My Veins⟩ 앤드류 벨(Andrew Belle)
⟨Endlessly⟩ 더 캡(The Cab)
⟨Colors⟩ 할시(Halsey)
⟨Beautiful Disaster⟩ 켈리 클락슨(Kelly Clarkson)
⟨Let Her Go⟩ 패신저(Passenger)
⟨Say Something⟩ 어 그레이트 빅 월드(A Great Big World, ft. Christina Aguilera)
⟨All You Ever⟩ 헌터 헤이즈(Hunter Hayes)
⟨Blood Bank⟩ 본 이베어(Bon Iver)
⟨Night Changes⟩ 원 디렉션(One Direction)
⟨A Drop in the Ocean⟩ 론 포프(Ron Pope)
⟨Heartbreak Warfare⟩ 존 메이어(John Mayer)
⟨Beautiful Disaster⟩ 존 맥래플린(Jon McLaughlin)
⟨Through the Dark⟩ 원 디렉션(One Direction)
⟨Shiver⟩ 콜드플레이(Coldplay)
⟨All I Want⟩ 코다라인(Kodaline)
⟨Breathe Me⟩ 시아(Sia)

Part1

비포

어린 시절, 소년은 자라서 어떤 사람이 될까 꿈꾸곤 했다.

아마도 경찰관이나 선생님일 거다. 엄마 친구인 반스 씨는 책 읽는 게 직업이다. 그것도 꽤 재미있어 보였다. 그는 자신이 가진 재능이 별로 없다고 느꼈다. 동급생인 조스처럼 노래를 잘 부르지도 못하고, 안젤라처럼 큰 숫자 덧셈 뺄셈을 능숙하게 하지도 못했다. 웃기지도 않은 농담을 하루 종일 떠들어대는 캘빈처럼 다른 사람 앞에서 이야기를 잘하는 것도 아니었다. 소년이 좋아하는 건 단 하나, 책을 읽고 또 읽는 것. 그는 일주일에 한 번씩 반스 씨가 새 책을 들고 오는 날만을 기다렸다. 가끔은 더 자주 오기도 했고, 어떤 때는 더 띄엄띄엄 오기도 했다. 반스 씨가 한동안 들르지 않아 지루해질 때면 좋아하는 책이 너덜너덜해질 때까지 반복해 읽곤 했다. 그리고 철석같이 믿었다. 반스 씨가 새 책을 가지고 반드시 올 거라고. 그는 2주에 1인치씩 쑥쑥 자랐고 더 총명해졌다. 그리고 그때마다 책을 한 권씩 독파해 나갔다. 적어도 그렇게 보였다.

소년의 부모는 세월과 함께 달라지고 있었다. 아빠는 더 심각하게 술에 절어 살았고, 주정도 한층 시끄러워졌다. 엄마는 점점 지쳐갔다. 밤마다 들리던 엄마의 흐느끼는 소리는 날이 갈수록 더 커졌다. 작은 집 안에는 찌든 담배 냄새가 가득 차 있었다. 싱크대에 쌓인 그릇들과 아빠가 숨 쉴 때마다 내뿜는 지독한 스카치 냄새 때문에 온 집 안에 퀴퀴한 냄새가 가득했다. 시간이 흐를수록 소년은 아빠가 원래 어떻게 생겼었는지조차 기억나지 않게 되었다.

반스 씨는 더 자주 집에 들렀다. 밤마다 들리던 엄마의 흐느낌이 작아지고 있었지만 소년은 알아채지 못했다. 그 무렵 그는 친구를 사귀었다. 뭐, 딱 한 명이긴 했지만. 그런데 그 친구는 곧 이사를 가버렸다. 소년은 다시는 새 친구를 사귀지 않으리라 다짐하고 스스로를 가두었다. 친구 따위는 필요치 않았다. 외톨이가 되었지만 신경 쓰지 않았다.

그 사내들이 집에 들이닥쳤던 날 밤, 소년의 마음 속 깊은 곳의 무언가가 달라졌다. 눈앞에서 몹쓸 짓을 당하는 엄마의 모습을 똑똑히 보았다. 너무 견디기 힘들었다. 아빠가 이방인이 되어갈수록 분노도 커졌다. 얼마 지나지 않아 아빠는 비좁고 누추한 집에서 더 이상 비틀거리며 다니지 않게 되었다. 영영 집을 떠나버린 것이다. 그제야 소년은 안도했다. 술병이 나뒹구는 일도, 가구를 때려 부수는 일도, 벽에 구멍을 내는 일도 더 이상은 생기지 않을 것이다. 반쯤 남은 담뱃갑만이 수북한 거실. 아빠를 잃은 소년에게 남겨진 건 그것뿐이었다.

소년은 담배 맛이 죽도록 싫었다. 그러면서도 폐부를 가득 채우는 담배 연기는 사랑했다. 어느새 소년은 남아 있던 담배의 마지막 하나까지 다 피워버렸다. 그리고 새 담배를 샀다. 친구들도 생겼다. 온갖 비행을 일삼는 불량하고 껄렁한 패거리들도 친구라고 부를 수 있다면 말이다. 더 이상 소년은 없었다.

그는 밤늦게까지 집 밖을 쏘다녔다. 소소한 거짓말과 악의 없는 장난질은 어느새 심각한 범죄 수준으로 변질되고 있었다. 잘못인 걸 알면서도 패거리들과 함께 점점 더 암흑의 길로 빠져들었다. 질 나쁜 범죄를 저지르면서도 패거리들은 그저 재미로 한 장난이라 치부했다. 자신이 힘을 가졌다고 생각될 때마다 그들은 아드레날린이 솟구치는 걸 느꼈다. 순수함을 잃어가는 그들의 혈관에는 더 큰 오만과 갈망이 고동쳤고, 결국 선을 넘기 시작했다.

그는 아직까지는 그들 중에서 가장 마음이 약했다. 하지만 소방관이나 선생님이 되겠다던 순진함은 흔적 없이 사라졌다. 여자들과의 관계 또한 정상에서 벗어나 있었다. 여자들의 손길을 갈망하면서도 감정 교류 없이 자신이 만든 틀 속에 숨었다. 엄마와의 관계도 마찬가지였다. 그는 엄마에게 사랑한다는 말을 하지 않았다. 엄마를 거의 볼 수 없었기 때문이기도 했다. 하루 종일 거리를 쏘다녔고, 집이란 가끔 오는 소포를 받는 주소지일 뿐 아무 의미도 없는 곳이 되었다. 반스 씨의 이름이 적힌, 미국 워싱턴에서 오는 소포. 하지만 반스 씨도 그의 곁을 떠난 지 오래였다.

그는 또래 여자들의 이목을 끌기에 충분했다. 늘 여자들이 들러붙어 있었다. 입에 발린 말을 하고, 키스를 하고, 섹스를 할 때면 그의 팔에 깊은 손톱자국을 남기는 그런 여자들이었다. 섹스를 하고 나면 여자들은 그를 끌어안고 싶어 했다. 하지만 그는 키스도 부드러운 애무도 없이 그들을 뿌리치고, 그들이 거친 숨을 고르기도 전에 곁을 떠났다. 그는 낮이나 밤이나 술과 약에 절어 살았다. 주류 판매점, 아니 마크 아빠의 가게 뒷골목

후미진 곳에서 패거리들과 어울리며 인생을 허비했다. 동네 가게에 무단 침입하고, 절대로 용납될 수 없는 방식으로 몰카를 찍고, 순진한 여자들을 희롱하면서 말이다. 그는 오만과 분노 외에 그 어떤 감정도 느낄 수 없게 되었다.

결국 그의 엄마는 한계에 다다랐다. 더 이상 아들이 저지르는 망나니 짓을 참아낼 인내심이 바닥난 것이다. 그의 아빠는 미국에 있는 대학교에 자리를 잡았다. 그것도 워싱턴에. 하필 반스 씨와 같은 주, 같은 도시였다. 최고의 남자와 최악의 남자가 또 다시 같은 곳을 선택했다.

엄마는 아빠에게 그를 미국으로 보내겠다고 말했다. 엄마는 몰랐지만 그는 그 말을 엿듣고야 말았다. 아빠가 이제는 정신을 차렸다고 하지만, 그는 의심했다. 아니, 전혀 믿지 않았다. 그의 아빠에게는 새 애인도 생겼다. 질투가 날 만큼 꽤 괜찮은 애인이었다. 새 애인은 아빠의 좋은 면을 볼 수 있는 여자였다. 그 여자는 아빠에게 지극정성이었고, 아빠 또한 다정한 말들을 쏟아내는 사람으로 변했다.

그는 결국 미국 대학교로 가게 되었다. 하지만 아빠에 대한 반감 때문에 집 대신 기숙사로 들어갔다. 클럽하우스의 방은 썩 마음에 들지는 않았지만, 그래도 짐을 옮겨 놓으니 꽤 그럴듯해 보였다. 비로소 조금이나마 안도할 수 있었다. 방은 영국 고향집의 방보다 두 배나 컸고, 욕실 세면기 위로 스멀스멀 기어오르는 벌레도 없었다. 마침내 그는 새로운 곳에 자기 책들을 모두 부려놓았다.

처음에는 친구를 사귈 생각이 전혀 없었다. 하지만 얼마 후, 그의 주위에 새로운 패거리들이 얼쩡거리기 시작했고, 그들과 어울리면서 그는 다시 암흑의 구렁텅이로 빠져들었다.

그는 마크와 쌍둥이처럼 닮은 친구를 만났다. 미국판 마크라고나 할까. 마치 세상이 이미 그렇게 결정해 놓은 것 같았다. 그는 늘 자기 곁을 지키는 외로움이라는 존재를 받아들이기 시작했다. 그리고 사람들에게 상처를 주며 끝도 없이 말썽을 일으켰다. 또 새로운 여자들에게 상처를 주기 시작한 것이다. 예전처럼. 그러자 전에 느꼈던 짜릿함이 다시 온몸을 휘감았다. 성난 황소 같은 에너지가 그의 삶을 무너뜨리려 발버둥 치는 것 같았다. 그는 과거의 아빠처럼 술을 마시기 시작했다. 인간의 탈을 쓴 짐승처럼 최악을 향해 달려가고 있었다.

그럼에도 개의치 않았다. 모든 것에 무뎌지고 있었기 때문이다. 게다가 친구라는 족속들은 그가 껍데기뿐인 삶을 살고 있다는 사실을 외면하게 만들었다.

아무 것도 중요치 않았다. 그를 이해해 보려 애썼던 여자들도.

나탈리

푸른 눈동자에 짙은 갈색 머리칼. 그는 그녀를 처음 만났을 때, 자신을 시험에 들게 하려고 나타난 거라고 생각했다. 그녀는 상냥했고, 그때까지 만나본 사람 중에 가장 온화한 영혼을 가진 사람이었다. 그리고 그에게 홀딱 빠져 있었다.

그는 그녀의 순결한 세상을 약탈해 구렁텅이에 처넣었다. 그녀를 용서 받을 수 없는 암흑의 세계, 완벽하게 낯선 세계에 빠뜨렸다. 그리고 냉정하게도 철저히 버림받게 만들었다. 그녀는 처음엔 교회에서, 그 다음엔 가족에게서 외면당했다. 소문은 가혹했다. 남 말하기 좋아하는 사람들의 입을 타고 삽시간에 퍼져나갔다. 가족을 비롯해서 그녀의 편을 들어주는 사람은 아무도 없었다. 그녀의 실수는 단지 잘 모르는 채로 그를 믿어버린 것뿐이었는데 말이다.

그가 한 짓은 임계점에 다다른 그의 엄마에게 던져진 마지막 모래알과도 같았다. 그리하여 본인의 의사와는 완전히 무관하게 미국 워싱턴 주에 있는 아버지에게 보내졌다. 나탈리에게 저지른 만행 때문에 결국 고국에서, 고향에서 쫓겨난 것이다. 그후 고독과 외로움이 그의 실제 삶에 더 깊숙이 침투했다.

교회는 오늘도 빈틈없이 가득찼다. 푹푹 찌는 6월 오후, 우리 가족을 포함한 신도들이 예배를 위해 모였다. 매주 보는 익숙한 얼굴들이다. 물론 나는 그들의 이름을 성까지 정확히 안다. 우리 가족은 이곳에서 마치 예수님의 가장 작은 지파 중 하나인 것처럼 고귀하게 살고 있었다.

어린 여동생 세실리가 교회 맨 앞줄 내 옆자리에 앉았다. 동생은 고사리 손으로 칠이 벗겨진 교회 의자를 꼭 쥐고 있었다. 교회는 내부 인테리어 공사를 위해 기부를 받은 중이었다. 청소년부는 지역 곳곳을 돌며 기부 물품 모으는 일을 돕고 있었다. 이번 주 임무는 의자를 칠할 페인트를 모으는 일이다. 나는 저녁마다 잡화상과 철물점을 돌며 기부를 요청하러 다녔다.

보스락거리는 소리가 들려 동생을 쳐다보았다. 동생은 낡은 의자의 나무 거스러미를 뜯어내고 있었다. 이번 주 내내 헛수고였다. 내 자신이 무가치하게 느껴졌다. 동생 손톱에는 핑크색 매니큐어가 발려 있었다. 짙은 갈색 머리카락에 단 리본 색깔과 맞춘 것이다.

"세실리, 다음 주에 의자들 다 고칠 거야. 하지 마."

나는 세실리의 손을 가만히 잡았다. 세실리는 살짝 입을 삐죽거렸다.

"의자들이 다시 예뻐질 거야, 너도 페인트칠 하는 거 도와줄 거지? 재미있을 거야."

나는 싱긋 웃었다. 동생은 빠진 앞니가 드러나게 웃으며 고개를 끄덕였다. 곱슬곱슬한 머리카락이 찰랑거렸다. 엄마가 아침 내내 드라이를 해주며 뿌듯해한 머리다.

목사님의 설교가 거의 끝나가고 있었다. 부모님은 두 손을 모으고 강단을 응시하고 있었다. 땀이 흘러 목덜미가 흥건해졌다. 진득한 땀방울이 등허리께로 굴러 떨어졌다. 머리가 빙빙 도는 것 같았다. 교회 안은 너무 더웠다. 공들여 화장한 엄마의 얼굴이 번들거렸고 눈화장은 시커멓게 번졌다. 에어컨 없이 고통받는 건 이번 주가 마지막이리라. 더 좋아지겠지? 안 그랬다간 이 푹푹 찌는 교회를 오지 않으려고 꾀병이라도 부릴 판이다.

예배가 끝나자 엄마는 일어나서 목사 사모님과 이야기를 했다. 엄마는 사모님을 무척 동경했다. 우리끼리 얘기지만, 좀 심할 만큼. 목사 사모님인 폴린 씨는 강인한 여성이면서 공감을 잘해주는 타입이었다. 엄마가 왜 사모님께 끌렸는지 이해할 만하다.

나는 청소년부에서 유일한 내 또래 남학생인 토마스에게 손을 흔들어 인사했다. 토마스도 손을 흔들며 지나갔다. 뒤를 이어 걔네 가족들이 줄줄이 따라 나갔다. 나도 얼른 바람을 쐬러 나가야겠다. 나는 자리에서 일어나 두 손을 연푸른색 원피스에 문질렀다.

"세실리를 차까지 좀 데리고 가겠니?"

아빠가 '알지?'하는 듯 싱긋 웃으며 말씀하셨다.

아마 엄마의 수다를 끊으려는 거다. 매주 그러셨으니까. 엄마는 1분에 잘 가라는 인사를 세 번도 넘게 하면서도 수다를 이어가는 그런 아줌마들 중 하나였다.

나는 엄마의 그런 면을 닮고 싶지 않았다. 대신 아빠를 닮으려 애썼다. 몇 마디를 하더라도 인생에 도움이 되는 그런 가치 있는 말만 하는 아빠. 아빠는 내가 아빠를 닮았다고 좋아하셨다. 조용하고 차분한 태도, 짙은 색깔 머리카락과 연푸른 눈동자(이건 아빠를 가장 많이 닮은 부분이다), 그리고 키까지. 아빠는 키가 좀 작다. 아빠와 나는 둘 다 170센티미터 조금 못 미치는 정도의 키다. 아빠가 나보다 아주 약간 크긴 하지만. 엄마는 세실리가 열한 살쯤이면 우리 키를 넘어설 거라고 놀리곤 했다.

아빠에게 고개를 끄덕이고 세실리의 손을 잡았다. 동생은 쪼르르 앞서 나갔다. 몇 명 남지 않은 신도들 틈을 비집고 파고들며 동생은 잔뜩 신이 나서 내달렸다. 손을 잡아끌고 싶었지만 만면에 함박웃음을 짓고 있는 걸 보니, 할 수 없구나 싶었다. 그냥 나도 따라 내달리는 수밖에. 우리는 전력 질주로 계단을 내려가 잔디밭을 향해 달렸다. 세실리는 노부부 커플을 잽싸게 피했다. 테일러 켄톤과 부딪히려는 순간 아슬아슬하게 몸을 피하며 움츠리는 걸 보고 웃음이 터졌다. 테일러 켄톤은 우리 교회에서 제일 못된 녀석이었다. 태양은 작열했고 공기는 후텁지근했다. 그러다 세실리가 잔디밭에 엎어졌다. 나는 속력을 내어 따라 잡았다. 쪼그리고 앉아 살펴보았다. 휴, 크게 다치진 않았네. 동생 얼굴에 붙어 있던 머리카락을 손으로 빗어 넘겼다. 세실리는 눈물이 터져 나오기 직전이었다. 아랫입술이 격하게 떨렸다.

"내 옷….”

동생은 고사리 손으로 하얀 원피스를 쓰다듬었다. 치맛자락에 풀물이 들어 있었다.

"다 망쳤어!”

동생은 더러운 손으로 얼굴을 감쌌다. 나는 얼른 손을 떼어 무릎에 내려놓았다. 그리고 미소 지으며 부드럽게 말했다.

"빨면 괜찮아.”

두 뺨으로 흘러내리는 눈물을 엄지로 문질러 닦았다. 훌쩍거리면서 내 말을 믿지 못하는 눈치였다.

"나도 그랬는걸, 뭐. 언니는 서른 번도 넘게 그랬어.”

거짓말이었지만, 세실리가 믿도록 힘주어 말했다.

세실리는 입꼬리가 올라갔지만 애써 웃음을 참았다.

"언니는 그런 적 없잖아.”

내 거짓말을 눈치챈 듯했다. 나는 세실리를 안아 일으켜 세웠다. 혹시 놓친 게 있을까 싶어 팔다리를 꼼꼼히 살폈다. 모두 무사함. 동생을 감싸 안고 교회 마당을 가로질러 주차장으로 향했다. 부모님이 우리를 향해 오고 계셨다. 마침내 아빠가 엄마의 수다를 멈추게 하신 모양이다.

집으로 오는 동안, 세실리와 함께 뒷좌석에 앉아 색칠 놀이책에 있는 작은 나비들을 칠했다. 세실리가 가장 좋아하는 책이었다. 아빠는 엄마에게 골칫거리 라쿤들 이야기를 했다. 뒷마당 쓰레기통을 엉망으로 만들곤 한다고. 아빠는 차고 앞길에 시동을 켠 채로 차를 세웠다. 세실리는 내 볼에 쪽 뽀뽀를 해주고 차에서 내렸다. 나도 따라 내려 엄마와 포옹을 하고 아빠 볼에 살짝 입을 맞추었다. 그러고 나서 운전석에 올랐다.

아빠가 나를 들여다보며 말씀하셨다.

"조심해서 다녀라. 오늘 날이 좋아서 사람들이 많을 거야."

아빠는 눈이 부신지 손을 들어 눈 위에 그늘을 만들었다. 햄스테드에서 꽤 오랜만에 만나는 쨍한 날이었다. 그동안은 푹푹 찌면서도 해가 나지 않았다. 나는 고개를 끄덕였다.

동네 길을 벗어날 때까지 기다렸다가 라디오 주파수를 바꾸고 볼륨을 올렸다. 시내에 도착할 때까지 나오는 노래들을 전부 큰 소리로 따라 불렀다. 오늘의 목표는 점포 세 군데에서 전부 페인트를 얻는 거였다. 한 점포에서 한 통씩만 받아도 기쁘겠지만, 쓸 만큼 넉넉하게 얻는 게 최종 목표다.

첫 번째로 들린 '마크네 페인트와 잡화'는 시내에서 가장 싸게 파는 점포였다. 사장인 마크 씨는 꽤나 평판이 좋은 사람이다. 그분을 직접 만나게 되다니 기뻤다. 근처 빈 주차장에 차를 세웠다. 주차장에는 선홍색의 클래식 카와 미니밴 한 대가 있었다. 점포는 목재 토대에 불안해 보이는 돌벽으로 만든 오래된 건물이었다. 기우뚱하게 걸린 간판에 쓰여 있는 '마' 자는 겨우 보일락 말락 했다. 나무로 만든 문을 열자 삐걱거리는 소리와 종소리가 동시에 들렸다. 상자 안에 있던 고양이가 내 발 앞으로 깡총 뛰어내려 왔다. 계산대 쪽으로 가기 전, 나는 고양이의 부드러운 털을 잠시 쓰다듬었다.

점포 안은 바깥 모습처럼 낡고 너저분했다. 뭐가 이렇게 어수선한지, 계산대로 다가가면서도 처음엔 카운터 뒤에 있는 남자를 보지 못

했다. 남자가 불쑥 나타나서 살짝 놀랐다. 남자는 키가 컸고 각진 어깨를 갖고 있었다. 몇 년 동안 운동을 한 것처럼 보였다.

"마크 씨…."

마크 씨의 성을 떠올리면서 더듬대며 말문을 열었다.

"내가 마크 씨인데."

운동선수처럼 보이는 남자 뒤에서 다른 목소리가 들렸다. 옆으로 몸을 기울인, 또 다른 남자가 책상 뒤 의자에 앉아 있는 게 보였다. 아래위로 까만색 옷을 입었다. 그는 처음보다 훨씬 더 몸을 기울였다. 언뜻 보기에도 다른 남자보다 몸집이 커 보였다. 머리카락은 짙은 색에 치렁치렁했고, 한쪽 이마를 비스듬히 가리고 있었다. 양팔에는 모두 타투가 있었다. 까무잡잡한 살갗에 누더기 같은 검정색 잉크 얼룩이 듬성듬성 엿보였다.

내 스타일은 아니었다. 그래도 뭐라 하지는 말아야지. 어떻게 올 여름엔 나 빼고 죄다 태닝을 하는 거지, 잠깐 생각했다.

"아니야, 내가 마크야."

또 다른 목소리가 들렸다. 첫 번째로 본 남자의 옆을 보니, 보통 키에 마른 체형, 짧게 깎은 머리를 한 어린 남자가 있었다.

"암튼 내가 마크 주니어야. 혹시 우리 꼰대를 찾아 온 거라면, 오늘 안 계셔."

세 번째 남자도 타투가 있었다. 그나마 머리가 헝클어진 남자보다는 정리돼 보이긴 했지만. 눈썹에는 피어싱도 있다. 문득 배꼽에 피어싱을 해도 되겠냐고 가족들에게 물어봤던 날이 떠올랐다. 그때 경악하던 가족들의 모습을 떠올리면 지금까지도 웃음이 난다.

"다른 두 명의 마크보다는 그래도 그 꼰대가 더 나은데."

헝클어진 머리의 남자가 중얼거렸다. 그의 목소리는 낮고 느릿느릿했다. 그가 씨익 웃어 보이자 두 뺨에 보조개가 깊이 팼다.

"어쩐지 좀 의심스러운데."

나도 웃으며 짓궂게 맞장구쳤다. 나머지 사람들도 모두 따라 웃었다. 마크 주니어가 입가에 미소를 띠며 다가왔다.

의자에 앉아 있던 남자가 몸을 일으켰다. 그는 키가 무척 컸고, 존재감은 훨씬 더 커 보였다. 그가 앞쪽으로 나오더니 내 앞에 우뚝 섰다. 매력적이다. 강인해 보이는 얼굴이었다. 날렵한 턱선에 짙은 속눈썹, 빽빽한 눈썹 라인까지. 콧대는 뾰족했고 입술은 연한 핑크색이었다. 나는 그를 똑바로 쳐다보았고, 그도 나를 뚫어져라 바라봤다.

"우리 아빠는 왜 찾는데?"

마크가 물었다.

내가 바로 대답을 못 하자, 그들은 나와 자기들 친구를 번갈아 쳐다보았다.

번뜩 정신이 들었다. 눈길을 떼지 못한 게 부끄러워 주절주절 말문을 열었다.

"햄스테드 교회에서 왔어. 혹시 페인트나 작업 용품 같은 걸 기부해줄 수 있을까 해서. 교회를 리모델링하는 중인데 기부 물품이 필요해…."

말을 하다 말았다. 핑크 입술의 꽃미남이 친구들과 뭔가를 숙덕거렸기 때문이다. 목소리가 너무 낮아서 들리지 않았다. 그러다 불쑥 멈추더니 세 남자가 일제히 나를 쳐다보며 차례대로 미소를 지었다.

마크가 먼저 입을 뗐다.

"당연히 기부할 수 있지."

씨익 웃은 마크의 모습에서 고양이가 떠올랐다. 왜 그런 생각이 들었는지는 잘 모르겠다. 같이 웃어 보이며 마크에게 감사 인사를 전했다.

마크는 친구를 향해 몸을 돌렸다. 그의 팔뚝에 커다란 배 그림 타투가 보였다.

"하딘, 거기 몇 통이나 있어?"

'하딘이라고?'

생소한 이름이다. 지금껏 한 번도 들어본 적 없는 이름이었다.

하딘이라는 사람이 입은 검은색 민소매 티셔츠는 나무 배 타투를 절반 정도 가리고 있었다. 멋진 타투이긴 하다. 디테일이 살아 있고, 음영이 제대로 표현돼 있다. 고개를 들어 하딘의 얼굴을 쳐다보았다. 하딘의 입술에 시선이 멈추자 심장이 멎는 듯했다. 두 뺨이 달아오르는 게 느껴졌다. 뚫어져라 쳐다보는 내 시선을 의식한 듯, 하딘도 나를 똑바로 쳐다보았다. 마크와 하딘이 서로 눈짓을 하는 게 보였다. 마크가 뭐라 하는 것 같았지만 놓쳐버렸다.

"제안 하나 해도 될까?"

마크가 하딘을 향해 고개를 끄덕였다.

흥미가 일었다. 이 하딘이란 사람은 재미있어 보인다. 아주 약간이긴 하지만, 암튼 지금까지는 이 남자가 마음에 든다.

"뭔데?"

나는 손가락으로 머리카락 끝을 감싸 쥐었다. 하딘은 여전히 나를 쳐다보고 있었다. 무언가 우리를 가로막고 있는 장벽 같은 게 있었다.

이 작은 점포 안을 장벽이 가로지르는 것 같은 느낌이랄까. 세 보이려고 기를 쓰는 것 같은 이 남자에게 호기심이 일었다. 이 남자를 집에 데리고 가면 부모님이 어떤 반응을 보이실까? 부모님은 뭐라고 하실까? 불현듯 그런 생각을 하자 몸이 움츠러들었다. 엄마는 타투는 죄악이라고 생각했지만, 나는 잘 모르겠다. 내 스타일이 아니라는 건 확실하지만, 그건 일종의 자기표현의 한 방법인 것 같다. 분명히 특유의 아름다움 같은 게 있긴 하니까.

마크는 턱 밑을 긁적였다.

"네가 여기 내 친구 하딘이랑 데이트 두 번만 하면, 페인트 10갤런을 줄게."

나는 하딘을 쳐다보았다. 하딘은 시선을 나에게 고정시킨 채 입꼬리를 실룩이며 히죽거렸다. 입술이 너무 예쁘다. 언뜻언뜻 비치는 여성스러운 면이 하딘을 더욱 매력적으로 만들었다. 시커먼 옷차림이나 헝클어진 머리에도 불구하고 말이다. 이런 얘기를 쑥덕거렸던 걸까. 하딘은 내가 마음에 들었나?

이런 저런 생각을 하던 중에 마크가 판돈을 올렸다.

"색깔은 맘대로. 뭐든 네가 고르는 걸로 해. 내가 쏜다. 페인트 10갤런."

역시 거래를 할 줄 아는 사람이다.

입천장을 혀로 끌끌 차며 말했다.

"데이트 한 번!"

내 제안에 하딘이 웃음을 터뜨렸다. 그가 웃을 때마다 목젖이 움직였고, 보조개가 두 뺨에 주름을 만들었다. 그래, 이 남자, 너무 멋있다. 여기 처음 도착했을 때 그가 얼마나 멋있는지 몰라봤다는 사실이 믿기지 않을 정도였다. 페인트 얻는 데만 정신이 팔려서, 환한 불빛 아래 그의 초록빛 눈동자가 얼마나 빛나는지 알아차리지 못했던 거다.

"데이트 한 번이라고?"

하딘은 주머니에 손을 집어넣으며 말했고, 짧은 머리의 남자를 쳐다보았다.

성공적인 흥정으로 나는 승리감에 도취돼 있었다. 미소를 머금고 교회 의자, 벽, 계단 등에 필요한 페인트 색깔 리스트를 작성했다. 마치하딘과의 데이트 따위는 안중에도 없다는 듯이. 벽이 있는 것 같고, 머리는 엉망으로 헝클어졌지만 순수하고 수줍은 이 남자, 한 번의 데이트에 기꺼이 페인트 10갤런을 주겠다는 이 남자와의 데이트 말이다.

몰리

엄마는 소년에게 위험한 여자들에 대해 얘기해주었다. 그가 어렸을 때였다. 여자가 너한테 못되게 굴수록, 너한테서 멀어지려 발버둥 칠수록, 여자는 너를 좋아하는 거란다. 너는 그런 여자를 쫓아야 해, 어린 소년들은 모두 그렇게 배우며 자랐다. 근거 없는 자신감에 차 있던 소년들은 다자라서야 알게 되었다. 여자들이 자신을 멀리할 땐, 그냥 단순히 싫기 때문이라는 걸.

그녀에게는 어떻게 성숙한 여자로 자라야 하는지 알려주는 여자 어른이 없었다. 그녀의 엄마는 그저 세월이 빨리 흘러가기를 바라며, 자신이가질 수 있는 것보다 더 큰 걸 꿈꿀 뿐이었다. 그녀는 그런 엄마 주변에 어슬렁거리는 남자들의 행동을 보고 깨달았다. 남자들이란 어떻게 행동하는 족속들인지를.

그녀는 자라면서 게임의 룰을 재빨리 터득했다. 그리고 그 게임의 최강자가 되었다.

캄캄한 모퉁이를 돌아 골목길로 접어들면서 드레스를 끌어내렸다. 망사천이 북 뜯어지는 소리가 들렸다. 혼잣말로 욕설을 중얼거리며 계속 잡아 내렸다.

기차를 타고 시내로 나갔었다. 뭔가 일어나길 바라면서….

뭐야, 이런 기분, 지겨워 죽겠다. 외로움이 극에 달하면 이런 짓까지 하게 된다. 절대 상상할 수 없는 짓들. 이래야만 뻥 뚫린 마음이 조금이나마 달래진다. 남자들이 나를 힐끔거릴 때면 만족감이 들었다 금세 사라지곤 했다. 그들은 내 몸을 그런 식으로 힐끔거려도 된다고 생각한다. 자기들을 꼬시려고 의도적으로 그렇게 입고 다닌다고 생각하는 거다. 그건 전적으로 그놈들 잘못이다. 역겹기 그지없다. 하지만 나도 그들의 욕정을 갖고 노는 면이 있다. 윙크를 날리며 그들을 부추기곤 했으니까. 외로워 보이는 남자에게 수줍은 미소 한방이면 한참을 달릴 수 있다.

관심에 목말라 하는 나 때문에 속이 쓰리다. 이건 단순한 통증보다 심각한 아픔이다. 내면의 내가 아주 심한 화상을 입는 것 같다고나 할까.

다음 길모퉁이를 도는데, 검정 세단 한 대가 다가왔다. 운전대를 잡은 남자가 속도를 천천히 늦추면서 나를 쳐다보았다. 나는 힐끗 보고 시선을 돌렸다. 거리는 어두웠다. 이 구불구불한 골목은 필라델피아에서 가장 부자 동네 중 한 곳의 뒷길이다. 거리에는 상점들이 줄지어 들어서 있지만, 이 골목에는 그 상점들의 뒷문이 있을 뿐이다. 돈이 넘쳐 나지만 그닥 유쾌하지 않은 곳이다.

"탈래요?"

차창이 스르륵 내려가며 남자가 말을 걸었다. 살짝 주름이 진 얼굴이다. 희끗희끗한 연갈색 머리카락은 가르마를 타서 단정히 빗어 넘겼다. 매력적인 미소를 가진, 나이에 비해 꽤 괜찮아 보이는 사람이었다. 하지만 가슴속에서 경종이 울렸다. 주말마다 알 수 없는 이유로 이 길을 걷는, 좀비 같은 루틴을 지속할 때마다 들리는 그 경고음이다. 저 남자의 미소에 감춰진 가짜 친절은 내 짝퉁 샤넬 백 같은, 딱 그런 거다. 저런 미소는 두둑한 그의 주머니에서 나오는 거겠지. 이제는 그걸 안다. 달빛 아래 번쩍거리는 검정 세단을 타고 다니는 저런 남자들은 돈은 많지만 양심이나 도덕 같은 건 없다. 아마 와이프가 몇 주, 아니 몇 달 동안 잠자리를 해주지 않았겠지. 그래서 저렇게 길거리에서 쉽게 약탈할 수 있는 여자들을 찾아다니고 있는 거다.

하지만 나는 그런 남자의 돈 따위는 원치 않는다. 부모님이 이미 차고 넘치게 가지고 있는걸.

"나 창녀 아니야, 꺼져요!"

부츠 발로 남자의 차를 걷어찼다. 반짝, 남자의 손가락에 있는 반지가 눈에 띄었다.

남자의 시선이 내 시선을 따라왔다. 남자는 슬그머니 한 손을 운전대 밑으로 숨겼다. 쓰레기 같은 놈.

"시도는 좋았어요. 집에 있는 마누라한테나 가봐요. 안 먹힐 게 뻔하지만."

나는 다시 걷기 시작했다. 남자가 내 뒤통수에 대고 뭐라 떠들어댔다. 거리가 멀어서 들리지 않았다. 소리는 어두운 밤 거리로 빨려들어갔다. 뒤돌아보지 않았다.

길에 인적이 드물었다. 하긴 월요일 밤 9시니까. 건물 뒤편의 불빛은 흐릿했고, 주변은 이상하게도 조용했다. 지붕 위로 연기가 뭉게뭉게 오르는 식당을 지나쳤다. 숯불 냄새가 났다. 냄새가 너무 좋았다. 문득 어린 시절, 뒷마당에서 커티스네 가족과 했던 바비큐 파티가 떠올랐다. 그들이 내 두 번째 가족이라 여겼던 시절 말이다.

눈을 깜빡거려 상념을 떨쳐냈다. 앞치마를 입고 주방장 모자를 쓴 중년 여자가 식당 뒷문으로 나왔다. 나는 여자에게 미소를 건넸다. 어둠 속에서 여자의 라이터 불꽃이 반짝였다. 여자는 손에 든 담배를 한 모금 빨았다. 나는 또 다시 미소를 지어 보였다.

"이 동네 조심해요, 아가씨."

여자는 카랑카랑한 목소리로 일러주었다.

"항상 조심하고 있어요."

미소를 머금고 손을 흔들어 인사했다. 여자는 고개를 흔들더니 담배를 다시 입으로 가져갔다. 담배 연기가 차가운 밤공기를 채웠다. 조용한 밤거리에 타닥거리며 담뱃불 타들어가는 소리가 들렸다. 여자는 담배꽁초를 콘크리트 바닥에 던지고 발로 꾹꾹 밟았다.

가던 길을 계속 걷는다. 밤공기는 점점 더 차가워졌다. 또 다른 자동차가 지나간다. 나는 길 안쪽으로 몸을 비켰다. 검정색 세단…. 다시 한 번 차를 보았다. 아까 그 차다. 길에 버려진 쓰레기가 타이어에 밟히는 소리가 들린다. 차가 천천히 움직이자 서늘한 기운이 들며 등골이 오싹해졌다.

걸음이 빨라졌다. 커다란 쓰레기 수거함 뒤로 걸음을 옮겼다. 최대한 멀찍이 걸으며 낯선 차에서 멀어지려 했다. 속도를 더 내어 조금 더 멀리 걸었다.

오늘 밤 왜 이리 피해망상증에 걸린 사람처럼 구는지 잘 모르겠다. 주말마다 거의 매번 이러는데 말이다. 후줄근한 옷차림을 하고 아빠 볼에 뽀뽀를 한다. 그리고 기차 값을 달라고 한다. 아빠는 인상을 쓰며 말한다. 너무 오랫동안 외톨이로 지내는 거 아니냐고. 또 인생을 허비하기 전에 얼른 그 세상에서 빠져나와야 한다고. 빠져나오는 게 그렇게 간단했다면, 나는 이 옷으로 잽싸게 갈아입지도 않았을 거다. 그리고 집에 돌아가는 길에 다시 걸치려고 후줄근한 옷을 핸드백에 쑤셔 넣지도 않았을 거다.

빠져나오라고. 아무것도 아닌 것처럼.

"몰리, 넌 이제 겨우 열일곱 살이야. 진짜 네 삶으로 얼른 돌아가야 해. 네 인생에서 가장 좋은 시절을 다 놓쳐버리기 전에 말이야."

아빠는 매번 그렇게 말했다.

이게 내 인생에서 가장 좋은 시절이라면, 더 사는 건 별 의미가 없다고 본다.

아빠의 말에 나는 항상 동조하듯 미소를 머금고 고개를 끄덕여 주었다. 속으로 아빠가 잃어버린 걸 나의 그것과 더 이상 비교하지 않기를 간절히 바라며. 차이점은 분명히 있다. 엄마는 스스로 떠나고 싶어 했다는 거다.

오늘 밤은 어쩐지 기분이 다르다. 아마도 20분 만에 아까 그 남자의 차가 두 번째로 내 옆에 서 있기 때문이리라.

나는 냅다 달렸다. 두려움이 엄습했다. 군데군데 파인 길도 아랑곳 않고 붐비는 큰길로 내달렸다. 건너편으로 가려고 찻길로 뛰어들었다. 택시 운전사가 경적을 크게 울렸다. 길을 건너서야 비로소 숨을 고를 수 있었다.

집으로 가야겠다. 이제, 진짜. 가슴이 터질 것 같았다. 차가운 밤공기를 기를 쓰고 들이마셨다. 인도로 올라와 사방을 두리번거렸다.

"몰리? 몰리 새뮤얼스, 너 맞니?"

등 뒤에서 소리치는 여자 목소리가 들렸다.

뒤를 돌아봤다. 우연히라도 마주치고 싶지 않은 익숙한 얼굴이 눈에 들어왔다. 여자와 눈이 마주쳤고, 나는 필사적으로 빠져나갈 구멍을 모색했다. 여자는 양손에 장 봐온 봉투를 들고 내게 다가오고 있었다.

"너 여기서 뭐 하는 거니, 이렇게 늦은 시간에?"

가렛 부인은 얼굴에 머리카락을 치렁치렁 늘어뜨린 채였다.

"그냥 걷는 거예요."

부인 눈이 닿기 전에 치맛자락을 잡아 허벅지 아래로 끌어내렸다.

"혼자서?"

"아줌마도 혼자시잖아요."

내 말투는 방어적으로 들렸다.

부인이 한숨을 쉬더니 장 본 봉투를 한 손으로 모아 쥐었다.

"이리 와라, 같이 타고 가자."

부인은 길모퉁이에 주차해 놓은 브라운색 밴을 향했다.

나는 머뭇거리며 차에 올랐다. 가렛 부인과 차를 같이 타다니. 그래도 내 거절은 귓등으로도 듣지 않는 검정 세단 남자의 차보다 차라리 낫지 싶었다.

기가 막힌 타이밍에 나타난 구원자가 운전석에 올랐다. 부인은 한동안 앞만 보고 가만히 있다가 고개를 돌려 나를 보았다.

"너, 평생 이런 식으로 살 수 없다는 거 알잖아."

말투는 단호했지만, 운전대를 쥔 부인의 손이 가늘게 떨렸다.

"그런 거 아니…."

"아무렇지 않은 것처럼 굴지 마."

이 말로 확실히 알았다. 부인이 내 장단에 맞춰 춤춰줄 분위기가 아니라는 걸.

"그 차림새는 또 뭐니. 네 아빠가 그렇게 입는 걸 허락했을 리는 없고. 머리는 또 핑크색이 뭐냐. 그 예쁜 금발은 온데간데없고. 밤에 이런 곳을 혼자 싸돌아다니고 있질 않나. 내 눈에만 띄었던 건 아니야. 너도 알지? 우리 교회 다니는 존 아저씨. 그 사람도 밤에 널 봤단다. 그가 사람들 다 듣는 데서 떠들어댔다고."

"저는…."

변명할 새도 없이 부인은 손을 들어 내 말을 막았다.

"내 말 아직 다 안 끝났어. 네 아빠가 그러더구나. 네가 이제 오하이오주엔 가지 않을 거라고. 커티스랑 몇 년이나 함께 준비해 놓고 말이야."

부인의 입에서 그 이름이 나오자, 내 안에 단단한 껍질이 단번에 깨져버리는 것 같았다. 내가 지키고 있던, 아무 것도 아니라고 여겼던, 그 단단한 무언가가. 그의 얼굴이 눈앞에 아른거렸고, 그의 목소리가 귓가를 가득 채웠다.

"그만하세요."

고통을 떨쳐내려 말했다.

"그만 못 한다, 몰리."

부인도 물러서지 않았다.

부인을 처다보았다. 그녀는 마음속에 켜켜이 쌓아놓았던 감정을 터뜨리듯 일그러진 표정이 되었다. 지난 6개월 동안 그녀를 흔들어 오던 그게, 이제 막 터지기 일보 직전인 것 같았다.

"걔는 내 아들이었어. 그러니까 거기 앉아서 나보다 더 상처받은 것처럼 굴지 마. 나는 자식을 잃었어. 하나뿐인 내 자식. 그래도 난 여기 앉아서 너를 보고 있잖니, 착한 몰리. 네가 자라는 거, 네가 상심한 거 다 봤다. 그러니 이제는 더 이상 입 다물고 지켜보지만은 않을 거다. 넌 이 도시를 떠나서 대학에 가야 해. 커티스와 네가 계획했던 것처럼. 그리고 네 인생을 살아. 그게 우리가 해야 할 일이야. 내가 그럴 수 있다는 건, 너도 분명 할 수 있다는 거야."

가렛 부인이 입을 다물었다. 그녀가 내 마음에 대못을 박는 것 같았다. 가렛 부인은 언제나 조용한 사람이었다. 떠드는 건 늘 그녀 남편의 몫이었다. 근데 약 5분간 그녀는 말문이 터진 듯했다. 나긋나긋하던 말투는 단호하기 그지없었다. 그녀의 말이 마음에 닿았다. 슬픔이 밀려왔다. 스스로 내 인생을 구렁텅이에 밀어 넣었던 것이다.

그 차를 운전한 건 바로 나였다. 그날 밤, 커티스가 자기 트럭을 운전해 보라고 했을 때 선뜻 받아들인 건 나였다. 운전면허도 따기 전이었다. 우리는 들떠 있었고, 커티스의 미소는 나를 설득하기에 충분했다. 그를 사랑했다. 우리는 우리가 하나로 묶여 있다고 여겼다. 그가 죽었을 때, 묶였던 끈은 뜯겨나가고 말았다. 그는 나의 안식처였다. 엄마처럼 되지 않겠다는 내게 자신감을 불어넣어 주던 존재였다. 엄마는 부자 동네에 대궐 같은 집에 사는 주변의 그 누구보다 더 화려하게 살고 싶었던 사람이었다. 엄마는 집에서 그림을 그리고, 춤추고, 노래를 부르면서 하루를 보냈다. 그리고 내게 이 답답하고 지루한 동네를 떠나게 해주겠다고 약속했다.

"이 동네에서 죽진 않을 거야. 언젠가 네 아빠를 꼭 설득할 거거든."

엄마는 입버릇처럼 말했다.

엄마는 결국 거래의 절반만 성공했다. 2년 전 어느 날 새벽에 홀로 집을 떠난 것이다. 엄마는 누구의 아내, 누구의 엄마로 사는 걸 수치스러워했다. 엄마는 다른 엄마들과 달랐다. 세상의 관심을 받고 싶어 했고, 이름만 대도 모두가 자신을 알아주길 바랐다. 하지만 현실은 그렇지 않았다. 엄마는 이 사실조차 인정하려 하지 않았다. 그리고 나를 비난했다. 엄마는 늘 나를 부끄러워했다. 내가 엄마에게 무슨 짓을 저질렀는지 끊임없이 이야기했다. 내가 태어나기 전에는 자신의 몸매가 얼마나 멋졌는지에 대해. 마치 내가 일부러 자신의 자궁을 골랐다는 듯이. 한번은 엄마가 나 때문에 배에 생긴 살이 튼 자국을 보여주었다. 나는 그걸 보고 몸을 웅크리고 주저앉아버렸다.

비록 내가 엄마 인생의 걸림돌이었지만, 그래도 엄마는 내게 진짜 세상을 보여주겠노라 약속했었다. 엄마는 거대한 광고판들이 즐비한 크고 번쩍거리는 대도시 이야기를 했다. 엄마의 미모에 걸맞는 그런 도시 말이다.

자신이 바라는 세상 얘기를 들려준 다음 날 이른 아침, 나는 엄마가 여행 가방을 계단 난간에 이리저리 부딪히며 내려가는 모습을 몰래 지켜 보았다. 엄마는 가방을 끌고 카펫을 가로질러 현관문을 향했다. 그러더니 욕설을 해대며 어깨에 닿은 머리카락을 홱 흔들었다. 새 직장에 면접이라도 가는 듯 쫙 빼입은 차림새에 풀 메이크업을 하고, 머리도 완벽하게 매만진 상태였다. 헤어스프레이를 반 통쯤은 써야 할 것 같은 빵빵한 머리 모양이었다. 엄마는 자신감 넘치고 들뜬 표정으로 머리를 살짝 매만졌다.

현관문을 나서기 직전, 엄마는 아름답게 꾸며놓은 거실을 한번 휘둘러보았다. 엄마의 얼굴에는 한 번도 보지 못했던 환한 미소가 번져 있었다. 그러고는 문이 닫혔다. 현관문 뒤에 행복하게 서 있을 엄마의 모습이 그려졌다. 파라다이스에라도 가는 양 여전히 싱글벙글하고 있겠지.

나는 울지 않았다. 대신 발끝으로 살금살금 계단을 내려오면서, 엄마의 마지막 모습과 행동을 기억하려 애썼다. 엄마와 나누었던 대화와 포옹, 교감을 하나도 빠짐없이 기억하고 싶었다. 나는 그때 내 인생이 다시 한번 변하는 중이라는 걸 깨달았다. 거실 창문을 통해 엄마가 택시에 오르는 모습을 보았다. 그 뒤로도 한참을 그저 텅 빈 거리를 바라보고 있었다. 나는 항상 엄마가 미덥지 않다고 생각했다. 아빠는 아마도 두려웠던 것 같다. 자기가 자라고 번듯한 직장까지 두고 있는 이 도시를 떠나는 게 말이다. 아빠는 젠장, 너무도 믿음직한 사람이었으니까.

가렛 부인은 조심스러운 손길로 내 핑크색 머리카락을 만졌다.

"핑크색 식용 색소에 푹 담갔다 뺀 것 같은 이런 머리를 한다고 일어났던 일이 사라지는 건 아니란다."

그녀의 단어 선택에 피식 웃음이 났다. 나는 순간 머릿속에서 떠오르는 말을 그대로 내뱉었다.

"눈앞에서 아줌마 아들이 피범벅이 된 걸 봤다고 이런 색으로 염색한 건 아니에요."

염색할 때 보았던 진한 분홍색 물이 피 색깔과 비슷하다는 게 떠올라서 튀어나온 말이었다.

나는 그녀의 손을 치웠다. 그래, 내 말이 좀 심했을 수도 있다. 그렇다 해도 누가 나한테 이래라 저래라 할 수 있겠어?

내 말을 똑똑히 들었겠지. 아마도 부인은 피투성이가 된 커티스를 떠올리고 있을 거다. 아무도 구해주는 사람 없이 두 시간 동안이나 옆에 앉아 있어야 했던 그날의 커티스를. 운전석에서 나는 커티스의 안전띠를 잡아 뜯으려고 발악을 했다. 하지만 헛수고였다. 기찻길에 부딪히면서 우그러진 문짝에 끼어 내 팔은 꼼짝도 할 수 없었다. 그럼에도 나는 어떻게든 해보려고 발버둥을 쳤다. 너덜너덜해진 금속의 날카로운 모서리에 피부가 찢길 때마다 나는 비명을 질러댔다. 하지만 내 연인은 미동도 없었다. 그는 아무 소리도 내지 않았다. 나는 그에게, 저주받을 이 자동차에게, 온 세상에게 소리쳤다. 제발 우리를 구해달라고.

그의 얼굴이 창백해지고, 힘을 잃은 팔이 느슨해지더니 툭 떨어졌다. 나를 배신한 세상은 암흑천지다. 그가 숨을 거둔 뒤, 나는 정신을 잃고 말았다. 이제 와서 생각하니 그건 퍽이나 감사한 일이었다. 옴짝달싹 못 하는 채로 더 이상 숨을 쉬지 않는 커티스를 계속 보고 있지 않아도 되었기에. 혹시라도 그가 다시 살아날 거라는 헛된 희망을 품지 않을 수 있었기에 말이다.

얕은 한숨을 쉬며, 가렛 부인은 차를 출발시켰다.

"네 고통은 나도 이해한단다, 몰리…. 그걸 이해하는 사람이 있다면, 나뿐이야. 나도 내 목숨을 이어나갈 방법을 찾으려 애쓰는 중이니까. 하지만 넌 네가 어쩔 수 없었던 일로 네 인생을 망치고 있잖니."

당황스러웠다. 한 손으로 차 문을 문지르며 정신줄 잡으려 노력했다.

"어쩔 수 없었던 일이라고요? 내가 그 차를 운전했다고요."

찌그러진 차체가 나무에, 그 다음엔 철제 가로막에 부딪히던 소리가 귓가에 맴돌았다. 다리 위에 올려놓았던 손이 덜덜 떨렸다.

"내가 그의 목숨줄을 잡고 있었던 거라고요. 근데 결국 내가 그를 죽였어요."

그는 생명력 그 자체였다. 밝고 따뜻했으며 세상 모든 것을 사랑했다. 커티스는 가장 하찮고 어리석어 보이는 것에서도 즐거움을 찾아내는 사람이었다. 나는 커티스 같은 사람이 아니었다. 비관적인 사람이었다. 특히 엄마가 떠난 후엔 더 심해졌다. 내가 화를 주체 못해 실수를 저지를 때도 그는 언제나 내 얘기를 잘 들어주었다. 어느 해 그의 생일날이었다. 그는 우리 아빠를 도와 엄마의 화실을 함께 정리했다. 엄마가 떠난 뒤, 나는 엄마의 그림에 검정색 페인트를 흩뿌려 엉망진창으로 만들어 놓았다. 그는 엄마가 죽기를 바란다는 내게 단 한 번도 왜 그러냐고 책망하지 않았다.

나를 비난하거나 평가하지 않았고, 항상 의지가 되어주었다. 나조차도 할 수 없었던 방법으로 말이다. 늘 생각했다. 내가 다른 도시로 가서 대학에 진학하거나 친구를 사귀게 된다면 그건 다 그 사람 덕분이라고. 나는 타인에 대한 내 생각을 숨기는 데 익숙하지 못했다. 그런 내가 친구를 사귀는 건 결코 쉬운 일이 아니었다. 그는 언제나 나에게 괜찮다고 말해주었다. 있는 모습 그대로의 내가, 도가 지나치게 솔직한 내가 괜찮다고 해주었다. 우리 관계에서 빈말 같은 거짓말을 하는 역할도 그가 담당했다. 그는 학교에서 스웨터를 어깨에 걸치고 젠체하며 다니는 부잣집 아이들까지도 좋아하는 척해 주었다. 항상 친절했고 모두에게 사랑받는 사람이었다. 나는 그저 그에게 붙어 다니는 존재였다. 우리가 너무 붙어 다닌 나머지 다른 사람들도 결국 나라는 사람과 나의 태도를 받아들여 주었다. 그건 전부 그의 매력이 만들어낸 결과였다. 그는 내가 이 세상을 살아나가는 구실이었다. 그만이 내 안에 있는 무언가를 볼 수 있다. 나의 모든 걸 받아주고, 나를 사랑해주는 유일한 사람. 그러더니 나를 떠나버렸다. 다 내 잘못이다. 엄마가 떠난 게 내 탓인 것처럼. 이 도시와 지극히 정상적이고 평범한 아빠, 머리에 리본 장식을 한 금발의 딸에게 엄마가 질려버렸던 것처럼.

세면대가 진분홍으로 물들고 내 몸에서 피가 다 빠져나가던 그 순간, 평범하게 살아야겠다던 티끌만 한 내 욕망도 모두 사라졌다.

"워싱턴 서부 쪽에 꽤 영향력 있는 친구가 있어."

내가 지금 어디 있는 건지 잊어버리고 있었다. 10분도 채 되지 않는 시간 동안 내 인생의 거지같은 경험들이 주마등처럼 스쳐 지나갔다.

"너를 그쪽에 있는 괜찮은 학교에 넣어줄 수 있는지 내가 알아봐줄 수 있어. 꽤 떨어져 있는 곳이야. 새롭고도 푸른 곳. 올해는 좀 늦었지만, 애써 볼 수는 있을 거야. 네가 원한다면 말이야."

'워싱턴이라고?'

워싱턴에 대체 뭐가 있는데?

부인의 제안을 생각해봤다. 그리고 내가 진짜 대학을 가고 싶은지 진지하게 고민해봤다. 그 질문이 머릿속에 맴돌았다. 그리고 깨달았다. 내가 이 지독한 도시를 진정으로 떠나고 싶어 한다는 걸. 그러니 그 제안을 받아들여야 한다. 어린 시절, 다른 도시들을 떠올려보곤 했다. 엄마가 로스앤젤레스 얘기를 해줬다. 그곳의 날씨가 매일 얼마나 완벽한 날들을 만들어주는지도. 뉴욕 얘기도 해줬다. 사람들로 가득 차 북적이는 거리들도. 엄마는 자기가 살고 싶은 멋진 도시들에 대해 얘기했다. 엄마가 그런 대도시에 어울리는 여자라면, 나 또한 워싱턴쯤은 감당할 수 있어야 한다.

하지만 너무 멀다. 나라를 가로질러 가야 하니까. 아빠는 여기 혼자 있게 될 텐데…. 어쩌면 그게 아빠한테 좋을 수도 있겠다. 아빠는 온통 내 걱정에, 나를 행복하게 만드는 데만 마음을 쓰고 있다. 그런 탓에 이제는 곁에 친구도 거의 남아 있지 않았다. 아빠는 자기 삶을 돌보려는 시도조차 하지 않았다. 그러니 내가 멀리 떨어진 대학에 가는 건 아빠한테도 도움이 될 것이다. 아빠도 자신의 일상을 회복할 수 있겠지.

나도 새 친구들을 사귈 수 있을 것이다. 세련된 대도시에 사는 사람들이라면 내 핑크색 머리 같은 건 아무렇지도 않게 여길 테니까. 다른 도시라면 노출이 심한 내 옷차림도 그다지 거부감을 주지 않을 거다.

새 출발을 해서 내가 가렛 부인의 자부심이 될 수도 있을 거다.

커티스에게도 자랑스러운 모습을 보여줄 수 있을 거다.

워싱턴은 내게 명의가 처방한 신비한 묘약이 될 수 있을 거다.

이 차 안에서, 지금 당장, 나는 맹세한다. 더 나은 일을 할 거라고. 내가 사랑했지만 잃고 말았던 남자에게, 한없이 다정했던 이 여인에게 말이다.

워싱턴에서는 음울한 곳으로 가는 기차 따윈 타지 않겠다.

과거의 감상에 빠져 있지도 않겠다.

나 자신을 포기하지 않겠다.

내 미래에 도움이 되는 일들만 할 거다. 그리고 누가 뭐라 떠들어대도 상관하지 않을 거다.

멜리사

처음 만났을 때, 그는 그녀를 과소평가했다. 그때는 그녀에 대해 전혀 아는 것이 없었다. 물론 지금도 많이 아는 건 아니지만. 그녀의 오빠를 먼저 알았고, 그들은 매일 밤 술에 절어 살았다. 그녀의 오빠는 알아갈수록 형편없는 인간이라는 걸 깨닫게 만드는, 뱀 같은 인간이었다. 먹잇감을 찾으려고 캠퍼스에 소리 없이 잠입하는 사악한 동물.

꾸준히 관찰한 결과, 그는 그녀 오빠의 약점을 알아냈다. 바로 여동생이었다. 큰 키에 에너지가 넘치고, 까만 머리카락에 까무잡잡한 피부를 가진 그녀. 그는 점점 뱀을 증오하게 되었다. 그럴수록 그놈의 약점이 얼마나 약한지도 알게 됐다. 그놈에게 세상에서 가장 중요한 일은 여동생을 보호하는 일이었다. 변덕스러운 자신의 욕망보다 훨씬 더 소중하게 생각했다. 그는 스스로를 설득했다. 사악한 뱀은 처단해야 한다고. 그놈은 방역해야 마땅한 전염병처럼 온갖 추잡한 짓거리로 독을 퍼뜨리고 다녔다. 그는 계획을 세웠다. 저런 놈은 때려잡아야 한다. 그의 여동생은 그저 전쟁의 서막으로 이용하면 될 뿐.

금요일 밤, 집이 텅텅 비었다. 아빠는 병원에서 열리는 승진 축하연에 가셨다. 내 친구들은 전부 다 다른 파티에 가 있었다. 나는 어디에도 끌리지 않았다.

오빠가 있는 기숙사 파티만 아니면 어디든 괜찮을 텐데. 그 파티에선 도대체 즐길 수가 없다. 오빠의 과보호 때문에 정말 짜증난다.

아빠의 축하연이 그래도 나은 선택이었겠지만, 아마 거기에서는 꿔다 놓은 보릿자루 같았을 거다. 이 도시에서 명망 있는 명의로 손꼽히는 아빠는 좋은 부모라기보다는 좋은 의사다. 물론 아빠는 나름 노력하셨지만 늘 너무 바빴고, 나는 아빠 환자들의 경쟁 상대가 될 수 없다. 그들이 지불하는 치료비 덕분에 이 으리으리한 집에 앉아 투덜댈 수 있는 거니까.

살짝 미안한 마음에 아빠한테 축하연에 가겠다고 메시지를 보내려다 보니 벌써 9시가 넘었다. 축하연은 8시에 시작이니, 지금 가봐야 분위기만 애매할 것 같았다. 게다가 아빠의 어린 여자친구가 나에 대해 투덜거릴 꼬투리를 줄 것만 같았다. 나보다 겨우 세 살 많은 타샤는 아빠와 벌써 1년째 사귀는 중이다. 그 여자와 내가 같은 고등학교에 다니지 않았더라면, 그래서 그 여자가 얼마나 싸가지 없는지 몰랐더라면, 이 상황을 좀 더 너그럽게 이해해줄 수 있었을 텐데. 자기 행실을 뻔히 알고 있는데도 과거 따윈 싹 다 잊은 것처럼 굴지 않았더라면 말이다.

그 여자가 나를 아무리 함부로 대해도 나는 아빠에게 그 여자 험담을 하지 않았다. 그 여자가 아빠를 행복하게 해주니까. 아빠가 쳐다볼 때마다 늘 웃어주었으니까. 아빠의 아재 개그에도 그 여자는 늘 웃는다. 그렇다고 아빠를 그다지 좋아하는 것 같진 않았다. 쭉 지켜봐와서 그건 안다. 그 여자가 부러진 손가락 대신 출렁거리는 가슴을 들이대며 아빠의 진료실에 온 그날부터 아빠가 얼마나 나아졌는지도 안다. 아빠는 이혼 후 엄마보다 훨씬 더 힘들어했다. 엄마는 이혼하자마자 멕시코 외할아버지 댁으로 가버렸다. 그곳에서 자립할 때까지 외할아버지 외할머니와 함께 살았다.

엄마가 바보짓을 했다고 생각하는 사람도 있을 거다. 하지만 엄마는 평생 먹고 살 수 있을 만큼 충분한 돈으로 보상을 받았다.

타샤와 아빠의 오붓한 시간을 방해하는 대신, 나는 댄 오빠에게 메시지를 보냈다. 오빠도 나랑 고등학교를 같이 다녔던 여자애와 사귀고 있었다. 나와 달리 그 애는 아직도 고등학교에 다니고 있다. 오빠는 나의 보호자를 자처했고 내 잘못에 관대했지만, 자신의 삶은 완전 개판이었다. 다시 한번 말하지만, 개, 판, 이다. 나는 오빠의 연애 놀음에는 최대한 관여하지 않으려 했다. 오빠의 친구들도 죄다 비슷한 놈들이었다. 대부분 오빠보다 어렸고, 어떤 사람은 더 심각하게 나쁘기도 했다. 오빠는 자기처럼 막나가는 애들을 거느리는 걸 좋아했다. 그러면 자기가 더 잘났다고 느껴지는 모양이다. 시궁창 쥐새끼들 틈에서 왕 노릇을 하고 싶은 것 같았다.

댄 오빠가 바로 답을 보내왔다.

20분 후에 데리러 갈게.

웃는 얼굴 이모티콘을 보내고 준비를 하러 침대에서 내려왔다. 맨발에 회색 WCU 티셔츠 차림으론 곤란했다. 이보다는 조금 낫게 보여야 한다. 하지만 옷 고를 땐 조심해야 한다. 밤새도록 오빠의 싸가지 없는 여자친구 소리를 듣고 싶지 않다면 말이다.

검정색과 반짝이 옷 천지인 옷장에서는 마땅한 옷을 찾기가 어려웠다. 옷이 너무 많다. 엄마는 딱 한번 입은 옷들을 늘 나한테 줬다. 아빠는 화려한 옷과 빨간색 스포츠카로 엄마를 행복하게 만들어주려 했다. 하지만 엄마는 단 한 순간도 행복하지 않았다. 엄마가 집을 나갈 때, 나에게 함께 멕시코에 가자고 했다. 우스꽝스럽게 들리겠지만, 그때 난 수영부를 포기할 수가 없었다. 이곳 워싱턴에서 나에게 그것보다 더 중요한 건 없었다. 아빠와 댄을 제외한다면, 그게 내 유일한 이유였다. 댄은 엄마를 따라 갈까 무척 고민했던 것 같다. 하지만 오빠는 나를 혼자 여기에 남겨두지 않았다. 자기 눈으로 늘 감시해야 했으니까.

두 벌을 입어보고는, 다시 옷장에 던져넣었다. 아직 한 번도 입지 않은 점프 슈트를 끄집어냈다. 두꺼운 어깨 끈에 있는 작은 무늬들 말고는 완전 검정색이었다. 엉덩이가 돋보일 정도로 타이트하고, 파티에 입고 갈 만큼 캐주얼했으며, 무엇보다 오빠의 입을 닥치게 만들 만큼은 몸을 가려주었다.

준비를 막 마친 순간, 밖에서 듣기 싫은 경적 소리가 들렸다. 핸드백을 낚아채 아래층으로 뛰어내려갔다. 꾸물거렸다간 시끄럽다는 이웃의 항의를 받을 게 뻔했다. 도난 방지 장치를 켜고 현관문을 나섰다. 오빠의 아우디가 서 있는 곳으로 다가갔다. 오빠가 떨거지를 두 명 더 달고 온 모양이었다.

"로건, 재한테 앞자리에 앉으라고 해."

댄이 말했다.

로건은 몇 차례 본 적이 있었다. 로건은 친절했다. 어느 파티에서 로건이 딱 한 번 들이댄 적이 있었다. 내가 소파에서 일어서자, 로건은 그제야 내 키가 자기보다 적어도 4인치는 더 크다는 걸 알았다. 로건은 내게 좋은 친구로 지내자고 했고, 나는 그의 재치에 감동해 웃으며 동의했다. 그때부터 그는 오빠의 머저리 그룹 중에서 내가 제일 좋아하는 사람이 됐다.

"그래, 내가 뒤에 앉을게."

로건이 앞좌석에서 안전벨트를 풀려는 순간, 나는 얼른 뒷좌석에 탔다. 뒷자리에는 짙은 색 머리카락으로 얼굴을 가린 남자가 타고 있었다. 한쪽으로 늘어진 남자의 머리카락은 묘한 분위기를 풍겼고, 눈썹과 입술에 있는 피어싱과 완벽하게 어울렸다. 자리에 앉아 인사를 건넸지만 남자는 휴대전화에서 시선을 떼지 않았다.

"걔는 무시해."

룸미러로 눈이 마주치자 댄이 말했다.

어이없는 표정으로 휴대전화를 꺼냈다. 가는 동안 혼자 노는 게 낫겠다 싶었다.

클럽하우스 앞은 주차할 데가 없었다. 댄은 나를 그 앞에서 내려주었다. 덕분에 걷지 않아도 되겠네. 차에서 내려 문을 닫는데, 반대편 문이 닫히는 소리가 들렸다. 옆자리에 앉았던 남자가 성큼성큼 기숙사를 향해 가고 있었다.

"나쁜 새끼!"

댄이 남자를 향해 소리쳤다.

남자는 손을 들더니 가운뎃손가락을 치켜올렸다.

"당신이 자기들하고 같이 가길 바랐나 보네."

남자의 뒤를 따라 잔디밭을 걸어가며 말을 건넸다. 한 무리의 여자들이 남자를 힐끔거렸다. 무리의 한 여자가 다른 여자에게 귓속말을 하자 여자들은 일제히 나를 쳐다보았다.

"뭐, 문제 있어?"

한껏 빼입고 애절한 표정을 짓고 있는 여자들을 향해 내가 물었다. 여자들은 내가 뭐라고 말할 거라고는 예상도 못 했다는 표정으로 고개를 가로저었다.

무례하기는. 새침데기 금발들에게까지 친절하게 대하고 싶진 않았다. 모든 사람들이 자기들한테만 관심을 줘야 한다고 여기는 저런 애들 말이다.

"찔끔했겠군."

곱슬머리 남자가 말했다. 남자의 목소리는 엄청 낮았다. 그리고 분명 영국식 억양이 섞여 있었다. 남자의 걸음이 느려졌지만 내 쪽을 돌아보지는 않았다. 팔은 온통 타투투성이였다. 무슨 그림인지 잘 보이지는 않았지만, 색깔 하나 없이 전부 검정색이었다. 검정색 티셔츠, 블랙진과 꽤 잘 어울렸다. 부드러운 잔디를 밟는 부츠 발소리까지.

남자를 따라잡으려고 애썼지만 보폭이 너무 넓었다. 키도 무척 컸다. 나보다 몇 인치는 더 큰 것 같았다.

"그랬으면 좋겠네."

남자의 뒤통수에 대고 말한 다음 여자들은 돌아보았다. 그들의 관심사는 벌써 다른 곳으로 옮겨간 모양이었다. 그녀들은 손바닥만 한 원피스를 입고 술에 취해 비틀거리는 여자를 보며 손가락질하고 있었다.

안으로 들어가자 남자는 더 이상 아무 말도 하지 않았다. 주방으로 들어가서 위스키 병을 따고 한 모금을 마시면서도 남자는 나를 한 번도 쳐다보지 않았다. 슬슬 호기심이 일었다. 댄과 로건이 거실로 들어왔다. 나는 저 타투투성이 남자에 대해 캐보기로 했다. 카운터 테이블에 있는 양동이에서 와인 한 병을 꺼내 들고 오빠에게 갔다. 댄은 맥주를 들고 소파에 앉아 있었다. 그에게서는 벌써 대마초 냄새가 났다. 마주친 눈은 벌겋게 충혈돼 있었다.

"뒷자리에 앉았던 그 남자는 누구야?"

내 물음에 그의 표정이 일순간 변했다.

"누구, 하딘?"

내 질문이 탐탁지 않은 듯했다. 하딘이라고? 도대체 이름이 그게 뭐야?

"걔한테 가까이 가지 마, 멜."

오빠의 말투는 경고에 가까웠다.

"농담 아니다."

어이가 없었지만 이 문제로 언쟁할 가치가 없다는 건 잘 안다. 오빠는 내 남자친구들을 아무도 인정하지 않았다. 그러면서 절친인 제이스와 나를 엮으려고 했다. 그는 지금껏 본 오빠 친구 중에서도 가장 역겨운 인간이었다. 확실히 오빠의 기준은 오락가락했다. 대마초를 얼마나 피웠고, 술을 얼마나 마셨는지에 따라 하늘과 땅을 오가는 듯했다.

오빠는 자기 옆자리를 툭툭 쳤다. 얌전히 옆에 앉아서 잠시 사람들을 둘러보았다. 음악 소리가 점점 더 커졌다. 사람들이 술에, 기분에, 분위기에 점점 취하는 것 같았다.

잠시 후 로건은 오빠에게 한 대 더 피우겠냐고 물었고, 그 틈을 타 나는 하딘을 찾으려고 집 안을 둘러보았다.

하딘은 주방 카운터 테이블에 기대 서 있었다. 그의 위스키 병은 눈에 띄게 줄어 있었다. 겨우 15분 전이었는데.

'그럼 그렇지, 저 남자도 파티광이었어. 좋아!'

잽싸게 소파에서 일어났다. 댄이 팔을 붙들었다. 이 자리를 벗어날 좋은 구실을 떠올려야 한다. 하딘을 찾으러 간다고 했다간 따라올 게 뻔하니까.

"어디 가?"

"화장실."

거짓말이었다. 댄은 날 클럽하우스 파티 같은 데에 데리고는 오면서, 어디라도 가려고 하면 꼭 아빠처럼 굴었다. 진절머리 난다.

댄이 내 눈을 빤히 들여다보았다. 거짓말인지 아닌지 탐색 중이겠지. 나는 고개를 돌렸다. 거실을 가로지르는 동안 등 뒤에서 오빠의 시선이 느껴졌다. 나는 얼른 위층을 향했다. 이 커다란 집에 화장실을 죄다 2층에만 만들다니. 어쩌겠어, 클럽하우스가 그 모양인걸.

천천히 계단을 올랐다. 위층에 도착해서 오빠 눈치를 보려고 몸을 돌린 순간 시커먼 벽에 몸을 부딪쳤다. 그런데 벽이 아니었다. 하딘의 가슴팍이었다.

"어머, 미안!"

소리를 지르며 그의 가슴에 튄 와인 방울을 손으로 문질렀다. 내가 들고 있던 잔에서 튄 거였다.

"검정색 옷이라 얼룩이 남진 않겠네."

내가 짓궂게 말했다.

초록색 눈동자에서 쏟아내는 눈빛이 너무 강렬해서 시선을 피할 수밖에 없었다.

"하, 하, 하."

무미건조한 말투로 그가 낸 소리였다.

'건방지군.'

"오빠가 당신 가까이 하지 말라던데."

마음속에 담고 있던 말이 불쑥 튀어나왔다. 잡아먹을 듯한 눈빛으로 하딘이 나를 쏘아보았다. 그 눈빛에 돌아버릴 것 같았지만 시선을 피하고 싶지 않았다. 이러는 게 그에게는 익숙한 일이라는 느낌이 들었다. 이런 방식으로 사람들이 이 남자에게 지고 만다는 느낌이 들었다. 하딘이 피어싱을 한 눈썹을 찡긋 올렸다.

"그렇게 말했다고, 지금?"

'확실히 영국식 억양이야.'

그 말을 하려다 말았다. 말할 때마다 사람들이 억양을 꼬집어 물으면 얼마나 짜증날까 싶었다. 나도 그랬으니까.

고개를 끄덕이자, 남자는 다시 입을 열었다.

"왜?"

나도 모른다, 근데 왜인지 알고 싶다.

"댄이 너를 싫어하는 걸 보면 꽤 나쁜 남자인가 보지."

농담조로 말했지만 하딘은 웃지 않았다.

승모근이 바짝 긴장됐다. 나는 하딘의 에너지에 이미 사로잡혀 있었다.

"개 말 대로 평가하자면, 우린 다 쓰레기들이야."

하딘의 말이 틀렸다고 반박하고 싶었다. 잘 몰라서 그렇지 오빠가 그렇게까지 쓰레기는 아니라 말하고 싶었다. 이 모욕적인 상황에 어떻게든 오빠 편을 들어야 한다.

그러다 문득, 오빠가 마지막으로 사귄 여자친구가 가족들을 몽땅 데리고 집으로 쳐들어 왔던 날이 떠올랐다. 가엾게도 배가 부른 그 여자는 잔뜩 성이 난 아버지 뒤에 숨어 있었다. 아빠는 수표를 써주었고, 그 길로 남자인지 여자인지도 모를 뱃속의 아이와 함께 그 가족들은 사라졌다. 그러고는 다시는 소식을 들을 수 없었다. 오빠가 쓰레기 같이 군다는 건 나도 안다. 하지만 지금은 그걸 인정하고 싶지 않았다.

엄마가 떠나버리고, 아빠가 타샤의 꽁무니를 쫓아다니느라 정신 나간 지금, 나에게는 오빠밖에 없었다. 나는 웃음을 터뜨렸다.

"넌 괜찮은 거 같은데."

하딘은 타투투성이 손을 들어 머리카락을 이마 위로 쓸어 넘겼다.

"아니, 내가 더 나쁜 놈인데."

그는 내 갈색 눈동자를 똑바로 쳐다보았다. 진지한 얼굴이었다. 말 속에 은근한 경고가 섞여 있었다. 그러면서 반쯤 빈 위스키 병을 내게 건넸다. 나도 모르게 술병을 받아 한 모금 마시고 말았다.

위스키는 그의 눈빛처럼 타는 듯했다.

하딘은 가솔린으로 만들어진 게 아닐까….

스테프

팔에 온통 타투가 가득한 새빨간 머리의 여자를 처음 만났을 때, 그는 음울한 오라를 보았다. 자기보다 머리 색깔이 더 요란한 친구를 쳐다보는 그녀의 눈빛에서 묘한 경쟁심을 느낄 수 있었다. 그녀는 다른 사람들이 하는 일을 사사건건 비교했다. 마음 깊은 곳에서부터 나오는 절박함. 필사적으로 관심을 받으려 하는 모습이 그랬다. 그녀는 어린 시절 동화책에서 보았던 로제트라는 인물을 떠올리게 했다. 빨간 머리 공주 로제트는 여동생들이 왕자와 결혼하자 질투심이 폭발했다. 자신은 해군 대장과 결혼했지만 성에 차지 않았던 거다. 남편이 아무리 떠받들어주어도 늘 부족했다. 그녀는 뭔가를 잃는 게 죽도록 싫었다. 심지어 자기 것이라 우기는 것들도 자기 것이 아닌 경우가 많았다. 2인자 자리는 성에 차지 않았고, 오로지 자기 혼자만 모든 이의 관심 속에 있어야 했다. 또 마땅히 자기 거라 여겼던 걸 다른 사람이 가지는 건 더욱 못 견뎌했다. 하늘 아래 모든 걸 자기가 누려야 한다고 믿었다.

아빠의 퇴근이 또 늦어진다. 아빠는 매일 늦는다. 차를 꼭 써야 하는데 말이다. 이번 주에 입을 졸업 파티 드레스를 찾아와야 했다. 친구들은 벌써 한 달 전에 드레스를 마련해 놓았다. 나는 발을 동동 구르기 시작했다. 오늘도 드레스를 찾지 못하면 돌아버릴지도 모른다. 짜증 나 죽겠다. 아빠는 항상 늦고, 엄마는 조카를 돌보느라 너무 바빠서 내 정당한 불평 같은 건 들어줄 겨를도 없었다. 거지 같다.

모든 건 언니와 언니의 아기를 중심으로 돌아간다. 사람들은 종일 아기에 대한 시답지 않은 이야기를 떠들어댄다. 그것까지는 괜찮다. 하지만 덕분에 내가 집안의 퇴물로 전락했다. 마지막 생일 파티에는 직계 가족 빼고 아무도 나타나지 않았다. 가족들 틈에서 나는 왕따였다. 집안에서도 유령 취급을 받는 별종. 도대체 왜 그렇게 된 건지 잘 모르겠다.

싸구려 염색약 때문에 세면대가 온통 시뻘겋게 물들었던 날, 그날이 엄마가 나한테 두 마디 이상 말을 한 마지막 날이었다. 엄마는 길길이 날뛰며 화를 냈다. 타이밍이 기가 막혔거든. 언니 올리비아의 베이비 샤워가 열리기 전날 밤이었으니까. 화장실 발판에도 실수로 좀 흘렸겠지. 그리고 부모님이 수놓은 고급 수건을 어깨에 둘렀다. 새빨간 불자동차 색 염색약이 흘러내릴까 봐 말이다.

그래도 언니의 옷을 함부로 망친 적은 없었다. 언니가 지금 내 나이 시절일 때부터 쭉. 듣기 싫은 소리를 듣는 건 그것과는 별개의 문제였다.

"올리비아가 열일곱 살 때는 학생회장을 했었지."라든가.

"올리비아가 열일곱 살 때는 늘 올 A만 받았지. 고등학교 졸업하자마자 결혼할 멋진 남자친구도 있었고."같은 말들.

언니랑 비교당하는 건 정말 지긋지긋했다. 언니는 늘 일등만 하는 딸이었고, 이등을 한 나는 아무 것도 아니었다. 그렇게 느꼈다. 나는 얼른 대학에 가고 싶었다. 엄마 아빠의 성화에 못 이겨, 나는 워싱턴센트럴대학교로 갈 예정이었다. 물론 언니가 우등으로 졸업한 학교였다.

언니가 진학하기 전까지 부모님은 그 학교에 관심조차 없었다. 나는 죽었다 깨어나도 언니만큼 부모님의 기대에 부응할 순 없을 거다. 그럼에도 기를 쓰고 노력했던 건, 그 학교에 가겠다고 하고 얼른 이 집구석을 떠나는 게 그나마 쉬운 방법이었기 때문이다.

아빠 차가 도착하는 소리가 들렸다. 핸드백을 잽싸게 쥐고, 마지막으로 거울로 미모 점검을 한 다음 냅다 아래층으로 내려갔다. 하마터면 엄마와 맞닥뜨릴 뻔했다. 다행히 엄마는 내 망사 스타킹과 빨간색 가죽 재킷을 눈치채지 못했다. 엄마는 태블릿을 들여다보며 뭐라고 중얼거리고 있었다. 그게 엄마가 하는 일이었다.

현관문이 열리고, 언니가 아빠와 함께 거실로 들어왔다. 조카인 시에라는 언니 품에 안겨 잠들어 있었다.

"나 너무 피곤해."

올리비아가 들어오자마자 내뱉은 소리였다.

엄마는 태블릿을 벽난로 장식장에 던지듯이 놓고 부리나케 나왔다. 엄마는 언니를 위해서라면 소중한 태블릿 따위는 내팽개칠 수 있는 사람이었다.

"스테파니가 집까지 태워다줄 거다, 애야."

아빠가 나 대신 선심 쓰듯 말했다.

"나 졸업 파티 드레스 찾으러 가야 해요. 30분 후면 가게 문 닫는다고요!"

핸드백을 어깨에 걸고, 아빠한테 차 키를 받았다.

"올리비아하고 시에라를 같이 태우고 갈 수 있잖아."

언니가 불쑥 끼어들었다.

"상관없어요. 잠깐 화장실 좀 다녀올게요."

언니가 말할 때마다 매끈한 갈색 머리카락이 찰랑거렸다. 언니는 면바지에 밝은 색 꽃무늬가 있는 반소매 티셔츠를 입고 있었다. 아빠는 마치 자기 큰딸이 세상에서 가장 사려 깊고 배려심 넘치는 사람인 양 인자한 미소를 지었다.

완전 짜증난다.

"알았어."

내 말투가 거칠어졌다.

"오늘까지만 드레스를 예약 연장해준다고 했어. 그러니까 혹시라도 내가 졸업 파티에 못 가게 되면, 그건 다 언니 탓이야."

내가 언니를 째려보았다. 언니는 고개를 끄덕였다. 나는 아빠를 밀치듯이 지나쳐 밖으로 나왔다.

"먼저 차에 가 있을게."

시동을 걸어놓고 기다렸다. 5분이 지나고, 10분이 지났다. 문자메시지를 두 통이나 보냈지만 답이 없었다. 메시지를 읽었다는 표시가 보였는데도 아직 집 안에서 미적거리고 있는 거다. 엄마가 언니랑 작별 포옹을 수백 번 하고 있는 게 분명했다. 엄마는 외할머니 집에 갔을 때도 그랬다. 자기 성에 찰 때까지 애정 표현을 하며 끌어안아야 직성이 풀리는 사람이었다. 12분이 지났다. 할 수 없이 나는 집에 들어가 보려고 차에서 내렸다.

차문을 막 닫는데 언니가 실실 웃으며 느릿느릿 밖으로 나왔다. 시에라를 카시트에 앉히느라 또 시간을 잡아먹을 게 뻔한데 저러고 있다.

"빨리 가야 해!"

내가 재촉했다. 언니는 한숨을 내쉬더니 미안하다고 중얼거렸다. 영혼 없는 사과였다.

불이 꺼진 상점 앞에 도착했을 때는 8시 30분이었다. 문에는 '닫힘' 간판이 걸려 있었고, 불은 다 꺼져 있었다.

결국 나는 드레스를 빌리지 못했다. 오늘이 마지막 날이었는데. 이미 두 번이나 예약을 연기한 상태였다. 몇 번이나 기한을 더 달라고 사정했지만, 되돌아오는 답변은 똑같았다. 오늘이 마지막 날이라는 것. 젠장, 망했다.

"미안해, 스테파니."

운전대에 머리를 박고 있는데, 언니가 말했다.

고개를 들어 짜증스러운 표정을 지어 보였다.

"다 언니 잘못이야."

"내 잘못 아니야."

언니는 황당한 표정이었다.

"아빠가 시에라 신발을 사주신다고 쇼핑 가자고 하셨어. 시에라 발이 너무 쑥쑥 커서-."

'아기 신발? 지금 장난해?'

그깟 아기 신발 때문에 나는 졸업 파티 드레스를 잃었다. 그 아기는 아직 걷지도 못하는데!

"아빠한테 곧장 집에 데려다 달라고 하지 그랬어? 그럼 집에 빨리 갈 수 있었잖아."

고개를 바짝 쳐들고 따졌다. 언성이 높아졌다.

"그땐 별로 안 피곤해서…. 아, 몰라."

내 시간 따위는 안중에도 없는 듯, 언니는 어깨를 으쓱해 보였다. 대수롭지 않은 일로 난리 친다 이거지?

"진짜 거지 같아!"

두 손으로 얼굴을 감싸고 고개를 가로저었다.

"아기 앞에서 그딴 식으로 말하지 마!"

언니는 이를 꽉 물고 으름장을 놓았다.

나는 씩씩거리며 주차장에서 차를 돌려 나왔다. 집으로 가는 내내 아무 말도 하지 않았다. 언니는 자기 잘못은 하나도 없다고 여기는 모양이었다. 나는 화가 머리끝까지 솟구쳤다. 언니가 내 몫을 전부 빼앗아 가는 데 아주 신물이 난다. 이 와중에 시에라는 내 머리를 절반으로 쪼개려는 듯 쉴 새 없이 울어댔다.

내 인생이 정말로 증오스러웠다.

언니네 집에 도착했다. 언니는 태워다 줘서 고맙다고 했다. 그 집에는 발도 들여놓고 싶지 않았다. 같이 들어가자고 하지 않은 게 오히려 다행스러웠다. 언니랑 형부인 로저가 이 집을 살 때 부모님이 돈을 보태주신 게 뻔했다. 형부는 조용한 사람이었다. 우리 가족과 함께 있을 때 형부는 말수가 적었다. 올리비아 언니가 입단속을 시켰는지도 모른다. 나한테 무슨 소리라도 하기 전에 모두 돌려 읽는 사전 경고문 같은 게 있는 것 같았다.

집에 들어가긴 싫었지만 화장실이 너무 가고 싶었다. 집으로 돌아가려면 15분은 족히 걸리기 때문에 어쩔 수가 없었다. 집에 들어서자 온 집 안에서 시나몬 냄새가 진동했다. 방마다 향초를 켜둔 게 분명했다.

로저는 소파에 앉아 있었다. 한 손에는 리모컨을 들고, 노트북을 다리 위에 올린 채. 우리가 함께 들어가자 형부는 다정히 웃어 보였다. 그러고는 나에게 어떻게 지냈는지 안부를 물었다. 별일 없다고 대답하긴 했지만, 사실 형부를 마지막으로 본 게 언제인지도 잘 기억나지 않았다.

잠시 어색하기 짝이 없는 입에 발린 인사말들이 오갔다. 언니는 형부와 나에게 아기를 침대에 눕히러 간다고 했다. 한 손에는 부슝부슝

한 곰 인형을, 다른 손에는 우유병을 들고 언니는 위층으로 올라갔다. 로저는 나를 거의 쳐다보지도 않았다. 나는 가짜 벽난로 장식 위에 주르르 놓인, 시시한 가족사진들을 쭉 훑어보았다. 형부가 일어서더니 부엌으로 들어갔다. 어색한 대화를 피하기 위해서인 듯했다.

마지막 사진은 작은 나무 액자에 담긴 가족사진이었다. 흰색과 검정색으로 옷을 맞춰 입고, 한껏 포즈를 취한 모습이었다. 부엌으로 향하면서 복도에 커다란 액자가 걸려 있는 게 눈에 띄었다. 언니와 형부의 결혼사진이었다. 사진 속 언니는 완벽했다. 완벽한 헤어스타일과 완벽한 화장, 드레스는 눈부시게 아름다웠다. 부드러운 실크로 만든 순백의 드레스는 바닥에 치렁치렁 늘어져 있었다. 언니는 아름다웠다. 꼭 그 드레스를 위해 빚어낸 사람처럼.

언니의 드레스는 내가 졸업 파티에서 입을 뻔했던 드레스와는 정반대 스타일이었다. 오늘 저녁 받아오려고 했던 드레스는 블랙 코튼에 망사로 만들어진 거였다. 허리를 꽉 조였고, 별 모양의 스커트 라인을 따라 망사가 붙어 있었다. 언니 덕분에 결국 입지 못하게 된 드레스. 언니의 드레스에 검정 페인트를 들이붓고 싶었다. 그 옆에 있는 사진 앞에서 발걸음을 멈췄다. 형부가 언니의 임신한 배를 감싸 안고 있는 사진이었다.

언니가 내 졸업 파티 드레스를 망쳐버렸으니 나도 언니의 웨딩드레스를 망치고 말 거다.

부엌에 들어가니 형부가 냉장고 문을 열고 고개를 파묻고 있었다. 나는 카운터 테이블을 툭툭 쳤다. 형부가 돌아보자 나는 가슴골이 보이도록 셔츠를 잡아 내렸다. 형부는 헉 숨을 들이쉬고는 잔기침을 캑

캑거렸다.

씨익 미소를 지었다. 언니는 조카가 태어난 이후로 형부와 한 번도 잠자리를 안 했을 게 분명했다.

"어머, 죄송."

손가락으로 머리카락을 빙빙 돌리며 말했다. 형부는 망사 스타킹을 신은 내 다리에서 눈을 떼려고 애쓰고 있었다.

나는 형부를 향해 다가갔다. 심장이 두방망이질 쳤다. 도대체 내가 무슨 짓을 하고 있는 거지? 하지만 나도 언니한테 엿을 먹여야겠어. 모든 걸 혼자 독차지한 언니한테 질려버렸다. 어떻게 내 건 하나도 없는 거야? 언니도 자기 걸 뺏겨 봐야 한다. 특히나 귀엽고 충성스러운 강아지 같은 남편이라니, 절대 안 되지.

"뭐, 뭐 하는 거지, 스테파니?"

백짓장이 된 낯빛으로 형부가 말했다.

"그냥 얘기 좀 해요."

스커트 허리춤을 잡고 위로 끌어올렸다. 레이스 팬티가 보일 때까지. 로저는 뒷걸음질을 쳤다. 등이 나무 그릇장에 부딪치고 한쪽 문이 꽝 하고 닫혔다.

"뭐 문제 있어요?"

나는 살짝 미소를 흘렸다. 뱃속이 단단해지는 것 같았다. 금방이라도 쓰러질 것 같은 느낌이었다. 한편으로는 놀라웠고 내가 우위를 차지한 것 같기도 했다. 아드레날린이 솟구쳤다. 이런 기분, 너무 좋다. 하지만 이것만으로는 부족하다. 나는 셔츠 앞자락에 손을 올리며 한 발짝 더 다가갔다.

로저가 손으로 얼굴을 가렸다.

"그만해, 스테파니."

놀고 있네. 그는 내가 생각했던 딱 그런 강아지 같았다. 새삼스럽게 그 사실을 깨닫고 나니 질투심이 활활 타올랐다.

"이리 와요. 그러지 말고…."

"스테파니! 너 무슨 짓이야?"

부엌에 언니의 목소리가 쩌렁쩌렁 울렸다.

부엌 입구에 서 있는 언니의 모습이 눈에 들어왔다. 그새 잠옷으로 갈아입었다. 플란넬 천에 파란색으로 바이어스가 대어진 잠옷. 완전히 화난 얼굴이었다.

잠시 후, 언니의 눈은 형부를 향했다.

"로저?"

"난 모르는 일이야, 자기야. 처제가 갑자기 들어와서 옷을 막 벗으려고 했어."

형부는 억울함을 호소하는 듯 허공에 대고 손사래를 쳤다. 내가 얼마나 걸레 같은지 똑똑히 보라는 몸짓이었다.

언니는 고개를 돌려 나를 잡아먹을 듯 노려보았다.

"당장 나가, 스테파니."

"사실인지 아닌지, 나한테 묻지도 않았잖아."

나도 언니에게 쏘아붙였다. 핸드백을 어깨에 메고 한껏 올라간 스커트 자락을 내려 몸을 가렸다.

"내가 널 모를 것 같아?"

뻔하다는 말투다.

'날 안다고?'

아니, 넌 절대 모른다. 진짜 나를 제대로 안다면, 그렇게 이기적으로 굴지 말았어야지.

"그래서…?"

형부를 쳐다보았다. 그는 마치 내가 뱀이라도 되는 양 멀찍이 떨어져 있었다. 나를 비난할 참인가? 장담하건데, 걸릴 위험만 없었다면 형부는 나를 번쩍이는 대리석 테이블에 눕히고도 남았을 거다.

"네가 내 남편을 꼬시려고 했던 거잖아, 아니야?"

언니의 입술이 떨렸다. 눈물이 터져 나오려는 걸 참고 있는 거다. 시치미를 떼야 한다. 아니라고 잡아뗀 후, 화살을 돌려야 한다. 형부는 쪼다 같은 면이 있어서 어쩌면 언니가 내 말을 믿을지도 모른다. 나도 울고불고 난리 한번 쳐봐야지. 하고만 싶으면 나도 언니쯤은 설득할 수 있을 거다.

"이 못된 계집애!"

언니가 나를 향해 소리를 질렀다. 형부는 잽싸게 부엌을 가로질러 가더니 언니의 어깨를 감싸 안았다.

'못된 계집애라고? 장난해?'

언니는 갖고 싶은 건 전부 가졌다. 진짜 기분 더럽다. 그 뒤꽁무니를 쫓아가는 게 이젠 정말 진절머리가 난다. 내가 더 심하게 굴지 않았으니까, 운 좋은 줄 알아야지. 나는 둘 모두에게 상처줄 수 있었다. 훨씬 더 심한 방법으로. 지금 당장 떠오르는 것만 해도 깜짝 놀랄 방법이 많다…. 썩 마음에 들기도 한다.

"나가, 스테파니!"

언니는 머리를 흔들며 소리쳤고, 형부는 떨리는 언니의 손을 쓰다듬
었다.

그래, 나가 준다. 나도 이 거지 같은 집구석에서 더 이상 견딜 필요는
없으니까.

이제 곧 대학에 갈 거다. 그러기만 하면, 캠퍼스를 맘껏 누비고 다닐
거다.

Part2

하딘의 시간

하딘

그는 인생에 대한 아무런 기대 없이 잘못된 길을 걷고 있었다. 낯선 이 국땅에서의 생활은 점차 익숙해졌다. 타향에서 보내는 밤이 늘어갈수록 자신의 영국식 억양이 약해지고 있다고 믿으면서 말이다. 그는 다람쥐 쳇 바퀴 도는 생활에 자신을 던져 넣었다. 똑같은 행동, 똑같은 반응, 똑같은 결과. 여자들은 전부 뒤섞여버렸다. 이름조차 제대로 모르는 그들은 사라 아무개, 로라 아무개, 그리고 제인 아무개였나.

그는 이런 방식으로 자신의 인생이 반복되고 있다는 걸 자각조차 하지 못했다.

그리고 이듬해, 첫 주에 그녀를 만났다. 그녀는 전능한 어떤 힘에 이끌 려 WCU에 온 사람 같았다. 그를 조롱하려고 말이다. 뭔지 모를 그 전능한 힘은 그가 누군지, 어떤 사람인지, 훤히 알고 있는 듯했다. 그리고 어떤 계 획을 가지고 있는 것 같았다. 그는 또 하나의 순결을 빼앗고 그녀의 인생 을 망쳐버릴 작정이었다. '이번엔 그렇게 나쁘지 않을 거야.' 그는 지난번처럼 극단으로 치닫지는 않을 참이었다. 이번엔 좀 달랐다, 더 유치했다. 그리고 모든 건 그저 재미를 위해서였다.

　그러나 그건 그때까지였다. 바람이 불어 그녀의 머리카락이 날리기 전까지, 그녀의 회색 눈동자가 그의 꿈을 덮치기 전까지, 그리고 그녀의 핑크빛 입술이 그를 홀리기 전, 바로 그때까지였다. 그는 그녀에게 푹 빠져버렸다. 처음엔 너무 순식간에 일어난 일이라 스스로도 확신하지 못했다. 진짜로 그렇게 느끼는 건지, 아니면 그렇게 느낀다고 상상하는 건지 말이다. 하지만 그는 진짜로 느끼고 있었다…. 그건 마치 동물의 포효처럼 그를 갈가리 찢는 것 같았다. 그는 그녀에게 모든 걸 의지하기 시작했다. 자신의 숨결과 생각까지도.

　어느 날 밤이었다. 눈이 내려 길 위를 소복이 덮고 있던 날 밤, 그는 주차장에 혼자 앉아 있었다. 포드 카프리의 운전대를 움켜쥐고서. 제대로 생각하기는커녕 똑바로 앞을 볼 수조차 없었다.

　어떻게 그에게 이런 일이 생길 수 있었을까? 어떻게 그렇게 빨리, 그렇게 멀리까지 와버린 걸까? 무엇 하나 확신할 순 없었지만, 그는 알고 있었다. 가슴 깊이 느끼고 있었다. 일을 이렇게 만들지 말았어야 했다는 걸. 결국 후회하게 될 거라는 걸. 그리고 이미 후회하는 중이었다.

　그녀는 손쉬운 먹잇감이어야 했다. 꿍꿍이라곤 전혀 없을 것 같은 묘한 눈동자에 순진한 미소를 짓던 그녀. 그는 그녀와 사랑에 빠져서는 안 됐다. 그녀 또한 그에게 더 나은 사람이 되고픈 꿈 같은 건 갖게 하지 말았어야 했다.

　그전까지 그는 자신이 잘 지내고 있는 줄 알았다.

아니, 그때까지만 해도 잘 지내고 있었다. 자기 세상에 그녀를 받아들인 그 아름다운 실수를 하기 전까지 말이다. 그는 그녀를 사랑했다. 너무나 사랑한 나머지 그녀를 잃을까 두려웠다. 그녀를 잃는 건 자기 자신을 잃는 거나 마찬가지였다. 아무 것도 잃을 것 없던 삶이었기에 그 상실감을 견딜 수 없을 것 같았다.

운전대를 꽉 잡은 손에 힘이 들어갔다. 그럴수록 머릿속은 더욱 혼란스러워졌다. 그는 점점 이성을 잃어갔고, 절박해졌다. 그 순간 깨달았다. 텅 빈 이곳의 고요가 그를 더 공포스럽게 한다는 걸. 뭐든 해야 한다. 그야말로 어떤 것이든. 그녀를 영원히 지키기 위해서 말이다.

그 후로도 몇 달 동안 그는 그녀를 가졌다가, 또 잃었다. 그리고 또 다시 가졌다. 그는 도통 이해할 수가 없었다. 그는 그녀를 사랑했다. 그의 사랑은 그 어떤 별보다 더 밝게 타올랐다. 그 사랑을 보여주려고 그녀가 좋아하는 소설의 구절들을 수없이 인용하기도 했다. 그녀도 그에게 모든 걸 주었다. 그녀가 자신과 사랑에 빠지는 걸 그도 보았다. 더 이상 그가 그녀를 실망시키지 않기를 바라는 모습도. 그가 스스로에게 좋은 사람이 되길 바라는 게 그녀의 신념에 가까운 믿음이었다. 그는 그녀가 맞고, 다른 모두가 틀렸다는 걸 증명해 보이고 싶었다. 그녀는 그에게 전에는 결코 느낄 수 없었던 한 줄기 희망이 있음을 깨닫게 해주었다. 그는 자신에게 그런 희망 따위가 있는 줄도 모르고 있었다.

그녀의 존재는 그를 편안하게 해주었다. 그의 가슴 속에 이글거리던 불덩이를 식혀주었고, 그는 그녀에게 중독되었다. 그는 그녀를 가질 때까지 갈망했다. 그녀를 갖게 되자, 두 사람은 멈출 수 없었다. 그녀의 몸은 그의 안식처였고, 그녀의 마음은 그의 집이었다. 그는 그녀를 사랑할수록 상처를 주었지만 그녀에게서 멀어질 수가 없었다. 끝없는 다툼과 성장 끝에 그들은 결국 그토록 갈망하던 평범한 삶을 살게 되었다.

아버지와의 관계도 느리긴 했지만 점차 친밀해졌다. 가족들과 몇 번이나 저녁식사를 함께했다. 그 과정에서 아버지에게 느끼고 있던 증오심을 씻어냈다. 그는 자신을 다르게 보기 시작했고, 그로 인해 아버지의 허물을 다른 시각에서 바라볼 수 있게 됐다. 그의 삶이 변화하고 가족들과도 그럭저럭 지내게 되자, 그는 그녀가 자신에게 정착하길 간절히 바랐다. 그는 다시는 그러지 않겠다고 맹세하는 방식으로, 새로운 가족들 사이에서 성장하고 있었다.

동물적 본성과 파괴적인 행동방식으로 일관했던 20여 년의 시간과 맞서는 일은 쉽지 않았다. 몸이 요구하는 술과 이별하기 위해 매일 전쟁을 치러야 했다. 치밀어 오르는 화를 가라앉히는 것도 마찬가지였다. 어떻게 해야 할지도 모른 채, 그저 그녀를 위해 애써 보겠노라 맹세하는 게 전부였다. 그리고 결국 해냈다. 몇 번의 전투에서 패배를 맛보았지만, 그 전쟁에서 결국 승리했다. 그녀는 그에게 웃는 법을, 사랑을 가르쳐 주었다. 그 또한 그녀에게 끊임없이 사랑을 속삭였고, 앞으로도 결코 멈추지 않을 것이다.

1

여름 방학의 마지막 며칠은 늘 그렇듯 최고로 달아올랐다. 얼마 남지 않은 시간 동안 하고 싶었던 걸 다 해보려는 듯 다들 미친 듯이 날뛰었다. 파티는 날이 갈수록 북적였고, 여자들은 점점 더 거칠어졌다. 나는 새 학기가 시작되길 손꼽아 기다렸다. 대학 생활에 부푼 꿈을 꾸며 두근거리는 덜 떨어진 신입생 같은 마음은 아니다, 절대로. 앞으로 한 해만 잘 버티면 다음 해 봄에 졸업할 거다. 그 생각에 가슴이 떨렸다.

아무도 대학 같은 건 다니지 못할 거라 여겼던 비행 청소년에게 조기 졸업은 나쁘지 않은 결과다.

엄마는 나를 지구 반대편 이곳 워싱턴의 아빠 곁으로 쫓아버렸다. 엄마는 아빠와의 '관계 회복'이라는 말도 안 되는 이유를 구실로 삼았지만, 그 말에 속을 만큼 바보는 아니다. 엄마는 내가 하는 짓거리를 더 이상 두고 보지 않겠다고 결심한 거다. 그래서 식민지로 파견된 과거 청교도처럼 미국으로 쫓겨난 거다.

"거의 다 돼 가?"

퉁퉁 부운 입술의 핑크색 머리가 내 가랑이 사이에서 불쑥 고개를 들었다. 이 여자가 여기 있었다는 걸 거의 까먹고 있었다.

"어."

그녀가 내게 주는 육체적 쾌락을 만끽하면서, 두 손으로 그녀의 어깨를 잡고 눈을 감았다. 기분 전환, 딱 그게 전부다.

척추를 따라 쾌감이 번졌다. 그녀의 따뜻한 입 속으로 정액을 쏟아 냈다. 그녀와 섹스하는 것보다 이게 더 좋다는 걸, 나는 굳이 숨기지 않았다.

잠시 후, 그녀는 손등으로 입술을 닦으며 일어섰다.

"근데 너…."

몰리는 핸드백 안에서 립스틱을 꺼냈다.

"최소한 좋아하는 척이라도 해야 되는 거 아냐? 이 나쁜 자식."

몰리는 입술을 오므리며 입가에 번진 립스틱을 손가락으로 닦아냈다.

"하찮아."

나는 목청을 가다듬었다.

"좋아하는 척, 그거."

몰리는 어이없는 표정을 지으며 가운뎃손가락을 올려 보였다. 좋아한다, 적어도 육체적 관계는. 몰리가 섹스 하나는 잘했으니까. 그리고 가끔 어울리는 것도 괜찮았다. 우리는 닮은 점이 많았다. 둘 다 가족이라면 진저리를 쳤다. 몰리의 과거는 잘 모르지만, 거지 같은 일들을 많이 겪었을 거라는 건 짐작할 수 있었다. 그러니까 필라델피아의 부자 동네에서 여기까지 왔겠지.

"나쁜 자식."

화장품 가방을 닫으며 몰리가 중얼거렸다. 화장기 없는 핑크색 입술이 더 나아 보이는데. 내 물건을 입 안 가득 물고 있어서 잔뜩 부풀어 오른 그 입술 말이다.

몰리는 아는 애들 중 하나다. 글쎄, 서로 재미 보는 친구라고나 할까. 우리 사이의 '우정'은 조금도 서로를 얽매지 않는 거다. 뭘 하건, 누굴 만나건 서로에게 완전히 자유롭다. 몰리는 반쯤은 나를 증오하는 것 같다. 그것도 상관없다. 마찬가지니까.

다른 친구들은 우리더러 뭐라 하지만, 그러시든가. 나는 심심했고, 그저 몰리가 내 앞에 있었을 뿐이다. 몰리는 제대로 한 판 해주고, 오래 남아 있지 않았다. 나한테는 완벽한 상황이다. 몰리한테도, 아마 그렇겠지.

"오늘 밤 여기 파티 때, 있을 거지?"

몰리가 물었다.

나는 자리에서 일어나 박서 팬티와 바지를 끌어올렸다.

"나, 여기 살잖아."

몰리에게 한쪽 눈썹을 찡긋 올려 보였다.

나는 이곳이 싫다. 도대체 어쩌다 이 클럽하우스에서 살게 됐는지 스스로 되묻곤 한다.

다 내 정자 제공자 때문이다. 그래서 이렇게 된 거다. 켄 스캇이 일등 공신이다. 내 어린 시절을 망쳐버린 술주정뱅이 몹쓸 인간은 마법처럼 새 인생을 살고 있다. 요조숙녀와 그녀의 아들과 함께 말이다. 멍청이 아들은 나보다 두 살 어렸다.

그는 재기에 성공한 것 같았다. 빌어먹을 켄 스캇은 재기했는데, 나는 이 거지 같은 대학 기숙사에 있게 됐다. 그것도 켄 스캇이 총장으로 있는 학교에. 가장 가관인 건, 그가 나에게 같이 살자고 진짜 애원 비슷한 걸 했다는 거다. 내가 자신의 지붕 아래서 자신의 관리 감독을 받으며 살아야 한다고 생각하는 것 같았다. 나는 거절하면 아파트라도 얻어줄 줄 알았다. 하지만 그는 그러지 않았다. 대신 이 구린 집에서 살게 됐다. 그의 고고하고 정결한 궁전 대신 이 시궁창을 선택했다는 것 때문에 그는 진심으로 화를 냈다.

이 밥맛 떨어지는 공동체에는 고유한 특전이 있었다. 거대한 이 집에서 거의 매일 밤 파티가 벌어지고, 여자들의 행렬이 끝없이 이어졌다. 가장 밥맛은 이거다. 그중에 아무도 나랑 어울리려 하지 않는다는 거.

이 클럽하우스에 있는 허접한 녀석들은 내가 이곳 소속으로서 아무 것도 하지 않음에도 전혀 신경 쓰지 않았다. 멍청한 사교 클럽 셔츠 같은 것도 입지 않았고, 차에 클럽 스티커를 덕지덕지 붙이지도 않았다. 자원 봉사 같은 것도 절대 참여하지 않았고, 쓸데없는 구호 같은 걸 외치고 다니지도 않는다. 그들은 공동체를 위한 단체 행동은 뭐든 오케이였다. 그러면서도 실제로 이 공동체를 진짜로 위하는 일이 뭔지, 전혀 신경 쓰지 않았다.

방을 둘러보고 내가 혼자 남아 있다는 걸 깨달았다. 몰리는 말없이 나가버렸다.

자리에서 일어나 창문을 열고, 오늘 밤 또 사람들로 북적거리기 전에 방을 환기시켰다. 기숙사의 빈 방을 나는 전부 내 맘대로 사용했다. 다른 사람이 내 공간에 있는 게 참을 수 없을 만큼 싫었다. 너무 개인적이고 이기적일지도 모른다. 하지만 어쨌든 이게 좋다. 기숙사 녀석들도 모두 내 방에 들어올 수 없다는 걸 안다. 몰리나 대부분의 여자애들도 전부 알고 있었다. 나하고는 내 방이 아닌 다른 빈 방에서만 어울릴 수 있다는 걸.

방으로 돌아가는데 로건이 복도에서 비틀거리고 있었다. 그의 팔에는 짧은 곱슬머리의 여자가 안겨 있었다. 여자는 로건에게 쉴 새 없이 이렇게 저렇게 해달라며 떠들어댔다. 나는 혐오감을 참지 못해 소리쳤다.

"방에나 들어가서 하든지!"

여자는 키득거렸고, 로건은 나에게 가운뎃손가락을 들어 보였다. 나는 방문을 잠갔다. 이게 이곳의 패턴이다. 모두 나를 무시하거나 꺼지라고 한다. 그러든가 말든가. 차라리 내 방에 혼자 앉아 있는 게 낫다. 옆방에서 지어낸 듯한 신음 소리가 들리길 기다리면서.

책장 안에 먼지 앉은 책들을 손으로 훑었다. 어떤 소설을 읽어야 당장 살맛이 날지 모르겠다…. 헤밍웨이? 헤밍웨이는 나에게 냉소를 보내기 좋을 것 같다. 아니면 에밀리 브론테? 지금이라면 맛이 간 러브 스토리도 괜찮을 듯한데. 나는 『폭풍의 언덕』을 꺼내 들고 부츠를 벗고 침대에 기대앉았다.

이 책을 읽고 또 읽게 되는 이유를 잘 모르겠다. 그런데도 이 음울한 이야기의 페이지를 자꾸만 넘기고 있는 나를 발견하곤 한다. 진짜 밥맛 떨어지는 이야기다. 두 사람은 계속 만났다가 헤어진다. 자신들은 물론 주변 사람들까지 망가뜨리면서. 둘 다 너무 이기적이고 고집불통이라 절대로 함께할 수 없기 때문이다.

이상하게 나한테는 이 이야기가 와닿았다. 책을 읽는 동안 나도 무언가 느끼고 있었다. 아기자기하고 감상적인 소설은 페이지를 넘길수록 구토가 올라온다. 읽고 난 다음 책을 확 불태워버리고 싶게 만든달까.

"아, 너무 좋아!"

판자 같은 얇은 벽 너머로 옆방에서 여자의 비명 소리가 들렸다.

"닥치고 엿이나 먹어!"

주먹으로 나무 벽을 후려치고, 베개로 귀를 막았다.

1년이다. 딱 1년만 수업 듣고, 누워서 떡 먹기인 시험을 치르면 된다. 딱 1년만 이 지루한 파티를 견디면 된다. 눈치 보면 서로의 생각을 간파하려 애쓰는 인간들로 북적이는 파티 말이다. 딱 1년만 잘 버티면 된다. 그러면 나는 런던으로 돌아갈 수 있다. 그곳이 내가 있어야 할 곳이다.

2

그는 지금까지도 방 안을 가득 채우던 바닐라 향을 기억한다. 처음으로 그녀와 단둘이 기숙사 방에 있었을 때였다. 그녀의 머리카락은 젖어 있었고, 굴곡진 몸은 타월로 감싼 채였다. 화가 난 그녀의 가슴께가 불그스레 상기되었을 때, 그는 처음으로 거기에 시선을 빼앗겼다. 그는 그 후에도 그녀가 화내는 모습을, 심지어 머리끝까지 화가 뻗친 모습을 셀 수 없을 만큼 많이 보았다. 하지만 절대 잊을 수가 없었다. 처음에 그녀는 자신을 예의 바르게 대하려 무척 애썼다는 걸. 그는 그녀의 예의 바른 모습을 자존심이라고 받아들였다. '여자인 척하는 고집불통 여자애'쯤으로 생각했다. 낯선 그 애는 참을성 있게 계속 인내했다. 그럴 이유가 전혀 없는데도. 그녀는 그에게 아무 것도 빚진 게 없었고, 지금도 여전히 그랬다. 그는 그녀가 자기에게 화내는 모습을 앞으로도 계속, 남은 생애 동안 쭉 볼 수 있기를 바랐다.

그는 지금 지나간 날들의 추억을 붙들고 있다. 자신이 저지른 실수에 발목 잡혀 홀로 남겨진 채로. 그녀는 떠났다. 그리고 화를 내던 자신과 그녀의 모습 같은 몇몇 기억들만이 소년의 머릿속을 맴돌며 부유할 뿐이었다.

가을학기 개강 날은 사람 구경하기에 최적이다. 수많은 멍청이들이 닭처럼 머리를 흔들며 캠퍼스 안을 뛰어다녔다. 잘 차려입은 여자들은 필사적으로 남자들의 눈길을 끌려고 안달을 한다.

세계 어느 대학을 가나 매년 똑같은 광경이다. 그중에 워싱턴센트럴 대학교는 그저 내가 출석해야 할 학교일 뿐이다. 그럭저럭 마음에 들었다. 다니기도 쉬웠고, 교수들은 내 불성실한 태도를 많이 눈감아주었다. 결석이 잦았음에도 성적은 꽤 괜찮았다. 열심히 했다면 훨씬 더 잘할 수도 있었다. 하지만 성적이나 계획, 또 그밖에 어떤 것들에 집착하느라 낭비할 시간과 에너지가 내겐 없었다. 하지만 교수들이 짐작한 만큼 멍청하지는 않아서, 일주일 내내 수업에 빠져도 시험에선 여전히 에이스였다. 나는 할 수 있는 만큼 공부했고, 그런 나를 그들도 그냥 내버려두었다.

학생회관 앞 광장은 쇼를 보기에 최적의 장소였다. 여기 앉아서 눈물을 글썽이는 부모들을 보는 게 가장 흥미로운 광경이었다. 내겐 참으로 놀라웠다. 그들은 자기 아이-사실은 다 큰 아이지만-를 대학에 보내면서 마치 팔이라도 잘린 것처럼 굴기 때문이다. 우리 엄마는 나를 더 빨리 떼놓지 못해서 안달이었는데. 부모들은 짜증스런 어린애처럼 징징거릴 게 아니라 행복해 해야 마땅하다. 그들의 자식들은 사실 자신들의 삶을 살 것이기 때문이다. 내가 살던 동네에 가봤더라면, 아마 이 대학의 땅바닥에다 입맞춤이라도 했을 거다. 자기 자식에게 이런 삶을 살 수 있는 기회를 줬음에 행복해 해야 한다.

거대한 '뽕브라'에 희한한 색으로 머리를 염색한 여자가 체크무늬 셔츠를 입은 작달만한 자기 아들을 끌어안았다. 엄마 어깨에 기대어 울음을 터뜨린 그 애를 보자 웃음이 터졌다. 약해 빠진 녀석 같으니라고. 녀석의 아빠는 한 발짝 뒤에 서서 눈물겨운 모자의 이별 장면에서 눈을 돌린 채 비싸 보이는 시계만 들여다보고 있었다. 이 눈물바람이 언제 끝날까 기다리고 있는 거다.

저런 건 어떤 기분일까. 부모가 나에게 집착하는 모습 같은 건 상상해본 적도 없다. 엄마는 나를 잘 돌봐주었다. 하지만 그건 직무 유기한 아빠를 대신해 생계를 책임지기 전까지다. 엄마는 나를 혼자 두고 새벽부터 밤중까지 일했다. 엄마는 나름대로 최선을 다했다. 너무 많은 걸 잃은 사람이 할 수 있는 건 오직 그것뿐이었을 거다. 나는 엄마의 도움 같은 건 필요 없었다. 단 한 푼도. 그때도 지금도, 나는 받지 않을 거다. 엄마에게서든, 그 누구에게서든.

"어이, 친구! 안녕."

네이트가 테이블 맞은편에 앉아 주머니에서 담배를 꺼냈다.

"오늘 저녁에 뭐 할 거냐?"

네이트가 라이터를 켜며 물었다.

어깨를 한 번 으쓱해 보이고, 주머니에서 휴대전화를 꺼내 시간을 확인했다.

"스테프 방에 갈 거야."

네이트가 담배를 피워대며, 광장에서 스테프의 기숙사까지 걸어가겠다고 하는 바람에 짜증이 났다. 먼 거리는 아니었다. 한 15분쯤 걸릴까. 그러나 한껏 치장하고 나온, 대학 생활에 대한 기대로 가득한 애송이들 틈바구니에서 이리저리 치이느니 차를 몰고 가는 게 나았다.

기숙사에 도착할 때까지, 네이트는 주말에 있을 파티 얘기를 계속해댔다. 주말마다 늘 있었던 일이다. 대체 그게 뭐가 그렇게 흥분할 일이야?

나에게는 항상 똑같다. 똑같은 친구들, 똑같은 섹스, 똑같은 파티, 똑같은 그렇고 그런 것들의 다른 날일 뿐.

방문을 열려던 참인데 네이트가 불쑥 나섰다.

"노크 먼저 해. 저번에 스테프가 얼마나 화냈는지 기억 안 나?"

웃음이 터졌다. 그럼, 물론 기억난다. 지난 학기였다. 내가 노크도 없이 스테프 방에 불쑥 들어갔을 때였다. 나는 스테프가 어떤 멍청이 앞에 무릎을 꿇고 있는 모습을 발견했다. 그 녀석을 왜 멍청이라고 부르냐 하면…, 그러니까, 그 녀석이 플립플롭을 신고 있었기 때문이다. 내 사전에는 교내에서 그런 신을 신은 놈들은 자동으로 멍청이라고 기재된다. 녀석은 당황했고, 스테프는 화를 냈다. 녀석이 엉거주춤 일어나 방을 나서자 스테프는 손에 잡히는 걸 죄다 내게 던졌다.

그 주 내내 나는 스테프가 진절머리를 치는 모습을 봐야 했다. 아직도 그게 신경 쓰이기는 한다.

그 기억에 한참 깔깔거리는데 들어오라고 외치는 소리가 들렸다.

안으로 들어가니 한가운데 서 있던 카디건을 입은 금발의 남자가 인사를 건넸다. 스테프는 나와 네이트 사이에 섰다. 새로운 방문객을 맞는 그녀의 눈빛은 즐거움에 들떠 있었다. 긴장한 모습의 여자와 어린 여자애가 이 방에 같이 있다는 사실을 나는 잠시 후 알아차렸다. 여자는 제법 섹시했다…. 내 눈은 그녀의 몸을 훑고 있었다. 큰 키에 긴 금발, 적당한 가슴까지.

"안녕, 네가 스테프의 새 룸메지?"

네이트가 인사를 건넸다. 그제야 나는 여자애 얼굴을 제대로 쳐다봤다.

여자애는 그럭저럭 괜찮았다. 부루퉁하게 내민 입술에 긴 금발. 그게 다였다. 그리고 자기 사이즈보다 세 사이즈나 큰 것 같은 옷을 입고 있었다. 스커트는 말 그대로 바닥에 질질 끌릴 것 같았다. 언뜻 봐도 이 여자애한테 대학 생활은 그다지 재미있지 않을 게 분명해 보였다.

여자애는 잔뜩 긴장해서 발끝만 내려다보고 있었다. 뭐야, 애 왜 이래?

"어…내 이름은 테사야."

여자애가 중얼거렸다. 목소리는 기분 나쁠 정도로 너무 작았다.

나는 스테프를 쳐다보았다. 스테프는 침대에 걸터앉아 음흉한 미소를 짓고 있었다. 시선을 그 여자애에게 고정시킨 채로.

네이트는 상냥한 미소를 지으며 대답했다. 우리 중에 항상 친절한 건 얘 뿐이다.

"나는 네이트. 그렇게 심각한 얼굴로 쳐다보지 마."

이런 잡담을 하는 이유를 모르겠다. 특히 이런 겁쟁이하고. 여자애는 눈을 동그랗게 뜨고 네이트를 쳐다보았다. 네이트는 여자애의 어깨를 툭 쳤다.

"너도 곧 여기가 맘에 들 거야."

얼씨구, 한술 더 뜨네. 재수 없는 자식.

벽에 붙은 밴드 포스터를 본 스테프 룸메이트의 얼굴은 더욱 사색이 되었다. 이 여자애한테는 스테프가 최악의 파트너일 게다. 여자애는 말이 없고 소심한데다 세상에 겁을 먹고 있다, 분명. 운은 좋네. 오늘 내 기분이 좋기에 망정이지 안 그랬으면 더 불편하게 만들었을 거다.

"준비 다 됐어."

스테프가 침대에서 일어서며 말했다. 스테프는 가방을 어깨에 걸치고 문을 향했다. 꼭 룸메의 남동생 같은 금발 남자애가 나를 쳐다보았다. 나도 그의 눈을 똑바로 쳐다보았다.

"나중에 또 봐, 테사."

네이트가 여자애한테 손을 흔들었다. 여자애가 나를 쳐다보고 있다는 걸 알아차렸다. 여자애의 시선은 눈썹과 입술에 한 피어싱을 지나 내 양팔로 움직이고 있었다. 아줌마와 남자애도 똑같이 그러고 있다는 걸 눈치챘다.

'뭐? 타투 처음 봐?'

한소리 하고 싶었지만, 여자애의 엄마로 보이는 여자의 표정이 썩 좋지 않아서 입을 다물기로 했다. 이번만은.

복도로 나오는 순간, 등 뒤에서 여자의 새된 목소리가 들렸다.

"안 되겠다, 다른 방으로 옮기자!"

스테프가 웃음을 터뜨렸다. 복도를 지나오며 나와 네이트도 덩달아 웃음을 터뜨렸다.

3

다음날 아침, 첫 시간 수업에 들어갈 기분이 아니었다. 그래서 대신 스테프의 방으로 향했다. 아마 아직까지 자고 있을 테지. 그래도 너무 심심했다. 마침 다음 강의실이 스테프 방에서 가깝기도 했다. 스테프에게 가는 중이라고 메시지를 보냈지만 답을 기다리지는 않았다.

오래된 건물 복도는 거의 텅 비어 있었다. 두어 명쯤 되는 애들이 책을 싸들고 우왕좌왕하고 있었다. 이번에는 노크를 했다. 스테프가 심장 마비라도 일으키면 큰일이니까. 안에서는 아무 소리도 들리지 않았다. 나는 일전에 스테프에게서 받은 열쇠로 문을 열고 들어갔다.

스테프의 후진 침대에서 잠들지 않으려고 TV 채널을 뒤적거렸다. 구닥다리 전문가가 나와서 멍청이 두 명에게 결혼에 대한 충고를 늘어놓고 있었다. 갑자기 방문이 열리더니, 스테프의 룸메이트가 불쑥 들어왔다. 젖은 타올을 몸에 두른 채였다. 젖은 머리카락 몇 가닥이 얼굴에 우스꽝스럽게 붙어 있었다. 그녀의 눈은 깜짝 놀라 동그래졌다. 나는 텔레비전을 끄고, 내 앞에 있는 여자를 쳐다보았다.

"스테프는 어디 갔어?"

그녀가 울 듯한 목소리로 말했다. 그러더니 바닥으로 시선을 옮겼다가, 나를 쳐다보았다가, 다시 바닥으로 시선을 떨구었다.

당황해 하는 그녀를 보고, 나는 짐짓 미소를 지으며 잠자코 있었다.

"안 들려? 스테프 어디 갔냐고 묻잖아."

나는 활짝 웃어 보였다.

"글쎄, 나도 몰라."

그녀는 안절부절 못했다. 타월 끝을 꽉 움켜쥐고 있는 게 눈에 들어왔다. 저러다 찢을 기세로군. 나는 다시 텔레비전을 켜고 침대에 올라앉았다.

"근데…, 그럼…, 좀 나가 줄래? 옷 갈아입어야 하거든."

글쎄, 이 방에서 나가지는 않을 참이다. 이제 겨우 가장 편안한 자세를 찾았거든.

나는 몸을 돌려 손으로 얼굴을 가렸다. 유머 감각을 좀 발휘해볼까.

"앞서가지 마. 내가 널 볼 거 같냐?"

그녀는 내가 여기 앉아서 자기를 계속 쳐다볼 거라 생각한 모양이다.

음…, 그럴지도 모르지. 특히나 타월로 감춰진 몸이 저렇게 멋져 보인다면 더욱.

허둥지둥 옷 입는 소리가 들렸다. 브래지어 입는 소리에 이어 한숨 소리가 들렸다. 여전히 잔뜩 긴장했나 보다. 있는 힘을 다해 재빨리 옷을 입으려고 안간힘을 쓰는 그녀의 얼굴이 보고 싶어졌다. 가린 눈을 뜨고 그녀를 짜증나게 만들어볼까 싶기도 했다. 하지만 그러기에는 난 지금 너무 멀쩡한 상태다. 거기다가 이 여자애는 겨우 몇 번쯤 더 보고 말 테니까, 예의를 차리는 게 좋겠지.

"아직도냐?"

손으로 가린 채였지만 나는 떨떠름한 표정을 지었다.

"넌 진짜 예의라곤 없구나. 이런 상황에서 왜 그렇게 못되게 말하는 거야?"

그녀가 소리를 질렀다.

'뭐래?'

순진한 얼굴로 저런 건방진 말을 할 줄은 꿈에도 몰랐다. 그녀는 나를 참아보려고 기를 쓰고 있었고, 나는 그녀를 폭발시키려고 기를 쓰고 있었다. 웃음이 터져 나왔다.

뚜껑 열린 스테프의 룸메이트를 보고는 이렇게 웃음이 터지다니 이상했다. 하지만 그녀의 표정은 돈 주고 살 수 없을 만큼 우스웠다. 제대로 열이 오른 표정이었다.

방문이 벌컥 열리고, 스테프가 들어왔다. 어젯밤과 같은 옷차림이다.

"미안 미안, 내가 늦었지? 어젯밤에 완전 필름이 끊겼어."

어이가 없었다. 당연히 필름이 끊겼겠지…, 언제는 안 그랬나?

"미안해, 테사. 하딘이 온단 걸 깜빡했어."

스테프는 별일 아니라는 듯 어깨를 으쓱했다.

"네 남자친구는 너무 예의 없어."

금발의 여자가 일갈했다.

나를 두고 한 말이겠지. 또 다시 웃음이 터졌다. 얼마나 웃어댔는지 스테프가 미간을 찌푸린 채로 나를 쳐다보았다.

"하딘 스캇은 '절대' 내 남자친구가 아니야!"

조금 오버다 싶을 정도로 소리치더니 스테프는 나를 따라 꺽꺽거리며 웃기 시작했다.

예전에 같이 잔 적이 있는 사이긴 하지. 하지만 단 한 번도 데이트 같은 걸 하지는 않았다.

나는 누구와도 데이트하지 않는다.

"넌 애한테 뭐라고 한 거야?"

스테프는 허리에 손을 올리고 나를 꾸짖으려는 듯 말했다. 그러더니 다시 그녀를 향했다.

"있잖아, 하딘은 말이지. 그 뭐랄까…, 원래 좀 특이하게 말해."

특이하게 말한다고? 그럴 생각은 추호도 없다. 어깨를 한번 으쓱해 보이고, 나는 다시 아무 생각 없이 볼 수 있는 프로그램을 찾았다.

"오늘 저녁에 파티 있는데. 너도 같이 가자, 테사."

스테프의 목소리였다. 저런 애송이가 파티엘? 웃음을 참으려 입술 피어싱을 꽉 물었다. 시선은 텔레비전에 고정한 채였다.

"파티라니, 관심 없어. 난 오늘 필요한 물건들을 사러 가야 해."

"가자, 고작 파티 한 번인데. 너도 이제 대학생이잖아. 파티에 간다고 세상이 뒤집어지진 않아."

어떻게든 설득해보려는 듯 스테프의 말투는 애원조였다.

"근데, 쇼핑하러 어떻게 가려고? 너 차 없지?"

"버스 타고 가려고. 그리고 파티엔 아는 사람도 없는데 뭐."

그녀의 대답에 다시 웃음이 나왔다.

"책도 읽어야 하고, 노아하고 통화도 해야 해."

상점 나들이가 더 재미있으시겠지. 저런 애들은 분명 대형 할인 마트에 갈 거다. 딱 그런 타입으로 보인다. 거기다가 통화 데이트라니…. 가엾은 남자친구에게 발목이라도 보여주려나 보다.

"토요일에 버스를 탄다고? 완전 사람 많을 텐데? 하딘이 가는 길에 내려줄 수 있을 거야. 그치, 하딘?"

스테프가 나를 쓱 처다봤다. 절대로 누구도 그 어디에도 내려주지 않을 거다.

"그리고 네가 아는 사람, '나' 있잖아. 그니까 파티 가자. 꼭! 알았지?"

"글쎄, 아직 잘 모르겠어…. 그리고 안 데려다줘도 돼."

꼴 보기 싫은 여자애가 징징거린다. 나는 몸을 일으켜 두 사람에게 미소를 날렸다. 할 수 있는 건 이게 다였다. 두 사람 모두 너무 짜증스러운데다 나는 좀 빼쳤으면 했다.

"안 돼! 꼭 가야 해! 너랑 노는 걸 얼마나 기대했는데."

내가 끼어들었다.

"관둬라, 스테프. 그래 봤자 얘는 안 올거라니까."

그녀를 힐끔 처다보았다. 가슴에서 엉덩이까지 딱 붙는 흰색 티셔츠를 입고 있었다. 지난 번 그 흉물스러운 스커트 말고, 이런 식으로 입는 게 훨씬 낫잖아. 카키색 반바지는 여전히 길긴 하지만, 한 번에 잘할 순 없겠지.

"좋아, 그럼 한번 가볼까? 재미있겠다."

그녀가 불쑥 말했다. 테사라고 그랬던가, 이 여자. 맞다, 그랬다. 호들갑스러운 비명 소리가 들렸다. 드디어 내가 이 자리를 떠날 때가 된 것 같다. 두 여자는 서로 끌어안고 난리를 치고 있다.

"좋았어! 오늘 진짜 재미있을 거야!"

방을 나서는 등 뒤에서 스테프의 목소리가 들렸다.

캠퍼스 멀찍이 차를 몰고 가, 남은 수업을 모두 제끼고 앉아 있었다. 그러다 네이트에게 문자메시지를 받았다. 블라인드 밥스에서 트리스탄과 만나기로 했단다. 나도 그쪽으로 향했다. 차창을 내리고 음악을 크게 틀었다. 어렸을 땐 창문을 열고 차에서 음악을 크게 틀고 다니는 사람들은 허세에 쩐 인간이라고 생각했다. 그러나 이제는 이해한다. 가끔은 나도 나를 둘러싼 세상을 물속에 던져버리고 싶을 때가 있다. 그럴 땐 오로지 책과 음악만이 나를 치유해준다. 대부분 사람들에겐 위안을 주는 게 하나쯤은 있다. 음악과 책, 내겐 그거다.

침묵하고 싶을 땐 시끄러운 소리가 도움이 된다. 술보다 나은 것 같다. 엄마의 경우에는 한밤중에 전화를 붙잡고 펑펑 우는 거였겠지.

"왜 이렇게 오래 걸렸어?"

트리스탄이 내용물 절반은 흘리면서 햄버거를 베어 물고 있었다.

"길이 엄청 막혔어."

네이트 옆자리에 앉았다. 늘 우리를 담당하는 점원이 고개를 까딱하며 인사를 건넸다. 잠시 후, 점원은 물 한 잔을 들고 우리 테이블로 왔다.

"아직 안 취했지?"

네이트가 물었다. 네이트는 맥주를 마시며 내 물 잔에서 시선을 피하고 있었다.

"어. 안 취했어."

담긴 물을 절반이나 마셨다. 시원한 맥주 생각이 나지 않도록 애를 쓰면서.

"다들 한마디씩 할 거 같긴 하지만, 어쨌든 멋진 거 같다. 네가 자기 통제력을 갖게 된 거 말이야."

네이트의 칭찬에 멋쩍어졌다. 트리스탄이 냅킨으로 턱을 문지르며 웃음을 터뜨렸다.

"자기 통제력이라고? 바로 어젯밤에 몰리가 네 이름을 부르며 신음하는 걸 내가 다 들었는데."

"술에 안 취했다는 거지, 여자 얘기가 아니잖아."

네이트가 따라 웃으며 어깨로 나를 툭 쳤다. 분위기가 전환돼서 다행이다. 내 취향에 맞지 않게 너무 개인적인 방향으로 화제가 흘러가고 있었다.

네이트는 내 차를 운전해보겠다고 끈덕지게 졸랐다. 겨우 맥주 한 잔 마신데다, 지금은 운전하고 싶은 기분이 아니었다. 그래서 스테프와 개 룸메이트를 데려다줄 거면 대신 운전하라고 했다.

"스테프가 엄청 전화해댔어. 네가 자기 전화 안 받는다면서."

주차장을 빠져나오며 네이트가 말했다. 어이가 없었다.

"한 시간 전에 내가 태워다 주겠다고 했거든."

아, 스테프는 진짜 짜증난다.

"막 가는 길이라고 얘기했어. 테사가 스테프랑 같이 온다니 좋네."

네이트가 운전석 창문을 내리며 말했다.

"왜?"

"착해 보이잖아. 걘 사람들이랑 좀 더 어울려야 해. 스테프가 그러는 데, 걔는 친구가 자기 남자친구밖에 없는 것 같다더라."

"남자친구라고? 마더 테레사한테 남자친구도 있대?"

나는 비아냥거렸다. 잠깐만, 기숙사에 있던 그 금발 남자애? 둘은 연인이 아니라 남매처럼 보였는데. 걔랑 통화한다는 거였어? 옷을 죄다 갖춰 입고 하겠군. 아니지, 철벽 방어를 위해 겉옷까지 챙겨 입을지도.

"어, 그때 같이 있었던 남자애, 말쑥한 도련님 있잖아."

"가서 알아봐야겠군."

나는 웃음을 터뜨리며 음악을 틀었다. 테사랑 갭 모델 같이 생긴 걔 남자친구는 이런 음악은 싫어할 테지. 나는 볼륨을 더 높였다.

기숙사 주차장에 차를 세우는데 휴대전화가 울렸다. 몰리였다. 가뿐하게 통화 거절 버튼을 눌렀다.

"안녕, 여러분."

차를 향해 걸어오는 여자들은 보고 네이트가 반색했다. 스테프는 망사 원피스를 차려입었다. 그리고 걔의 껍딱지는 갈색 포대 자루 같은 걸 입고 있었다. 이해가 안 된다. 타월로 감싼 몸매를 분명 봤는데, 왜 저런 해괴망측한 옷을 걸치고 있는 거지?

"넌 교회 가? 우린 파티 가는데, 테레사?"

차에 오르는 그녀를 보고 말했다.

"테레사라고 부르지 마. 테사가 더 좋아."

새침을 떨며 그녀가 대답했다. 폼 잡기는.

이름이 테레사일 거라 생각했다. 소설에서 수차례 읽은 바 있으니까. 내가 그 이름을 꺼내서 심기가 불편한 듯했다.

"알았어, 테레사."

한번 더 비아냥거렸다. 가는 동안에 룸 미러로 몇 차례나 그녀를 힐끔거렸다. 내가 보는 걸 눈치 챈 것 같지는 않았다. 짜증나 보이지도 않았다. 불과 몇 분이지만 도착할 때까지 어색한 침묵을 견뎌야 할 것 같다. 네이트가 기숙사 앞에 차를 세웠다.

그녀가 놀라며 눈을 크게 떴다.

"엄청 크네. 여기서 사는 학생들이 많아?"

테레사가 물었다. 잔디밭에 꽉 차 있는 거 보면 모르겠니?

"벌써 다 모였어. 빨리 가자."

그녀에게 말을 건네고 차 문을 쾅 닫았다. 그녀는 아직 차 안에 앉은 채였다. 깜짝 놀란 모양이다. 나는 마당을 가로질러 걸어 들어갔다.

4

그는 진작부터 알고 있었다. 처음 만났을 때부터 그녀는 그와의 입씨름에서 밀리지 않았다. 그리고 그는 그런 그녀에게 뭔가 다른 감정을 느끼고 있었다. 하지만 그는 확신하지 못했다…. 아니, 전혀 몰랐다. 그녀의 마음속 불길이 점점 사그라들 거라는 걸. 그리고 결국 그의 습관적이고 반복적인 실수로 꺼져버리게 될 거라는 걸. 그는 그녀의 마음 속 불길이 타올랐던 그때를 회상하며 우두커니 홀로 앉아 있는 자신을 발견하곤 했다. 그녀의 말과 행동이 열정에 가득 차 있었을 때는 둘의 관계가 마치 뿌연 연기 속 같았다. 그는 알았어야 했다. 넘치는 그 열정이 파멸을 불러올 거라는 걸, 그녀의 마음을 불구덩이에 빠뜨릴 거라는 걸, 그래서 영혼의 마지막 한 조각까지도 산산조각 내고 말 거라는 걸. 그리고 그가 사랑했던, 목숨 같았던 그녀를 앗아갈 거라는 걸. 그는 그녀가 회색빛 연기에 휩쓸려 가버리는 걸 보고 있어야만 했다.

파티로 북적거리는 인파를 뚫고 들어갔다. 술에 취해 시답잖은 게임이나 하면서 인생을 허비하는 한심한 무리들을 헤치고 들어가야 했다. 벌개진 눈과 멍청하게 웃는 표정을 보며 지나오는 동안 속이 메스꺼워졌다. 그들은 하나같이 '저 재수 없는 녀석'이라는 표정으로 나를 보고 있었다. 마치 싸구려 맥주로 머리 비워내기 경쟁에서 우승이라도 하고 싶은 듯 플라스틱 컵을 서로 주고받으면서.

복잡한 복도에 도착하니 스테프와 개의 껍딱지가 눈에 띄었다. 금발의 그녀는 어리둥절한 표정으로 북적이는 무리들 사이에서 완전히 겉돌고 있었다. 누군가 손에 맥주잔을 들려주자 예의 바른 미소로 화답하고 있었다. 원하지 않는 걸 들이미는데도 말이다. 눈빛을 보니 분명히 알 수 있었다. 그녀는 빨간색 컵을 입으로 가져가더니 한 모금 삼켰다.

그러더니 또 한 모금을 마신다. 놀랍다, 놀라워!

"이게 누구야, 하딘 아니신가!"

시끄러운 소음을 뚫고 몰리의 목소리가 들렸다. 고개를 숙이니 코 아래 몰리가 보였다. 몰리는 한 손을 허리에 대고 짜증스러운 표정을 짓고 있었다. 시선은 테사와 스테프에게 고정한 채였다.

"뭘 보고 있었던 거야?"

시비조다.

"아무 것도. 신경 끄시지."

발걸음을 옮겨 위층 내 방으로 향했다. 등 뒤로 주렁주렁 단 촌스러운 장신구들이 찰랑거리는 소리가 들렸다. 짜증이 솟구쳐 올랐다. 돌아보니 몰리가 유혹의 눈빛을 보내고 있었다.

"왜 따라오는 거야?"

몰리는 어깨까지 오는 핑크색 머리카락을 획 넘기며 투정부리듯 말했다.

"나 심심해."

"그래서…?"

뒷주머니에서 휴대전화를 꺼내 들여다보며 딴전을 피웠다.

몰리가 내 팔을 잡아당겼다.

"재밌게 해줘, 이 재수 없는 자식아."

몰리를 아래위로 훑어보았다. 손바닥만 한 원피스로 몸을 겨우 가리고 있군. 이미 다 본 몸이다. 몰리의 손톱이 잡힌 팔을 파고들었다. 몰리가 나를 보며 배시시 웃고 있었다.

"그러지 말고, 하딘. 너 마지막으로 느낀 게 언제였지?"

쪽팔림이라곤 모르는 여자군. 마음에 든다.

"글쎄, 네가 빨아 줬던 게 이틀 전이던가…."

다음 말을 잇기도 전에 몰리 입술이 내 입술을 덮쳤다. 나는 뒷걸음질을 쳤고, 몰리는 나를 밀어붙였다.

'아, 그냥 하는 편이 낫겠다.'

몰리랑 어울리는 게 나쁘지는 않았다. 내가 저지를 수 있는 더 나쁜 짓은 많으니까. 이를 테면, 스테프랑 착한 테레사와 셋이 밤새도록 어울린다든지 하는. 그럼 누구든 잠들 수 있을 거다.

몰리는 오른쪽 맨 끝방으로 나를 이끌었다. 내 방엔 갈 수 없다는 걸 누구보다 잘 알고 있었다. 방문이 닫히자, 몰리가 내 위로 올라왔다. 입술을 뜨거웠고 끈적거리는 립글로스가 발려 있었다. 누군가와 엉켜 뒹구는 건, 그게 몰리든 누구든 상관없이, 나에게 탈출구 같은 거였다. 말이 안 되지만, 잠시나마 정신을 놓게 되면 세상 뭐든 다 쉬워진다. 모든 느낌이 되살아나는 유일한 시간이 순식간에 몰아친다.

몰리는 나를 침대로 밀어붙였다. 시트 한 장 안 깔려 있는 빈 침대다. 아무 것도 느낄 수 없을 땐 이런 사소한 것들은 상관없어진다. 몰리는 아담한 몸으로 내 다리를 문지르며 포갰다. 핑크색 머리카락을 움켜쥐고, 입술을 포개는 몰리를 잡아당겨 떼어냈다.

"하지 마."

경고를 담은 말투였다. 키스는 안 된다는 걸 상기시키는 나에게 몰리는 늘 그랬던 것처럼 볼멘소리를 했다.

"넌 정말 재수 없어."

투덜거리면서도 몰리는 내 허리 위로 올라앉았다.

문이 빼꼼 열렸다. 엉덩이를 움직이던 몰리가 일순간 동작을 멈췄다. 고개를 돌리며 몰리가 허리를 세워 앉았다. 나는 상체를 일으켜 팔꿈치로 기대 앉았다.

"뭐야?"

안달이 난 몰리의 말투는 퉁명스러웠다.

그리고 당연하겠지만 문 밖에 있는 건 테사, 스테프의 룸메이트였다. 몰리나 나보다 훨씬 더 당황한 표정이 역력했다.

"아…, 미안."

그녀가 중얼중얼 말을 더듬었다.

"화장실 찾는 중이었어. 누가 나한테 술을 쏟아서…."

자기 말을 증명하려는 듯 그녀는 찌푸린 표정으로 얼룩진 치맛자락을 내려다보았다. 뭐야, 고개를 숙이고 계속 우물쭈물하잖아.

"그래, 그럼 계속 찾아봐."

몰리가 그녀를 향해 손사래를 쳤다.

테사는 방문을 닫았다. 몰리는 내 목을 공략했다. 문 밑으로 복도를 서성이는 테사의 그림자가 보였다. 우리 소리를 듣고 있나? 진짜 오싹하다. 잠시 후 그림자는 사라졌고, 몰리의 손이 내려와 내 다리 사이에 머물렀다.

"세상에, 쟤 정말 뚜껑 열리게 하네."

몰리가 투덜거렸다.

자기도 자기를 별로 좋아하지 않으면서, 몰리한테는 '뚜껑 열리게 하는' 사람이 너무 많았다.

"걔한테도 같이 하자고 물어볼걸 그랬나?"

어깨를 으쓱거리며 말하자 몰리는 우거지상을 했다.

"우웩! 말도 안 돼. 비안카나 스테프면 몰라도 쟨 말도 안 돼. 섹시하지도 않잖아. 몸집이 내 몸에 두 배는 될걸."

"넌 못된 년이야, 너도 알지?"

몰리를 향해 고개를 저었다. 딱 잘라 말하지만, 테사의 몸매는 훌륭하다. 남자들이 좋아하는 몸매랄까. 그녀가 그런 쪽으로 자기 몸을 다루는 법을 배운다면, 단숨에 먹어 치우고 싶은 그런 몸매란 말이다.

"그러거나 말거나. 암튼 가슴은 네가 좋아할 만하더라."

몰리는 내 목에 입술을 밀어붙였다.

"나, 걔 안 좋아해."

뭔가 변명하는 듯한 느낌이 들었다.

"그러게, 확실히 네가 걜 안 좋아하긴 하지."

몰리는 고개를 들어 내 눈을 들여다보았다. 마치 비밀이라도 공유한 듯 실실 웃었다.

"그렇다고 개하고 안 잘 거라는 말은 아니잖아."

몰리가 내 턱을 살짝 깨물었다. 한 손은 내 페니스 위에 얹은 채 자신의 작은 몸을 내 몸에 문지르고 있었다.

"더 이상 말하지 마."

벌어진 몰리의 가랑이 사이로 손을 뻗어, 손가락으로 문질렀다. 몰리는 내 목에 대고 신음을 토해냈다. 몰리가 선사하는 쾌락에만 몰두했다. 몰리는 나와 비슷한 면이 많다. 몰리도 나처럼 하루하루를 지루하고 암울하게 보낸다. 또한 머릿속 생각을 떨쳐버리기 위해 감정을 소모한다. 솔직히 몰리에 대해 아는 게 별로 없다. 절대 말하려 하지 않으니까. 하지만 분명한 건, 그녀도 순탄치 않은 삶을 살아왔다는 거다.

손가락을 몸 안으로 밀어 넣을 때마다 몰리는 온몸을 떨었다. 어떻게 해야 몰리는 빨리 보낼 수 있는지 이제는 너무 잘 안다. 몰리는 신음하면서, '로' 하고 누군가를 부르려다 얼른 내 이름으로 바꿔 불렀다.

'로, 라고? 젠장, 뭔 소리야?'

몰리가 로건을 부르려다 만 건가? 웃음이 나는 걸 간신히 참았다. 절정을 선물하는 건 난데, 로건 이름을 부르다니. 로건이 자기한테 시간을 내줄 거라 생각하진 않을 텐데. 로건이 몰리한테 잘해주긴 한다. 하지만 그건 단순히 인성이 좋아서다. 로건도 여자를 보는 눈은 있다.

이런 일에 신경을 썼다면 따져 물었겠지만, 난 상관없다. 나는 몰리를, 몰리는 나를 이용하는 거다. 우리 둘 다 그 사실을 잘 알고 있다. 아래층 파티는 어떨까. 스테프의 룸메이트가 지금까지 몇 번이나 울었을까 궁금했다. 이 기숙사와는 맞지 않는 뻣뻣하고 누굴 가르치기 좋아하는 태도를 가진 데다, 꽤나 감정적으로 보이던데.

몰리는 내 바지 단추를 풀고 끌어내렸다. 페니스를 감싸는 몰리의 따뜻한 입술을 느끼며 나는 눈을 감았다.

잠시 후, 몰리는 부풀어 오른 입술을 손으로 닦으며 일어섰다. 나 역시 아무 말도 하지 않았다. 몰리는 말 없이 원피스 자락을 끌어내리더니 방에서 나갔다.

내 침대도 아닌 곳에서 나는 그대로 누워 잠시 천장을 바라보았다. 그리고 밖으로 나와 복도를 서성였다. 파티는 여전히 한창이었다. 시간이 갈수록 기숙사 안은 점점 더 엉망이 되어 갔다. 술 취한 여자애들 셋이 손을 붙잡고 지나쳤다.

"너희가 내 절친인 거 알지?"

셋 중에 가장 키가 작은 여자가 말했다.

핏발이 잔뜩 선 눈, 푸른색 스웨터를 입은 여자가 복도를 비틀거리다 거의 자빠질 뻔했다.

"나, 너네가 너무 좋아!"

여자는 눈물이 그렁그렁했다.

술 취한 사람들이 즐비했다. 울고불고 아무하고나 '절친'이 되는 여자들….

복도 끝에서 로건이 불쑥 나타났다. 양손에 술을 들고 나에게 썩소를 날린다. 한 잔을 내게 내밀었지만 나는 고개를 가로저었다.

"네 건 물이야."

로건이 빨간 컵을 쥐어주었다.

컵을 받아들고 술 냄새가 나나 맡아 보았다.

"음, 고마워."

찬물을 한 모금 마셨다. 물이나 마시고 있는 나를 한심하게 보는 로건의 시선 따위는 무시했다.

"집이 미어터질 거 같다."

로건은 찡그린 표정으로 헛기침을 했다.

"이 싸구려 보드카가 아주 사람을 잡는다."

나는 아무 말도 하지 않았다. 함께 계단 쪽으로 가면서 나는 이곳저곳을 기웃거렸다.

"참, 테사라는 애가 네 방으로 들어가던데."

등 뒤에서 로건이 말했다.

"뭐라고?"

"걔가 거기로 들어가던데, 스테프랑. 스테프가 맛이 갔거든. 화장실에서 토하더라고."

"왜 걔들이 내 방으로 들어갔는데?"

언성이 높아졌다. 분명히 잠갔는데. 아무도 내 방에 들어가선 안 된다. 맛이 갔든 말든. 특히나 토하러 내 방에 들어가는 건 더욱 안 된다.

로건이 어깨를 으쓱해 보이며 말했다.

"몰라. 그냥 봤다고."

로건은 인파 속으로 사라졌고, 나는 내 방으로 향했다. 스테프는 내 방에 들어갈 수 없다는 걸 잘 안다. 근데 왜 껌딱지한테 미리 경고하지 않았지?

발끈해서 방으로 들어갔다. 그럼 그렇지, 테사가 책꽂이 옆에 서 있었다. 손에 내 낡은 『폭풍의 언덕』이 들려 있는 게 바로 눈에 들어왔다. 너덜너덜해진 책장만 봐도 딱 안다.

"내 방에서 뭐해?"

나는 소리를 꽥 질렀다.

테사는 눈 하나 깜짝하지 않았다. 그녀는 들고 있던 책을 천천히 덮었다.

"내 방에서 뭐 하는 거냐고 묻잖아."

성큼성큼 다가가 손에 있던 책을 뺏어 제자리에 꽂았다. 그런데도 테사는 아무 말이 없었다. 내 침대 옆에서 입을 벌리고 눈을 동그랗게 뜬 채로 가만히 서 있기만 했다.

"그러니까…, 그게…, 네이트가 스테프를 여기로 데리고 가라고 해서…."

기어들어가는 목소리였다. 테사는 침대 쪽으로 손짓을 했다. 스테프가 내 침대에서 정신을 잃고 누워 있었다. 조금도 납득이 가지 않았다.

"쟤가 너무 취해서, 네이트가…."

변명이라면 들을 만큼 들었다.

"그건 아까 들었고."

차분한 말투로 그녀의 말을 막았다.

"너도 이 클럽하우스에서 살아?"

호기심 어린 말투였지만, 아주 약간의 비난이 실려 있었다. 그닥 놀랄 일도 아니다. 비난 받는 데는 익숙해져 있으니까. 특히나 거만한 부잣집 애들한테서는 더욱. 하지만 얘는 그런 것 같진 않았다. 입고 있는 옷도 중고 가게에서 산 것처럼 보였다. 그 점이 좀 놀라웠다. 몇 가지 이유가 있었다.

"그런데, 왜?"

캐묻기 좋아하는 애 앞으로 한 발짝 다가갔다. 그녀는 뒷걸음질쳤고, 곧 책꽂이에 등을 부딪쳤다.

"그게 그렇게 놀랍나, 테레사?"

"테레사라고 부르지 마."

'어이쿠, 제법일세.'

"네 이름 맞잖아, 아니야?"

한숨을 내쉬며 그녀가 내게서 몸을 돌렸다. 곧 이 방을 나가겠구나. 나는 침대 쪽을 힐끗 쳐다보았다.

"쟤는 여기 있으면 안 돼."

스테프가 밤새도록 내 방에서 잔다니, 말도 안 된다.

"안 된다고? 너희 다 친구잖아."

착해빠진 소리 하네…, 순진하기는.

"친구 맞지. 그래도 내 방은 안 돼."

팔짱을 끼고 조금 누그러진 눈빛으로 그녀를 쳐다보았다. 그녀의 눈길이 내 팔에 새겨진 타투를 따라 움직이고 있었다. 나는 탐색하려는 듯 쳐다보는 그녀의 눈길이 마음에 든다. 꽤 흥분된다. 그녀는 호기심을 자극한다. 그것만은 분명하다.

나를 빤히 쳐다보던 그녀가 화들짝 놀라며 눈길을 피했다.

"그래, 너랑 그렇고 그런 애들만 방에 들어올 수 있다는 거지?"

이 당돌한 신입생 보게. 피식 웃음이 나왔다. 금발의 긴 생머리에다 죽이는 몸매를 흉물스런 옷 속에 숨기고, 그녀는 뭔가 나를 깊이 빡치게 하는 구석이 있다. 스테프보다, 심지어 몰리보다도 더. 뭐라 꼭 집어 말할 순 없지만, 분명 거슬리게 만드는 무언가가 있다. 얼른 그걸 멈추게 해야 한다.

"아까 거긴 내 방이 아니었어. 하고 싶은 말이 뭔데? 나랑 엮이고 싶다는 뜻인가? 사양할게, 미안하지만 넌 내 타입이 아니라서."

황당함과 분노가 섞여 찡그리는 그녀의 표정을 보면서 나는 미소를 지었다.

"너도⋯, 그니까 너도⋯ 마찬가지야."

그녀는 모욕적인 말을 찾으려 기를 썼다. 왠지 거북해졌다.

"그럼, 네가 스테프를 다른 방으로 데려가. 나는 기숙사로 돌아갈 테니까."

내가? 이런 식으로 하면 내가 더 열받을 거라고 확신하는 듯했다.

스테프를 여기에 두고 나가진 못할 거다. 설마 나가려나? 그녀는 문을 열고 밖으로 나가버렸다.

젠장, 생각보다 성깔 있네. 살짝 감동했다. 짜증은 나지만 감동이다.

"잘 가, 테레사!"

쾅 닫히는 문을 향해 소리쳤다.

또 거슬리는 뭔가가 있나 방 안을 둘러보았다. 벽에 걸린 거울에 시선이 멈췄다. 알아보기 힘든 낯선 한 남자가 거울 속에 서 있었다. 지난 몇 년 동안 내가 어떤 사람이 된 건지 나도 잘 모르겠다.

하지만 더 놀라운 건, 바보같이 서서 웃고 있는 이 모습은 대체 어디서 나온 거지?

이 지겨운 파티 때마다 꼴 보기 싫은 인간들과 언쟁을 벌이는 데 이골이 났다. 그런데 왜 지금은 이 상황을 즐기고 있는 것처럼 보이지? 새로 등장한 저 애 때문인가? 그녀는 늘 보던 먹잇감은 아니다. 그래서인지 갖고 노는 재미는 있다.

아래층에서 나는 시끄러운 소리가 내 방까지 들린다. 게다가 방에 스테프까지 있다. 더 이상 어쩔 도리가 없었다. 네이트한테 스테프를 끌어내라고 해야겠다. 복도에다 내다 버려도 상관없다. 분명 스테프는 이보다 더 형편없는 곳에서도 자봤을 테니까. 테사와 그녀의 태도를 생각하고 있는 나를 발견했다. 허리에 손을 올리고 단호하게 서 있던 모습이며, 내 어떤 말에도 물러서지 않던 모습까지.

밖으로 나가 어떤 녀석을 불러 스테프를 빈 방으로 옮겨 달라고 했다. 녀석이 방에서 다시 나오는 걸 확인하고, 다시 내 방으로 향했다.

막 화장실 앞을 지날 때였다. 울먹이는 듯한 소리가 문밖까지 들렸다. 테사가 분명했다. 듣자마자 알아차릴 수 있었다.

"응, 아니. 나, 룸메이트 따라서 엉망진창인 파티에 왔어. 잘 데도 없고, 기숙사로 돌아갈 방법도 없어. 나 지금, 여기 갇혀버렸어."

이제 아주 대놓고 엉엉 울고 있었다. 못 들은 척 그냥 지나가야 한다. 징징 짜고 심하게 예민한 여자를 감당할 여력도 없다.

"근데 걔가…."

홀쩍거리는 소리 때문에 뒷말이 잘 들리지 않았다. 문에 귀를 바짝 갖다 댔다.

"지금 그게 중요해?"

말소리가 똑똑히 들렸다. 문을 열어보려 했지만 잠겨 있었다. 왜 그랬는지는 잘 모르겠다. 문이 잠겨 있어서 다행인 건가.

"잠시만요."

안에서 다급한 목소리가 들렸다.

나는 또 다시 문을 두드렸다.

"잠깐 기다리라고…!"

문이 벌컥 벌렸다. 나를 본 순간, 그녀의 눈이 동그래졌다. 한눈을 파는 새 그녀가 쏜살같이 나를 비껴 달아나려 했다. 나는 그녀의 팔을 붙잡았다.

"내 몸에 손대지 마!"

내 손을 뿌리치며 그녀가 소리쳤다.

"울었어?"

뻔히 알면서 물었다.

"그냥 좀 놔줘."

힘이라곤 하나도 없는 목소리였다. 그녀는 완전히 지친 듯했다.

'누구와 통화했던 걸까? 남자친구?'

짓궂은 말을 하려던 참인데, 그녀가 손가락 하나를 들어 보였다.

"하딘, 제발 부탁이야. 오늘은 그냥 좀 놔줘. 할 말 있으면 내일 해. 부탁이야."

눈물 고인 푸른 빛 도는 회색 눈동자가 반짝였다. 괴롭혀 보려던 마음이 한순간 사그라들었다.

"저쪽에 잘 수 있는 방이 있으니 가봐. 스테프도 거기에 데려다 놨어."

그녀는 머리 셋 달린 괴물이라도 본 듯한 눈빛으로 나를 쳐다보았다.

"알았어."

그녀의 대답은 짧았다.

"왼쪽에서 세 번째 방이야."

도망치듯 내 방으로 향했다. 이 여자에게서 최대한 빨리 달아나야 한다는 강한 충동에 사로잡혔다.

"잘 자, 테레사."

인사를 던지고 방으로 들어갔다. 문을 닫고도 한참을 문에 기대 서 있었다.

어지러웠다. 느낌이 이상했다. 로건이 나를 속이고 내 물잔에 뭔가를 탄 게 분명하다.

책꽂이로 가 『폭풍의 언덕』을 꺼내 가운데 부분을 폈다. 캐서린은 내가 읽은 책 중에 가장 화딱지 나는 주인공이었다. 그리고 도대체 이해가 안 됐다. 히스클리프는 왜 형편없는 여자를 견디고 있었을까. 자기도 형편없는 인간이었으니까 그랬겠지. 그럼에도 캐서린은 최악이다.

깜빡 잠이 들었던 모양이다. 그 사이 꿈을 꾸었다. 캐서린이었는지 아니면 더 어리고 금발인 여자였는지, 아무튼 정체 모를 여자가 대학 교정을 비틀거리며 다니고 있었다. 그러다 엄마의 비명 소리를 듣고 잠에서 깼다. 몸을 벌떡 일으켰다. 셔츠가 땀에 흠뻑 젖어 있었다. 스탠드를 켰다.

이 악몽은 언제 끝날까? 벌써 몇 년째인지 그칠 줄을 모른다.

천장과 벽을 보며 돌아버릴 것 같은 몇 시간을 보냈다. 끊임없이 자야 한다고 스스로를 다독이면서. 샤워를 하고 아래층으로 내려갔다. 쓰레기봉투를 들고 난장판이 된 집을 치우기로 했다. 이번만이다. 좋은 일이라도 하면 밤새 푹 잘 잘 수 있을지도 모른다.

주방에 테사가 있었다. 아직도 여기 있군. 그녀는 카운터 테이블에 기대서서 웃고 있었다.

"뭐가 웃겨?"

카운터 테이블에 있는 빈 컵들을 쓰레기봉투에 쓸어 담으며 물었다.

"아무 것도 아냐. 근데 네이트도 여기 살아?"

그녀가 물었지만, 못 들은 척했다.

그녀는 한 톤을 높여 재차 물었다.

"여기 사냐고 묻잖아! 그래야 나도 빨리 나갈 거 아냐."

테이블 위에 수북한 젖은 휴지 뭉치를 치우려, 그녀 쪽으로 한 발짝 다가갔다. 짜증스러워 하는 그녀를 향해 미소를 날렸다.

"알았어, 알았어. 잘 들어, 네이트는 여기 안 살아. 넌 개가 사교 클럽 멤버 같아?"

"아니. 근데 너도 그렇게 보이지 않는 건 마찬가지야."

그녀의 비아냥거림에 대답하지 않았다. 제기랄, 항상 이 집이 문제야.

"근처에 버스 정류장 있어?"

그녀는 어린애처럼 발을 동동 굴렀다. 나는 어이없다는 표정을 지었다.

"있어. 한 블록쯤 가면."

"어딘데? 가르쳐줘."

"말했잖아. 한 블록 가면 있다고."

그녀를 금세 짜증나게 만들었다는 생각에 짐짓 웃음이 나왔다.

그녀는 서둘러 밖으로 나갔다. 웃음이 터져 나왔다. 주방 저쪽에서 로건이 나를 보며 히죽거렸지만 못 본 척했다. 로건을 향해 가다가 방향을 바꿔, 테사가 스테프에게 가는 걸 보고 있었다.

"버스 따위를 탈 리가 있나. 이 병신들 중 하나가 우리를 모셔다줄 거야. 네가 걔 때문에 좀 괴로웠겠지만."

스테프가 말하는 게 똑똑히 들렸다. 잠시 후 스테프가 주방으로 들어왔다. 태풍에 휩쓸려 다닌 듯한 몰골이었다. 눈 언저리에 화장이 시커멓게 번져 있었다. 슬쩍 테사를 보았다. 어제와 다를 게 없었다.

"하딘, 준비 됐지? 우리 데려다줄 거잖아. 나, 머리가 깨질 것 같아."

"물론. 잠시만."

쓰레기봉투를 바닥에 내려놓았다. 기가 막힌 듯 테사가 콧방귀를 뀌었다. 웃음이 났다. 그녀를 괴롭히는 건 식은 죽 먹기다.

테사와 스테프가 내 차에 탔다. 데려다주는 동안, 내가 가장 좋아하는 헤비메탈인 〈War Pigs〉를 틀었다. 그리고 차창을 죄다 열어 바람을 즐겼다.

"창문 좀 올려줄래?"

뒷자리에 앉은 테사가 물었다. 룸미러로 힐끗 쳐다보았다. 그녀의 금발이 온 얼굴에 휘감기고 있었다. 웃음을 참으려 입술 피어싱을 꽉 깨물어야 했다. 못 들은 척하고 오디오 볼륨을 더 크게 올렸다.

즐거운 드라이브가 끝나고, 스테프와 테사가 차에서 내렸다.

"이따 들를게, 스테프."

스테프의 옷 속 팬티가 훤히 비쳐 보였다. 그걸 노리고 망사 스타킹을 신은 게 뻔하다.

"잘 가, 테레사."

나는 싱긋 웃어 보였고, 그녀는 어이없다는 표정을 지었다. 돌아오는 길 내내 나는 실실 웃고 있었다.

5

어느 날 밤, 그는 잠에서 깼다. 그녀를 만난 지 몇 달이 지났다. 등 뒤에서 그녀가 다리를 그의 몸에 감은 채 기대어 자고 있었다. 그때까지 한 번도 그런 기분을 느낀 적이 없었다. 고통이 사그라든 것 같으면서도 동시에 마음과 정신이 감전된 듯한 느낌. 한 번도 이런 경험이 없었다. 그는 그녀를 깨우고 싶었다. 그리고 자신의 모든 허물을 그 천사에게 고백하고 싶었다. 그가 용서를 구하려던 순간, 그녀가 잠에서 깨어났다…. 그는 용기가 나지 않았다.

그는 겁쟁이였고, 거짓말을 달고 살았다. 스스로도 그걸 잘 알고 있었다. 그의 유일한 희망은 그녀가 자신에게 자비를 베풀어주리라는 것뿐이었다. 그녀의 눈빛이 흔들리며 그를 탐색하듯 쳐다보았다. 그 눈빛의 무게가 그를 짓누르는 것 같았다. 그는 그녀가 그리고 있는 자신의 모습을 망칠 수가 없었다. 하지만 다가올 두 사람의 미래가 두려웠다. 어둠 속에서 만들어낸 모든 거짓들이 백일하에 드러나게 될 그때 말이다. 그는 아이처럼 두려움에 떨고 있었다.

웃음소리와 개 짖는 소리에 눈을 떴다. 3시간이나 잤다. 이렇게 오래 잔 적이 없었는데. 복도가 좀 잠잠해진 것만도 다행이라 생각했다. 월요일 아침이니까, 그리고 오늘 수업이…. 휴대전화를 들어 시간을 확인했다.

8시 43분.

'망했다.'

영문학 수업 시작까지 30분도 채 안 남았다. 그나저나 클럽하우스에 개는 왜 있는 거야?

아무렇게나 벗어놓은 블랙진을 집어 들었다. 타이트한 바지를 비틀거리며 입는데 욕이 나왔다. 좀 헐렁한 바지가 맞으면 좋으련만, 이놈의 다리가 너무 길어서 그런 걸 입으면 바보같이 어정쩡해 보인다. 어젯밤 자동차 키를 바닥에 던져 놓았다. 어지럽혀진 물건들 틈에서 키를 찾느라 한참을 헤맸다. 검정색 티셔츠, 더러운 블랙진, 냄새나는 양말 들이 바닥에 엉망으로 널려 있었다.

파티의 흔적이 즐비한 클럽하우스에서 나와 학교로 향하려던 참이었다. 퀭한 눈으로 한 손에는 에너지 드링크를 들고 있는 로건이 나를 향해 손을 흔들었다.

"컨디션이 엉망이야, 친구."

억지로 웃어 보이며 로건이 앓는 소리를 했다. 로건은 늘 웃는 얼굴이다. 어떻게 하면 그럴 수 있지, 문득 궁금해졌다. 로건처럼 만날 행복해 보이는 거. 저렇게 숙취에 시달리면서도 말이다. 나는 절대 못 할 거다.

"네가 옳았어. 술 안 마신 거."

로건이 냉장고로 가더니, 2리터짜리 우유를 꺼내 벌컥벌컥 마셨다.

"그렇지?"

그를 향해 고개를 끄덕였다. 로건은 씨익 웃더니 우유를 더 마셨다. 주방이 다른 학생들로 북적이기 시작했다. 그들과 어울리고 싶지 않다. 피자 한 조각을 집어 들고 주방을 나섰다. 새벽 4시에 잔뜩 술에 취한 애들이 시켜 먹고 남은 피자였다.

집을 나서는데, 닐이 애들한테 떠들어대는 소리가 들렸다. 오늘 밤 파티 전 다른 식당에 가자는 얘기였다. 나를 초대하리라고는 기대조차 하지 않았다⋯. 지금까지 그런 일은 없었다. 나 역시 머리에 젤을 잔뜩 바른 클럽하우스 애들하고 어울리는 건 상상도 하기 싫다.

엄마는 항상 '친구 사귀는 문제'로 나를 힘들게 했다. 엄마는 이해 못한다. 그게 쉬운 일도 아닐 뿐더러 그다지 재밌지도 않다는 걸. 왜 내가 그 틈바구니에 섞이려고 견디기 힘든 사람들의 인정을 받으려 노력해야 하느냐 말이다. 그러면 내 삶이 조금이나마 중요하다고 느껴져서? 친구 같은 건 필요 없다. 나한테도 그럭저럭 함께 지낼 만한 무리가 있다. 그거면 됐다.

학교에 도착하니 주차장은 이미 꽉 차 있었다. 어떤 녀석이 주차하려던 자리를 잽싸게 가로챘다.

강의실에 들어가니 교수가 벌써 떠들고 있었다. 빈자리를 찾다가 맨 앞줄 어떤 여자애 옆에 한 자리가 있는 걸 발견했다. 긴 금발 생머리가 어쩐지 낯이 익다. 바닥까지 닿을 것만 같은 스커트를 보니 확실히 감이 왔다. 스테프의 고상하신 룸메이트, 테사다.

랜던 깁슨이 그 옆자리에 있다. 물론 그러시겠지. 재밌군. 테사는 자기 옆 빈자리로 나에게 덫을 놓았다. 순식간에 오늘 하루 중 가장 흥미

진진한 순간이 되었다.

그쪽으로 가는데 그녀가 뒤를 돌아 나를 보더니 놀란 토끼눈이 되었다. 그러더니 잽싸게 다시 몸을 돌렸다. 나는 얼른 그녀 옆자리에 앉았다. 예상대로 그녀는 나를 모른 척했다. 그녀는 적어도 두 사이즈는 더 큰 파란색 버튼업 셔츠를 입고 있었다. 머리는 얼굴이 보이게 뒤로 싹 넘겨 핀을 꽂은 채였다.

막 옆자리에 앉았는데, 주머니 속 휴대전화에 진동이 왔다.

정자 제공자에게 온 문자메시지였다.

카렌이 근사한 저녁을 만든다는구나.

집에 들르거라.

정신 나간 거야? 나는 랜던을 건너다보았다. 새 폴로셔츠를 말끔하게 차려입은, 완벽에 가까운 카렌의 아들이다.

완전 싫다. 안 갈 거다. 늘 그랬듯, 그 사람의 번듯한 새 집엔 절대 안 간다. 그 사람의 애인과 랜던이랑 저녁을 먹는다고? 완벽한 아들 랜던, 스포츠를 좋아하고 아무한테나 아양을 떠는 녀석이다. 그러면 이 세상에서 가장 착하고 존중받는 아들이 되는 양.

우웩.

친애하는 '동생' 랜던이 나한테 무슨 말이라도 하길 기다렸지만, 아무 말도 없었다. '한 가족을 만들겠다'던 아버지의 약속이 도가 지나치다 했다.

'재수 없는 자식.'

"이 수업이 제일 재미있을 것 같아."

강의가 끝나자 그녀가 랜던에게 말했다.

신기하네, 나도 이 수업이 제일 좋을 것 같은데. 사실 재미로 앉아 있는 거긴 하지만. 전에 들은 적이 있지만 이번에도 선택 과목으로 택했다.

두 사람을 따라가는 걸 알아차렸는지 테사가 뒤를 돌아 나를 보았다.

"뭐야, 나한테 할 말 있어?"

봐, 벌써 효과가 있잖아.

그녀에게 미소를 지었다. 못살게 굴려는 의도 같은 건 전혀 없다는 듯 순진한 미소를.

"그냥 우리가 다 같이 이 수업을 듣게 된 게 기분 좋아서."

놀리는 듯한 말투로 답하자 그녀는 내 빈정거림에 어이없다는 표정을 지었다.

나는 수업 시간 내내 그녀를 쳐다보았다. 그녀는 화를 내기도 했고, 불편해서 안절부절못하기도 했다. 그녀를 열받게 하는 건 너무 쉽다. 아주 마음에 든다. 더 길었으면 싶었던 수업은 금세 끝났다. 테사는 교수의 강의가 채 끝나기도 전에 가방을 챙기기 시작했다. 서두를 필요 없는데. 나도 얼른 일어섰다. 강의실을 나가는 테사와 랜던을 따라갈 준비는 다 마쳤다. 아직 이 즐거움을 끝낼 타이밍이 아니었다. 복도에 나가자 랜던이 테사를 쳐다보았다. 테사는 랜던과 내가 자기 앞에 서 있는 게 불안한 눈치였다.

"나중에 보자, 테사."

나한테는 한마디 말도 없이 랜던 녀석이 가버렸다.

"이 수업에서 제일 찌질한 녀석을 잘도 친구로 삼았구나."

한 무더기의 신입생들 틈으로 사라지는 랜던을 보며 비아냥거렸다.

랜던 엄마와 내 아빠가 손을 붙잡고 '우리가 얼마나 사랑하는지 봐주세요'하는 표정을 짓고 있던 모습이 떠올랐다. 내 아빠, 일명 '올해의 훌륭한 아버지'인 켄 스캇과 손을 잡고 있는 랜던 엄마의 모습이 떠오르자 몸서리가 쳐졌다. 아빠가 그런 식으로 엄마 손을 잡았던 기억은 전혀 없었다.

"그딴 식으로 말하지 마. 랜던은 좋은 애야. 너 같은 부류가 아니라고."

깜짝 놀랐다. 이렇게 맹렬히 랜던 편을 들다니. 벌써 랜던에 대해 알고 있다고? 랜던도 얠 알고? 랜던을 좋아하는 건가?

'젠장, 왜 신경 쓰는 거야?'

쓸데없는 궁금증을 떨쳐냈다. 그녀의 약을 더 바짝 올리고픈 강렬한 충동이 일었다.

"터프함이 일취월장하는데? 매번 늘고 있어. 잘하고 있어, 테레사."

나를 따돌리려는 듯 테사의 발걸음이 빨라졌다. 덩달아 속도를 올려 그녀와 보조를 맞추었다.

"한 번만 더 테레사라고 부르면…."

그녀는 입술을 꽉 깨물며 나를 노려보았다. 하지만 눈빛은 따뜻하기만 했다. 회색 눈동자가 푸른빛으로 바뀌었고, 그 모습에 어깨를 짓누르고 있던 긴장이 풀리는 듯했다. 몸에 긴장이 풀리자 척추를 타고 무언가 스멀스멀 기어오르는 것 같았다. 분명히 느껴졌다.

나는 이 낯선 느낌을 애써 떨쳐냈다. 테사는 여전히 나를 노려보고 있었다. 탐색하듯 나를 쳐다보는 그 눈빛을 나는 좋아했었다. 하지만 지금 내 살갗을 훑어보는 그녀의 눈빛에는 비난이 가득 섞여 있었다.

타투로 뒤덮인 내 팔을 보는 그녀의 눈빛은 꼭 할머니 같았다. 내 선택에 대해서 이러쿵저러쿵하는 건 질색이다.

"제길, 나 좀 그만 쳐다봐!"

소리를 내지르고 발길을 옮겼다. 모퉁이를 도는데 숨을 쉴 수가 없었다. 줄담배를 피웠던 지난 시절이 떠올랐다.

'더 이상 담배는 피우지 말아야지. 다시는 이 짓도 안 할 거야.'

스스로에게 다짐하며, 벽에 기대 숨을 골랐다.

정말 이상하다. 과장된 몸짓의 그 금발 여자애 말이다.

형편없는 한 주였다. 연이은 파티, 끊임없는 소음. 전부 고통스럽다.

한 주 내내 기껏해야 12시간쯤 잤나. 오늘은 완전히 녹초가 됐다. 두통 때문에 머리가 욱신거려 앞이 잘 보이지 않을 지경이다. 차 키도 못 찾겠다. 건드리기만 하면 당장이라도 터질 듯 짜증이 머리끝까지 차올랐다.

방 안을 뒤지고 다니는데, 노크 소리가 들렸다. 무시하려던 참인데 또 다시 들렸다. 이번에는 더 크게.

문을 열자 WCU 티셔츠를 입은 여자가 서 있었다. 눈과 두 뺨이 시뻘겋다.

"좀 들어가도 돼?"

여자가 손을 떨며 물었다.

"안 돼, 미안."

면전에서 문을 닫아버렸다. 잠시 후, 또 노크를 한다. 빌어먹을. 누군지 알 게 뭐야. 다른 방에나 갈 것이지. 여자는 끈질기게 문을 두드렸다. 성질을 내며 문을 벌컥 열었다.

닐이 서 있었다. 클럽하우스에서 제일 비열한 자식. 머리카락이 잔뜩 헝클어진 채로 맥주와 섞인 역겨운 냄새를 풍기고 있었다.

"젠장, 뭐야! 무슨 일인데?"

블랙진을 녀석에게 던지며 소리쳤다.

"케이디 봐, 봤어?"

혀 꼬인 소리다.

"누구?"

"어젯밤에 나랑 같이 있었던 여자애. 못 봤어?"

아까 노크했던 시뻘건 눈의 여자가 떠올랐다. 이리저리 복도를 헤매던 모습도. 고개를 가로저었다. 처음엔 그 여자가 약에 취한 줄 알았다. 아마 그랬을지도 모르지만. 아무튼 섣불리 단정짓는 건 안 좋으니까.

"갔어. 안 돌아올 거야. 그냥 좀 놔둬."

책꽂이에서 책 한 권을 빼서 녀석에게 던졌다.

녀석이 씩씩거리며 나에게 욕을 하더니 방을 나갔다.

학교에 가서도 여전히 짜증이 났다. 그래서 스테프의 룸메이트를 짜증나게 할 새로운 패턴을 계속 시전할 예정이다.

"이 수업 정말 기대돼. 정말 좋다고 들었거든."

랜던이 그녀에게 말했다. 나는 그들 뒤를 따라가고 있었다. 생각보다 둘이 더 친한 사이인 듯했다. 대답하는 그녀의 목소리가 너무 작았다. 랜던이 그녀를 보며 미소 지었다. 마주보는 그녀의 미소도 따뜻했다. 너무 따뜻해서 나는 잠시 시선을 돌려야 했다.

둘이 서로 좋아하나? 그녀는 마네킹 같은 남자친구가 있는데. 랜던도 여자친구가 있다. 내가 알기엔 그렇다. 둘 다 헤어진 건가. 랜던이 테사를 쳐다보는 눈빛을 보니 분명하다.

수업 절반이 지나도록 테사는 최대한 나한테서 멀찍이 떨어져 앉아 있었다. 바로 옆자리였는데도 불구하고.

"다음 주는 한 주간 제인 오스틴의 『오만과 편견』으로 토론 수업을 진행하겠습니다."

교수가 다음 주 수업 예고를 했다. 테사를 힐끗 보니 실실 웃고 있었다. 그냥 웃는 정도가 아니라 입이 귀에 걸릴 정도였다.

물론 그러시겠지. 여자들은 전부 『오만과 편견』을 좋아한다. 다아시 (『오만과 편견』의 남자 주인공)와 그의 오만 가득한 매력인지 뭔지에 빠져 다들 허우적거린다.

테사가 소지품을 챙기는 걸 보고 있었다. 엄청 큰 플래너와 수업 교재들을 죄다 들고 다니는 모양이다. 일부러 나가는 길을 가로막을 생각이었지만, 그건 진짜 어려운 일이었다. 온갖 것들을 다 꺼내서 가방 안에 단정히 다시 집어넣는 데 시간이 너무 오래 걸렸다.

기다렸다가 그녀를 따라 밖으로 나왔다.

"너, 다아시 완전 사랑하지?"

꼭 짚어 놀려야겠다.

"여자라면 다아시 같은 남자한테 안 넘어갈 재주 있겠어?"

테사는 눈도 마주치지 않고 경직된 말투로 대답했다. 횡단보도를 건너기 전에 양쪽으로 살피는 테사를, 나는 졸졸 따라갔다.

"그럴 줄 알았어."

웃음이 나왔다. 잠깐 사이에 테사가 나를 따돌리고 횡단보도를 거의 다 건너가버렸다. 젠장, 걸음이 너무 빠르다.

"다이시의 매력을 네가 이해할 턱이 없지."

내가 따라붙자 테사는 무례하게 대하려 애를 쓰며 말했다. 나는 또 웃음이 났다.

"건방지고 무례하기 짝이 없던 남자가 여자로 인해 지상 최고의 로맨티스트가 된다고? 그게 말이 되냐? 엘리자베스(『오만과 편견』의 여자 주인공)가 제정신이었다면 그런 놈은 처음 만났을 때 뻥 차버렸어야 하는 거야."

요조숙녀께서 나를 향해 몸을 돌렸다. 놀랍게도 그녀가 킥킥 웃는 소리가 들렸다. 아무 의도도 섞이지 않은 순진한 웃음소리였다. 소리가 나자 그녀가 입을 막았다. 하지만 나는 분명히 들었다. 나를 관통하고 지나가는 것 같은 분명한 소리.

"그니까 엘리자베스가 좀 모자란 거야, 동의?"

"전혀. 그녀는 가장 복합적이고 강인한 캐릭터야."

테사는 엘리자베스 베넷을 두둔하고 나섰다. 스무 살 여자라면 절대 인정할 수 없다는 투로. 나는 웃음을 터뜨렸다. 순수한 웃음이었다. 테사가 나를 따라 웃었다. 그녀의 웃음은 솜처럼 부드러웠다.

'나 지금 뭐 하는 짓이냐….'

이내 웃음을 멈추고 시선을 딴 데로 돌렸다. 젠장, 너무 어색하다.

그녀는 희한하다. 그래서 싫다.

"또 보자, 테레사."

나는 다른 방향으로 발걸음을 옮겼다.

'솜처럼 부드럽다고? 웃음이 나를 관통하고 지나가? 젠장, 그게 뭐야?'

차로 걸어가며 아까 생각했던 걸 다시 떠올렸다. 오늘 밤도 늘 그렇듯 파티가 열릴 거다. 이 거지 같은 생각들을 떨쳐내야겠다. 꽉 조이고 촉촉한 데 나를 묻으며….

바로 그때, 주머니에서 휴대전화가 울렸다. 변태 같은 생각들이 일순간 달아났다. 꺼내 보니 화면에 제이스의 이름이 떠 있었다. 얼른 전화를 받았다.

제이스는 잠시 여길 떠나 있었다. 다시 돌아왔다니 반갑기 짝이 없다. 누구나 그런 사람 하나쯤은 있을 거다. 같이 어울리면 내가 괜찮은 사람이라 느껴지는 그런 사람. 나에게 제이스가 그런 사람이었다. 녀석은 정말 몹쓸 놈이다. A등급의 진짜 몹쓸 놈. 아무나 붙잡고 물어봐도 된다. 하지만 재미있는 녀석이기도 하다. 늘 즐거운 시간을 만들어주니까.

6

그녀와 가까워질수록 그는 더욱 그녀가 궁금해졌다. 아침에 일어나면 무슨 생각을 하는지, 준비하는 데 시간은 얼마나 걸리는지. 그제야 알았다. 그녀가 그의 삶에 스쳐 지나가는 사람 그 이상이라는 걸. 그녀는 갑작스럽게도 게임 파트너, 그 이상의 존재가 되었다. 그녀와 보내는 시간이 많아지자 그는 그녀를 게임으로 이용하는 거라 핑계를 대었다. 비틀린 그의 사고 체계로는 그게 최선이었다. 그녀의 모든 걸 알고 싶었던 그에게 친구들의 의심을 사지 않을 좋은 방패막이가 되었다. 또한 모든 시간을 그녀와 함께 보내길 원하는 그의 자기 합리화이기도 했다.

게임에 이기기 위해 그래야 했으니까. 그렇겠지?

"왜 걔가 또 와야 하는데?"

몰리가 담배를 빼어 물며 물었다.

"스테프의 룸메이트잖아. 이해할 수 없지만, 스테프가 걔를 좋아해. 그러니까 자꾸 데리고 오는 거지."

네이트가 주절주절 변명했다.

"어쨌든 걘 재수 없어. 완전 밥맛 떨어진다니까."

머리를 문지르며 내가 말했다. 곁에 없는데도 그녀는 참 성가시다. 몰리는 내 반응이 썩 마음에 들었는지, 나한테 슬쩍 기댔다. 나는 몰리의 몸이 닿기 전에 피했다. 몰리가 이러는 이유를 모르는 척하면서.

오후 내내 나는 몰리와 섹스를 했다. 그녀 안에 페니스를 넣으면서도 다른 사람을 떠올렸다. 상상으로나마 그녀의 완만한 엉덩이 곡선과 꽉 찬 젖가슴을 느낄 수 있었다. 내 이름을 부르는 그녀의 목소리도 들었다. 금발을 상상하며 핑크빛 머리카락을 움켜쥐었고, 콘돔 안에 내 모든 걸 쏟아냈다. 몰리는 드디어 나와 섹스를 했다는 사실을 무척 뿌듯해 했다. 입으로 하는 게 아닌 진짜 섹스.

그러든지 말든지.

"그래도 걔 좀 섹시하지 않아?"

네이트가 끼어들었다.

이제 테사가 얼마나 섹시한지 전부 아는 거야?

"섹시하다고? 웃기지 마."

이를 악물고 거짓말을 했다.

제드가 시커먼 손으로 젤을 발라 떡진 머리를 만지며 말했다.

"섹시한 건 확실하지."

놀라울 만큼 확신에 찬 말투였다.

"난 당장이라도 걔하고 섹스하고 싶어."

"꿈꾸고 있네. 얌전 빼는 요조숙녀일걸, 분명! 대학생인데 아직까지 버진인 애가 어딨냐?"

몰리가 대놓고 테사를 조롱했다. 네이트가 웃음을 터뜨렸다.

"넌 걔랑 언제 친구가 됐냐? 걔가 그런 얘기를 너한테 했어?"

몰리는 언짢은 표정으로 네이트를 쳐다보았다.

"친구? 난 걔하고 얘기해본 적 없어. 스테프가 그랬어. 우연히 그 '공주님'이 남자친구랑 통화하는 걸 들었는데, 그런 거 같더래."

"그래서 걔가 그렇게 재수 없나. 섹스 한 번 제대로 못 해봐서."

내가 말을 거들었다. 그리고 몰리에게서 슬쩍 떨어져 앉았다. 몰리가 또 다가오면 안 되는데.

"그럼 내가 해봐야겠군."

제드가 애들을 웃기려는 모양이다. 그러나 실패.

"그래, 해봐. 넌 아무리 애써도 안 될 거다."

나는 제드를 비웃었다.

"넌 할 수 있고? 내가 너보다 나을 것 같은데."

제드도 지지 않았다.

장난해? 지난 번 사만다 일을 벌써 잊어버린 거야 뭐야?

"나 빼고 무슨 얘기했어?"

제이스가 바닥에 앉으며 주머니에서 마리화나를 꺼냈다.

"스테프 룸메이트가 재수 없는 요조숙녀라는 거. 그리고 제드와 하딘이 누가 먼저 걔를 따먹느냐를 두고 티격태격했어."

몰리는 투덜거리면서도 다 고해바쳤다.

제드 녀석은 진짜로 걔가 자기랑 섹스할 거라고 생각하는 건가? 애들을 둘러보았다. 짜증스럽게도 전부 테사를 그런 식으로 생각하는 듯했다. 애들 말처럼 그녀가 진짜 버진이라면, 사소한 터치 하나도 어떻게 받아들일지 상상이 된다. 제대로 꿈틀거리게 해줄 거다. 더 해달라고 애원하게 만들 거다. 제드 녀석은 절대로 나만큼 그녀를 만족킬 수 없을 거다.

근데 그녀가 제드에게 곁을 내줄까? 혹시 우리의 경쟁 조건이 완전히 똑같다면, 테사는 나 말고 제드를 선택할까?

"있잖아…, 좀 더 재밌게 할 수 있을 거 같은데. 너, 할래?"

제드를 쳐다보자 놈이 나를 향해 싱긋 웃었다.

"뭐냐에 따라."

"음…, 오케이. 누가 먼저 걔를 꼬시는지 해볼까?"

'대체 무슨 말을 하고 있는 거야?' 스스로에게 묻고 싶었다. 그런데 마음 한편에서는 이런 소리도 들렸다. '재밌을 거야. 적어도 기회가 생기잖아. 걔를 더 짜증나게 만들 기회 말야.'

"글쎄…."

제드의 목소리는 의심이 가득했다. 제드는 나를 박살내기 위해서 온 힘을 다 쏟아부을 거다. 과거에도 그랬다. 입 밖으로 내지는 않았지만, 제드는 나에게 앙심을 품고 있을 게 뻔했다.

"왜 이래, 쫄보처럼. 그닥 어렵진 않을 거야. 스테프한테 다음 파티에

개를 데리고 오라고 하자. 그래서 우리랑 친해지게 해달라고 하자고."

애들에게 일일이 설명했다.

"걔는 어리고 순진해. 아주 간단할 거야."

전에도 이런 짓을 한 적이 있었다. 판돈도 먹잇감도 달랐지만 똑같은 게임이다.

"이건 멍청한 짓거리야. 그런 별 것도 아닌 계집애 순결을 따먹든 말든 누가 신경 쓴다고."

몰리가 발끈하며 징징거렸다.

"그렇게 자신만만하다면, 일주일 주지."

제이스가 목이 콱 막힌 소리로 마리화나를 몰리에게 건네며 말했다.

"일주일? 야, 걔가 얼마나 싸가지인데. 아직 같이 어울려본 적도 없잖아. 일주일보다는 더 줘야지."

애들은 그녀가 얼마나 고집불통인지 잘 모른다. 그녀는 뻔뻔하고 주제넘게 자신만만하다.

"그럼 얼마나, 2주 정도? 자, 네가 한 달 안에 따먹으면, 내가 오백 준다."

제드가 비스듬히 뒤로 기대며 말했다.

"오백 달러?"

몰리의 입이 떡 벌어졌다. 저렇게 발끈하다니. 몰리는 심각한 관심병 환자다. 계속 스포트라이트가 테사한테 쏠리니 테사가 미워 죽겠지.

"내가 삼백 더 보탤게. 팔백. 그럼 할 수 있겠어?"

제이스가 시뻘건 눈을 하고 끼어들었다.

"당연하지. 난 그저 걔가 완전히 미쳐서 나한테 중독되지 않기만을 바랄 뿐이야."

예전에도 이런 게임에서 이긴 적이 있다는 걸 털어놓을까 말까 잠시 고민했다. 역시 안 하는 게 좋겠다. 내 시그니처인 시건방진 웃음이 이렇게나 쉽게 돌아오다니 감동스럽다. 햄스테드의 옛 친구인 마크가 'the seal'이라 부르던 그 웃음 말이다. 뻔히 내가 이길 수 있는 게임이라는 걸 알았을 때 나오는 승자의 웃음이다. 내가 돌아왔다. 그리고 제드 녀석에게 시건방진 웃음을 날리고 있다. 머릿속으로 완벽한 각본을 짜고 있었다. 누구든 나를 끌어내리고 싶겠지만 말이다.

"과연 그렇게 될까."

네이트가 담배에 불을 붙이며 실실 웃었다.

"너한테 안 넘어갈 거 같은데. 걔, 그렇게 멍청해 보이지는 않아."

제드가 나를 노려보았다. 제이스가 웃으며 나를 똑바로 쳐다보았다.

"그래, 그러니까 네가 따먹었다는 증거가 있어야 해."

증거라고? 그거야 어렵지 않다. 내가 만들 수 있다.

"동영상은 어때? 써먹을 만한 좋은 물건이 있거든."

제이스는 나에게서 시선을 떼지 않은 채 뒤로 기댔다.

"안 돼, 그건. 너무 위험해."

전에 그런 짓을 한 적이 있었지만, 그건 아니다.

"나를 믿어봐. 그런 거 없이도 완벽한 증거를 가져올 테니까."

정면으로 제드를 쳐다보며 예의 그 시건방진 웃음을 날려주었다.

"한 번도 버진을 만난 적 없는데. 완전 재미있겠다."

가짜 웃음을 흘리며 웃음을 참는 척하려고 입술 피어싱을 만졌다.

몰리가 불쑥 끼어들었다.

"잠깐만, 어쩌다가 이 두 머저리들이 이런 쇼를 하게 된 거지? 이해가 안 되네. 갑자기 너네 둘이 왜 그런 내기를 하겠다는 거야?"

짜증스럽다는 듯, 몰리는 머리를 흔들었다.

"하려면 좀 제대로 하든가."

몰리가 투덜거리며 네이트에게 라이터를 빌리려 손을 뻗었다.

"좋은 지적이야."

제이스가 말했다.

"게임을 하는 건 어때?"

"게임?"

제드는 구미가 도는 모양이다.

"진실 게임 같은 거 말야. 걔한테 직접 물어보면 되잖아. 그럼 버진인지 아닌지도 알 수 있고, 너네 둘은 시간 낭비할 필요 없잖아."

제이스는 제드와 나를 번갈아 가리켰다.

"진실 게임? 말도 안 되는 소리 하지 마."

내가 벌컥 성을 냈다. 누가 요새 그런 유치한 게임을 한다고.

"멍청한 소리."

네이트가 고개를 가로저었다. 실망한 듯 비웃는 표정이 가득했다.

6학년 이후 진실 게임 하는 애들은 본 적이 없다.

"근데 괜찮은 생각인 거 같아. 덜 노골적이잖아."

스테프가 끼어들었다.

"걘 너무 세상 물정을 몰라. 아마 대학생들도 재미로 그런 게임을 하는 줄 알 거야. 걔한테 위험해 보일 만큼 날카롭기도 하고, 걔가 납득할 만큼 유치하기도 하잖아."

애들을 둘러보았다. 하나같이 고개를 주억거리며 웃고 있었다. 이런 멍청한 자식들.

나도 어깨를 으쓱해 보이며 맞장구치는 척했다. 사실 더 좋은 아이디어가 없기도 했지만.

"진실 게임, 그거 하는 거다."

제이스가 마지막으로 못을 박았다.

파티는 사람들로 북적였다. 지난주 파티보다 훨씬 더. 그리고 나는 언제나처럼 맨정신이었다. 방에 있는데 음악 소리가 점점 더 커졌다. 아래층으로 내려가 보기로 했다.

네이트를 찾아 거실을 어슬렁거렸다. 그러다 소파에 앉아 있는 테사를 발견하고 발걸음을 멈췄다. 어라, 테사가 맞나? 전과는 다른 차림새였다. 완전히 다른 스타일이다. 눈 화장을 해서인지 푸른빛 도는 회색 눈동자가 더욱 매력적으로 보였다. 게다가 굴곡진 몸매를 그대로 드러내는 딱 붙는 옷차림을 하고 있었다.

미치도록 섹시했다. 그 사실을 본인은 몰라야 하는데. 어쨌든, 젠장, 그녀는 미치게 섹시했다.

"너, 좀… 달라 보인다?"

그녀가 자리에서 일어섰고, 나는 그녀에게서 눈을 뗄 수가 없었다. 그녀의 엉덩이, 젠장, 그 빌어먹을 엉덩이에 내 손도장을 확 찍어놔야 하는데.

"잘 입었어, 좋아. 잘 어울려."

웃음과 말이 동시에 터져나왔다. 농담으로 던진 말은 아니었는데. 그녀는 어이없다는 표정을 지으며 셔츠를 끄집어 당겨 가슴골을 가

118

렸다.

"너를 여기서 또 만날 줄이야. 나를 놀라게 하는 재주가 있네."

여전히 눈으로 그녀를 훑으며 말했다. 그녀가 한숨을 폭 내쉬었다.

"여기 또 오다니, 나도 놀라는 중이야."

그녀가 느닷없이 나를 지나쳐 가버렸다. 잠시 그녀를 쫓아갈지 말지 고민했다. 계획은 세워졌다. 옷도 저렇게 입었으니, 슬슬 게임을 시작할 때다. 그녀를 쫓아가지 않기로 했다, 아직은. 그녀가 사람들 틈에서 정신 사나워지길 기다려야지.

잠시 후, 주방 카운터 테이블에 기대 서 있는데 몰리가 다가왔다.

"거지 같은 진실 게임인지 뭔지 할 준비됐어?"

몰리는 누군가 새롭게 주목받는 거라면 뭐든 시샘을 부리며 짜증을 냈다. 이해는 한다. 이성의 관심을 한몸에 받는 데 익숙해져 있을 테니까. 그게 그녀가 존재감을 느끼는 방식이다. 그런 심정은 누구보다 내가 더 잘 이해한다.

"너는?"

그녀에게 한쪽 눈썹을 찡긋 올려 보였다. 두껍게 그린 아이라인 밑으로 몰리가 나를 째려보았다.

"스테프한테 개 찾아서 거실로 데려오라고 하려고. 보아하니 넌 아무 도움이 안 될 거 같아서."

한 손에 물컵을 들고 자리에 앉았다. 테사도 막 합류하던 참이다. 게임이 시작되었다. 불안하면서도 흥분되는 기분을 감출 수가 없었다. 나탈리나 멜리사, 또 다른 여자들은 생각하지 않으려 애썼다. 이딴 쓰레기 같은 세상에 태어난 건 개들 잘못이 아니다. 물론 나도 마찬가지다.

"얘들아, 진실 게임하자."

제드가 소리치자, 친구들이 소파 주변으로 모여들었다. 애들은 하나 같이 타투를 했다. 몰리가 보드카 병을 돌렸다. 나는 시선을 피하며 익숙하게 술을 마시는 척 물을 삼켰다.

스테프, 네이트, 네이트의 룸메이트, 트리스탄, 제드, 그리고 몰리가 차례로 병에 든 술을 마셨다. 테사는 그 모습을 보고 있을 뿐, 술을 마시지는 않았다. 그냥 술 마시는 게 싫은 것 같다. 대학생인데, 심지어 파티에서도.

"테사, 너도 껴야지."

몰리가 테사를 향해 음흉한 웃음을 지었다. 저 웃음의 의미를 나는 잘 안다. 안 좋은 사인이다. 나는 아직도 우리가 이런 유치한 게임을 한다는 게 믿어지지 않았다.

"아냐, 난 됐어."

테사는 애꿎은 손톱만 쥐어뜯고 있었다. 나는 제드를 쳐다보았다. 살짝 걱정스러운 표정이었다. 테사가 자기가 아닌 나를 쳐다볼까 봐 기가 죽은 모양이다.

"게임을 하면 말이지, 쟤가 고상한 척 내숭 떠는 걸 못하게 될 텐데 가능하겠어?"

일부러 내가 먼저 도발했다. 스테프만 빼고 다들 내 말에 웃음을 터뜨렸다. 혼자 착한 척 하는 거다. 내 눈을 속일 순 없다. 나는 스테프의 꿍꿍이까지 다 꿰뚫어볼 수 있다.

테사가 주위의 강압에 시달리다 못해, 억지로 수락하려는 듯 보였다. 나는 제드를 향해 몸을 기울였다.

"아주 쉽겠는데. 지금이라도 나한테 돈 주고 끝내든가."

이 게임을 하자고 했던 건 좋은 아이디어였던 듯하다.

게임이 몇 차례 도는 동안, 제드는 맥주를 벌컥벌컥 마셨고, 몰리는 유두 피어싱을 보여주었다. 그런 몰리를 보던 테사는 눈이 동그래지고 두 뺨이 벌겋게 상기되었다. 나는 테사의 풍만하고 부드러운 젖무덤을 상상하지 않을 수 없었다.

"테레사, 진실 혹은 도전?"

드디어 진짜 쇼가 시작됐다.

"진실?"

자신 없는 목소리였다.

"물론 그러시겠지."

내가 이기죽거렸다. 제드는 우리끼리 미리 짜놓은 게 아닌 척 굴면서 질문을 던졌다.

"좋아. 너…, '버진'이야?"

테사의 눈이 동그래졌다. 보통 때보다도 더 동그랬다. 그러더니 목에 뭐가 걸린 듯 얕은 기침을 했다. 충격적이고도 소름 끼치게 화가 나는 듯했다. 잘 알지도 못하는 사람들이, 공개적인 자리에서 지극히 개인적인 질문을 했으니 말이다. 테사는 목까지 벌개지다 못해 가슴께까지 붉게 달아올랐고, 두 손은 안절부절못하는 상태였다. 내가 보기엔 욕을 한 바가지 해줄지, 아니면 이곳을 빠져나갈지 결정하려 애를 쓰는 듯했다.

"대답 안 해?"

내 밑에서 발가벗겨진 그녀의 몸을 상상하며 내가 물었다. 지금껏 누구도 듣지 못했던 그녀의 신음 소리는 아마 부드럽고 섬세할 거다. 상상만 해도 짜릿해 미치겠다. 하지만 한편으론 기분이 더럽기도 하다. 도도하게 구는 그녀에게 한껏 당해야만 말이라도 한번 붙일 수 있기 때문이었다.

마침내, 이 순진한 여자는 아무 말 없이 짧게 고개를 끄덕였다.

그 순간 우리 모두는 전부 게임을 생각하고 있었다. 이 순진하고 상냥한 여자가 드디어 우리의 먹잇감이 되었다는 것도.

테사는 버진이었다. 자기 입으로 그 사실을 실토하고 말았다. 나는 그녀가 몸서리치고 있다는 걸 알 수 있었다. 그녀를 처음으로 가진다고 생각만 해도 아랫도리가 뻐근해온다. 그녀가 뭘 놓치고 있었는지 보여주고 싶었다. 저 옷 속에 숨겨진 그녀의 진짜 모습을 상상했다. 부드러운 살갗, 꽉 찬 젖가슴, 내 손길에 꼿꼿해지는 젖꼭지. 이제 진짜 게임이 시작되었다. 피가 끓어오른다. 나는 그녀의 몸 안에 들어가기를 갈망한다.

맞은편에서 그녀가 머리카락을 만지작거리고 있었다. 그 금발을 움켜쥐고 내 쪽으로 끌어당기며 섹스를 하는 모습을 상상했다. 손자국이 남도록 그녀의 엉덩이를 찰싹찰싹 때려야지. 핑크빛으로 부풀어 오른 입술로 그녀는 내 이름을 부르며 신음하겠지. 그녀의 입에 모든 걸 쏟아내면서 듣는 소리는 정말 좋을 거다. 바지를 당겨 입으며 테사를 다시 쳐다보았다.

그녀는 입술에 침을 바르고 있었고, 나는 일부러 구시렁거렸다.

지금껏 그녀의 입속을 거쳐 간 남자가 몇이나 될지 궁금했다. 남자의 정액 맛을 본 적이 있을지도 궁금했다. 그러는 동안에도 게임은 이어졌다. 역시나 그녀는 섹스에 관한 한 무지에 가까울 정도로 아무 것도 경험하지 못했다. 나는 그녀가 뭘 놓치고 있었는지 그 마지막 하나까지도 다 알려주기로 작정했다.

7

사람은 살면서 많은 잘못과 실수를 저지른다. 그는 할 수 있는 모든 잘못과 실수를 이미 저질렀다. 그의 마음은 혼란의 도가니였고, 그녀를 존중했던 마음은 완전히 사라진 듯했다. 그는 그녀를 사랑했고, 자기 목숨보다 더 아꼈다. 하지만 그 마음을 보여주는 데는 실패에 실패를 거듭했다. 그는 그녀를 가지고 놀았고, 그녀를 두고 유치한 게임을 벌였다. 그리고 한 번도 자신의 진심을 보여주지 않았다. 감추어두었던 그의 진심은 꽁꽁 묶인 채 묻혀 있었다. 그는 어린 시절 자신이 사랑 받았던 때를 기억하지 못했고, 오직 엄격한 훈육만을 기억했다. 그 기억이 이런 결과를 만들었다. 그는 변명하려 하지도 않았고, 그저 이런 상황에 익숙해져 갔다. 그는 항상 남 탓을 했다. 그리고 자신이 한 말과 행동을 인정하지 않았다. 단지 그렇게 하는 게 더 쉬웠기 때문이다.

그러다 결국, 그는 큰 교훈을 얻게 되었다.

"도전."

나는 이 유치한 게임이 어이없다는 표정을 지었다. 다들 내가 다른 선택을 하리라 생각했겠지.

테사를 쳐다보았다. 우리의 마더 테레사께서는 마땅한 벌칙을 생각해 내느라 우물쭈물하고 있었다.

"음…, 그러니까…, 네 벌칙은…."

그녀가 말끝을 흐렸다. 모두가 그녀의 질문을 기대하며 숨을 죽이고 있었다. 그녀가 덫에 걸린 꼴을 즐기면서 말이다.

"뭔데?"

그녀를 몰아붙이며 재촉했다.

자기가 하이에나 무리들의 먹잇감이 된 줄도 모르고…. 여전히 입을 꾹 다물고 미쳐버릴 것 같은 표정으로 주위를 두리번거렸다. 이건 그냥 파티하면서 하는 게임일 뿐이다. 하지만 그녀는 뭐든 잘해내야 직성이 풀리는 사람인 것 같다. 그게 아무리 멍청한 짓이라도. 사소한 결정 하나에도 온갖 경우의 수를 계산하는 그녀를 보는 게 꽤 재미있었다. 그녀는 아랫입술을 깨무는 버릇이 있다. 내가 입술 피어싱을 잘근거리는 것과 똑같은 버릇이다. 그녀가 입술 피어싱을 한 모습을 상상했다. 미치도록 섹시해 보일 거다.

"게임 끝날 때까지 셔츠 벗고 있기!"

몰리가 테사를 대신해 주문했다.

테사의 두 뺨이 벌겋게 달아올랐다. 그럼 그렇지.

"유치하긴."

검정색 티셔츠를 머리 위로 끌어올렸다. 테사의 시선이 내 몸에 꽂혀 있었다. 너무 열심히 보는 바람에 내가 눈치챘다는 사실조차 모르는 듯했다. 스테프가 팔꿈치로 그녀를 툭 건드렸다. 테사는 얼른 시선을 돌렸다. 벌개진 두 뺨으로 아래를 내려다보고 있었다.

공식적으로 이번 판은 내가 이겼다. 제드 녀석은 기회조차 없었다.

게임은 계속되었다. 웃통을 벗은 채로 앉아서, 테사가 억지로 나에게서 눈을 돌리려는 모습을 똑똑히 지켜보고 있었다. 그녀의 속마음을 읽을 수가 없었다. 온몸에 새겨진 내 타투가 역겨운 건지, 흥미로운 건지 도통 알 수가 없었다. 그녀의 턱밑이 계속 떨리고 있다. 안간힘을 쓰면서 이 자리를 지키고 있는 듯했다.

재미있어 죽겠군.

"테사, 진실 혹은 도전?"

트리스탄이 물었다. 나는 두 손으로 바닥을 짚으며 몸을 기댔다.

"물어볼 필요 있어? 쟤는 어차피 거짓말은 못 해."

"도전."

고집불통의 그녀 입에서 나온 소리였다. 도전적인 어투라 깜짝 놀랐다. 시비조로 들리기도 했다. 확실히 내가 좀 전까지 생각했던 것과는 달랐다.

"좋아, 테사. 그럼 벌칙으로 보드카 원샷."

트리스탄이 실실대며 웃었다.

"싫어, 난 술 안 마셔."

거절의 뜻을 보이려는 듯 그녀가 턱을 쳐들고 말했다.

그럴 줄 알았다. 한편으로는 술을 안 마신다니 기쁘기도 했다. 여기 있는 모두는 더 자극적인 걸 찾는데. 그런 거에 의존하지 않는 사람이 있다는 게 신선했다.

"그러니까 벌칙이지."

트리스탄이 맞받아쳤다.

"벌칙 받기 싫어? 그럼 너…."

네이트가 끼어들었다.

"쟨 진짜 재수 없는 년이야."

몰리가 귓속말을 했다.

재수 없다고? 술 안 마셔서?

"좋아, 원샷."

테사가 말했다. 미스 도도 여왕께서 의외로 쉽게 무너졌다.

솔직히 말하자면, 나는 좀 실망스러웠다. 왜 그런지 잘 모르겠다. 그녀는 뭔가 조금 다를 거라고 생각했나 보다. 그녀는 우리 떨거지들과는 다를 거라 생각했는데. 친구들의 이목을 끌려고 필사적으로 애쓰는 우리와는 완전히 다른 부류의 사람.

내가 그녀를 잘못 본 거다, 확실히.

"이번에도 도전."

제드가 테사에게 자기가 한 모금 마신 보드카 병을 건네주었다. 같은 병을 계속 돌려가면서 마시다니 짜증이 일었다. 진짜 구역질난다.

게임은 계속되었고, 그녀는 몇 차례 더 술을 마셨다. 그녀는 웅얼거리며 입술에 묻은 술을 닦았다. 시뻘개진 두 눈이 달아오른 두 뺨과 딱 어울렸다. 그녀는 정신이 오락가락하는 듯했고, 앉아 있으면서도 비틀거리며 중심을 잃었다.

또 다시 그녀가 술병을 들어올렸다. 나도 모르게 손을 뻗어 그 술병을 붙잡았다. 그녀는 내 행동을 제지하지도 못했다. 자기가 술에 취했다는 걸 알고나 있는 걸까?

이러는 게 처음으로 맛보는 자유라고 생각하나? 과보호 받으며 자란 여자애 따위. 부모들이 전가한 고통을 잊어보려고 술을 마시는 사람들로 가득한 이 험하고 나쁜 세상에 뚝 떨어진 아이. 나처럼 그녀의 고통도 방치됐을지 모른다. 그녀도 부모로부터 방치된 그런 애인가? 단정하게 다림질된 그녀의 셔츠 칼라로 눈길이 갔다. 아니다, 그녀는 절대 그러지 않았을 거다. 아마도 낮은 자존감이 지금의 이 상황을 만들었겠지. 이래라 저래라 하는 부모의 품을 벗어나 자유를 만끽하고 싶었겠지. 또 자기도 개방적인 여자라는 걸 스스로에게 증명해 보이고 싶었겠지. 그래서 이런 질 낮은 애들하고 어울리고 코가 비뚤어질 때까지 술을 마실 수 있었을 거다.

또 다른 가능성은 우리가 사람들을 구렁텅이로 끌어들이는 데 기막힌 재주가 있다는 거다.

"됐어, 그만 마셔."

나는 술병을 뺏어 네이트에게 건네주었다. 그러나 테사는 눈 깜짝할 사이에 병을 낚아채어 다시 한 모금 마셨다. 그녀는 헤벌쭉 웃으며 입술에 묻은 술을 핥았다. 그녀가 반항심에 어거지로 술을 꿀떡 넘기는 모습을 보고 있었다. 당장이라도 그녀의 입술을 덮쳐 그 입 속에 있는 술을 다 마셔버리고 싶어졌다.

고개를 저으며 생각을 떨쳐냈다. 몰리가 물끄러미 나를 보면서 미친 거 아니냐는 듯 손가락을 머리 옆으로 빙빙 돌렸다.

그럴지도 모른다.

"테사, 너, 술 마신 적 없다며? 믿을 수가 없다. 근데 재밌지 않아?"

제드가 말을 걸었다. 그녀는 키득키득 웃었고, 나는 어이없는 표정을 지었다.

"하딘, 진실 혹은 도전?"

몰리가 내게 물었다.

"도전."

몰리가 나한테 물어볼 게 남아 있긴 한 건가?

"벌칙으로 테사에게 키스해."

새빨갛게 칠한 몰리의 입가에 미소가 번졌다. 테사가 헉 숨을 들이마시는 소리가 들렸다. 내가 입을 떼기도 전에 테사가 먼저 말했다.

"싫어. 나, 남자친구 있다고 했잖아."

"어쩌라고? 그러니까 벌칙이지. 그냥 해."

몰리가 손톱을 쥐어뜯으며 말했다.

"싫어. 나는 누구와도 키스 안 해."

테사의 목소리는 다소 격앙되어 있었다. 그녀는 벌떡 일어나 자리를 떠났다. 나는 물 한 모금을 마시고, 현관 밖으로 나가는 그녀를 쳐다보았다. 테사는 오늘 밤 내내 나를 보고 있었다. 웃통을 벗은 내 가슴팍을 계속 쳐다봤단 말이다. 그런데도 나랑 키스하는 게 그렇게 역겨웠단 말이야? 자리를 박차고 뛰어나갈 정도로?

아니면 그녀에게는 키스가 벌칙이 아닌 더 큰 의미가 있는 건가?

"이렇게 가버렸군요, 레이디스 앤 젠틀맨!"

네이트가 웃으며 내 쪽으로 몸을 기울였다. 들고 있던 컵에서 맥주가 넘쳐 카펫에 흘렀다. 네이트는 닦으려고 하지도 않았다. 바닥은 점점 더 엉망이 되어갔다.

"얼른 뒤쫓아 가보지 그래, 아님 놓칠 수도 있는데."

셔츠를 입는 나를 보고 스테프가 비아냥거렸다.

세상에, 쟤는 요새 항상 못되게 군다. 도대체 왜 저러는 거야?

"두 사냥꾼 중에 누가 쫓아갈 거냐?"

네이트가 물었다. 나는 북적거리는 집 안을 둘러보았다. 그녀가 보이지 않았다. 제드는 나를 물끄러미 보고 있었다. 발끈해서 나간 그녀한테 내가 어떤 반응을 보이는지 살피는 듯했다. 나는 최대한 무표정하게 있었다. 조금의 흥미도 보이지 않으려 표정을 유지하며 집 안을 다시 둘러보았다. 제드 녀석이 그녀에게 먼저 다가가게 놔둘 수는 없는 노릇이다. 나한테 키스하라는 벌칙을 내린 애들 때문에 그녀가 화났으니 말이다. 이 멍청하기 짝이 없는 게임은 어쨌든 내 아이디어는 아니었다. 그런데다 벌써부터 역효과를 일으키고 있다. 애들한테 좋은 생각이 아니라고 분명히 말했다. 로건이 제드에게 말을 걸어 시선을 돌리자, 나는 고개를 빼서 주방을 살펴보았다. 테사가 거기 있었다. 나는 바닥에서 몸을 일으켰다.

"어디 가는 거야?"

일어서려는데 몰리가 내 팔을 잡았다.

"음, 물 좀 가져오려고."

나는 물이 차 있는 컵을 내려다보았다. 몰리가 내 생각을 알아채든 말든 상관 안 한다.

테사의 금발을 찾아 인파를 헤치며 거실을 나왔다. 주방에 들어가니 테사는 카운터 테이블 앞에 서 있었다. 손에는 위스키 병이 들린 채였다. 그녀가 병을 들어 한 모금을 마셨다. 나까지 목이 타는 것 같은 느낌이었다.

이렇게나 금세 이 위험한 패턴으로 빠져들 수 있다니 소름이 끼쳤다. 눈을 질끈 감는 것 하며 목으로 술을 넘겼을 때 내는 목 졸린 듯한 신음까지…. 술은 그녀를 불사르면서 병들게 할 거다. 그런데도 또 한 모금을 마시고 있다. 술을 갈망하게 될까? 술이 모든 걸 잊게 만들어줄까? 내가 그랬던 것처럼, 그녀도 모든 기억들을 머릿속에서 흐려지게 만들고 싶은 걸까? 근데 이 여자는 흐려지게 만들고 싶은 기억이라는 게 있기나 할까? 지금 보니 그런 것 같다.

나는 여전히 그녀를 보며 서 있었다. 그녀가 컵을 찾으며 수도꼭지를 틀었다. 그러다 그릇장을 열더니 복도 쪽을 노려보았다. 나는 그녀의 시선을 피해 뒤로 물러섰다.

여기서 뭘 하는 거지? 그녀의 주위를 맴돌며, 모든 걸 잊게 해주는 술에 집착하게 된 그녀를 지켜보는 건가?

얼른 그 자리에서 벗어나 애들에게 돌아갔다. 몰리는 어젯밤 로건이 어울렸던 여자애 얘기를 하며 로건을 비웃고 있었다. 나는 지저분한 마룻바닥에 앉았고, 네이트는 담배에 불을 붙이고 있었다.

"나가자, 지루해 죽겠어. 너도 그럴 거 같은데."

몰리가 내 어깨를 감싸 안았다. 목에 닿는 몰리의 숨결이 뜨거웠다. 그녀를 떨쳐내며 고개를 가로저었다. 몰리가 한 번 더 들러붙었다.

"위층으로 올라갈 거야."

내 팔에 매달린 몰리의 팔이 납덩이처럼 느껴졌다.

"좋은 생각이야."

몰리는 내 목에 입술을 밀어붙였다.

내가 갑자기 움직이자, 술을 잔뜩 마신 몰리가 내 팔짱을 끼려고 버둥거리다 중심을 잃고 넘어졌다. 나는 아랑곳하지 않고 걸음을 옮겼다.

"어이쿠, 혼자 보기 아깝군."

로건이 놀려댔다. 몰리는 로건을 찰싹 때리고 나를 쳐다보았다.

"이럴 거야, 하딘?"

"그럴 거야, 몰리."

나는 돌아서서 위층으로 향했다.

위층에 막 올라갔는데, 주머니 속에서 휴대전화가 울렸다. 아빠였다. 주저 없이 거절 버튼을 눌렀다. 그 사람하고 실랑이할 기분 아니다. 늘 그랬지만. 그냥 혼자 있고 싶었다. 이 시끄러운 음악과 소음에서 멀어지고 싶었다. 제발 아빠가 '가족 유대' 같은 걸 챙기는 척 하지 말아주길 간절히 바란다. 소설처럼 여기가 아닌 완벽히 다른 세상에서 헤매는 게 낫다. 나보다도 더 엉망진창인 주인공들이 나오는 그런 소설 말이다. 그래서 지금의 내가 조금이라도 정상인 것처럼 느끼고 싶었다.

방 근처까지 오자 방문이 열려 있다는 걸 알았다. 열린 문틈이 보였다. 언제나 방문은 잠가 놓는데, 혹시 내가 잊어버렸나?

안으로 들어가니 테사가 내 침대에 앉아 있었다. 한 손에는 내 책이 들려 있었다. 휴대전화가 또 다시 울렸다. 켄 씨 때문에 올라온 짜증이 그녀에게로 옮겨갔다. 자기가 하고 싶은 건 다 할 수 있다고 생각하는 건가? 내 허락도 없이 내 방에 들어와도 된다고 생각하는 건가? 왜 여기 있는 거야? 분명히 전에 경고했을 텐데. 도대체, 이 여자, 왜 이러는 거야?

그녀 앞으로 걸어갔다.

"내 방에 들어오지 말란 말이 이해가 안 돼?"

그녀가 깜짝 놀라 어깨를 들썩했다.

"아, 미⋯, 미안. 나⋯, 나는⋯."

그녀의 목소리가 떨렸고, 눈이 동그래졌다. 그러나 그 눈빛에 담긴 건 두려움이 아니었다…, 분노였다. 또 나에게 인내심을 가진 사람인 척하는 거다.

나는 문을 가리켰다.

"꺼져."

"그렇게 재수 없게 말할 건 없잖아!"

그녀가 나에게 소리를 질렀다.

"내 방에 들어오지 말라고 했잖아."

나도 덩달아 언성이 높아졌다.

"그런데 넌 또 들어왔어. 그러니까 꺼지라고!"

"왜 날 싫어해?"

센 척하려고 애를 쓰는 것처럼 보였지만, 목소리는 기어들어가고 있었다. 나는 그녀의 큰 눈망울을 보며 내 심장이 빠르게 뛰는 걸 느낄 수 있었다.

8

그 질문, 너무나 대담하고 날 것 같은 그 질문에 그는 깜짝 놀랐다. 그리고 그는 자신이 벼랑 끝에 몰려 있다는 사실을 깨달았다. 바람이라도 한 줄기 불어온다면, 당장이라도 아래로 굴러떨어질 것 같았다.

왜 이런 걸 묻는 거지? 내가 자기를 싫어하는 이유는 너무 뻔하잖아. 그녀는 너무 짜증나고, 또….

글쎄….

그녀는 제멋대로 남을 판단한다. 처음 만났을 때부터 그녀는 끊임없이 나를 판단했고, 내 태도를 비난했다. 그리고 그녀는…. 음…, 그렇게 나쁘지 않은 것 같긴 하다.

"왜 그런 걸 묻지?"

차분함을 유지하려 애쓰며 물었다.

그녀가 나를 노려보았다. 나도 같이 그녀를 노려보았다. 나한테 겁이라도 줄 수 있다고 생각하는 건가? 내 방에서, 그런 엉뚱한 질문이나 하면서, 나를 그런 식으로 쳐다보고….

"잘 모르겠어…. 처음 만났을 때부터 너는 못되게만 굴었잖아. 사실 여기 와서 잠깐이나마 너와 친구가 될 수도 있지 않을까 생각했었어."

핏발이 선 그녀의 눈빛은 강렬했고, 나는 그 눈빛에 사로잡혔다. 이제 그녀를 잘 모르겠다. 아니, 그냥 신경 쓰고 있는 건가.

"우리가? 친구라고?"

제정신이냐? 친구 같은 건 없다. 필요하지도 않다.

나는 억지웃음을 터뜨렸다.

"우리가 친구가 될 수 없다는 건 더없이 명백한데?"

"난 모르겠는데?"

그녀가 확신에 찬 어조로 말했다. 처음엔 농담이라고 생각할 뻔했다. 하지만 아니었다. 그녀의 목소리에는 신념 같은 게 담겨 있었다. 농담이 아닌 거다. 확실히 이 여자는 제정신이 아니다. 나 같은 부류의 사람이 자기 같은 사람과 친구가 될 수 있다고 생각한 건가? 내 '친구'라 불리는 패거리들은 고사하고, 내가 보통 사람들을 못 견뎌 한다는 걸 모르나?

이 말도 안 되는 말을 어디서부터 어떻게 설명해야 하나?

"하나만 말해볼까? 너는 너무 고리타분해. 넌 완벽한 모델 하우스 같은 집에서 자랐겠지. 너네 부모님은 네가 원하는 거라면 뭐든지 사주셨을 거고. 더 바랄 것 없이 자랐을 거야. 구린 네 주름치마처럼 빳빳하게 말이야. 솔직히 스무 살짜리 여자애가 그런 치마를 입겠어?"

그녀의 입이 떡 벌어졌다. 그녀는 내 앞으로 다가왔고, 나는 반사적으로 뒷걸음질을 쳤다. 회색빛 그녀의 눈동자에서는 폭풍이 이는 듯했다.

"아무 것도 모르면서 막말하지 마. 이 잘난 척만 하는 나쁜 놈아! 나는 그렇게 고상하게 살지 않았어! 알코올 중독자 아빠는 내가 열 살 때 집을 나갔고, 나를 대학교에 보내려고 우리 엄마는 매일매일 뼈 빠지게 일했어. 나는 고등학생이 되자마자 생활비에 보태려고 열심히 알바를 했어. 그리고 난 내 스타일이 좋아. 정말 미안하게 됐다. 내가 네 주위에 있는 난잡한 여자애들처럼 입지 않아서! 난 열심히 살았어. 단지 다른 사람들과 달라 보인다고 해서 네 맘대로 판단해도 되는 건 아니야!"

그러더니 그녀가 방문을 향해 홱 돌아섰다.

뭐야, 그게 사실이라고? 이렇게 완벽한 애가 불행의 굴레 속에서 나이보다 훌쩍 성숙할 수밖에 없는 어린 시절을 보냈다고? 그게 맞다면, 왜 얘는 나를 볼 때마다 생글생글 웃어준 거지?

맘대로 판단한다고? 내가 자길 맘대로 판단한다고 한 거야?

이제 그녀는 나를 똑바로 쳐다보고 있었다. 내 반응을 기다리고 있는 거다. 그러나 나는 미동도 하지 않았다. 말문이 콱 막혔다. 불처럼 타오르고, 제멋대로 판단하고, 호기심을 돋우는 이 여자 때문에.

"근데 이거 알아? 이제 너랑 친구가 되고 싶은 생각이 손톱만큼도 없어, 하딘."

그녀의 말에 머리가 떵해지며 망연자실해졌다.

테사가 방문 손잡이를 잡았다. 갑자기 내 인생 최초의 친구인 세스가 떠올랐다. 걔네 가족도 빈털터리였다. 그러다 세스가 알지도 못했던 부자 할아버지가 돌아가시자 집 형편이 확 나아졌다. 낡아빠진 세스의 신발은 바닥에 불이 들어오는 하얀 새 신발로 바뀌었다. 나도 그 신발이 퍽이나 마음에 들었다. 엄마한테 생일 선물로 그 신발을 사달라고 했었다. 엄마는 슬픈 미소만 지을 뿐이었다. 생일날 아침, 엄마가 새 신발 상자를 건네주었다. 기쁨에 넘쳐 신발 상자를 열었다. 불이 들어오는 새 신을 기대하면서. 상자 안에는 새 신발이 들어 있었다. 하지만 바닥에 불이 들어오는 그 신발은 아니었다. 그 때문에 엄마는 슬퍼했지만 나는 엄마가 왜 슬퍼하는지 이해하지 못했다. 몇 달이 지나 세스와 내가 점점 드문드문 만나게 됐을 때까지 말이다. 어느 날, 세스가 새 친구들과 함께 우리 집 앞을 지나가던 그 날까지도. 그들은 모두 불이 반짝이는 신발을 신고 있었다.

세스는 처음이자 마지막인 내 친구였다. 그 후로 우정이나 친구 따위가 없는 내 삶은 훨씬 단순해졌다.

"어디 가?"

테사에게 물었다. 우리가 친구가 될 수 있다고 생각하는 테사. 그녀는 잠시 말이 없었다. 혼란스러운 듯했다. 그때의 나처럼.

"버스 정류장. 기숙사로 돌아갈래. 다시는, 절대로, 여기 오지 않을 거야. 너 같은 애들과 친구가 되려고 노력하는 것도 이제 지친다. 그만

할래."

기분이 더러워졌다. 어쩌면 장기적인 안목으로 그녀가 나를 싫어하는 게 나을 거다. 하지만 한편으로 생각하자면…, 글쎄, 나를 좋아하게 돼서 그녀랑 잘 수 있었으면 좋겠다.

내기에서 이기고 난 다음 나를 실컷 미워해도 되니까.

"혼자 버스 타고 가기엔 너무 늦었어."

밤새 술을 잔뜩 마시고 여자 혼자 버스 타러 정류장에 간다니, 정신 나간 거다.

그녀가 나를 향해 몸을 돌렸다. 가장 먼저 눈에 들어온 건 두 눈에 흐르는 눈물이었다.

"설마 나한테 무슨 일이 생길까 봐 걱정하는 건 아니지?"

테사가 희미하게 웃었다.

"걱정하는 게 아니라…, 경고하는 거야. 좋은 생각이 아니라고."

책장으로 눈길이 갔다. 여주인공 캐서린이 떠올랐다. 방에 들어왔을 때 테사가 읽고 있던 그 책의 주인공 말이다. 나는 테사과 캐서린을 비교하고 있었다. 둘은 너무 비슷하다. 성질이 까탈스럽고 사사건건 따지고 든다. 엘리자베스 베넷도 똑같다. 입만 열었다 하면 자기 생각에 공감하라고 달려드니까. 그런 면은 마음에 든다. 요즘은 남자고 여자고 간에 줏대나 성깔 같은 게 없는 것 같다. 그저 순간의 즐거움에 혈안이 되어 자신의 진짜 감정은 돌보지 않는다. 그런 게 뭐가 즐겁다는 거지?

"하지만 방법이 없잖아. 다들 취했고, 나도 그렇고."

또 눈물 바람이다.

마음이 약간 누그러들었다. 얘는 왜 자꾸 우는 거야? 볼 때마다 우는 것 같다.

그녀의 기분을 달래주고 싶었다. 근데 내가 아는 방법이라곤… 비꼬는 것뿐.

"파티만 오면 우는 거냐?"

"아무래도 네가 있는 파티가 안 맞나 봐. 사실 파티도 여기 와본 게 전부고."

테사가 방문을 열었다. 막 나서려던 참에 테사는 비틀거리며 서랍장 모서리를 붙잡았다.

"테레사….'

목소리가 한결 누그러들었다. 내 목소리가 맞을까 싶을 정도로 부드러운 톤이었다.

"괜찮아?"

테사가 고개를 끄덕였다. 그녀는 혼란스러운 듯, 화가 난 듯, 놀란 듯한 미묘한 표정을 지었다. 화난 표정이 지배적이긴 했지만.

그녀의 안부를 내가 지금 신경 쓰는 거야? 그녀는 술이 취해 맛이 갔다. 오늘 밤 제드와 경쟁하며 점수 따려고 발버둥치는 건 좀 아닌 것 같다. 그러고 싶지도 않았거니와 어쨌든 그건 반칙이니까. 그녀는 취해도 너무 취했다.

"잠깐 앉아 있어. 쉬었다가 버스 타러 가."

친절한 남자인 척하면 나중을 위해 점수를 좀 딸 수 있을 거다.

"네 방에 있으면 안 된다며."

그녀는 호기심이 잔뜩 담긴 목소리로 부드럽게 말했다. 그러고는 바닥에 앉았다. 지금까지 바닥에서 벌어졌던 일들을 안다면, 그녀는 절대 바닥에 앉지 않았을 거다. 장담한다.

나도 모르는 새 빙긋 웃고 있었다. 그걸 깨닫자마자 웃음을 그치고 정색을 했다. 그녀는 고개를 끄덕이더니 딸꾹질을 하기 시작했다. 당장이라도 토사물을 게워낼 것 같은 기세였다.

"너, 내 방에서 토하면…."

먼저 으름장을 놓았다. 그랬다간 네 손으로 다 치워야 할 거야. 분명히.

"물 좀 마시면 괜찮을 것 같아."

나는 들고 있던 컵을 그녀에게 건넸다.

"이거 마셔."

그녀는 물컵을 밀쳐내더니 짜증스러운 표정을 지었다.

"물, 술 말고."

"이거 물이야. 나, 술 안 마셔."

그녀가 콧방귀를 뀌었다.

"웃긴다. 왜, 네가 여기서 아기 보듯 나를 돌봐주려고?"

젠장, 그래, 그럴 거다. 그녀만 이 방에 두고 절대 나가지 않을 거다. 내 물건을 건드리고 내 책들을 죄다 뒤질 텐데, 당연하지.

"넌 정말 나를 최악으로 만드는 재주가 있어."

그녀가 말했다. 기어이 한마디 하게 하는군.

"심한데."

나도 질세라 내뱉었다. 내가 진짜 그녀를 최악으로 만드는 걸까? 심지어 그녀는 나를 알지도 못하는데?

"그래, 여기서 아기 돌보듯 돌봐주려고 했지. 취한 게 처음이니까. 그리고 나만 없으면 내 물건에 손 대는 습관이 있잖아, 네가."

나는 침대에 올라앉았고, 그녀는 조심스럽게 내가 건넨 물 한 모금을 마셨다. 그럴 줄 알았어. 방이 빙글빙글 도는 것 같겠지, 가엾기도 해라. 그녀가 물을 벌컥벌컥 마시는 모습을 은근슬쩍 보고 있었다. 눈을 감은 얼굴이며, 물을 다 마시고 입술을 핥는 모습, 그리고 깊은 한숨을 내쉬는 것까지. 그녀가 눈치채지 못하게 그녀를 응시하고 있었다. 그러면서 너무 깊게 생각하지 않으려고 애썼다. 왜 내가 자꾸 그녀를 쳐다보는지에 대해.

그냥, 그녀에 대해 아는 게 너무 없으니까. 그래서 많은 걸 알고 싶은 것뿐이다.

겉모습만 보자면 꽤 뻔한 외모다. 금발에 단아한 아름다움이 있다는 정도. 그리고 고색창연한 말투로 짐작컨대, 책에 파묻혀 시간을 보낸 책벌레일 거다. 하지만 한편으로 궁금하기도 했다. 저 성질머리와 어깨에 얹혀 있는 무거운 짐 같은 걸 걷어내면 그 아래 어떤 모습이 숨어 있을지.

"뭐 하나 물어봐도 돼?"

불쑥 말이 먼저 튀어나왔다. 그녀를 향해 억지로 웃어 보였다. 머저리 같은 표정을 짓고 있을 게 분명하다.

그녀가 미간을 바짝 모았다.

"조오오아."

억지로 대답하는 눈치였다.

'대체 난 뭘 물어보겠다는 거야?'

그녀에게서 지옥에나 떨어지라는 말이 나올 거라 짐작하며 가장 쉽게 떠올릴 수 있는 질문을 던졌다.

"대학교 졸업하면 뭐 하고 싶어?"

좀 더 개인적인 걸 물어봤어야 했는데. 제드와의 내기에서 이기는 데 도움이 될 만한 그런 것들 말이다.

테사는 손가락으로 턱을 톡톡 치며 심사숙고 하는 것 같았다.

"글쎄, 난 작가가 되거나 출판사에서 일하고 싶어. 어떤 게 먼저일지는 모르겠지만."

무슨 말인지 너무 잘 알겠다.

나도 똑같은 계획이 있노라는 말은 하지 않았다. 대신 기가 막히다는 표정을 지어 보였다.

"저거 다 네 책이야?"

테사가 책장을 가리켰다.

"응, 내 책이야."

"제일 좋아하는 책은 뭐야?"

맙소사, 또 시작이군.

"좋아하는 책 따위는 없어."

거짓말이었다. 그녀가 너무 깊이 들이댄다. 내 방에 멋대로 들어와서는 내가 좋아하는 책 같은 걸 알아서 뭐 하려고. 그런 건 내가 원하는 걸 얻는 데 아무 짝에도 도움이 안 된다고.

주제를 바꿔야겠다. 덜 개인적인 걸로. 그리고 그녀를 짜증나게 만들어야겠다.

"로저스 씨는 네가 또 파티에 온 걸 알아?"

언짢은 얼굴을 하는 그녀를 보면서 히죽히죽 웃었다. 미션 성공.

"로저스 씨?"

"남자친구 말이야. 내가 본 중에 제일 자뻑이 심한 녀석이었어."

"그렇게 말하지 마. 걔는…, 걔…, 착해."

웃음이 터져 나왔다. 샌님 같은 남자친구를 추켜세우느라 말을 더듬는 꼴이라니.

그녀는 검지를 들어 아니라는 듯 흔들어 보였다.

"걔처럼 좋은 남자가 되는 꿈이나 꾸시지 그래."

"좋은 남자? 남자친구가 고작 '좋은 남자'라 이거지? '좋은 남자'라는 건 시시하단 뜻이야."

"넌 노아를 모르잖아."

겁도 없이 덤벼드는군.

"글쎄, 뭐, 시시한 녀석이란 건 알지. 구닥다리 카디건이랑 로퍼만 봐도 딱 알 수 있어."

대놓고 웃었다. 진짜 웃음이 터진 거다. 배가 당길 지경이었다. 어쩔 수가 없었다. 그녀의 열받은 표정을 보니 웃음을 멈출 수가 없었다. 캐시미어 스웨터를 입고 투덜거리는 남자 리얼돌이 자꾸만 떠올랐다.

"걘 그런 로퍼 안 신어."

테사도 터져 나오려는 웃음을 참으려 입을 막았다. 그것 봐, 웃기잖아. 테사는 물 한 모금을 더 마셨고, 나는 말을 이어나갔다.

"2년이나 사귀었는데 섹스도 안 했다며. 그러니 꽉 막힌 시시한 녀석이지."

말이 끝나자마자 테사는 컵에 다시 물을 뿜었다.

"너, 지금 뭐라고 했어?"

"들었잖아, 테레사."

그녀의 분노에 기름을 부으며 히죽거렸다.

"하던, 이 거지 같은 자식."

세상에, 이렇게 발끈하는 게 너무 좋아….

그녀가 내 얼굴에 찬물이 확 끼얹겨졌다.

헉, 소리가 나왔다. 그녀의 도발에 깜짝 놀랐다. 제법 즐거운 시간을 보낸 것 같았는데. 서로 실없는 농담을 주고받으며 말이다. 일부러 그녀를 짜증나게 했지만, 그녀도 그걸 즐기는 듯했다. 나도 그녀와의 밀당이 싫지 않았다.

하지만 역겨운 듯한 그녀의 표정을 보니 나만 그랬던가 보다. 그녀는 아니었던 거다.

그러게 애초에 남자친구 얘기는 왜 꺼낸 거야? 바보. 그녀는 꽤 괜찮은 기분이었는데, 내 방에 앉아 나와 함께 웃고 있었는데. 내가 그걸 다 망쳐버렸다.

테사가 방에서 황급히 나갔다. 나도 얼굴을 손으로 훔치며 그녀를 쫓아 복도로 나갔다. 그녀는 두 칸씩 성큼성큼 계단을 내려가고 있었다.

방으로 돌아왔다. 이제 남은 친구라곤 나직이 윙윙거리며 도는 저 천장 팬뿐이다. 침대에 올라앉았다. 이곳으로 이사 온 후 처음으로 이 방에 혼자 있는 게 싫었다.

9

처음으로 그녀의 입술이 닿는 순간, 그는 느꼈다. 마음 깊숙한 곳에서 무언가 요동치는 느낌이었다. 먼지가 소복이 쌓이도록 꽁꽁 감추어 두었던 그 무언가. 그가 기억하는 한 단 한 번도 건드리지 않았던 그 무언가. 그녀는 그의 눈을 뜨게 했다. 그녀는 그에게 빛과 웃음과 갈망을 일깨워 주었다. 그리고 그는 깨달았다. 그녀의 입술이 맞닿은 그 순간부터 이전 의 삶과는 같아질 수 없다는 것을.

테사는 내 얼굴에 물을 뿌리고 폭풍처럼 화를 내며 방을 나가버렸다. 나는 멍하니 방에 있다가, 그녀를 따라 아래층으로 내려갔다. 내 꼴이 마치 좋아하는 장난감이 망가져 내팽개치고 징징거리는 아이 같았다.

테사는 내 장난감이 될 수 없다. 그녀는 너무 반짝거렸고, 너무 새 거 였다. 더러운 내 손으로 가지고 놀기에는….

난 그저 그녀의 기분이 밝아지도록 달래주려고 했을 뿐이다. 하지만 분명한 건 그 모든 게 실패로 돌아갔다는 거다. 그녀의 멍청이 같은 남자 친구 얘기를 꺼낸 게 화에 불씨를 던지게 될 거라는 걸 알았어야 했다.

그녀는 너무 짜증난다. 자기 멋대로 굴고 변덕스럽기까지 하다. 과 하게 예민하고, 나한테 제대로 엿을 먹일 줄 안다. 세상 누가 술을, 아 니 물을 내 얼굴에… 그딴 식으로 들이부을 수 있냔 말이다. 자기가 세 상에서 제일 잘난 양 제멋대로 구는 아이처럼 행동한다.

아래층으로 내려가보니, 테사는 주방에서 술 한 잔을 따르고 있었 다. 누군가를 찾는 듯 주위를 두리번거리면서. 나는 주머니에서 휴대 전화를 꺼내 보는 척했다. 켄 씨에게서 또 메시지가 와 있었다.

네가 오늘 저녁 집에 들르겠다면 카렌이 저녁을 만들겠다는구나.
너한테 하고 싶은 말도 있고.

답이 없어서 혹시나 깨면 보라고 새벽 3시인데도 메시지 남긴다.

하고 싶은 말? 그보다 더 구미가 당기는 게 있는데. 제드에게 누가 왕좌를 차지하는지 보여주는 거 말이다. 뒤를 돌아보니 제드가 그녀 곁에서 얼쩡거리고 있었다.

아니나 다를까, 저 멍청한 녀석은 내가 없을 때마다 테사 곁을 맴돈다.

테사는 여전히 술을 마시고 있었다. 저렇게 많이 마시면 안 될 텐데. 내일 숙취에 죽도록 시달려보고 싶은 거지. 분명히 제드 녀석의 계획일 거다.

"저 귀여운 커플 좀 봐."

느닷없이 말소리가 들렸다. 슬쩍 보니 어느새 스테프가 내 옆에 와 있었다. 한 손에는 와인 쿨러가 들려 있었다. 빨강 머리가 엉망으로 흘러내려 있었다.

시선을 다시 제드와 테사에게로 돌렸다. 이번엔 좀 더 주의 깊게 보았다. 테사는 제드 녀석의 눈을 똑바로 쳐다보며 나지막이 한숨을 내쉬었다. 편안해 보였다. 경직된 어깨가 한결 펴졌고 눈빛도 부드러웠다. 나와 있을 땐 절대 보여주지 않던 모습이다. 나보다 제드를 더 잘 아는 것도 아닌데, 왜 이렇게 다른 걸까? 나와 달리 제드는 카운터 테이블에 비스듬히 기대서 그녀에게 눈을 맞추고 있어서일까? 녀석은 절대 그녀의 가슴에 한눈을 팔지 않았다. 그녀가 녀석에게 미소를 지어 보이자, 녀석이 그녀에게 몸을 기울였다. 나는 나쁜 남자로 몰고, 저는 좋은 남자 코스프레를 하려는 거다. 그래 보였다.

젠장, 상상했던 것보다 녀석이 잘하는군.

테사는 현관문을 쳐다보고 있었고, 스테프가 뒤로 와 내 팔을 잡아당겼다. 나는 스테프의 손을 뿌리쳤다.

스테프의 눈이 시뻘겋게 충혈돼 있었다. 눈동자가 시뻘건 눈 위에 까만 점으로 둥둥 떠 있는 것 같았다.

"나 여기 있다고 쟤한테 얘기하지 마. 쟤 뒤치다꺼리 하는 것도 질렸어."

스테프가 어이없다는 표정으로 말했다. 테사가 없으면 스테프는 착한 척도 안 한다. 정말 A급 나쁜 년이다.

딱 붙는 원피스를 입은 술 취한 금발 여자가 나를 지나치며 윙크를 했다. 저 여자, 기억나는… 것 같기도 하고?

"네가 데리고 왔잖아."

최대한 목소리를 가라앉혀 스테프에게 상기시켜 주었다. 이딴 이간질에 끼어들 생각 없는데, 이런 말은 왜 꺼낸 거야.

"정말 지겨워 죽겠지만, 그래도 너네 게임하라고 데려온 거잖아. 잊었어?"

스테프가 어깨를 으쓱해 보이고 다른 곳으로 갔다.

글쎄, 과연….

"그렇게 머저리같이 주변만 맴돌다간 게임에서 지게 될 거야!"

스테프가 현관 쪽으로 가며 소리쳤다. 지난주에 이상하다고 투덜댔던 남자애 손을 잡고.

내가 질 거라고? 웃기는군. 그럴 리가 있나.

어쨌든 멍청이처럼 복도에 우두커니 서 있어서는 안 되겠다.

다시 거실로 돌아가 소파에 자리를 잡았다. 테사가 올 때까지 기다릴 거다. 테사는 금세 질릴 거다. 제드가 해대는 과학이나 식물 얘기,

꽃 하나로 세상을 구할 것처럼 구는 것들에. 다 부질없는 짓이지만 녀석은 진짜 그렇게 믿는 것 같다. 누가 알겠어. 식물들만 녀석을 견딜 수 있을 거라는 사실을 녀석도 무의식적으로 알고 있을 거다.

그러는 동안 테사는 거실로 나왔고, 제드는 길 잃은 강아지마냥 테사에게 딱 붙어 있었다. 내가 여기 있는 줄은 꿈에도 생각 못 하는 듯했다. 패거리들과 어울려 바닥에 앉으면서도 불과 몇 발자국 옆에 내가 있는 줄은 모르는 모양이었다.

누군가 내 팔뚝을 붙들었다. 돌아보니 얼마 전 만났던 금발 여자애가 내 몸통을 두 팔로 꽉 안고 있었다.

"하아아아딘…."

혀 꼬부라진 소리로 내 이름을 불렀다. 나를 건드리려고 이러는 건지, 어지러워서 그러는 건지 알 수 없었다.

"다시 만나니 반가운데. 널 느끼니 더 좋은 것도 같고…."

그녀를 떼어내려고 살짝 밀었다. 하지만 술의 힘은 위대했다. 여자는 빨판이 잔뜩 달린 문어처럼 나를 다시 감싸 안았다. 결국 나는 자리를 옮겨 이름도 기억나지 않는 '클럽하우스 친구' 옆에 앉았다. 그리고 그 여자의 팔을 '친구'의 어깨에 둘러놓았다. 아니나 다를까, 여자는 그를 보고도 혀 꼬부라진 소리를 해댔다.

"스티이이이이브, 오랜만이야…."

살금살금 자리를 빠져나왔다. 얼룩진 카펫 위를 걸어 나오며, 오늘 밤 벌어진 일들에 짜증이 스멀스멀 피어올랐다.

"버스가 밤에도 다니나?"

테사의 목소리가 들렸다. 확실히 웅얼거리는 게 이제 술에 잔뜩 취한 모양이다. 목소리마저 잠긴 듯했다. 테사의 입술을 쳐다보았다. 아랫입술을 삐죽이 내밀고 있었다. 그녀는 더듬거리며 천천히 말하고 있었다.

무슨 얘기를 하는지 들어보려고 걸음을 멈추었다가 주방으로 들어갔다. 내가 알 바 아니다. 그녀가 술에 취했든 말든 내가 신경 쓸 이유는 없다. 잠시 후, 발걸음을 돌려 다시 거실로 갔다. 그러고는 테사가 앉아 있는 바닥 앞에 멈춰 섰다.

나를 올려다보는 그녀의 어이없다는 표정. 저 표정만 백만 번은 본 것 같다.

그런데 제드한테는 안 그런다. 제드에게는 단 한 번도 그런 적이 없다.

"이젠 또 제드냐?"

한쪽 눈썹을 치켜 올렸다. 그녀가 일어서려다 비틀거렸다. 도대체 얼마나 마신 거야? 근데 눈빛은 제법 또렷했다. 확실치는 않지만.

팔을 붙들자 그녀가 내 손을 뿌리쳤다.

"놔!"

그녀는 두 팔을 휘적거렸다. 생쇼를 하는 모습에 웃음이 터졌지만 가까스로 참았다. 뭐라도 던질 걸 찾는 듯, 그녀의 눈동자가 바쁘게 움직였다.

"버스 타러 갈 거야."

그녀가 나를 밀었다. 나는 너무 세지 않게 그녀의 팔을 잡고 붙들어 세웠다.

"참으시지…. 새벽 3시야. 버스가 있겠어?"

잡았던 팔을 놓았다. 이제 그녀가 현실을 파악할 차례다.

"음주 인생의 신세계를 열었으니 그냥 여기 계시지 그래."

변명의 여지가 없는 훌륭한 유머다. 술에 취해 해롱거리는 건 싫다고 단호한 입장을 보였던 그녀였다. 그런 그녀가 아직도 여기에 있다, 밤이 새도록.

그녀는 눈이 동그래져서 나를 멍하니 쳐다보았다. 뾰로통하게 입술을 내민 채. 이때다 싶어 상처 입은 그녀의 자존심에 소금을 뿌리기로 했다.

"아니면 제드랑 같이 나가고 싶었던 건가…?"

나는 거실 쪽으로 고갯짓을 했다. 그녀가 얼굴을 찡그렸다.

아무 말 없이, 그녀가 나를 지나쳐 갔다.

난 왜 이러는 거지? 그녀를 졸졸 따라다니는 건 그녀를 화나게 하려는 건가? 아무 의미가 없다. 이건 순전히 시간 낭비다. 그녀도 나처럼 게임을 하는 것 같았다.

방으로 돌아와 책장에서 책 한 권을 꺼냈다. 셔츠와 바지를 벗어 이미 엉망진창이 된 바닥에 던져 놓았다. 꺼낸 소설의 아무 페이지나 펼쳐 읽기 시작했다.

아가씨가 그렇게 어수룩하게 믿어버리는 것에 화를 내거나 반대를 해보았자 무슨 소용이 있었겠어요? 우리는 그날 밤 다투고 헤어졌어요. 그러나 다음 날 저는 우리 고집쟁이 아가씨의 조랑말을 따라 워더링 하이츠로 가는 길을 걷고 있었답니다. 아가씨가 애통해하는 꼴을 옆에서 보고 있을 수가 없었고, 풀 죽은 창백한 얼굴과 근심에 싸인 눈을 차마 볼 수가 없었던 거죠. 그리고 린튼 도련님을 직접 만나보면 그 이야기가 사실과 얼마나 다른 것인지 알게 되리라는 막연한 희망도 있고 해서 제가 양보했던 것이지요.

금발의 캐서린이 그곳에 앉아 있었다. 관목이 우거진 황무지의 끝자락이었다. 그녀는 그의 핏줄에 흐르는 피 같은 빨간 리본으로 머리를 질끈 묶었다. 그녀는 아무 생각도 않고 있었다. 제정신이 아니었다. 그녀는 그를 돌아보았다. 그녀의 목소리가 공중에서 윙윙 울리고 있었다.

"하딘?"

캐서린의 목소리는 우렁찼다. 너무 우렁차서 까무룩 잠든 나를 깨웠다. 꿈을 꾸고 있었던 건가?

"하딘! 하딘, 문 좀 열어줘!"

침대에서 벌떡 일어났다. 문손잡이를 돌리는 다급한 소리에 혼란스러웠다. 주먹으로 문을 쾅쾅 두드리는 소리가 났다.

"하딘!"

문밖의 목소리가 한 차례 더 소리를 질렀다.

혹시…?

자물쇠를 풀고 문을 열어젖혔다. 문 앞에 테사가 서 있었다. 얼굴은 두려움으로 붉게 상기돼 있었고, 두 눈에는 공포가 가득했다. 모골이 송연해졌다. 나는 즉시 방어 태세를 갖추었다.

"테스?"

눈을 비비며 꿈에서 깨어나려고 애썼다. 그리고 무슨 일이 벌어지는 건지 집중하려 했다.

"하딘, 나 좀 들여보내줘. 저 남자가…."

테사가 복도 쪽을 돌아보았다. 뭣 때문에 테사가 이렇게 겁에 질린 건지 보려고 문밖으로 나갔다.

널이 우리를 향해 다가오고 있었다. 눈에 핏발이 서 있었고, 티셔츠는 얼룩투성이였다. 구역질 나는 놈이다. 비틀거리며 벽을 짚는 꼴을 보니 얼마나 술을 퍼마셨는지 알 수 있었다.

어째서 테사가 이놈에게 쫓기고 있는 거지? 혹시 이놈이….

널과 눈이 마주쳤다. 그러자 널은 우뚝 멈춰 섰다. 어떻게 처신해야 좋을지 잘 아는 녀석이라면, 되돌아 가겠지. 안 그랬다간 복도에 있는 인간들 전부, 아무도 테사를 도우려 하지 않았던 것처럼 보이는 이 인간들 모두 아수라장을 맛보게 될 거다.

얼른 테사를 돌아보았다. 녀석이 아무 짓도 안 했다는 걸 확인해야 했으니까. 만약 무슨 일이 있었다면, 경찰이 왔을 때 녀석의 시체를 숨겨야 하는 불상사가 벌어질지도 모른다.

"쟤 알아?"

쉿소리를 내며 그녀가 물었다.

내 두 손이 분노로 덜덜 떨리는 게 느껴졌다.

"어, 알아. 어서 들어와."

그녀를 방 안으로 잡아끌고, 나는 침대 맡에 앉았다. 테사가 회색 눈동자로 나를 뚫어지게 쳐다보았다. 나는 한 번 더 눈을 비볐다.

"진짜 괜찮아?"

조금 긴장한 듯했지만 그녀는 괜찮아 보였다. 이번엔 울지 않았다. 그럼 이거 좋은 징조인… 건가?

그녀의 목소리는 부드러웠다.

"으응…, 미안해. 갑자기 잠을 깨워서. 근데 어떻게 해야 할지 아무 생각이 안 나서…."

테사는 떨리는 목소리로 속사포처럼 말을 쏟아냈다.

잠을 깨워서 미안하다고 한 거야, 지금?

손을 들어 머리를 뒤로 쓸어 넘겼다.

"괜찮아."

그녀의 손도 나처럼 떨리고 있는 게 눈에 들어왔다. 문을 열었을 때부터 하고 싶었던 질문을 해야겠다.

"걔가 널 건드렸어?"

갑자기 살의가 불쑥 솟았다. 널을 없앤다 해도 그놈을 그리워할 사람은 아무도 없을 거다. 그건 확실하다.

"아니."

테사가 말을 꺼내다가 잠시 머뭇거렸다.

"근데 그러려고 했어. 내가 미쳤지. 술 취한 남자랑 한방에서 문을 잠그고 있었으니까…. 다 내 잘못이야."

자기 잘못이라고? 무슨 헛소리야?

"그놈이 그런 건 네 잘못이 아니야. 이런 상황에 익숙치 않잖아."

최대한 침착하게 말하려고 애썼다. 더 이상 그녀를 겁주지 말아야 했으니까. 내 인생에서 이런 꼴을 당하는 여자들은 많이 봐왔다. 엄마부터 파티에서 술에 취한 여자애들까지. 바로 작년엔 닐에게 당할 뻔한 술 취한 몰리를 구해줬다. 코뼈를 작살내고 어깨를 빼놓았을 때 닐이 정신을 차린 줄 알았는데, 아닌 모양이다. 한 번 더 정신 번쩍 들게 해줘야겠다. 로건이 도와주겠지. 저번에도 그랬으니까.

테사가 내게 다가왔다. 침대 위 내 옆에 앉으라고 툭툭 두들겼다. 테사는 자리에 앉아 두 손을 허벅지 위에 올렸다. 기운이 빠진 듯한 표정을 보고 그제야 깨달았다. 내가 박서 팬티 말고는 아무 것도 입고 있지 않다는 사실을. 뭐라도 입고 싶었지만 테사의 주의를 끌고 싶지 않았다. 가뜩이나 탈출구를 찾아 내 방으로 도망쳐 온 건데, 그런 그녀를 불편하게 만들고 싶지 않았다.

"이런 상황에 익숙해지고 싶지 않아. 나, 진짜 절대 여기에 오지 않을 거야. 다른 파티도 절대 안 갈래. 내가 왜 여기엘 또 왔는지 모르겠어…. 아까 그 남자가…, 걔는…."

테사가 몸서리를 쳤다. 눈물이 그녀의 두 뺨 위로 뚝뚝 떨어졌다.

"울지 마, 테스."

속삭이듯 달래주며 그녀의 뺨을 어루만졌다. 엄지손가락으로 떨어지는 눈물을 닦아주자 그녀는 흐느껴 울었다. 너무나 순수하고 연약한 소리에 시선을 돌리고 싶었지만, 그럴 수 없었다.

"네 눈동자가 이렇게 깊은 회색인 줄 몰랐어."

나도 모르게 말이 나왔다.

지금껏 그녀의 외모 세세한 부분까지 신경을 쓰진 못했다. 오직 그녀의 가슴과 게임에만 관심을 두고 있었을 뿐. 나는 쓸데없이 너무 바빴고, 너무 생각이 얕았다.

이런 거짓 변명은 그만두어야 했다. 나는 그녀를 처음 본 그 순간부터 그녀의 소소한 것 하나까지도 관심을 기울이고 있었다.

내 손은 여전히 그녀의 뺨을 감싸고 있었다. 그녀는 입술을 벌린 채로 나를 빤히 쳐다보았다. 나는 늘 그랬던 것처럼 아랫입술 피어싱을 이 사이에 넣고 깨물었다. 그녀의 시선이 내 입술에 고정된 것 같았다. 손을 떼는 순간, 그녀는 몸을 기울이더니 내 입술에 자기 입술을 포갰다.

숨이 턱 막혔다. 순식간에 허를 찔린 꼴이 됐다. 이 여자, 뭐 하는 거지? 나는 또 뭐 하고 있는 거야?

그럼에도 나는 멈추지 않았다. 아니, 멈출 수가 없었다. 그녀의 부드러운 입술을 따라 혀를 움직였다. 나지막한 그녀의 신음 소리를 삼키며 두 손으로 그녀의 두 뺨을 감싸 쥐었다. 나와의 키스로 안도한 듯이 그녀는 내 입에 대고 한숨을 쉬었다. 그녀의 살갗은 뜨거웠고, 입술은 부드럽게 떨리고 있었다. 나는 두 손을 그녀의 엉덩이로 옮겼다.

그녀의 혀에서 보드카 맛이 났다. 그녀의 혀를 잡아당겼다.

"테사⋯."

그녀의 입 속으로 숨을 불어넣었다. 그녀가 한숨을 쉬었고, 나는 혀로 그녀의 입술을 문지르며 벌렸다. 숨을 헐떡이며 정신을 가다듬으려 애를 썼다. 어쩌다 우리가 이렇게 된 거지?

가슴 속에서 치밀어 오르는 불길과 달리 상쾌한 기분이 들었다. 꽤 괜찮은 기분이다. 꺼지지 않는 불길에서 느껴지는 안도랄까. 한 번도 이런 차분함을 느껴본 적이 없었다. 너무 위협적이다.

내 마음을 이제 나도 모르겠다. 그녀 입술의 감촉이 내 모든 감각을 빼앗아 갔다. 엉덩이를 잡은 손에 힘을 주어 그녀를 더 가까이 당겼다. 그리고 침대 위에 누웠다. 테사가 두 손을 내 가슴에 대었다. 내 입을 떠날 줄 모르는 그녀의 혀는 내 혀를 가지고 노는 듯했다. 키스를 너무 잘한다. 젠장.

그녀에게서 입술을 떼자, 그녀가 애원하듯 흐느꼈다. 그 소리에 내 그것이 금세 단단해졌다. 그녀가 나를 원한다. 이제 그녀는 두 손으로 내 가슴을 오르락내리락 쓰다듬었다. 나의 한계를 시험하는 듯했다. 분명히 그랬다.

더 이상은 안 되겠다. 오늘 밤은 아니다. 너무 술에 취했다. 하지만 나도 그녀를 원한다. 제기랄, 밤새도록 섹스하고 싶었다. 그녀를, 그녀의 모든 걸 느끼고 싶다. 하지만 오늘 밤은 아니다. 그녀는 버진이다. 대체 남자친구와는 어디까지 간 걸까? 그 사람은 이렇게 해준 적이 없나? 팬티 바람으로 그녀의 엉덩이를 붙잡고 단단해진 물건으로 그녀를 애태우는 이런 거 말이다. 이런 게 바로 그녀가 그 사람과 하던 방식인가? 그저 겉으로만 고지식하고 새침하게 보이는 것뿐일까?

그 사람은 그녀의 부드러운 살갗을 혀로 핥아 내린 적이 없었나? 그녀는 살갗에 닿는 내 혀의 움직임 하나하나에 숨이 찬 듯 헐떡거리고 있었다. 안 된다고 해야 되는데. 그녀가 신음을 토해냈고, 나는 그녀의 목에 입을 맞추며 그녀의 머리카락을 움켜쥐었다. 입술을 아래로 움직이며 부드럽게 그녀의 쇄골을 깨물었다. 그녀는 숨을 헐떡거리면서 내 이름을 불렀다.

다시 입을 맞췄다. 그녀는 내 몸에 대고 계속 몸을 문질렀다. 내가 얼마나 단단해졌는지, 얼마나 그녀를 원하고 있는지 그녀도 느꼈을 거다.

"하딘…. 그만."

신음을 내뱉듯 그녀가 말했다. 그러면서도 혀는 계속 내 것과 얽혀 있었다.

"하딘!"

그녀가 재차 내 이름을 불렀다. 나는 몸을 떼고 그녀를 쳐다보았다.

그녀의 입술은 부풀어 있었다. 사악하리만큼 핑크빛이었다. 그녀의 눈빛이 이글거렸다.

"우리, 이러면 안 되잖아."

그녀가 내 몸에서 손을 떼며 말했다. 뜨거움이 금세 차갑게 식었다.

오래 가지 못할 줄 알았다. 이건 그저… 잠깐의 불장난 같은 거니까. 계속되길 바랐던 순간이 있었다. 하지만 결국 모든 일엔 끝이 있기 마련이다. 팔꿈치를 기대며 몸을 일으켰다. 그녀가 침대 한쪽으로 몸을 움직였다.

"미안해, 미안해."

낮고 거친 목소리였다. 조금도 미안한 것 같지 않았다. 그녀의 입술 사이에서 새어나오는 거친 숨소리와 내 입술에서 눈을 떼지 못하던 그 눈길이 그걸 말해주었다.

그녀를 바라보았다. 한 마을에 사는 여자들이 살면서 서로 미안하다는 말을 안 하기로 맹세했다는 내용이 있었던 어떤 책이 생각났다. 꽤나 재미있었다. 그들이 입버릇처럼 하는 '미안하다' 말은 90퍼센트가 그저 책임을 회피하는 수단이었던 거다. 테사가 그 마을에 살았다면, 아마 딱 맞았을 거다.

"미안하다고? 뭐가?"

나는 최대한 차분한 목소리로 말했다. 그리고 자리에서 일어나 뒤죽박죽인 서랍장을 뒤져 검정색 티셔츠를 꺼냈다. 티셔츠를 입는 내내 그녀는 나를 보고 있었다. 그것도 박서 팬티만 입은 아랫도리를. 그녀가 얼굴을 붉혔다.

"너한테 키스한 거…"

나한테 키스한 걸 왜 사과하는 거야? 나하고 이러는 걸 그녀가 원치 않는다면, 나 역시 원치 않는다. 하지만 내가 원하지 않는다는 느낌을 준 것 같지는 않은데.

"그냥 키스야. 남들도 다 해."

일부러 무덤덤하게 말했다. 그녀의 마음을 상하게 만들고 싶지 않았으니까. 그녀는 이미 이런 짓을 벌인 걸 후회하고 있었다. 그리고 당장에라도 달아날 준비를 하고 있었다. 뻔히 다 보인다. 혹시나 그녀가 달아나더라도 나는 쫓아갈 거다. 이 게임을 이렇게나 빨리 망쳐버릴 순 없다. 이미 나는 내 계획을 실행 중이었으니까. 그녀의 손이 내 몸을 만졌고, 나는 그녀의 혀를 맛보았다. 헐떡거리며 나를 원하게도 만들었다. 이제 제드보다 내가 우위를 선점한 이 마당에 모든 걸 허사로 만들 순 없다. 그녀는 이 일을 필요 이상으로 크게 받아들일 게 분명했다. 지금 그녀를 안심시켜 준다면, 그녀는 나를 훨씬 더 믿게 될 터였다. 그리고 그 믿음은 다음에 더욱 내밀한 단계로 나아갈 수 있는 기회를 줄 거다.

그녀는 바닥을 뚫어지게 보고 있었다. 또 그런다. 그렇게 후회가 되나? 나를 쳐다보지도 못할 만큼? 이 더러운 기분, 정말 싫다.

벌써부터 후회해서는 안 되는데. 그녀가 이 고비를 넘기지 못하면 난 망할 거다. 그러면 제드 녀석이 이기고 말겠지.

"그럼 대수롭지 않게 생각해도 되지?"

테사가 입을 뗐다.

"걱정 마. 나도 다른 애들이 아는 건 싫으니까. 됐어, 그만 얘기하자."

내 말에 테사가 움찔했다. 내뱉은 말을 다시 주워 담았으면 좋겠다. 난 정말 이런 거엔 젬병이다.

"그래, 너는 다시 예전의 너야, 그치?"

테사의 눈빛이 날카로워졌다. 한바탕 싸움을 준비 중인 거다. 한 마디쯤 쏘아붙이고 싶었지만, 그냥 입을 다물기로 했다.

그녀는 나에 대해 제대로 아는 게 없다. 겨우 몇 번 마주쳐놓고 무슨 하던 스캇 전문가처럼 굴다니. 열받네. 자기가 나보다 훨씬 낫다고 생각하는 거다. 그리고 혹시나 사람들이 그녀가 나하고 키스한 걸 알기라도 할까 봐 벌벌 떨고 있다…, 왜냐하면, 음, 나는 나고, 그녀는 완벽녀니까. 가만히 입 다물고 있는 건 못 하겠다.

"내가 다른 사람이었던 적은 없어. 너와 아무 의미 없이 키스했다고 우리가 뭐라도 되는 것처럼 생각하지는 말아줘."

내 말이 그녀의 가슴에 비수가 되어 꽂힌 것 같았다. 그녀가 벌떡 일어섰다. 이글거리는 눈빛에서 분노를 읽을 수 있었다. 잔다르크처럼 나를 말뚝에 묶어 불태워버릴 것 같은 기세다.

"네가 그만할 수도 있었잖아."

그녀는 화가 치밀어 오르는 것 같았다. 꽉 쥔 두 손이 불타오르는 듯 보였다.

생각할 겨를도 없이 불쑥 말이 튀어나왔다.

"그랬나?"

테사가 한숨을 쉬더니 두 손으로 얼굴을 가렸다. 나는 시선을 피했다. 너무 감정적인 여자야. 이러는 거 처음 보는 장면도 아니고. 감정적으로 행동하는 것도 사실 정상적인 거다. 하지만 그녀는 너무 심하다. 나는 그녀의 친구도 가족도 아니다. 그런데도 그녀는 마치 나를 평생을 알아온 사람인 양 내 앞에서 온갖 널뛰는 감정을 쏟아냈다. 자기 기분이 어떤지 나한테 죄다 보여주는 게 부끄럽거나 두렵지 않은 모양이었다. 이런 식으로 다 드러내는 걸 별로 신경 쓰지 않는 눈치였다.

테레사 영이라는 이 여자는 정말 미칠 것 같은 미스터리다. 너무 속이 훤히 보이는데다 유약하기까지 하다. 꽁꽁 숨기는 듯싶다가 유리처럼 날카롭기도 하다. 도통 모르겠다. 이런 건 진짜 낯설다. 이렇게라도 나를 대하는 게 조금은 편해진 거라면 괜찮다. 그렇지만 여전히 내겐 낯설다.

"갈 데도 없잖아. 오늘 밤은 그냥 여기 있어."

테사는 내 제안에 고개를 가로저었다. 그녀는 손을 허리에 대고 인상을 쓰며 나를 보았다. 심하게 말한 걸 사과하고 싶기도 했다. 나란 놈은 가끔씩 하지 말아야 할 말까지 다 하니까. 하지만 내가 왜 상관도 없는 낯선 이 여자에게 에너지를 써야 해? 그녀는 나를 모른다. 그리고 앞으로도 절대 모를 거다.

"고마운데, 괜찮아."

그녀가 복도 끝으로 사라졌다. 방문을 붙들고 서서 마음속으로 굿나이트 인사를 보냈다. 입 밖으로 내지 못할 걸 아니까.

"테사."

그녀를 불러보았다. 그녀가 듣기를 원했던 건지 아닌지, 나도 잘 모르겠다.

10

그는 늘 고집불통이었다. 그런 그의 마음속 버튼 하나를 그녀가 누른 것이다. 세상을 다른 시각으로 보게 만드는, 자기한테 있었다는 사실조차 모르고 있었던 그 버튼 말이다. 그는 자신이 시작한 게임이었지만 아무런 대가도 바라지 않았다. 그녀가 보내는 눈길과 미소가 어떻게 그를 변화시키고 있는지도 전혀 알지 못했다. 그는 처음부터 그녀를 아끼고 보호하려고 했다. 그러나 그 보호하려는 마음이 통제로 변하고 있다는 사실을 깨닫지 못했다. 그러지 않으려고 애썼지만, 그런 마음을 이겨낼 만큼 그는 강하지 못했다. 이젠 너무 늦었다는 걸 깨달을 때까지.

그녀가 방을 뛰쳐나가고 20분쯤 지났다. 찾아보았지만 아무데도 없었다. 대체 넌 몰리나 내가 꼬셨던 다른 애들처럼 굴 수는 없는 거야? 왜 다시 돌아오지 않지? 어떻게 그렇게 강한 의지를 갖고 있는 거지?

그녀를 알고 나서, 아주 작은 부분이지만, 깨달은 게 있긴 하다. 여자에 대해 가지고 있던 생각들이 산산조각 났다.

제기랄, 신난다. 재밌어지겠군.

"걔는 갔어, 친구."

보드카 병을 들고 주방으로 들어오던 로건이 말했다.

갔다고? 갈 수가 없잖아. 돌아가는 길도 모르면서. 가다가 길을 잃으면 그 구닥다리 피처 폰은 아무 도움이 안 될 텐데.

"말도 안 돼."

고개를 가로저으며 새 컵 하나를 쥐었다. 물을 받는데 네이트가 나를 보더니 한쪽 눈썹을 찡긋하여 헤벌쭉 미소를 지었다.

"뭐야, 왜?"

나는 대수롭지 않다는 듯 물을 꿀꺽 마셨다.

"아무 것도 아니야."

네이트가 웃으며 로건을 의미심장하게 쳐다보았다.

"지금 내가 뭐 알아야 될 거라도 있어?"

나는 손으로 두 사람을 번갈아 가리켰다.

"아니."

로건이 내 어깨에 손을 올렸고, 나는 이내 뿌리쳤다.

"넌 왜 걔를 찾고 있는데?"

"넌 왜 그렇게 생각하는데?"

거짓말을 하는 건지, 게임 모드로 돌아간 건지 아무런 확신 없이 순식간에 대답이 나왔다. 그래, 나는 여전히 게임을 즐기고 있다. 하지만 지금은 그녀가 어디 갔는지 알고 싶을 뿐이다.

"알았어."

네이트가 로건을 쿡 찔렀다. 꼭 초등학교 때 친구들이 했던 것처럼.

"글쎄, 아무튼 갔어. 내가 현관 밖으로 나가는 걸 봤거든."

"근데 넌 그냥 나가게 둔 거야?"

"나가게 됐냐고? 걔가 밖으로 나가든 집에 가든 내가 무슨 상관인데? 너도 상관할 필요 없는 거… 같은데."

네이트가 로건과 눈을 맞추며 말했다.

"제드는 어딨는데?"

바라건대, 이 질문으로 애들이 제드가 한 발 앞서 나갈까 봐 내가 걱정한다고 생각하게 되길.

두 사람은 어깨를 으쓱이며 고개를 끄덕였다. 그러고 나서 이제 이 화제에 흥미 없다는 듯 둘이 어울려 난장판으로 돌아갔다.

두 사람을 뒤로 하고 주방을 나오면서 두 주먹을 꽉 쥐었다. 친구한 테 데리러 오라고 전화라도 한 걸까? 근데 친구가 있긴 한가? 이것저 것 따지는 까탈스러운 타입이라 아무도 그녀와 친구가 되고 싶지 않을 것 같던데, 나처럼. 뭐 약간 호감이 가는 면은 있지만, 아주 약간.

기숙사까지 5킬로미터 가까운 거리를 걸어갈 만큼 무모하진 않을 거다.

무모한가? 아니다.

그러고도 남을 고집불통인가? 젠장, 맞다, 고집불통이다.

그녀가 이곳에 없는 게 확실한지 확인하러 위층으로 올라갔다. 내 방은 비어 있었다. 또 다시 그녀가 짜증을 내며 내 방에 맘대로 들어와 있길 바랐던 건가. 그녀가 책을 들고 내 침대에 걸터앉아 있기를 바랐 던 것도 같다.

하지만 없었다. 당연하겠지. 너란 여자는 터무니없을 만큼 이해하기 어려워야 제맛이니까. 이곳을 떠난 게 분명했다. 그것도 혼자서.

제기랄, 밤거리를 혼자서 헤매고 있는 거다.

이런 망할…, 돌아버리겠다. 애보다 더 다루기 힘든 여자를 게임 상 대로 찾을 수 있을까? 절대 아니라고 본다.

"네이트!"

아래층으로 뛰어 내려가며 큰 소리로 네이트를 불렀다.

"뭔데? 왜 난리야?"

네이트가 실실 웃으며 말했다. 아래층에 다 내려갔을 때쯤 속도를 줄였다.

"하아, 나…."

머리카락을 이마 뒤로 쓸어 넘겼다.

"그 갈색머리 여자 찾으러 갈게. 검정 탱크탑 입은 애. 가슴 이따만 하고."

나는 가짜로 지어낸 여자의 몸매를 그리듯 손짓으로 흉내 내었다.

네이트가 시선을 아래로 떨구며 실실 웃었다.

"아, 알았어."

네이트가 아랫입술을 옴짝거리며 하는 소리를 겨우 알아들었다. 그가 한쪽 눈을 찡긋했고, 로건이 웃음을 터뜨렸다.

"그럼, 이만…."

얼른 그들에게서 등을 돌렸다. 등 뒤에서 두 녀석이 수군거리는 소리가 들렸다. 뒤도 돌아보지 않고 집을 나와 차에 탔다. 거리는 텅 비어 있었다. 개미 한 마리 없이 고요한 거리. 그녀는 어디에도 없었다.

근처를 몇 바퀴나 돌고 나서 캠퍼스 기숙사로 향했다. 지금쯤이면 기숙사에 도착했어야 한다. 반드시 그래야 한다.

기숙사에 도착했다. 그러고 보니 벌써 두 시간 넘게 밖에서 헤매고 있었다. 테사의 방문은 잠겨 있지도 않았다. 문을 열어보니 스테프와 트리스탄이 한 침대에서 엉겨 붙어 있었다. 스테프는 셔츠를 벗은 채로 트리스탄의 맨몸을 애무하는 중이었다. 맞붙어 있던 입술을 떼며 스테프가 몸을 일으켰다.

"뭐야?"

스테프가 입술을 핥으며 말했다. 입가에 립스틱이 번져 있었다.

"테레사는?"

두 사람을 향해 물었다. 트리스탄이 손을 뻗어 셔츠를 잡자, 스테프가 얼른 뺏어 바닥에 던졌다.

"어땠어?"

내가 대답을 재촉했다.

"여긴 없어. 오는 길에 걔를 지나쳐 왔거든."

스테프는 트리스탄의 목에 입술을 밀어붙였다. 할 말이 없었다.

"지나쳐 왔다고? 걔가 걸어가는 걸 보고도 안 태우고 그냥 왔단 말이야?"

트리스탄의 셔츠를 집어 들어 그에게 주었다. 두 사람의 면상을 그걸로 가리고 싶었다. 트리스탄이 침대에서 몸을 일으켰고, 나는 문 쪽으로 물러섰다.

"스테프가 나더러 멈추지 말라고 했어."

트리스탄이 옷을 입으며 대답했다.

"뭐가 어째?"

나는 스테프를 노려보았다. 스테프가 키득거리며 웃었다.

"괜찮아. 그 정도쯤은 걸어도 돼."

"야."

트리스탄이 팔꿈치로 스테프를 쿡 찔렀다. 그의 얼굴에 못마땅한 표정이 역력했다.

스테프는 어이없다는 표정이었다.

"옷 입어, 둘 다. 그리고 나가. 좀 있으면 걔가 올 거야."

둘에게 말했다.

"여기 내 방이야. 난 안 나가."

스테프가 고집을 부렸다.

"그러지 말고….'

여기서 나가게 할 적당한 구실을 둘러대야 했다.

"걔하고 단둘이 좀 있으려고 그래."

스테프가 웃음을 터뜨렸다.

"왜? 걔랑 섹스하려고?"

"맞아, 노력해봐야지."

"우리 집으로 가자. 아마 네이트는 없을 거야."

트리스탄이 스테프의 머리카락을 귀 뒤로 넘겨주며 말했다. 스테프
는 싱긋 웃으며 고개를 끄덕거렸다.

두 사람이 나가고, 나는 테사의 침대에 걸터앉았다. 호기심이 일어
그녀의 물건들을 뒤져볼까 말까 하던 참에 문이 열렸다. 문밖에 테사
가 두 주먹을 꽉 쥔 채로 서 있었다. 그새 몇 센티미터나 훌쩍 커 보였
다. 두 눈이 동그래졌다. 속에서부터 짜증이 솟아오르는 얼굴이었다.
그녀를 향해 씨익 웃어 보이자, 그녀는 눈물을 글썽였다.

"너, 뭐야?"

그녀가 두 손을 휘두르며 소리쳤다.

"어디 있었던 거야?"

그녀의 마음속에서 치솟아 오르는 불길과는 정반대의 차분한 어조
로 내가 물었다.

"두 시간도 넘게 찾아 돌아다녔잖아."

"뭐? 왜?"

그녀는 분노와 혼란이 뒤섞인 표정을 지었다. 쌀쌀한 날씨 탓인지
두 뺨은 핑크빛으로 물들어 있었다. 바람에 머리는 산발이 되어 있었

다. 단정하게 컬이 들어간 평소 모습과는 완전 딴판이었다. 어떻게든 이 상황을 설명하려고 했지만, 고작 이런 말밖에 나오지 않았다.

"혼자 다니게 하기 싫었어. 밤이잖아."

테사가 난데없이 웃음을 터뜨렸다. 이 상황에서 웃음이라니. 어떻게 된 거 아니야? 너무나 날것의 웃음이라서, 평소 절제된 그녀의 미소나 가짜 웃음과 너무 달랐다. 반쯤은 미친 것처럼 보였다.

"꺼져, 하딘. 그냥 꺼지라고!"

웃음이 잦아들면서 그녀가 내뱉은 말이었다.

"테레사, 난 말이야⋯."

그 순간 문을 쾅쾅 두드리는 소리가 들렸다.

"테레사! 테레사 영! 당장 문 열어!"

웬 여자의 목소리가 쩌렁쩌렁 울렸다.

"못 살아, 정말. 하딘 빨랑 옷장 안으로."

테사가 내 팔을 잡고 침대에서 끌어당기며 속삭였다.

"난 옷장 따위에 숨지 않아. 너도 이제 어린애가 아니고."

테사는 서둘러 거울 앞에서 얼굴을 살피면서 헝클어진 머리를 가다듬었다. 그러더니 한쪽에 놓여 있던 치약을 짜서 혀에 대고 문질렀다. 그 모습이 마치 십대 청소년이 엄마 몰래 못된 짓을 하다 걸린 꼴을 보는 것 같았다. 문을 향해 가면서 그녀는 반쯤 정신이 나간 듯했다. 문손잡이를 돌리며 그녀는 손 인사를 했다.

"웬일들이세요?"

테사가 엄마에게 인사를 건넸고, 그녀의 엄마는 방으로 성큼성큼 들어왔다. 그리고 뒤따라 한 사람이 더 들어왔다. 전에 봤던 그 남자다.

노아였나?

테사 엄마의 시선이 줄곧 나에게 향해 있다는 걸 알았지만, 나는 온통 저 남자에게만 신경이 가 있었다. 테사의 남자친구, 그 이름 노아. 노아는 테사보다 약간 더 밝은 금발이었다. 카키색 바지 위에 카디건을 단정하게 걸쳐 입었다. 놀랍다. 이렇게 이른 아침에 포장도 안 뜯은 부잣집 도련님 피규어 같은 저 자태라니.

근데 여긴 왜 온 거야? 저 사람들, 제정신이야?

무슨 순결을 지키는 경찰인 양 테사 엄마한테 이른 거야?

테사 엄마는 깊은 한숨을 내쉬더니 말을 쏟아냈다.

"이래서 네가 밤새도록 전화를 안 받은 거로구나. 이, 이놈 때문에…?!"

이 아줌마, 커다란 손짓을 해가며 얘기하는 게 자기 딸이랑 똑같네.

"이, 이 타투투성이 양아치랑 새벽 6시에 한방에서 뭘 한 거야?"

타투투성이 양아치라고? 진짜 어처구니없고 모욕적인 표현이다.

테사가 어깨를 쫙 폈다. 그녀가 허리를 꼿꼿이 세우고 전투태세에 돌입하는 모습을 나는 목도했다.

음, 이제 알겠다. 테사가 남을 비판하는 버릇이 어디에서 비롯됐는지. 또 그녀의 몸매와 불같은 성격도. 그녀는 엄마에게 단점이라도 꽂을 기세였다. 그런데도 그녀의 엄마는 자기 딸이 손바닥이 파이도록 주먹을 꽉 쥐고 있는 모습을 눈치채지 못한 듯했다. 핏줄 선 목이 핑크빛으로 변해갔다. 그런데 아무 것도 모르는 건 로저스 씨도 마찬가지였다.

짜증이 확 일었다. 고작 보통의 신입생들처럼 놀았다고 질책을 받는다고? 그렇다면 그녀는 내가 아는 그 누구보다 엄마에게 길들여져 있는 거다. 그녀의 엄마는 그런 딸이 참으로 자랑스럽겠군.

"대학생이라는 게 고작 이딴 짓을 하는 거였니? 밤새 놀다가 기껏 남자를 방으로 끌어들이는 거?"

테사 엄마는 노발대발했다.

"노아는 밤새 너를 걱정했는데, 새벽같이 달려왔더니 고작 이런 애랑 어울려서 시시덕거리고 있어?"

이런 애라고? 아줌마의 목소리가 높아지는데도 노아는 눈치 없이 슬슬 문 쪽으로 뒷걸음질 치고 있었다. 노아는 테사보다 훨씬 더 세뇌되어 있다는 느낌이 들었다.

이대로 두고 볼 수가 없었다. 테사가 뭐라고 대답하기 전에 내가 먼저 말을 꺼냈다.

"저는 지금 막 도착한 거예요. 그리고 얘는 잘못한 게 없어요."

자기 엄마에게 덤비는 내가 정신 나간 사람이라도 되는 양, 테사가 입을 쩍 벌렸다. 그녀의 입장에서는 엄마가 그 말을 믿지 못할 거라 생각하겠지. 속으로 웃음이 났다. 내가 진짜 뭘 할 수 있는지 이들은 상상도 못 할 거다.

"뭐라고 그랬니? 너한테 한 말이 아니었는데. 너 같은 애가 어떻게 감히 내 딸 주위를 어슬렁거리는지 도무지 알 수가 없구나."

구석에 처박힌 얼간이 자식은 한마디도 하지 않았다.

"엄마!"

테사도 지지 않고 엄마에게 으름장을 놓았다. 그녀가 나를 슬쩍 쳐다보았다. 그녀의 눈빛은 단호했다. 불같은 그 눈빛이 민망함 때문인지, 분노 때문인지는 나도 잘 모르겠다.

그녀의 엄마 역시 조금도 물러서지 않았다.

"테사, 정말 구제불능이구나."

테사 엄마는 이를 악물고 계속 얘기했다.

"방 안에 술 냄새가 진동하는데. 잘하는 짓이다. 이게 다 어여쁜 네 룸메이트와 '저 분' 덕이지?"

테사 엄마가 나를 똑바로 쳐다보았다. 심지어 손가락질까지 하면서.

내가 어떤 사람인지 안다면 저 따위 행동은 못 했을 텐데.

"엄마, 나도 이제 어린애가 아니에요."

테사가 말을 꺼냈지만, 이미 진 것 같은 목소리였다.

"지금껏 술 한 번 마셔본 적 없고, 나쁜 짓을 한 적도 없어요. 평범한 대학생들처럼 살고 싶은 게 잘못은 아니잖아요. 휴대전화를 밤새 꺼놓은 건, 그래서 엄마를 새벽같이 뛰어오게 한 건, 죄송해요. 그치만 아무 일도 없잖아요. 그거면 된 거 아니에요?"

테사가 지친 듯 의자에 걸터앉았다. 두 사람이 테사를 얼마나 들들 볶는지 참고 보기 힘들었다. 의자에 앉은 그녀의 모습이 낯설게 느껴졌다. 아무런 저항도 못 하고 다음 폭풍을 기다리는 모습이었다.

나는 꿈쩍도 하지 않았다. 그녀 엄마의 눈에서 뿜어져 나오는 레이저가 또 다시 나를 향하고 있음에도.

"저기, 청년! 우리 얘기 좀 하게 잠깐 자리 좀 비켜주겠어요?"

부탁이 아니었다. 게다가 '청년'이라는 표현이 예의를 차린 듯 들리지만 나는 안다. 이 아줌마는 겉으로 예의를 차리는 척하면서 나를 깔아뭉개려고 기를 쓰고 있다는 사실을. 나는 부잣집 아이들 틈에서 자랐다. 저런 몸짓, 아주 잘 안다.

테사를 건너다보았다. 엄마와 남자친구한테 맞서는 데 혼자라도 괜찮은지 확인할 때까지 여기서 나가지 않으리라는 걸 그녀도 이해하는 모양이었다. 그녀가 고개를 끄덕였다. 하지만 나는 그녀의 회색 눈동자가 혼란스러움에 흔들리는 걸 느꼈다.

요구받은 대로, 나는 방을 나섰다. 가슴에서 불길이 이는 것 같았다.

11

그의 꿈에 그녀가 등장하기 시작했을 때, 그는 공포에 떨었다. 그녀는 그의 모든 것을 집어삼켰다. 그의 마지막 하나까지 빼앗아 그 모든 걸 가지고 도망쳐버렸다. 그녀가 그의 삶에 들어오자, 그는 그녀가 자신에게 무슨 짓을 한 건지 생각했다. 그것은 공포에 가까웠다. 그는 그걸 허락하고 싶지 않았다. 하지만 싸워 이길 만한 힘이 없었다. 그는 늘 자신이 강하다고 여겨왔다. 자신이 모든 걸 통제하고 있다고 믿었다. 그녀가 그의 삶에 들어와 왕좌를 차지하기 전까지.

테사의 방문이 열리기를 기다렸다. 테사 엄마와 그 졸개가 떠나기를 기다린 것이다. 얼마나 기다렸을까. 나는 문득 제정신이 들었고, 궁색한 느낌이 들었다.

'내가 왜 기다리고 있는 거지? 불청객들이 가고 그녀에게 무슨 말을 하려고? 테사가 나와 얘기하고 싶기는 할까?'

혹시 그녀가 나한테 키스하도록 둔 걸 사과라도 해야 하나? 그러면 지금 시점에서 모든 문제가 해결될까.

드디어 문이 열리고 그녀의 엄마가 방에서 나왔다. 옆방 문에 기대어 앉아 있는 나를 그녀 엄마는 거만한 눈빛으로 깔아보았다. 이어서 나온 테사는 노아의 손을 다정하게 잡고 있었다.

나는 일어섰다. 뭐라고 말해야 하나. 하지만 뭐라도 말해야 한다. 뭐라도 해야 한다.

"우리, 시내 나가려고."

테사가 말했다. 이 상황에서 고개를 끄덕이며 그들을 보내는 것밖에 내가 뭘 더 할 수 있을까.

남자친구에게 잡혀 있는 테사의 손에 자꾸만 눈길이 갔다. 테사는 얼굴을 붉히며 내 앞을 지나갔다. 테사 엄마는 나에게 아까도 봤던 억지 미소를 지어 보였다.

"저 자식, 진짜 마음에 안 들어."

로저스 씨가 하는 소리가 들렸다.

"나도."

테사가 조용히 맞장구쳤다.

무엇이 최선일까. 나도 그녀가 정말로 싫은데.

차로 돌아오니 컵 홀더에 있던 휴대전화가 울렸다. 몰리다. 몰리는 '한판 해'라고 하더니 전화를 끊었다.

잠시 후, 노크도 하지 않고 몰리의 아파트로 들어갔다. 몰리의 룸메이트가 담배 연기를 뿜어대며 나를 빤히 쳐다보았다. 짙은 마스카라를 칠한 눈을 껌뻑이다가 담배 한 개비를 더 빼 물었다.

"방에 있어."

몰리는 침대에 누워 있었다. 베개 더미에 머리를 받치고 맨다리를 쩍 벌린 채로 말이다. 방은 비좁았고, 하늘색 벽에는 온통 잡지에서 오려낸 사진들이 도배돼 있었다. 붙여 놓은 사진들은 대부분 흑백이었다. 침대는 문에서 제일 먼 벽 쪽에 붙어 있었다. 창문도 없었다. 창문이 없는 방이라니. 꼭 갇힌 것 같아서 싫다. 몰리가 자기 방에 가지 않는 이유를 알겠다.

몰리가 침대에서 손짓했다. 핑크색 머리카락을 정수리에 대충 묶어 놓은 채였다.

"이런, 이런, 이런! 누가 오신 건가."

옆에 앉자 그녀가 빈정거렸다. 그리고 스커트를 들어올려 검정색 팬티를 보여주었다. 허벅지를 만지는 손이 팬티 가장자리 레이스를 아슬아슬하게 스쳤다.

"네가 전화했잖아."

"그리고 네가 왔고."

그녀가 빈정거리며 빼기는 어투로 쫑알거렸다.

"너무 흥분하지 마. 심심했는데 네가 전화한 거야."

어깨를 으쓱하며 그녀를 쳐다보았다. 그녀는 미간을 찌푸리며 삐친 척 했다.

"맞는 말이긴 해."

갑자기 그녀가 웃음을 터뜨렸다. 창피한 줄도 모르는 그녀의 행동에 고개를 가로저었다.

내 팔을 잡는 몰리의 손은 차가웠다. 몰리가 나를 자기 쪽으로 잡아당겼다. 손목에 있는 흉터들이 스탠드의 어슴푸레한 불빛에 도드라져 보였다.

몰리가 내 목에 입술을 갖다 댔다. 테사의 입술을 떠올리지 않으려 애썼다. 몰리가 내 몸 위로 올라와 바지 버튼을 열더니 순식간에 바지와 박서 팬티를 다리 아래로 내렸다. 나는 그저 엉덩이를 들어 그녀가 바지 벗기는 걸 도왔을 뿐이다. 그 순간에도 나는 스스로에게 원해서 하는 짓이라고 끊임없이 설득하고 있었다. 재밌잖아. 나 같은 사람들은 다 이런 걸 재미로 한다고. 나나 몰리 같은, 개차반으로 인생을 사는 사람들은 전부. 나는 나름대로의 사연이 있고, 몰리 또한 그랬다. 하지만 단 한 번도 내게 얘기하지 않았고, 나 또한 단 한 번도 물어보지 않았다. 그저 몰리가 나와 비슷한 부류의 인간이라는 것만 안다. 그게 내가 아는 전부다.

그녀는 혀로 페니스 끝을 핥으며 나를 괴롭혔다. 이런 장난할 마음은 없었다. 그녀의 핑크색 머리카락을 움켜쥐고 내 물건을 입 안에 넣게 했다. 몰리가 살짝 구역질을 했고, 나는 그녀의 머리를 놓아주었다. 그녀도 거친 걸 좋아한다. 근데 사실, 의도했던 것보다 더 거칠게 굴긴 했다.

테사의 머리카락을 손아귀에 움켜쥐고 바짝 당겼다. 그녀의 입은 너무 축축했고, 정말 따뜻했다. 상상했던 것보다 혀놀림이 더 적극적이었다. 그녀의 두 손이 내 허벅지로 미끄러지듯 내려왔다. 그녀의 손톱은 내 기억에서보다 길었다.

"하딘."

그녀가 신음하며, 나를 당기더니 다시 내 페니스를 핥았다.

172

"젠장, 테사."

말이 튀어나오는 순간, 테사의 입술이 순식간에 오므라들었다.

몰리가 정색을 하며 나에게서 몸을 떼었다.

"장난해?"

나는 헛기침을 했다.

"뭐가?"

몰리는 기가 막히다는 표정을 지었다.

"다 들었어."

"뭘 들었다는 거야. 설사 들었다 해도 뭐? 넌 한 번도 안 그런 것처럼
굴면 안 되지. 너도 나를 로건이라고 부른 적-."

"입 닥쳐."

몰리가 한 손을 들더니 연기하는 것처럼 손사래를 쳤다.

"내가 끝내줬으면 좋겠어?"

그녀의 말투가 금세 장난스럽게 돌아왔다. 그제야 나는 그녀가 나를
동정하는 듯 요상한 표정으로 쳐다보고 있다는 사실을 깨달았다. 마치
애처롭게 여기는 것처럼.

순간 화가 불쑥 치밀었다. 저도 나처럼 외롭고 엉망진창인 주제
에…. 제가 뭐라고 나를 불쌍하게 여겨?

"됐어."

나는 바지를 끌어당겼다. 자리에서 일어나 휴대전화를 주머니에 넣
을 때까지도 몰리는 나를 그런 시선으로 보고 있었다. 내가 화내는 것
따윈 그녀에게 아무 것도 아닌 거다.

"나도 너 안 봐줄 거야."

몰리가 깔깔댔다. 그러더니 금세 평소의 허무주의자로 돌아왔다. 그러더니 한마디를 덧붙였다.

"조심해. 그런 여자애들은 절대 너 같은 나쁜 남자하고 끝까지 가지 않아."

몰리는 더 안쓰럽다는 눈빛으로 나를 보았다. 속이 울렁거리면서 그녀의 러그 위에 토해버리고 싶었다. 몰리가 못되게 굴려고 하는 말이 아니라는 걸 잘 안다. 그녀는 솔직했다. 그래도 그런 충고 따윈 필요 없다.

테사와 끝까지 가고 싶지 않았다. 그저 섹스를 하고, 게임에서 이기고 싶다. 그게 다다.

아무 말도 하지 않고 걸어 나와 차를 타고 클럽하우스로 돌아왔다.

12

문 두드리는 소리는 그칠 줄을 몰랐다. 남자는 문밖에서 내 이름을 불러댔다. 나는 벽장 안에 숨어 최대한 아무 소리도 내지 않으려 기를 쓰는 중이었다. 옷장 문을 닫고 귀를 막았다. 두드리는 소리가 점점 더 커졌다.

"당장 나와!"

남자의 목소리가 쩌렁쩌렁 울렸다.

아빠가 또 술을 마셨다. 요즘 매일 술에 취해 산다.

현관 나무문이 아빠의 주먹질로 박살이 났다. 나무 갈라지는 소리에 등골이 서늘해졌다. 아빠를 두려워한다는 것 자체가 너무 혐오스러웠다. 그러지 말아야 하는데. 나는 벌써 열네 살인데. 게다가 또

래에 비해 키도 제법 컸다. 이제 나 스스로를 지킬 수 있어야 한다.

그런데 왜 두려워하는 거지? 너무 모자란 놈이라 그런가….

아빠 말고 다른 남자들 목소리도 섞여 있었다…. 그놈들이 여기 또 온 건가? 잘 모르겠다. 아빠가 왔으니 그놈들은 여기 왔을 리가 없다. 하지만 그들이 왔다 해도 아빠가 막아주지는 않을 거다.

옷장 문이 벌컥 열렸다. 죽을힘을 다해 물러섰지만 더 이상 숨을 곳이 없었다.

비명을 지르며 잠에서 깨어났다. 텅 빈 방 안에 내 목소리가 메아리 쳤다. 사흘 내리 방 안에서만 지냈다. 전화 한 통 오지 않았고, 아무도 찾아오지 않았다. 그래도 일은 많이 했다. 그녀를 맞닥뜨리고 싶지 않았다. 제드나 다른 떨거지들도 보고 싶지 않았다. 나한테 연락 한 통 없는 건 녀석들도 마찬가지니까.

눈앞에 없으면 다 그런 거다. 아무도 나를 신경 쓰지 않았고, 나 역시 아무도 신경 쓰지 않는다.

바닥에서 검정색 셔츠를 집어 땀으로 젖은 얼굴을 닦았다. 머리카락은 축축이 젖어 있었고 시야마저 흐릿했다. 과거와 현재가 뒤엉켜 있었다. 우선은 이 난장판으로부터 부족한 내 미래를 지켜내야겠다.

나는 절대 '부족하'다고 말하지 않을 거다. 일도 많이 하고, 원하는 만큼 섹스도 하는 그런 사람이 될 거다. 그리고 매일 밤 텅 빈 집으로 돌아오겠지. 경제적으로 성공한 사람이 될 거다. 그래서 켄 씨보다 더 큰 집을 살 거다. 절대 그 사람은 초대하지 말아야지. 드라마 속의 성공한 멋진 남자 주인공처럼 뭔가를 증명해 보이고 싶었다.

그게 무엇일지는 나도 잘 모르겠다. 하지만 그 어딘가에 무언가가 있겠지. 그 어딘가에는….

오늘은 침대에서 그만 뒹굴고 나가야겠다.

캠퍼스에 도착하자마자 테사를 찾았다. 그녀를 본 지 며칠은 된 거 같다. 제드가 그녀를 만나고 있을지도 궁금했다. 내가 방구석에 처박혀 있는 동안 녀석이 점수를 좀 땄을까? 아직 오전이니, 좀 있으면 영문학 수업 강의를 끝내고 나오겠지. 그녀가 수업을 빼먹은 게 아니라면….

혹시나 해서 강의가 있는 건물로 갔다. 마침 막 수업이 끝나 그녀가 강의실에서 나오는 게 보였다. 헤어스타일이 좀 달라 보였다. 자른 건가? 어쨌든 괜찮아 보였다. 예전과 거의 흡사했지만, 달라진 걸 한눈에 알아챌 수 있었다. 나 말고 또 그런 사람이 있을까…. 단짝인 랜던이 그녀를 쫓아 나오는 게 보였다. 당연히 녀석은 알아차렸겠지.

두 사람 뒤를 쫓아가며 말을 걸었다.

"헤어스타일이 바뀌었네, 테레사?"

그녀를 놀라게 할 작정이었지만, 그녀는 나를 돌아보더니 짧게 인사를 건넬 뿐이었다.

"안녕, 하딘?"

그러더니 발걸음이 빨라졌다. 바닥에서 플랫 슈즈가 닿을 때마다 쩍쩍 소리가 났다. 왜 이렇게 서두르는 거지…?

이제야 알겠다. 나와 키스했다는 사실을 자신의 천사 같은 친구가 몰랐으면 하는 거다. 자신이 먼저 덤볐다는 그 사실 말이다.

그게 마음에 걸린다면, 또 그냥 둘 수는 없지.

"주말은 어땠어?"

활짝 웃으며 그녀에게 물었다.

그녀는 대답 대신 랜던의 팔을 잡아당겼다. 그러더니 걸음이 한층 더 빨라졌다.

"좋았어, 잘 지냈어. 그럼 담에 또 봐!"

테사는 어깨 너머로 소리를 질렀다.

테사와 랜던은 현관문을 빠져나갔다. 두 사람이 나가는 걸 보고만 있었다. 당황하는 모습을 보고 싶었던 욕망도 함께 사그라들었다.

캠퍼스 안을 어슬렁거리며 천천히 주차장으로 향했다. 지금으로선 수업에 들어가는 건 어려울 것 같았다.

잠시 후, 자연대 건물 앞 벤치에 앉아 있는 제드를 보았다. 녀석은 담배를 물고 있었다.

제드가 담배 연기를 뿜으며 나를 올려다보았다.

"헤이."

옆에 앉아야 할지 가버려야 할지 잘 모르겠다.

"좀 진전이 있었어?"

제드가 먼저 물었다.

"응, 조금."

거짓말을 했다.

"너는?"

조바심을 내며 녀석의 대답을 기다렸다.

"별로. 이거 좀 이상한 거 같지 않냐?"

"별로."

녀석의 말투를 따라했다. 이래도 '별로', 저래도 '별로', 관심 있는 건 없다는 듯한 말투. 녀석은 늘 세상만사가 보잘 것 없다는 듯 심드렁했다.

제드가 어깨를 으쓱해 보였다. 녀석이 여기서 담배 피우며 시간을 죽이는 동안 나는 테사를 찾아 나서기로 했다. 담배 냄새는 구역질 날 만큼 싫다. 그 냄새는 엄마 집을 떠오르게 한다. 담배 연기로 자욱한 집에서는 제대로 숨도 쉴 수 없었다. 거실 벽지는 늘 찐득하고 누런 타르로 뒤덮여 있었다.

잠시 시간을 때우려 커피 한 잔을 샀다. 하지만 2분도 안 되어 커피를 다 마셔버렸다. 목이 타들어가는 것 같았다. 왜 이렇게 안절부절못하는 거지.

정처 없이 떠돌다가 스테프네 기숙사에 가보기로 했다. 캠퍼스는 사람들로 북적였다. 커플들은 딱 붙어 다녔고, 공부벌레들은 삼삼오오 모여 열띤 토론을 하고 있었다. 운동하는 녀석들조차 말쑥하게 차려입고 공을 이리저리 던져댔다. 도가 지나치다.

기숙사 복도에 접어들자 스테프의 빨강 머리가 눈에 띄었다.

"하딘! 나 찾으러 온 거야?"

스테프가 손을 번쩍 들었다.

"딱히 그런 건 아니고."

나는 복도 쪽으로 시선을 돌려 그녀의 방문을 쳐다보았다.

"아아…."

스테프가 웃으며 옷매무새를 다듬었다.

"난 나가서 할 일을 찾아볼 테니까, 넌 걔하고 같이 시간 보내."

스테프는 다시 현관 쪽으로 발걸음을 옮겼다. 그녀는 복도 끝까지

가더니 뒤를 돌아보며 소리쳤다.

"고마움은 넣어둬, 개자식아!"

"고맙지도 않다."

혼자 중얼거리며 방문을 노크했다.

종이가 펄럭이고 책을 닫는 소리가 들렸다. 문까지 정확히 여섯 걸음을 걸어오는 소리. 나는 티셔츠 위로 숨을 내쉬며 입 냄새를 확인했다.

'진짜 나 왜 이러는 거…'

"스테프, 아직 안 왔어."

문을 열자마자 테사가 말했다. 놀랍게도 테사는 나를 한 번 쳐다보지도 않고 침대 쪽으로 갔다. 그래도 면전에서 문을 닫지는 않는다. 괜찮은 시작이다.

"괜찮아, 기다릴게."

스테프의 침대에 앉아서 테사 쪽을 쳐다보았다.

"편하게 있어."

테사가 볼멘소리로 대답하더니 애들처럼 담요를 머리끝까지 뒤집어썼다. 그 모습을 보며 웃음이 나왔다. 한편으론 그녀는 무슨 생각을 하고 있을까 궁금해졌다. 저렇게 하면 내가 눈앞에서 사라지기라도 할까 봐?

스테프의 침대 헤드를 손가락으로 톡톡 쳤다. 테사를 성가시게 해서라도 나한테 말을 걸게 할 참이었다. 하지만 그런 일은 일어나지 않았다. 그렇게 몇 분 지나지 않아 알람이 울렸다. 담요 밑으로 손이 나오더니 알람을 껐다.

어디 가려는 건가? 누구랑?

"어디 가려고?"

테사에게 물었다.

"아니."

테사가 담요를 젖히며 얼굴을 드러냈다. 그러고는 일어나 앉았다.

"아니, 20분만 딱 자고 일어나려고."

"겨우 20분 자려고 알람을 맞춘 거야?"

테사가 교재를 꺼내는 걸 보고 있었다. 뭘 하는 건지 상관하지 말아야 하는데, 그럴 수가 없었다. 확실히 이제 그녀에 대해 더 많은 걸 알게 된 모양이다. 그녀는 작은 바인더를 꺼내더니 책 더미들 옆에 가지런히 놓았다. 완전 강박증 환자 수준이다.

"너 무슨 강박 같은 거 있냐?"

이건 놀라움에 기반한 질문이다.

"물론 아니지. 자기 방식대로 사는 게 미친 건 아니잖아. 정리 잘 해서 나쁠 건 없으니까."

그녀가 정색을 하며 말했다. 확실히 불쾌한 스타일이다. 아무리 외모가 예쁘다 해도 말이다. 웃음이 나왔다. 그녀는 자기가 완벽하고 흠잡을 데 없다고 생각하는 모양이다. 한성깔 하는 걸 내가 분명히 봤는데. 게다가 특기는 남들 저울질하는 거고.

그녀를 약 올릴 새로운 방법을 떠올리며 슬금슬금 다가갔다. 단정한 그녀의 공간을 얼른 훑어보았다. 침대 위에 종이 뭉치와 교재들이 가지런히 쌓여 있는 게 눈에 들어왔다. 이거다.

침대 위에 있는 종이 뭉치를 움켜쥠과 동시에 그녀의 시선이 나에게 꽂혔다. 나를 어떻게 달래야 할지 생각하는 듯, 테사가 잠시 시선을 아래로 떨궜다. 그러더니 나를 향해 팔을 뻗었다. 나는 그녀의 팔이 닿지 못하게 잡은 종이 뭉치를 높이 들었다. 언제까지 이래야 하나 잠깐 고민하던 차에, 씩씩대는 숨소리가 들렸다. 화가 머리끝까지 난 듯 가슴을 들썩였고 입술이 파르르 떨렸다. 그 모습에 왠지 모를 흥분이 일어 잠시만 더 해보기로 했다. 뚜껑이 열릴 때까지는 말고, 내 매력을 잃지 않는 범위에서 짜증만 날 정도로. 나는 종이 뭉치를 공중으로 던졌고, 종이들은 이리저리 흩날리며 바닥에 떨어졌다. 테사는 입이 떡 벌어졌다. 화가 나 두 볼이 붉어졌다.

"다 주워놔!"

나는 실실 웃었다. 내가 자기 명령을 따를 거라 생각한 건가? 입술 사이에 내 페니스를 넣겠다는 걸 동의한다면 모를까. 판돈을 더 높여볼까. 종이를 한 뭉치 더 집어 그것까지 마루에 흩뿌렸다.

"하딘, 그만 좀 해!"

찢어질 듯한 목소리였다. 어이구, 무서워라.

한 번 더 할 참이다. 그 순간 놀랍게도 테사가 돌진하더니 나를 힘껏 밀쳤다.

"그러니까, 넌 엉망진창으로 어질러진 꼴은 못 본다, 이거지?"

헛수고한 그녀를 한껏 비웃어줬다. 그녀는 화가 머리끝까지 뻗친 모양이었다. 보통 사람들이 멍청한 짓을 했을 때보다 훨씬 더 화가 나 보였다.

"아냐, 그게 아니란 말이야!"

테사가 소리를 지르며 한 번 더 나를 밀쳤다.

이 정도 분노쯤은 아무 것도 아니다. 그녀의 에너지가 내게 생명력을 불어넣는 듯했다. 그녀가 화를 내는 만큼 나는 기세등등해졌다. 그녀를 가져야겠다, 지금 당장.

그녀 앞으로 다가가 손목을 잡았다. 그리고 벽으로 밀어붙였다. 그녀는 지지 않고 나를 노려보았다. 낭패감 가득했던 그녀의 눈빛이 나를 갈구하는 눈빛으로 바뀌었다. 여자에 대해 내가 아는 한, 저건 몸이 달아올랐을 때 나오는 눈빛이다. 테사는 지금 확실히 몸이 달아올라 있다. 분노는 눈 녹듯이 사라진 듯했고, 나 역시 그랬다. 그녀가 내 눈을 바라보다가 내 입술로 시선을 옮겼다. 지금이다, 그녀가 나를 원한다는 확신이 드는 그 순간이다. 그녀는 미칠 듯이 나를 원하고 있었다. 나를 좋아하지 않는지는 몰라도, 나에게 끌리고 있었다. '나도 그렇다'고 말해주고 싶었다. 그녀를 바라보았다. 나도 널 좋아하지는 않는다고, 우리가 이러는 건 그저 순수한 욕정이고 자연스러운 끌림이라 말해주고 싶었다. 순간적인 끌림이자 동물적인 갈망에 지나지 않다는 것도. 미세한 털끝까지 전해오는 욕정, 그 뿐이라고.

"하딘, 제발."

테사가 낮은 목소리로 속삭였다. 내가 물러서기를 원하는 동시에 키스해주기를 원하는 목소리였다. 이해할 수 있었다. 나도 이 여자에게서 최대한 멀리 달아나고 싶었지만, 그녀의 입술에서 눈을 뗄 수 없었기 때문이다. 그녀의 가슴이 빠르게 들썩거리고 있었다. 그녀를 향해 손을 뻗었다. 살갗에 닿는 순간, 그녀는 한숨을 토해냈다. 그녀는 갈구하는 눈빛으로 나를 쳐다보았다. 한 손으로 그녀의 두 손목을 동시에 붙잡았다. 아랫입술 위로 그녀의 혀가 살짝 보였다. 그 순간 나는 그녀에게 키스했다. 흐릿하게 신음 소리가 새어나왔다. 소리가 너무 약한 나머지 내가 키스했다는 걸 모르고 있는 것만 같았다. 하지만 나는 분명히 들었고, 그 소리에 나 또한 무너졌다.

벽에 기댄 그녀에게 천천히 내 무게를 실었다. 내 입 안에서 그녀가 신음을 토해냈다. 그녀는 두 팔로 내 어깨를 끌어안았다. 내 입술과 혀의 움직임에 따라 그녀의 혀가 완벽하게 조화를 이루며 움직였다. 그녀의 양쪽 허벅지를 잡고 들어올렸다. 그녀를 끌어안자 심장이 미친 듯이 빠르게 쿵쾅거렸다. 너무 열중한 나머지 이 상황을 어떻게 끝내야 할지 모를 지경이 됐다. 그녀를 안은 채 침대 쪽으로 갔다. 테사의 몸은 여전히 내게 찰싹 달라붙어 있었다. 포개진 입술도 떨어질 줄 몰랐다.

테사가 내 머리카락을 잡아당겼다. 아, 미쳐버릴 것 같다. 몸이 산산조각 나 방 안에 흩뿌려지는 것 같았다. 그녀가 신음하자 내 입에서도 헐떡거리는 숨소리가 걷잡을 수 없게 쏟아져 나왔다. 그녀를 안고 침대 위에 기대어 앉았다. 다리 위에 그녀를 앉히고 두 손으로 그녀의 엉덩이를 붙잡았다. 내 손가락이 그녀의 살갗 깊숙이 파고들었다. 무슨 일이 일어날지 이미 알고 있다는 듯, 내 몸이 신호를 보냈다. 전에도 수없이 해본 일이다. 그런데 왜 이렇게 허둥거리고 있지? 그녀를 따라갈 수가 없을 정도로.

"이런!"

바지를 뚫고 나올 듯 페니스가 부풀어 오르는 게 느껴졌다.

손을 허리로 옮겨 그녀의 셔츠 끝자락을 잡았다. 그녀가 신음했다. 셔츠를 벗겼다. 내 시선은 부풀어 오른 입술을 지나 가슴으로 움직였다. 그녀의 젖가슴은 검정색 브래지어 속에 감춰져 있었다. 레이스도 반짝이는 장식도 없는 지극히 평범한, 너무도 순수하고 심플한 브래지어. 이상하게도 그게 훨씬 매력적이었다. 아랫입술을 깨물었다. 자제하려 애쓰는 중이다. 그녀의 가슴을 감추고 있는 그걸 찢어내지 않으려고 말이다. 그녀의 젖가슴은 브래지어 밖으로 터져 나올 것처럼 부풀어 있었다. 목선 아래에 주근깨가 딱 하나 있었다. 거기에 입을 맞추고 싶다. 입술로 그녀의 몸 구석구석을 탐험하고 싶다. 그녀를 절정에 오르게 하고 혀로 그녀의 애액을 맛보고 싶다.

"제기랄! 너무 섹시해, 테스."

그녀의 입에 대고 거친 숨을 토했다. 그녀가 숨이 막힌 듯 헐떡거렸고, 나는 믿기 힘든 그 소리마저 다 삼켜버렸다.

그녀가 내 몸 위에서 더 세게 움직이자 자제력이 바닥나기 시작했다. 그녀의 등허리를 팔로 감싸며 더욱 가까이 끌어당겼다.

갑자기 테사가 내 위에서 펄쩍 뛰어내리더니 셔츠를 집었다. 꿈결 같던 우리의 한때가 완전히 산산조각 났다. 테사가 셔츠를 입고 내리는 바로 그 순간, 문이 열렸다.

누군가 오는 소리를 어떻게 들은 거야? 나만큼 열중하지 않았던 거야? 나는 멈추지 못했을 거다. 사감 선생 같은 그녀의 엄마와 로저스 씨가 문을 열고 들어왔더라도 말이다.

스테프였다. 스테프는 한껏 놀라는 척하며 문 앞에 서 있었다. 저런 표정, 전에도 본 적 있다. 혹시 제드 녀석이 가서 우리를 방해하라고 돈이라도 쥐어준 게 아닐까 궁금해졌다.

테사가 스테프를 좋아하지 말았으면, 그게 아니라도 걔를 친구라고 믿지 말아줬으면 했다. 스테프의 본성은 쿨해 보이는 염색 머리카락보다 더 가식적이었다.

"이런, 이런…. 뭔가 엄청난 일이 있었던 모양인데?"

스테프가 허리에 손을 올린 채 물었다.

"별일 없었어."

나는 아무렇지도 않게 대답하고 자리에서 일어섰다. 테사가 시선을 피하려고 벽을 쳐다보고 있는 사이, 스테프가 나에게 윙크했다.

나는 뒤도 돌아보지 않고 방을 나섰다.

아무 말도 할 수 없었다. 그랬다간 터져버릴 것만 같았다.

가슴이 아프고 심장이 쿵쾅거렸다. 꼭 미치광이가 된 기분이었다.

무아지경의 상태로 클럽하우스로 돌아왔다. 그리고 오래 샤워를 했다. 이상하고 세상 물정 모르는 여자가 내게 남긴 야릇한 느낌을 지워내기 위해서. 엉망진창이 됐다. 이렇게 엉망이 되면 안 되는데. 그녀의 입술과 그녀의 마음을 둘 다 갈망해서는 안 되는 거다. 그녀의 몸이 나를 자극해 얼마나 단단해졌는지, 그녀가 그걸 느꼈을까 생각해서는 안 되는 거다. 그리고 지금, 그녀를 상상하며 손을 아래로 내려선 안 되는 거다.

그저 내가 원하는 걸 얻고, 내기에서 이기고, 내 거지 같은 삶으로 돌아오면 되는 거였다.

한참을 그대로 있다가 샤워기에서 찬물이 쏟아져 내리기 시작한 뒤에야 차가운 타일에서 발을 뗐다. 타월을 꺼내려 캐비닛을 열었다. 그 안에 숨겨 놓은 갈색 술병 하나가 눈에 띄었다. 술이 나를 지배하던 때가 떠올랐다. 그러고 보니 한동안 캐비닛을 열면서도 아무렇지 않게 지나치던 술병이었다. 그런데 왜 지금 다시 눈에 들어오는 걸까? 이곳에 사는 누군가가 지금쯤 그 술을 해치웠길 반쯤 기대했던 건가. 그러면서도 한편으로는 아무도 안 마셨길 몰래 바랐던가.

나는 내 인생의 모든 걸 통제해야 한다는 고약한 아집이 있다. 술을 안 마시기 시작한 뒤로 지금까지는 꽤 잘하고 있었다. 생각과 행동을 자제해야 한다는 걸 늘 깨닫고 사는 거 말이다. 그런데 테사는 그 회색 눈동자로 나를 빤히 쳐다보는 걸 멈추지 않을 거다. 그리고 영리하게도 나로 하여금 감추어 놓은 자신의 비밀을 하나씩 찾게 만들 거다.

술병이 자꾸만 나를 부르는 것 같았다. 캐비닛 문을 힘껏 닫았다. 아직 이 정도 자제력은 있다. 테사든 저 빌어먹을 술병이든 나를 가지고 놀게 놔두진 않을 거다. 절대로.

침대에 누워 천장을 바라보았다. 긴 밤이 될 것 같았다.

벽장 속은 어둡다. 너무나. 여기 숨어 있는 것도 지겹다. 하지만 갈 데가 없다. 엄마의 비명 소리는 들리지 않았다. 아래층에서 엄마를 몇 번이나 찾아보았지만 찾을 수 없었다. 목소리도 들을 수 없었고, 모습도 보이지 않았다. 그들만 보였다. 그 사내들. 목소리도 들렸다. 이 좁은 집 벽장 안, 내 머릿속까지 울리는 목소리.

그때 벽장 문이 열렸다. 몸을 한껏 움츠리며 그들 눈에 띄지 않길 바랐다. 한편으로는 그들이 나를 발견해 엄마를 그냥 두길 바랐다.

작은 벽장 속으로 손 하나가 들어왔다. 뭔가로 막으려고 주위를 둘러보았다.

"하딘?"

어둠 속에서 부드러운 목소리가 들렸다.

걸려 있던 옷들이 양쪽으로 갈라졌다. 그리고 그녀가 들어왔다. 나를 똑바로 쳐다보면서.

테사.

네가 여기, 어떻게?

"무서워하지 마, 하딘."

테사가 내 곁에 앉았다. 그녀의 몸은 따뜻했고 조금도 떨고 있지 않았다. 귀에 꽃 한 송이가 꽂혀 있었다. 그녀는 내 손을 잡아주었다. 그녀의 손톱에는 흙이 끼어 있었고 몸에서 꽃가게나 온실에서 나는 향기 같은 게 났다. 그러자 공포로 쿵쾅거리던 심장이 차분해졌다.

캠퍼스에 도착할 때쯤, 온몸에 카페인 기운이 넘실대는 게 느껴졌다. 시야가 또렷해지면서 어젯밤 꾼 꿈을 흐릿하게 지울 수 있었다.

'테사가 왜 나왔을까? 왜 그런 꿈을 꾼 거지?'

심지어 지금 테사의 모습도 아니었다. 어린 테사였다. 두 볼이 통통하고 눈빛이 반짝이는 어린 테사. 나를 안심시키는 조숙하고 따뜻한 테사. 너무 이상했다, 젠장. 그 모습이 조금도 마음에 들지 않았다.

그럼에도 만족스러운 수면이었다. 빌어먹을, 내 생에 단 한 번이라도 그런 숙면을 취할 수 있었다는 게 좋았다. 그래서 오늘은… 잘 쉰 느낌이랄까? 적어도 마음이 더 차분해진 것 같다.

영문학 수업 강의실에서 나는 맨 앞줄에 비어 있는 두 자리 옆에 앉았다. 강의실 정면을 멍하니 바라보며 수업이 시작되기를 기다렸다. 그녀를 기다리며 문 쪽을 보고 싶은 충동을 가까스로 억누르고 있었다.

몇 분을 참았다가 문을 쳐다보니, 테사와 랜던이 나란히 강의실로 들어오고 있었다. 테사는 랜던을 바라보며 미소 짓고 있었다. 내가 얕잡아 보는 녀석과 우정을 꽃피우는 모양이다.

두 사람이 친해졌을 때 그닥 놀라지는 않았다. 하지만 랜던과의 우정이 제드와의 경쟁보다 더 위협이 될지도 모른다는 생각이 들었다.

13

"오늘은『오만과 편견』마지막 수업입니다."

교수가 말했다.

"여러분 모두 재미있었기를 바랍니다. 다들 책을 읽었으니, 작품에서 오스틴이 사용한 복선에 대해 토론해봅시다. 내가 먼저 질문을 던지겠습니다. 여러분은 여주인공과 다아시가 종국에 맺어질 거라 생각하나요?"

곧바로 테사가 손을 번쩍 들었다. 나는 자리에 비스듬히 기대 앉아 있었다. 뭐든지 다 알고 있는 척하는 데 테사가 빠질 리 없다. 꼭 랜던처럼…, 아주 완벽한 미국인 커플이군.

"테사 영, 말해봐요."

교수가 테사를 지목했다. 그녀의 얼굴에서 빛이 나는 것 같았다. 다른 사람이 자기 때문에 즐거워하거나 행복해하면 그게 그렇게 좋은가보다. 나도 그걸 이용해먹어야지.

테사가 자기 생각을 쏟아내길 참을성 있게 기다렸다. 내 생각만큼 그녀가 똑똑하다면, 이 토론은 상당히 재미있어질 거다.

"처음 이 소설을 읽었을 때는, 두 주인공이 맺어질지 아닐지 조마조

마했습니다."

그렇지, 장담하는데 두 사람은 맺어질 거다. 철벽녀 테사와 완벽남 랜던이 둘도 없는 연인 관계가 될 게 뻔한 것처럼 말이다.

"이 책을 열 번도 넘게 읽은 지금은, 그들의 첫 만남부터 불안감이 엄습합니다. 미스터 다아시는 너무 무자비했고, 엘리자베스와 그 가족들에게 증오에 넘치는 말을 퍼부었습니다. 그래서 그녀가 그를 용서하고 사랑할 수 있을 거라 생각하진 않습니다."

말을 마치는 테사는 환한 미소를 짓고 있었다. 테사는 자리에 앉아 책 위에 두 손을 가지런히 모아 올려놓았다. 교수가 영특한 학생이라 칭찬하며 머리라도 쓰다듬어 주길 잔뜩 기대하고 있겠지. 랜던은 그런 그녀를 바라보고 있었다. 그녀의 손끝에서 찬란한 무지갯빛 광선이라도 뿜어져 나오길 기대하는 눈빛이었다.

찬물을 확 끼얹어야겠다.

'말해, 하딘.'

목소리가 콱 막힌 목구멍 저 아래 있는 것 같았다. 몇 마디면 이 상황은 정리될 텐데. 엄마의 말이 떠올랐다.

"숨 크게 쉬어, 하딘. 너도 사람들 앞에서 조리 있게 얘기할 수 있어."

엄마는 항상 걱정할 필요 없다고 이야기했다.

"다른 사람들도 다 앞에 나서면 떨리기 마련이야. 그러니까 창피해할 필요 없어."

나는 다른 사람 앞에 나서는 게 두렵거나 떨리는 게 아니다. 그냥 사람들을 싫어할 뿐이다.

"말도 안 되는 헛소리입니다."

고요한 강의실에 내 목소리가 쩌렁쩌렁 울렸다.

"스캇 군인가? 더 하고 싶은 말이 있나요?"

느닷없는 목소리에 교수는 깜짝 놀란 듯했다.

"당연하죠."

나는 몸을 앞으로 당겨 앉았다. 테사는 무표정하게 앉아 있었다. 적 잖이 충격을 받은 듯했지만 잘 감추고 있었다.

"그건 헛소리입니다. 여자들은 자신이 가질 수 없는 걸 원합니다. 엘 리자베스가 다아시에게 끌린 건 그가 그녀를 함부로 대했기 때문입니 다. 그들은 분명 연결될 겁니다."

말을 마치고 나는 고개를 떨구어 손톱 주변의 군은살을 쥐어뜯었다.

"아닙니다. 여자들이 가질 수 없는 걸 원한다니요. 다아시는 엘리자 베스에게만 거칠게 대했습니다. 자기가 그녀를 사랑한다는 사실을 인 정하기에, 그는 너무나 오만했던 겁니다. 그가 증오로 가득한 행동을 그만두자 그녀는 곧 알아차렸습니다. 그가 자신을 진심으로 사랑한다 는 사실을 말입니다."

자기 발언을 강조하듯, 테사는 한 손으로 책상을 치기까지 했다, 그 것도 아주 세게.

모든 학생들의 시선이 나를 뚫어지게 보고 있는 게 느껴졌다. 뭐라 도 받아쳐야 한다.

"그동안 네가 어떤 남자들과 어울렸는지 모르겠지만, 다아시가 그 녀를 사랑했다면 그렇게 못되게 굴진 않았을 거야."

너의 지금 남자친구나 미래의 남자친구인 랜던은 절대 그러지 않겠 지만 말이다.

"그가 그녀에게 청혼한 유일한 이유는, 그 여자가 남자에게 혼신을 다해 매달렸기 때문이라고."

'엘리자베스가 다아시에게 혼신을 다해 매달렸나?'

아니다, 정확히 그 반대다.

'테사가 나한테 혼신을 다해 매달리나?'

역시 아니다, 정확히 그 반대다.

그렇지만 이런 식으로 테사가 이기게 놔둘 순 없다.

"그녀가 매달린 게 아니야. 그가 그녀를 조종한 거지. 마치 자신이 친절한 사람인 것처럼 굴면서 현혹시켰다고. 그는 마음 약한 그녀를 이용했을 뿐이야!"

"그 여자를 '조종'했다고? 다시 말해볼까? 그 여자는…."

잠시 말을 끊었다. 머릿속이 뒤죽박죽되어 횡설수설하고 있었다.

"그 여자는 세상 지루하고 재미없게 사는 여자였어. 어디서든 짜릿한 걸 찾고 싶었겠지. 그래서 그에게 죽기 살기로 매달린 거야, 알아?"

그녀에게 내지른 말에 나도 잠깐 충격을 받았다. 내가 멍투성이 손으로 책상을 꽉 움켜쥐고 있었다는 사실도 몰랐다.

"그러시겠지. 그가 호색한이 아니었다면 처음 한 번 그런 다음에 바로 멈췄어야지. 그녀의 방에 또 나타나는 게 아니라!"

테사가 말을 마치자 여기저기서 키득거리는 소리와 탄식이 들렸다. 강의실에 있는 모두가 우리의 라이브 쇼를 관람 중이었다. 강의실 밖에 '라이브 방송 중'이라는 팻말이라도 붙여놔야 할 판이다.

'호색한?'

내가 캠퍼스 여기저기서 이런저런 짓을 하고 다니긴 했다. 그녀보다 실수나 잘못도 많이 저질렀을 테고. 그리고 그 중 절반 이상은 새까맣게 잊어버렸다. 그렇지만 나는 적어도 남들을 자기 잣대로 저울질하고 고상한 척하는 속물은 아니다. 내가 만약 그녀에게 자기가 나한테 한 말을 그대로 돌려줬다면 어땠을까?

"좋아요, 생생한 토론이었어요."

교수가 패닉에 빠진 표정으로 말했다. 완벽에 가깝게 잘 짜여진 강의를 감정적 대립으로 망쳐버린 게 걱정되는 듯한 표정이었다.

"오늘 주제 토론은 이걸로…."

테사가 가방을 끌어안더니 강의실 밖으로 뛰쳐나갔다. 랜던은 그 자리에 그대로 남아 있었다. 언제나처럼 이런 당황스러운 상황일 땐 어찌할 바를 모르는 거다. 아마도 그의 인생은 한 치의 오점도 없이 완벽했을 거다. 그의 엄마는 아침마다 등교하기 전 사랑을 듬뿍 담아 갓 구운 머핀을 만들어주었을 거다. 나는 늘 혼자서 눅눅한 시리얼을 챙겨 먹었다. 혹시나 유통기한이 지나 상했을지 모를 우유 팩을 열어 냄새 맡는 건 필수 코스였다.

지금 테사와 내가 무슨 얘길 하고 있는 건지, 짐작도 가지 않을 거다.

나도 강의실을 박차고 나왔다. 테사는 자기가 벌여놓은 이 혼란의 도가니에서 도망칠 수 없다. 항상 이런 식이었나? 그럼 이 난리가 익숙할 텐데.

"이번엔 빠져나가지 못할 거야, 테레사!"

그녀를 불러 세웠다.

복도에 있는 사람들이 전부 나를 쳐다보았다. 하지만 테사는 아랑곳하지 않고 가던 길을 계속 갔다. 나는 뛰어가서 그녀의 팔을 잡아 멈춰 세웠다. 그녀가 내 손을 뿌리쳤다.

"넌 왜 나를 이딴 식으로 자극해? 한 번만 더 내 팔을 잡으면, 따귀를 때려줄 거야!"

분노로 가득 찬 목소리였다.

다시 한번 그녀의 팔을 잡았다. 그녀도 이번에는 물러서지 않았다.

"하던, 뭘 원해? 또 키스를 허락한 나를 비웃고 싶은 거야? 너랑 다시는 엮이고 싶지 않아. 그러니까 게임은 다른 여자랑 해."

그녀는 발까지 쾅쾅 구르며 소리 질렀다. 두 손으로 허공에 손짓을 해대면서. 그 모습이 재밌었다. 손이랑 같이 얘기하는 것처럼 보이는 그녀의 모습 말이다.

테사가 쉴 새 없이 말을 쏟아냈다. 솔직히 무슨 말을 하는지 알아들을 수가 없었다. 너무 흥분한데다 내가 잔뜩 약을 올려놨으니까 아마 지금 제정신이 아닐 거다. 랜던과 함께 있을 때 그녀는 늘 웃는 얼굴이었고 편안해 보였다. 그러나 나랑 있을 땐 분노와 흥분이 폭발한다. 그녀의 눈동자가 번뜩이고 있었다. 분노일까, 슬픔일까. 잘 모르겠지만 적어도 그렇게 감정적으로 반응하는 이유가 전부 나 때문이라는 건 알겠다.

"내가 널 최악으로 만드는구나, 그렇지?"

셔츠에 난 담배빵 구멍에 손가락을 넣어 빙빙 돌렸다.

"너랑 게임하고 있는 거 아닌데."

사람들이 몰려들었다. 머리카락을 이마 뒤로 쓸어 넘겼다. 왜 이 여자와는 매사가 이렇게 드라마틱한 걸까?

"그럼 대체 뭐야. 너 때문에 머리가 아파 죽겠어."

그녀의 팔을 가만히 잡아끌었다. 이번에는 저항하지 않았다. 그녀를 건물 틈 사이로 끌고 갔다. 사람들의 시선을 피하고 싶었다. 누구도 우리의 대화를 엿듣지 말았으면 했다. 그녀에게 '완벽한 학생'이라는 가면을 씌우려 무언의 압박을 가하는 그 누구도.

그녀를 바라보았다. 차분한 모습에 경탄이 나올 지경이다. 너무도 침착하고 담담했다. 이렇게 서로의 몸이 밀착되어 있는 이 순간에도 말이다. 그녀가 내 눈을 똑바로 쳐다보았다. 서슬 퍼런 칼날이 챙챙 맞부딪치는 소리가 들리는 듯했다. 그녀가 꿀꺽 침을 삼켰다. 입술이 가늘게 떨렸다.

"테스, 나 말인데…, 지금 뭐 하고 있는 건지 모르겠어. 네가 먼저 키스했잖아, 기억나지?"

그 후로 매일 그녀의 입술 감촉을 되새기고 있었다는 건 중요하지 않았다. 어쨌든 그녀가 먼저 그런 거고, 그 사실은 언제나 나한테 유리한 무기로 작용할 테니까.

"기억나…. 근데 나 그때 취했었잖아."

그녀는 시선을 아래로 떨구었다. 부끄러운 거다.

"그리고 어제는 네가 먼저 키스했잖아."

나를 원했다는 말은 죽어도 안 한다. 언제나 그게 빠져나갈 구멍이지. 발을 빼는 듯한 태도에 점점 짜증이 일었다. 내 키스로 인해 꽃처럼 피어나던 그녀를 분명히 느꼈는데.

그녀는 나를 증오할지 몰라도, 그녀의 몸은 아니었다.

"그렇긴 하지…. 너도 그만두진 않았잖아."

잠시 말을 끊었다. 테사의 눈동자에 호기심이 일었다.

"힘들 거야, 분명."

"힘들다니, 뭐가?"

테사가 턱을 쳐들고 시비조로 물었다.

"나를 원하지 않은 척하는 거 말이야. 네가 날 원한다는 거, 우리 둘 다 알고 있잖아?"

일부러 테사를 벽 쪽으로 밀어붙이며 가까이 다가갔다.

그녀는 미동도 하지 않았다. 이미 그녀의 몸은 그녀가 원하는 걸 깨닫고 있다는 듯이.

그러다 퍼뜩 정신을 차린 듯, 그녀가 불쑥 말했다.

"뭐라고? 내가 널 원할 리 없잖아. 난 남자친구가 있어."

테사는 한 발 떨어지며 아무렇지 않은 척 말했다.

슬며시 웃음이 새어나왔다.

"지루하고 재미없는 그 남자? 이제 인정하시지, 테스. 나 말고 너 자신한테 말이야. 넌 남자친구가 지루해 죽겠잖아."

나는 그녀의 얼굴에 가까이 다가가며 한 마디씩 또박또박 천천히 말했다. 그녀의 시선이 내 입술로 향했다. 그럼 그렇지. 어떤 선택을 해야 할지 기로에 놓여 있겠지. 내가 키스했던 걸 그녀는 분명히 기억한다. 나에게 꼼짝 없이 걸려들었다. 타오르는 성적 호기심과 처음 느껴본 욕망 때문에 그녀는 도망가지 못할 거다, 이번에는.

"네 남자친구가, 내가 했던 것처럼 널 느끼게 해준 적 있어?"

마지막 말에 힘을 실었다. 진짜 그런 적이 있는지, 순수한 호기심에서였다.

"뭐, 뭐라고? 당연히 있지."

애쓴다. 물론 그 말은 믿지 않는다. 고전소설을 논할 때보다 훨씬 더 진지한 말투다. 사랑스러운 남자친구의 능력을 내가 깔보듯 얘기했으니 그럴 수도 있겠지.

"아니…, 없을걸. 분명히 말하는데, 너는 느껴본 적 없어. '진짜' 짜릿함 말이야."

테사의 입이 떡 벌어졌다. 그녀의 심장이 덜컥 떨어지는 소리를 들은 것도 같았다. 그녀의 눈동자를 바라보는 내 눈빛이 어떨지 궁금했다. 그녀는 알까? 떨리는 그녀의 숨소리와 도톰한 입술 때문에 내가 미쳐버릴 것 같다는 사실을? 혹시 내 눈빛에서 읽어낼 수 있을까? 내가 지금 그녀의 머리카락을 움켜쥐고, 그녀의 머리를 끌어당겨 키스하고 싶어 죽겠다는 걸.

그녀의 몸은 알 거다, 확실히.

"네가 상관할 바 아니잖아."

실토할 수 없겠지. 그녀가 가면을 쓰면, 그걸 벗겨내는 건 불가능에 가깝다. 그 가면이 안 보일 거라 생각하는 건 그녀뿐이다.

"그게 얼마나 좋은지 모르잖아."

나는 한 발짝 더 다가갔다.

'내가 널 설득할 거야. 내가 다 알려줄게.'

그녀에게 빌고 싶었다.

등 뒤의 벽이 그녀를 가로막았다. 그녀는 두리번거리며 피할 곳을 찾았다. 숨소리가 거칠어졌다. 나 때문인 게 확실하다.

"좋아, 인정 안 해도 돼. 내가 널 깨워줄게."

테사가 헉 하는 소리를 냈다. 언뜻 순진하게 들릴지도 모른다. 하지만 나는 안다. 그녀는 더 많은 걸 원한다. 그녀의 마음과 몸이 그걸 열망하고 있다.

"벌써 심장이 빨리 뛰고 있잖아. 입은 바짝 마르고. 내 몸을 생각하고 있겠지. 그리고 느낌이 올 거야… 저 아래쪽에서부터. 불처럼 뜨거운… 그렇지, 테레사?"

그녀가 내 앞에 알몸으로 누워 있는 모습을 상상했다. 축축이 젖은 그녀의 은밀한 곳을 손가락으로 탐험하는 그런 상상.

테사가 나에게서 시선을 돌리려 했지만, 애석하게도 실패하고 말았다.

"아냐, 틀렸어."

내 말이 맞다는 걸 본인도 잘 알고 있다.

"나는 절대로 틀리지 않지."

나는 씨익 웃어 보였다. 그녀가 머뭇거리며 머리카락을 귀 뒤로 쓸어 넘겼다.

"특히나 이런 면에서는."

테사는 한숨을 폭 내쉬었다. 내가 이긴 것 같다.

"자꾸 내가 너한테 엉겨 붙는 것처럼 말하지 마. 지금도 밀어붙이는 건 너잖아."

"네가 나를 그렇게 만들잖아. 내 잘못이 아니라고."

웃음이 터져 나왔다.

"너만큼 나도 놀랐어."

"그날 밤은 내가 취했고, 힘든 상황이었어. 너도 알잖아. 그리고 이상하게 그날은 네가 잘해주기도 했고. 뭐, 네 스타일로 잘해준 거지만."

'내 스타일로 잘해준 거라고?'

평소에도 늘 잘해준 거 같은데. 이유가 있긴 했지만 특별히 잘해주고 있다. 마음 한 구석에선 내기를 생각하고 있기도 했고. 보통 때보다 좀 살살 다뤄야겠다는 다짐도 잊지 않고 있다.

테사는 나를 지나쳐 보도블록 연석 위에 앉았다. 우리를 처다보는 사람이 없나 주위를 둘러보았다. 아무도 우리한테 신경 쓰는 것 같지 않았다.

"내가 그렇게 못되게 굴진 않았잖아."

진짜 그렇게 생각하고 있는건가.

"아니, 네 방식대로 나를 괴롭혔잖아. 나뿐만 아니라 다른 사람한테도 그랬어. 나한텐 특히 심했고."

'괴롭혔다고?'

새끼 고양이한테 하는 것보다도 잘해줬는데. 그녀에게만큼은 부드럽게 대해 왔다.

"아니. 너한테는 심하게 굴지 않았어. 다른 사람들한테 하는 것보다는."

농담이었다. 하지만 그녀는 하나도 재미없는 것 같았다. 재미있었다면 나를 툭 쳤을 거다.

테사가 벌떡 일어섰다.

"도대체! 내가 지금 왜 너랑 이런 시비를 벌이고 있지?"

금방이라도 가버릴 기세였다. 그녀가 가버리는 건 싫다, 그런가?

그래, 싫다. 나는 사과하는 덴 젬병이다. 특히나 그럴 필요 없다고 느낄 땐 더욱. 그러나 지금은 헛소리 집어치우고 미안하다고 해야겠다. 사과 한마디면 그녀는 금세 가라앉을 거다. 지금껏 그래 왔다.

"저기, 미안. 잠깐만 이리 와봐."

여자들이 좋아할 법한 설득력 있는 말투로 말했다. 테사는 일어났지만, 나는 테사가 앉았던 바로 옆에 앉았다.

"앉아봐."

손으로 옆자리를 두드렸다. 그녀는 기가 차다는 듯 바라보다가 자리에 앉았다. 그리고 다리를 꼬더니 한숨을 내쉬었다. 용서를 받았다고 생각하니 마음이 차분해졌다. 한편으론 놀랍기도 했다.

"참 멀찍이도 떨어져 앉네."

장난스러운 말투였다. 그녀가 나에게 눈을 흘겼다.

"내가 그렇게 못 미더워?"

대답은 뻔하다. 당연히 못 믿겠다고 하겠지. 하지만 그녀가 나를 신뢰했으면 좋겠다.

"당연하지. 내가 널 믿어야 해?"

날카로운 목소리로 속사포처럼 대답했다.

한 발짝 물러서야겠다. 나도 그녀를 믿지 않는다. 그렇다고 그렇게 즉답할 필요까진 없잖아. 그녀는 나한테 한방 먹였다고 생각하는 듯했다. 안 그랬으면 이 대화를 더 이어나가지 않았을 테니까. 여기 있어야 할 사소한 구실 하나라도 있어야겠지.

"우리, 친구가 되든지 아님 서로 모른 척하든지 둘 중 하나를 정하자."

이런 식으로 계속 싸우고 싶지 않았다. 그냥 더 얘기하고 싶을 뿐이다. 그래도 켄 씨보다는 그녀가, 좀 덜 싸우게 되고 더 얘기가 되는 것 같다. 그것만으로도 대단하다.

우리는 서로 이러는 데 익숙해지고 있었다. 테사를 다시는 볼 수 없다고 생각하면 좀 이상한 감정이 들었다. 그녀의 거친 입담도, 화가 났을 때 눈에서 불을 뿜는 것에도 익숙해지고 있었다. 그녀는 전염성이 있다. 점점 중독되어 가는 것 같다. 절정에 오르는 것처럼 말이다.

"널 모르는 척하기는 싫어."

속내를 털어놓고야 말았다. 하지만 최선을 다해야 한다는 게 싫었다. 사소한 잘못 하나만으로도 도망가버릴 것만 같다. 오늘 우리가 조금 가까워졌다고 생각하고 싶다. 적어도 내 곁에서 달아나지는 않겠지. 내가 어떤 기분인지 그녀에게 말하게 될 것만 같다. 함께 있으면 편안하고, 나아가 마음을 더 열게 된다고 말할 것만 같다. 그래도 얻는 건 거의 없을 거다. 그건 마치 결혼을 하고도 매일 밤 저녁식사도 섹스도 없이 지내는 내 꼴을 보는 것 같다.

"그러니까…, 너랑 떨어질 순 없을 것 같다는 거야. 네 룸메이트가 내 절친 중 하나니까 어쩔 수 없잖아. 그니까 우린 친구가 되도록 노력하는 걸로."

이 게임에선 내가 이긴 것 같다. 하치만 그녀는 절대 만만한 상대가 아니다.

"좋아, 그럼 친구다?"

그녀는 거래를 성사시키려는 사업가처럼 말했다. 이 승리감을 그녀와 나눌 수도 있을 것 같다. 앞으로 꽃피울 아름다운 우정의 시작.

친구라고? 설마, 몸을 섞는 친구? 멋진 친구로군.

"알았어, 친구."

악수를 하려고 손을 내밀었다.

최대한 귀엽게, 온갖 매력을 담아 미소를 지었다. 테사가 눈치를 챈 듯 고개를 저었다. 나한테서 뭔가 위험을 감지한 듯했다. 그렇다고 도망가버릴 정도까지는 아니었던 모양이다.

"재미 보는 그런 친구 말고."

그녀가 엄하게 말했지만, 이내 얼굴이 붉어졌다. 순진한 그 모습이 얼마나 매력적인지 전에는 미처 깨닫지 못했다.

눈썹 피어싱을 만지작거리며 말했다.

"무슨 뜻이야?"

"모르는 척하지 마. 스테프가 다 말해줬어."

"뭘? 걔랑 내 얘기?"

스테프는 어울리면 재밌을 정도로 괜찮았다. 걔도 개인적인 문제가 있긴 했다. 하지만 나와 몰리랑 다르게 스테프는 그 문제가 마치 없었던 것처럼 등 뒤로 감춰버렸다. 그 빨강 머리가 테사한테 무슨 얘기를 했는지 궁금했다. 우리의 일탈에 살을 덧붙여 말했겠지. 스테프는 항상 내가 줄 수 있는 것보다 더 많은 걸 원했다. 그리고 언제 그만둬야 할지도 모르면서 경쟁에만 열을 올렸다.

"그래, 너랑 걔. 그리고 너랑 다른 모든 여자애들."

"그래…, 뭐…, 나랑 스테프…, 재밌었지."

나는 웃어 보였지만 그녀는 시선을 피했다.

"그래, 난 같이 자는 여자들 많아. 그래서 신경 쓰이나, 친구?"

솔직히 인정한다. 테사도 그런 여자들 중 하나라고 여겼었다. 내 앞에 다리를 벌린 채 희열에 들떠 입을 벌리고 있는 모습을 상상하기도 했으니까. 테사는 눈을 감더니 한숨을 쉬었다. 나는 또 상상했다. 내 손놀림과 혀로 절정에 올라 숨조차 쉬지 못하는 그녀의 모습을. 장담하는데, 그녀는 한 번도 경험해본 적 없을 거다. 클리토리스를 혀로 애무

받으면서, 천천히….

"절대."

상상의 나래에 찬물을 끼얹으며 테사가 말했다.

"난 그냥, 혹시나 네가 나를 그런 여자들 중 하나로 취급할까 봐."

테사가 내 뒤통수를 때렸다.

"아…. 질투하는구나, 테레사?"

그녀가 또 한 번 훅 들어왔다.

"아니야. 그 여자애들이 불쌍해서 그런 거지."

테사가 고개를 흔들었고, 나는 웃음이 터졌다. 그녀는 불쌍함 따위는 느끼지 않게 될 거다. 오로지 희열, 지금까지 상상도 못 해본 극강의 희열만 느끼게 될 거다.

"아하, 그렇게까지 생각할 필욘 없어."

그녀의 알몸이 머릿속에서 떠나질 않는다. 저 펑퍼짐한 옷 속에 뭘 숨기고 있는지 알아내야겠다. 내가 애무해주면 어찌할 바를 모르고….

"걔들도 즐기는걸, 뭐."

"잘 알겠다고. 이제 주제를 좀 바꾸면 안 될까?"

테사가 또 눈을 감더니 고개를 들었다. 그러더니 한숨을 쉬며 말을 이었다.

"그럼, 이제 나한테 잘해줄 거지?"

"당연하지. 너도 까칠하게 굴지 않을 거지?"

장난을 좀 치고 싶었다.

"내가 까칠한 게 아니지. 네가 역겨운 거였지."

그녀의 말이 끝나자 우리는 둘 다 웃어버렸다. 달콤한 그녀의 웃음

소리가 내 몸을 감싸는 것 같았다. 몽글몽글한 기분이 든다. 낯설지만 좋은 기분.

'몽글몽글하다고?'

진심이냐, 하딘? 정신을 챙겨서 이 우정 열차에 잘 실어야겠다.

새 친구 쪽으로 슬쩍 가까이 몸을 기울였다.

"우리는 사이좋은 친구."

테사가 움찔하더니 자리에서 일어섰다. 그러더니 치마를 탁탁 털었다. 치마를 벗겨버리는 상상을 하며 나는 똑바로 앉았다.

"근데 그 치마는 진짜 별로야, 테스. 우리가 친구가 된다면 말야, 앞으로 그 치마는 절대 입지 마."

흉측한 건 아니었지만, 좋아 보이지 않는 건 분명하다.

당황했는지 테사의 동공이 흔들렸다. 안심을 시키려 나는 씨익 웃었다. 창피를 주려고 했던 말은 아니었다. 그냥 장난을 치고 싶었다. 그녀가 어울리지 않는 옷을 계속 입고 싶다면, 건투를 빌 수밖에. 나도 똑같은 블랙진 몇 벌에 너저분한 티셔츠를 입고 다니니까.

테사의 전화가 울렸다. 그녀가 가방에서 전화기를 꺼냈다.

"나, 공부하러 가야 해."

손에 들린 구시대의 유물 같은 고물을 힐끗 보았다. 진짜 피처 폰이군.

"공부하러 가려고 알람을 맞춰?"

아직까지 저런 플립형 휴대전화를 가지고 다니는 사람은 그녀밖에 없을 거다. 구닥다리처럼 보이려고 기를 쓰는 건가?

그녀가 어깨를 으쓱했다.

"나는 이것저것 필요한 건 다 알람을 맞춰. 습관이야."

부끄러워하는 것 같았다. 왜 본인도 부끄러운 그런 행동을 하게 됐지? 그녀의 인생에서 누군가가 그렇게 만들었을 것이다. 이상한 행동을 하는 자신을 정당화해야 한다는 강박을 갖도록. 그녀의 엄마가 확실하다. 글쎄, 나도 그렇긴 하지만 그 여자는 저승사자처럼 지독해 보였다. 테사 엄마도 알람을 맞춰놨을 거다. 테사를 조종하고 열받게 만들려고 말이다.

"그럼 내일 강의 마치고 우리가 재밌게 놀 거라고 알람 맞춰 놔."

그녀와 시간을 보내고 싶었다. 그래야 한다.

그녀가 나를 빤히 쳐다보았다. 헷갈리는지 미간에는 잔뜩 힘을 주고서.

"그 '재미' 말이야, 너랑 나랑 의미가 다를 것 같은데."

틀린 말은 아니다. 내가 말하는 재미는 확실히 그녀의 생각과는 다르다. 그녀가 생각하는 재미는 두꺼운 교재들과 노트를 잔뜩 펼쳐놓고 함께 공부하는 그런 건가? 참으로 학술적으로 접근 금지를 시키는군.

내 재미는 완전히 다른 거다. 침대 헤드보드에 등을 기대고 앉아, 테사가 내 것을 입으로 감싸주는 그런 거랄까. 얼음 한 덩이를 띄운 차가운 위스키 한 잔이 있다면 더 좋겠지. 테사가 내 걸 입안 깊숙이 넣는 동안 얼음이 담긴 글라스를 짤랑거리는 그런 재미.

아무튼 술을 마시려는 건 아니니까, 위스키는 빼고 오럴 섹스만 해야지.

내 계획을 말해주는 건 좀 오버인가?

"뭐, 고양이 몇 마리 패주고, 건물 몇 개 불 지르는 정도랄까?"

테사가 키득거렸다. 나도 터져 나오는 웃음을 참을 수 없었다. 우리 옆에서 걷던 어떤 커플 때문에 잠시 한눈을 팔았다. 두 사람은 손을 꼭 잡고 있었고, 여자는 남자가 하는 같잖은 농담에 깔깔댔다. 무슨 얘기였는지 제대로 듣지는 못했다. 하지만 같잖은 농담일 게 분명했다. 둘은 스트라이프 양말을 나란히 맞춰 신고 있었다. 해맑게 지나가는 행인의 얼굴을 보며 온갖 생각을 하다니, 나 진짜 멍청하다. 테사는 두 사람이 지나가는 줄도 모르고 내내 땅바닥만 쳐다보고 있었다.

"너도 재밌는 거 있으면 내놔봐. 우리 이제 친구가 됐잖아? 같이 재밌는 걸 해야지."

테사가 거절하기도 전에 먼저 자리를 떴다.

"좋았어. 친구가 되니까 진짜 기분 좋은데? 내일 보자."

길을 건너고 나서야 뒤를 돌아보았다. 테사는 여전히 보도 위에 앉아 있었다. 내 제안을 거절하지 않았다. 그러니 내일 만나는 데 동의한 거다. 이제 뭘 어떡해야 할지 모르겠다. 그녀가 내 데이트 제안을 몇 번쯤은 거절할 줄 알았다. 거기에 맞춰 계획을 세워 놓았기 때문이었다.

차로 가면서 테사와 뭘 할지 궁리했다. 파티할 때 다른 사람 방에서 말고는 여자랑 어울려본 적이 없다. 캠퍼스에서나 내 방에서나 나는 늘 혼자였다.

차에 시동을 걸면서도 계속 생각했다. 영화를 볼까? 테사는 어떤 영화를 좋아하려나? 섬세하고 로맨틱한 니콜라스 스파크스 소설(대표작 『노트북』은 영화로도 개봉되었다.)을 각색한 영화 같은 걸 좋아할 거다. 슬쩍 어깨에 손을 올릴 수도 있겠지. 팝콘이나 초콜릿 같은 걸 사주면서 점수를 딸 수도 있을 거고. 영화는 문제가 하나 있다. 보는 동안엔 이야기를 할 수 없다는 점이다. 다른 누군가가 투덜거리기라도 한다면 참지 못하고 내가 소란을 일으킬 수도 있다.

옛날엔 데이트 의례 같은 건 훨씬 덜 거추장스러웠는데. 오스틴의 소설 세계에서 살고 있다면, 그녀를 꼬셔서 시녀를 대동해 숲으로 산책을 가면 된다. 조금만 용기를 낸다면 장갑을 낀 그녀의 손을 잡을 수도 있겠지. 그녀는 부끄러워 얼굴을 붉히며 눈짓을 보내 따라온 시녀의 입단속을 하겠지.

요즘 시대의 데이트는 달라도 너무 다르다. 용기를 낸다면 나는 그녀의 옷 속으로 손을 넣어 젖꼭지를 장난스럽게 만질 거다. 그러면 그녀는 내 손을 따뜻한 자신의 가랑이 사이로 이끌 거다. 지켜야할 비밀이나 규칙 따위는 없다.

그때 휴대전화가 울려 내 계획을 방해했다.

테사가 내 번호를 아나? 나도 스테프한테 테사 전화번호를 물어봐야겠다.

켄 씨의 이름이 휴대전화 화면에 떴다. 진절머리가 났지만 이번엔 받기로 했다. 하여간 끈질긴 거 하나는 상 줄 만하다.

"네?"

고속도로로 접어드는 중이었다. 전화기를 어깨와 목 사이에 꼈다. 내 아름다운 1970년형 포드 카프리의 유일한 문제는 블루투스가 연결되지 않는다는 점이다.

"음, 하딘. 잘 있었니?"

그가 더듬거리며 말했다. 내가 전화를 받아서 혼란스러운 모양이었다. 그는 가끔 나한테 전화를 한다. 그러는 게 자기 입장에선 아빠로서 잘하는 일이라고 생각하는 듯했다. 그는 '나를 점검한다'는 구실로 전화를 해댔다. 내가 안 받을 걸 뻔히 알면서. 그럼에도 그래야만 자기가 반항기 가득한 아들에게 좋은 영향을 주고 있는 것처럼 보이기 때문에 하는 거다. 그러면 새 여자친구가 칭찬도 해주겠지. 걱정하듯 꽉 안아주면서.

"언젠가는 걔도 당신 곁으로 올 거예요."

이딴 소리를 해댈지도 모른다.

"지금은 그 아이가 화가 나서 그러는 것뿐이에요."

그녀도 누군가에게 아빠가 필요하다는 걸 구실 삼아 함께 있는 거라면 화가 날지도 모르겠다.

"안녕하세요."

스피커폰 버튼을 누르고 휴대전화를 내려놓았다.

"어떻게 지내니, 하딘?"

그 말에 바로 신경이 곤두섰다.

"잘 지내요."

그가 헛기침을 하며 목청을 가다듬었다.

"잘됐구나. 내일 저녁식사에 초대하고 싶어서 전화했다. 카렌이 닭요리를 할 거야, 우린 진심으로 네가 와줬으면 한단다."

저녁을 먹으러 오라고? 내가 닭이나 먹으러 그 집에 가서, 저희들끼리 물고 빨고 하는 모습을 보고 있으라고? 어떻게 그딴 생각을 하지?

"내일 약속 있어요."

이번에는 거짓말이 아니다.

"아. 그럼, 약속 마치고 잠깐 들러도 된다. 카렌이 디저트도 만들 거라서."

"약속이 밤새 있을 예정이라서요."

내일 날씨가 어떨까. 이 거지 같은 도시가 늘 그랬듯 구름 잔뜩 낀 흐린 날씨려나. 태양이 이 도시를 지독하게도 증오하나보다. 그러니 이렇게 늘 비가 내리고 우중충하지.

"내일 비가 올까요?"

날씨 예보를 찾는 것보다 이게 더 편리하다.

"아니, 밤늦게까지도 따뜻할 거라더구나. 비는 다음 주까지 안 온다더라."

내일 데이트에 대해 의논할 수도 있었다. 만약 내 존재가 생겨난 데 도움을 준 이 사람과 정상적인 관계를 형성하고 있었다면.

그에게 물어볼 만한 거라고는 대학교 학사 일정 같은 것뿐이다. 우리는 공통점이라곤 하나도 없었고, 사생활 같은 건 물어볼 수도 없을 만큼 서로 마음이 멀리 있었다.

반스는 추천해 줄 만한 게 있지 않을까? 다른 사람한테 물어보느니 반스한테 연락해보는 게 나을 것 같다.

"저, 끊어야 해요."

얼른 켄 씨와의 전화를 끊고, 전화기에서 반스의 번호를 찾았다.

벨이 한 번 울리자 반스가 바로 받았다.

"하딘, 무슨 일이냐?"

"누굴 데리고 갈 만한 좋은 곳 좀 추천해주세요."

속사포처럼 쏟아내는 내 말이 내가 들어도 좀 이상했다.

"뭐, 시체라도 숨기게?"

수화기 너머 그의 웃음소리가 들렸다. 나도 슬며시 웃음이 나왔다. 그는 참 엉뚱하다.

"이번엔 아니에요."

테사 얘기는 하지 않고 도움을 청하고 싶었다.

"그냥 누구랑 좀 어울려 보려고요."

"그럼, 데이트니?"

"딱히 그런 건 아니고, 뭐 그 비슷해요."

테사와의 만남을 뭐라고 해야 할지 모르겠다. 암튼 데이트는 아니다. 우리는 친구니까.

'그녀와 섹스하기 전까지는 친구지.'

스스로 되뇌었다.

그녀는 너무 고상한 척한다. 펑퍼짐한 옷을 입고 욕도 거의 하지 않는다. 그런 그녀를 환히 빛나게 해주려면 어디로 데리고 가야 하나? 워싱턴으로 온 뒤 좋았던 기억을 억지로 끄집어냈다.

75번 도로에 있는 강가가 재미있을 것 같았다. 날씨만 좋다면 괜찮을 거다. 물이 제법 얕아서 바닥에 있는 돌까지 다 보이니까. 테사가 깨끗한 강물에서 수영을 하려나? 아마도 안 하겠지만 아무튼 설득은 해봐야겠다.

"글쎄, 내 경우엔 야외에서 산책하는 게 잘 먹히는 패였어."

반스가 대답했다.

그의 말을 듣고 나서야 몇 시간 만에 처음으로 게임을 하는 중이라는 게 생각났다.

14

처음으로 그녀와 단둘이 있게 됐을 때, 그는 마음속에서 어떤 소용돌이가 일고 있음을 느꼈다. 하지만 그쯤은 떨쳐낼 수 있으리라 생각했다. 어쩌면 자신의 마음이 조금씩 약해지고 있는지도 모른다고 생각했다. 그녀만이 아니라 자신의 인생에 연루된 모든 사람들에게…. 그건 확신에 가까웠다. 그는 언제나 혼자 지냈다. 섹스를 제외하면 사람들과 거리를 두는 아주 뛰어난 스킬을 가지고 있었다. 친구도 필요 없었고, 가족이라고 할 만한 것도 없었다. 타인과 어떻게 관계를 맺는지 가르쳐줄 제대로 된 가족 말이다. 그는 자신의 강인함을 좋아했다. 그래야 인생이 단순해지니까. 그녀와 처음 맞닥뜨렸을 때, 그는 숨이 턱 막혔다. 그리고 시간이 흐르자 무언가 이상이 생겼다는 걸 알았다. 그건 모든 걸 바꿔버릴 만한 그런 흔들림이었다. 하지만 지금까지의 삶을 고수하기로 했다.

그는 이미 고독한 자신만의 삶의 틀에 익숙해져 있었다. 그런데 그 일상을 그녀가 혼란의 도가니로 이끌고 있었다.

아침이 밝았다. 어젯밤 거의 잠을 이루지 못했다. 악몽 때문이 아니었다. 테사 때문이었다.

눈을 감으면 테사가 나타났다. 내가 좋아하는 모습은 아니었다. 알몸인 채로, 내가 페니스를 밀어 넣을 때마다 부드러운 신음을 내는 그런 모습이어야 하는데. 대신 그녀는 내가 계획한 강가로의 여행 내내 짜증을 내고 지루해 하는 모습으로 등장했다. 불면증에 시달리는 스토커 같은 내 마음이 만들어 낸 으시시한 영화 같은 장면도 있었다. 그녀가 발가락이 찢긴 채 내내 불평을 늘어놓았다. 또 다른 장면에서는 너무 지루한 나머지 밥맛인 자기 남자친구가 데리러 오길 바라기도 했다. 그 녀석은 커다란 카디건을 뒤집어쓴 채 나타났다. 무섭기도 하고 어설프기도 한 거대한 카디건 괴물.

그녀 생각에 시간을 낭비하고 마음도 초조해졌다. 한 달쯤 후엔 이런 일은 절대 없을 거다. 이번 '데이트'가 잘 되면 2주 안에 내기에서 이길 것도 같은데…. 설마, 그녀에게 잘 어필한다면 오늘 강가에서도….

방 저쪽에서 휴대전화 알람이 울렸다. 벌떡 일어나 알람을 껐다.

드디어 결전의 날이다. 벌써부터 머리가 지끈거렸다. 압박감이 장난 아니다. 그녀와 즐거운 시간을 보내야 한다는 압박감. 일단 샤워부터 해야겠다. 옷을 입으며 지금쯤 테사는 뭘 하고 있을까…, 그녀도 나만큼 스트레스를 받고 있을까 궁금했다. 충분히 상상이 된다. 그녀는 내내 바짝 긴장해 있을 거다. 내 이름을 플래너에 꼭꼭 눌러 써놓았을지도 모른다. 우정인지 뭔지를 내가 제안했던 그 순간부터 말이다.

샤워를 마치고, 서랍장을 뒤져서 깨끗한 검정색 티셔츠를 찾아냈다. 꾸깃꾸깃했지만 입으면 괜찮아질 거다. 차에 올라탔다. 가속 페달 아래에 빈 물병이 걸리적거렸다. 반쯤 졸린 상태인데도 덜그럭거리는 소리가 거슬렸다. 결국 내려서 병을 버렸다.

진심으로 잠을 푹 자봤으면 좋겠다.

조금 일찍 캠퍼스에 도착했다. 정신이 없어 뒷자리에 교재와 노트 몇 권, 검정색 점퍼까지 그대로 놓고 내렸다. 강의실까지 절반쯤 왔을 때야 생각났다. 그렇다고 차로 돌아갈 생각은 없었다.

영문학 강의실로 들어갔다. 테사와 랜던 자리는 비어 있었다. 그들보다 먼저 왔다는 생각에 조금 우쭐해졌다. 테사가 나보다 늦네. 어쨌든 그 사실만으로도 그녀는 짜증이 날 거다. 글쎄, 사소한 데서 찾는 즐거움이라고나 할까.

강의실 문과 휴대전화를 번갈아 보면서 시간을 죽이고 있었다. 몰리와 제이스, 이름도 기억나지 않는 어떤 여자애에게서 부재중 전화와 문자메시지가 와 있었다. 드디어 테사와 랜던이 강의실로 들어왔다. 둘은 꼭 붙어 있었고, 테사는 잘 쉰 듯 행복해 보였다. 눈 밑 다크서클이나 잠을 설친 흔적은 찾아볼 수가 없었다.

"오늘 데이트할 준비는 돼 있겠지?"

내 자리를 지나쳐 가는 테사에게 물었다. 엉덩이 곡선이 꽤나 아찔했다. 나는 여자 몸매 중에 허벅지와 골반의 흐르는 듯한 곡선이 제일 좋다. 무지 섹시하다.

"데이트 아니잖아."

한마디 대꾸하더니 테사는 랜던을 보고 덧붙였다.

"랜던, 우리 친구로 어울리는 거야."

"그게 그거지."

그녀를 보면서 오늘 차림새를 훑어보았다. 청바지를 입었다. 적당히 타이트해서 엉덩이와 허벅지의 곡선이 잘 드러나는군. 젠장.

강의 내내 테사는 요령껏 나를 잘 피했다. 나도 그녀를 쳐다보지 않았다.

강의가 끝난 후, 랜던이 테사에게 뭐라 말했다. 너무 작은 목소리라 알아듣지는 못했다. 하지만 테사가 대꾸하는 소리는 들렸다.

"괜찮을 거야. 내 룸메이트랑 하딘이 친하거든. 그래서 나도 그냥 잘 지내보려고."

'그냥 잘 지내보려고, 라고?'

'대왕샌님'과 그의 '샌님이지만 섹시한 여자 사람 친구' 쪽으로 다가갔다. 랜던은 밥맛 떨어지게 폴로셔츠를 회색 슬랙스 안으로 넣어 입었다. 이 녀석은 자기가 빈털터리 될 거라는 건 알고나 있나? 아, 잠시만. 지금은 빈털터리가 아니지. 학교 근처 대궐 같은 집에서 살고 있으니까. 호적상 내 아버지와 함께 말이다. 엄마는 영국에 다 찌그러진 집에서 사는데. 그리고 내가 사는 집은 낡아빠진 클럽하우스고. 상류사회와는 거리가 먼, 멋져 보이고 싶은 찌질이들만 득시글거리는 곳. 테사의 남자친구도 그 클럽하우스에 있을 법한 부류다. 금발에 푸른 눈, 로퍼에 카디건까지. 둘은 하늘이 맺어준 찰떡궁합이다, 진심으로.

여하튼 누구처럼 술을 입에 대기 시작한다면, 그것도 엄청나게….

나와 눈이 마주쳤는데도 랜던은 목소리를 낮추려고 하지 않았다.

"너는 진짜 좋은 애야. 문제는 하딘이지. 걔는 네 호의를 받을 자격이 있는 인간이 아니란 말이지."

'진심이야?'

그럼 나는 뭘 받을 자격이 있는데? 자기 자식보다 술을 덜 좋아하는 착실한 새아빠?

"넌 할 일이 그렇게 없냐? 뒷담화나 까고 있게? 꺼져, 이 자식아."

최대한 나긋나긋한 말투로 쏘아줬다. 진짜 내가 생각한 걸 말했다면 테사는 바로 오늘 약속을 취소해버렸을 거다.

랜던은 나한테 대꾸도 하지 않았다. 테사를 보며 인상을 찌푸렸을 뿐. 그러더니 또 안 들리게 뭐라 중얼거렸다. 랜던이 가버리자 그제야 테사는 나를 향해 돌아섰다.

"하딘, 랜던한테 못되게 굴지 좀 마. 너희들 형제나 다름없잖아."

테사가 나에게 불을 뿜듯 쏘아붙였다.

'형제나 다름없다고?'

랜던과 내가 형제 비슷한 거라니, 도대체 이 계집애는 무슨 소릴 하는 거야? 랜던과 나는 그저 어떤 남자를 우연찮게 같이 알고 있는 남남이다.

"지금 뭐라고 했어?"

이를 악물고 말했다.

거지 같은 아버지란 작자가 랜던과 걔네 엄마를 금은보화 가득한 대저택으로 들어오게 해서 함께 살긴 하지만⋯, 근데 테사가 그걸 어떻게 알지?

머리를 쓸어 넘겼다.

"그러니까, 너네 아빠랑 랜던네 엄마 말이야."

테사가 의외라는 표정을 지으며 물었다. 그녀는 비밀이라도 누설한 양 잔뜩 찌푸리며 고개를 끄덕였다.

랜던이 사라진 쪽을 쳐다보았다. 녀석의 뒤를 쫓아가서 엉덩이라도 걷어찰까.

"네가 상관할 바 아니니까, 신경 끄시지."

녀석은 왜 자신이 내 가정사를 나불거릴 권리가 있다고 생각한 거지?

"거지 같은 자식, 쓸데없는 소리를 지껄이고 다녀. 입을 좀 닥치게 만들어줘야겠군."

주먹을 움켜쥐었다. 만날 찢어지는 손등이 쓰라린 것도 몰랐다.

테사가 나를 노려보았다.

"랜던한테 뭐라 하지 마."

여전사 납셨군.

"말하지 않으려고 한걸 내가 궁금하다고 졸라서 들은 것뿐이야."

그러니까 내 가족사를 다 알고 있다고? 근데 왜 이렇게 당당한 거야? 나에 대해 아무것도 알 필요 없다. 이건 선을 넘은 거다. 전부 다.

"우리 오늘 어디 갈 거야?"

그녀가 물었다. 그녀는 너무 가까이 와 있다. 참견하는 게 도가 지나치다. 그리고 나는 그 사실이 조금도 괜찮지 않다. 랜던을 들볶아 나에 대해 이것저것 물어봤겠지. 왜 내가 켄 씨나 그의 새 가족들과 함께 살지 않는지, 아빠에 대한 건 왜 한마디도 안 하는지 그런 것들. 어렸을 때 어땠는지에 대해서도. 랜던은 주워들은 이야기를 주절주절했을 거고. 그녀는 이미 나를 저울질하고 있을 거다. 분명히.

"아무 데도 안 가! 이건 정말 바보 같은 생각이었어. 내가 널 잘못 본 것 같다."

말이 끝나자마자 나는 뒤도 안 돌아보고 자리를 떴다.

정도껏 덤벼야지. 주제넘게 나서서 제 맘대로 이러쿵저러쿵하다니. 이딴 짓거리 더 이상 하고 싶지 않다. 저 여자한테 거리를 둬야겠다.

차로 돌아오는데 머리가 지끈거리고 손이 땀으로 흥건했다. 그 자식은 왜 그런 거야? 왜 내 가족사를 떠벌인 거야? 이건 그녀가 모든 걸 알고 있다는 뜻이다. 아니, 자기한테 유리한 것들만 얘기했겠지. 내 아빠가 이 학교 총장이고, 그 사람이 대학 내에서 서열 3위 안에 든다는 거, 그리고 운동을 엄청 좋아한다는 거 같은.

그녀는 모를 거다. 그 사람이 한때 술주정뱅이, 그것도 최악의 술꾼이었다는 걸. 고귀하신 랜던은 그 사람의 그런 면을 모를 거다.

랜던이 그 사람의 전부를, 그 사람의 제대로 된 실체를 아는지 궁금했다. 랜던은 친애하는 내 아빠한테 철저하게 속고 있는 건가?

랜던에게 가서 산통 깨는 얘기를 다 해버리고 싶다.

갑자기 폐소공포증이 느껴졌다. 바깥 공기를 마시려 차창을 내렸다. 손잡이가 너무 뻑뻑했다. 있는 힘껏 창문 레버를 돌렸다. 이 차는 겉만 번드르르할 뿐 완전 고물이다. 30초쯤 낑낑거리자 겨우 제대로 숨을 쉴 수 있었다. 그제야 주차장을 빠져나왔다. 테사가 쫓아오기라도 한다면 어떡해야 할지 모르겠다.

10분도 채 지나지 않아 방에 도착했다. 그새 몰리에게 문자메시지가 와 있었다.

제드가 기숙사에서 버진 바비 인형이랑 같이 있어. 서두르지 그래.

뭐? 넌 어떻게 알았어?

왜 하필 그 많은 애들 중에 몰리한테 테사의 정보를 들어야 하지?
날 엿 먹이려고 그러는 건가?

안 가르쳐 주지.

휴대전화에서 몰리의 빈정거리는 말투가 들리는 듯했다. 벗어놓은 부츠를 급하게 다시 신었다. 안이 너무 낡아서 걷다가 길에서 망가질 때를 기다리는 중이다. 몇 년 동안 이 부츠를 신어서 그런지 이만큼 편한 신발은 찾을 수 없을 것 같았다.

몰리한테 얻어낼 수 있는 건 여기까지다. 나는 방을 나서기 전 스테프에게 문자메시지를 보냈다.

테사가 제드하고 같이 있냐?

금세 답장이 왔다.

아니, 여기 없어.^^

거짓말하고 있는 게 뻔히 보였다. 나는 즉시 가속 페달을 세게 밟았다.

15

급하게 방문을 열어젖혔다. 테사가 제드와 나란히 스테프 침대에 앉아 있었다. 그녀의 침대는 텅 비어 있었다. 좁아터진 침대에 제드와 같이 있다니. 스테프와 트리스탄도 함께 있었다. 테사는 그냥 앉아만 있었다. 아무 것도 안 하고. 그래도 제드와 함께 있다. 침대 위에. 제드와 같은 침대 위에.

최악이군.

나는 눈에 뵈는 게 없었다.

"어이, 친구! 노크 정도는 해야 하는 거 아냐?"

스테프가 능청스럽게 말했다. 내가 바로 달려오리라는 걸 뻔히 알면서 그러는 거였다. 그러니까 몰리한테 떠벌렸겠지. 내 짐작이 확실하다. 어쨌든 몰리가 그걸 나한테 얘기해줬다는 게 좀 놀랍긴 하다. 스테프는 나와 눈이 마주치자 실실 웃었다.

"내가 홀딱 벗고 뭐라도 하고 있었으면 어쩌려고?"

뭐라고? 이미 그런 적 있으면서. 스테프의 눈빛이 모든 걸 말해주고 있었다. 그래, 스테프의 알몸도 본 적 있다. 그래서 잘 안다. 그녀가 뽕브라와 진짜 가슴 사이즈의 크나큰 괴리에 대해. 그래도 촉감은 꽤 괜찮았다만….

방 안으로 들어가며 내가 꼭 집어 말했다.

"볼 거 못 볼 거 다 본 사이에 뭘?"

테사와 트리스탄은 못 볼 꼴이라도 본 표정이 되었다.

"닥쳐."

관심 종자 스테프가 만족스러운 듯 웃었다.

"친구님들은 뭘 하실 건가?"

나는 반대편 테사 침대에 앉으며 말했다. 적어도 제드 녀석은 테사 침대엔 범접 못 했겠지. 그걸로나마 위안을 삼는다….

좁은 방 맞은편에서 제드가 씩 웃었다.

'저 자식은 왜 웃는 거야?'

"우리 영화 보러 가려던 참이었어. 테사, 너도 가자."

녀석이 입을 열었다.

테사가 나를 한번 보더니 제드를 쳐다보았다. 마음이 편치 않아 보였다. 그럼에도 가겠다고 할 것만 같았다.

"사실…."

애들이 대화를 마무리 짓기 전에 말을 자르고 끼어들었다.

"테사는 나랑 다른 계획이 있어."

경고의 메시지를 보내며 제드를 똑바로 쳐다보았다. 제드가 덤빌 기세로 천천히 눈을 깜박였다. 트리스탄을 쳐다보았다. 그는 이 쇼에 가담할 생각이 없는 듯 잠자코 있었다. 트리스탄은 사실 그렇게 나쁜 녀석은 아니다. 저런 요물과 사귀는 것만 빼면.

"뭐?"

제드와 스테프가 동시에 말했다.

"그래서 데리러 온 거야."

그럼에도 테사는 가만히 앉아만 있었다. 나와 함께 나가려는 낌새는 조금도 보이지 않았다.

"준비 됐지?"

일부러 태연한 척하며 물었다.

테사는 갈등하고 있는 것처럼 보였다. 마치 스스로와 치열한 전투를 하는 양. 그녀를 재촉하려고 먼저 일어섰다. 그녀가 고개를 끄덕이더니 따라서 일어섰다.

"그럼, 다들 나중에 봐!"

너무 크게 말했나 보다. 나는 잽싸게 테사를 문밖으로 데리고 나왔다. 엄청 서두르는 것처럼 보였을 거다.

밖으로 나오자 테사가 내 빠른 걸음에 보조를 맞춰 따라왔다. 테사는 다리가 꽤 길었다. 허벅지도 튼실했고. 다시 상상의 나래가 펼쳐졌다. 그녀의 양쪽 허벅지를 잡고 섹스를 하고 있다. 테사는 내 차 보닛에 의지해 허리를 숙이고 있다. 그녀와 가까이 있을 땐 이런 생각을 하지 않으려 애썼다. 아랫도리가 뻐근해지는 느낌이 들었다. 그녀가 얼마나 부드럽고 따뜻할지 저절로 상상이 됐다.

차에 도착하는 바람에 상상의 나래도 끝이 났다. 테사를 위해 조수석 문을 열어주었다. 거의 의식하지 못하고 한 행동이었다. 그런데 테사는 차에 타려는 것 같지 않았다. 대체 무슨 일이야? 그러더니 젖가슴을 한껏 밀어 올리며 팔짱을 꼈다.

분노 모드로 전환하려는 것 같았지만, 내가 보기엔 그저 섹시하기만 했다.

"알았어, 다시는 문 열어주지 않을게, 됐지?"

비아냥거리며 말했다.

그녀가 고개를 저었다. 폭발하기 일보 직전인 듯했다.

"대체 이게 무슨 짓이야? 나를 데리러 온 거라고? 나랑 친하게 지내고 싶지 않댔잖아!"

그녀가 소리를 버럭버럭 질렀다. 주위를 둘러보았다. 우리만 있는 건 아니었다. 그녀는 주위 사람들은 눈에 들어오지도 않는 듯했다. 길바닥에서 버럭대는 타입은 아닌 줄 알았는데. 비록 두 번이나 사람들 앞에서 논쟁을 벌이긴 했지만 말이다.

아, 그녀 때문에 미쳐버리겠다.

"그래, 그랬지. 그러니까 이제 차에 타."

차에 타라고 손짓을 했다. 이제 차에 타는 게 좋을 거다.

"싫어! 날 보러 온 게 아니라고 인정해. 안 그러면 돌아가서 제드랑 영화 보러 갈 거야!"

덤비는 듯한 말투다.

왜 이러는 거야? 나더러 무례하다며. 어떻게 그런 식으로 말하냐고 했으면서. 제멋대로 판단해버리는 위선자 같으니.

'제기랄, 뭐라고 설명해야 하는 거야?'

몰리가 말해줬다고 얘기해야 하나? 맙소사, 아니다. 그럼 그 핑크 머리가 다시는 나한테 아무 말도 안 할 거다. 그런데 테사는 왜 제드와 어울리겠다며 나를 협박하는 걸까? 혹시 내기 얘기를 어디서 들었나? 스테프랑 한 편이라도 먹은 건가?

그녀에 대해 아는 건 거의 없지만, 뭔가 좀 이상하다는 것쯤은 눈치챌 수 있었다. 분명히 스테프가 무슨 말을 한 거다.

"하딘, 어서 인정해. 아니면 나는 갈 거야."

나를 떠보려는 건지 아닌지 잘 모르겠다. 잔뜩 짜증이 난 건 분명한데. 눈동자에서 불이 뿜어져 나오는 것 같았다. 그 모습이 꽤 우스꽝스럽다. 자존심을 좀 건드려 봐야겠다.

"맞아, 인정할게. 그러니까 이제 차에 타라고. 두 번은 얘기 안 한다."

내기에 이겼으면 좋겠는데, 자꾸만 그녀가 상황을 엉망으로 만들려고 한다. 이제 나도 여기에 더 이상 목매지 않으련다. 운전석으로 와버렸다. 혹시나 그녀가 차에 탈 마음이 들지도 몰라서 차문은 열어두었다.

역시나 놀랍지도 않게, 그녀가 차에 탔다.

주차장을 빠져나오는데 짜증이 일었다. 이 소모전에서 손을 떼고 싶었다. 이미 발을 빼긴 했지만. 그럼에도 지금 여기 그녀와 함께 있다. 머리가 아팠다. 마음이 저 혼자 죽도록 싸우고 있었다. 마음 한편에서는 소리를 지르고 창문을 죄다 열어젖히고 싶었다. 그래야 숨을 쉴 수 있을 것 같았으니까. 그러나 한편으로는 차분한 기분이 스멀스멀 느껴지기도 했다. 고요, 정적. 잡생각을 떨쳐내려 음악을 틀었다. 종종 그러는 게 효과가 있었으니까. 남자 가수들이 죽음과 음울함에 대해 고래고래 소리치며 울부짖었다. 천둥 같은 드럼이 분노 게이지를 높이고 있었다.

테사는 이 메탈 밴드가 영 맘에 들지 않는 눈치였다. 그녀가 라디오 다이얼을 만지려 했다.

"내 라디오에 손 대지 마!"

"그렇게 신경질 부릴 거면 난 그냥 영화 보러 갈게."

테사가 으름장을 놓았다. 그녀는 과장된 몸짓으로 등받이에 기댔다.

"알았어. 내 말은, 마음대로 만지지 말라는 거였어."

숨을 쉴 수가 없다. 시끄러운 음악에 나의 패닉도 잠식당하는 것 같았다. 테사를 힐끗 쳐다보았다. 완전 열받는다는 표정으로 라디오를 노려보고 있었다. 그 모습에 갑자기 기분이 확 나아지면서 웃음이 났다. 그럴 타이밍도 아닌데.

"근데 넌 내가 제드랑 영화를 보든 말든 무슨 상관이야? 스테프랑 트리스탄도 같이 간다는데."

테사가 턱을 내밀며 자기 주장을 시작했다.

'아, 더블 데이트? 이것 보세요….'

"제드는 다른 꿍꿍이가 있는 녀석이니까 그렇지."

더 이상 할 말이 생각나지 않아 도로 위에 시선을 고정시켰다.

잠시 무거운 침묵이 흐르고 테사가 갑자기 웃기 시작했다.

'얘는 또 왜 이러는 거야?'

"아하, 그래? 그래도 제드는 나한테 잘해주던데."

테사는 웃음을 멈추지 않았다. 제드가 잘해준다고? 뭘?

'널 따먹자고 하는 게임이니까 그렇지, 이 아가씨야.'

목구멍까지 이 말이 넘어왔지만 하지 못했다.

나도 마찬가지니까.

나는 잠자코 있었다. 테사는 경계를 늦추지 않았다.

"부탁인데, 음악 소리 좀 줄여줄래?"

쾅쾅거리는 음악을 뚫고 그녀가 소리쳤다.

고개를 끄덕였다. 아무래도 좀 느슨해진 분위기로 나가는 게 나을 것 같다.

"이 음악들은 정말 별로야."

테사가 투덜거렸다. 안 좋아하리라는 건 알고 있었다. 어떤 종류의 음악을 좋아할지 뻔히 알겠다. 나하고는 딱 정반대의 취향.

운전대를 툭툭 두드리며 테사를 쳐다보았다. 허벅지 위에 얹은 손이 나처럼 아무 생각 없이 박자를 맞추고 있었다.

"그럼 어떤 게 좋은 음악인지 네 의견을 들어보고 싶은데?"

십대 감성의 시디플레이어를 떠올리니 웃음이 나왔다. 엔싱크, 제시카 심슨 같은 의심할 여지없이 끔찍한 걸그룹으로 잔뜩 채워져 있겠지.

"음, 나는 본 이베어(Bon Iver)랑 더 프레이(The Fray)를 좋아해."

잠시 뜸을 들이다 테사가 대답했다.

"물론 그러시겠죠."

하나는 성령 충만한 밴드, 또 하나는 최신 유행 밴드로군. 놀랄 일도 아니다.

그렇지만 확실히, 두 그룹은 괜찮은 음악을 한다. 그저 내 취향이 아닐 뿐, 고역은 아니다.

"왜, 어때서? 완전 재능 있고, 연주도 잘하는 밴드야. 음악이 얼마나 좋은데."

테사가 열변을 토했다. 나와 눈이 마주치자 테사는 시선을 돌려 창밖을 보았다.

"그래…, 재능이 있긴 하다. 사람들을 잠에 빠뜨리는 재능."

테사가 내 팔을 장난스럽게 탁 때렸다. 커플들이 그러는 장면을 볼 때마다 이상하다 생각했었다. 아무도 나에게 그런 짓을 하지 않아서 이상해 보였나.

"어쨌든 나는 좋아해."

테사는 자랑스러운 듯 미소를 지었다. 꽤 괜찮은 시간을 보내고 있는 듯했다.

"우리 지금 어디 가는 거야?"

"내가 진짜 좋아하는 데."

어딘지 절대 안 가르쳐줄 거다. 그럼 또 꼬치꼬치 따져 물을 테니까.

"거기가 어딘데?"

역시 내 예상대로다.

"넌 어디 가서 뭘 할지, 시시콜콜 미리 다 계획해야 하잖아, 그치?"

전세 역전이다.

"응…, 그리고 또….

그녀가 우물쭈물댔다.

"죄다 그 계획대로 차질 없이 해야 하잖아."

그녀가 입을 다물었다.

이쯤에서 그만 놔두기로 했다. 그녀를 너무 몰아붙이고 싶진 않았다.

"이번엔 아냐. 도착할 때까지 안 가르쳐줄래…. 5분만 더 가면 돼."

테사가 혼란스러운 듯 두리번거렸다. 더 물어보지 않으려고 안간힘을 다해 참는 게 분명했다. 긴장을 풀려고 노력하고 있었다. 그래서 나도 좀 편안해졌다. 잠시 후, 테사가 뒷자리를 보고 있다는 걸 눈치챘다.

"뒷자리에 뭐 탐나는 거라도 있어?"

짓궂게 물어보자 테사는 고개를 저었다. 긴 머리 다발이 그녀의 어깨 위로 떨어졌다. 그녀는 머리카락을 다시 뒤로 넘겼다. 머리결이 너무도 부드러워 보였다. 원래 금발인지 궁금했다. 테사 엄마의 모습을 돌이켜보니, 확실히 원래 금발이 맞는 것 같다.

"이 차는 종류가 뭐야?"

그녀가 헝겊 신발 끝을 내려다보며 물었다.

"포드 카프리(Ford Capri)야. 클래식 카의 정석이지."

나는 나보다 내 차를 더 사랑한다. 이 차를 소유하고 있다는 데 큰 자부심이 있다. 그녀에게 고친 엔진이며 정숙성 높아진 새 배기관 등을 설명했다. 테사가 살짝 집중하는 것도 같았다. 그녀는 미소를 띠며 고개를 끄덕였다. 무슨 소리인지 모르겠다는 표정으로. 진짜 사람이랑 얘기하는 것 같아 이상하게도 기분이 좋았다.

몇 분 후, 그녀를 다시 힐끗 쳐다보았다. 그녀는 나를 빤히 쳐다보고 있었다. 뒷목을 내리누르는 느낌이 척추를 따라 슬금슬금 기어 내려갔다.

그녀가 내게 가까이 다가오려 한다는 느낌이 들었다.

'이건 게임이야, 하딘. 그녀를 장기판의 말로 생각하란 말이야.'

"자꾸 그렇게 쳐다보면 혼난다."

최대한 덤덤한 표정을 지으려고 애썼다.

그녀는 호기심이 강하다. 거기에 필요 이상으로 엮이고 있는 나 자신을 발견했다.

16

좁다란 길로 접어들었다. 자갈길을 지나 커다란 나무로 둘러싸인 길 끝에 차를 세웠다. 나는 이곳을 정말 좋아한다. 아무도 오지 않는 장소, 나한테는 안성맞춤이다. 특히 오늘처럼 비도 오지 않고 드물게 날씨가 좋은 날엔 말이다. 내가 자란 햄스테드는 늘 우중충하고 흐린 날씨였다. 가을엔 해가 쨍한 날이 거의 없었다.

테사가 주변을 두리번거렸다. 그러더니 미간을 찌푸렸다.

"걱정 마. 죽이진 않을게."

차에서 내리면서 말을 건넸다. 웃으라고 한 소리였는데, 무서웠나?

노란색 야생화가 지천으로 핀 들판을 보더니 잔뜩 웅크렸던 테사 어깨의 긴장감이 조금은 풀어진 것 같았다.

'대체 무슨 생각을 하고 있는 거야?'

"우리 이제 여기서 뭐해?"

"글쎄, 일단 좀 걸을까?"

테사가 한숨을 쉬더니 나를 따라 차에서 내렸다. 잔디가 깔려 있던 길은 흙길이 되어 있었다. 벌써부터 테사는 처량한 표정을 지었다. 난 대체 무슨 생각으로 여길 온 거야?

"오래 걷진 않을 거야."

내 말을 믿지 않는 눈치였다. 오늘 기분이 별로 안 좋은 듯했다. 뭐, 언제는 좋았냐? 걸을 때마다 흙먼지를 일으키는 내 발걸음에만 집중하기로 했다. 테사는 발소리도 내지 않았다. 게다가 믿기 힘들 만큼 느리게 걸었다.

"좀 더 서두르면 해 지기 전엔 도착할 수 있겠네."

농담이었다. 누군가 버리고 간 낡은 자전거가 있는 나무까지 왔을 무렵이었다. 이제 반쯤 왔다는 이정표다. 걷는 건 1마일쯤이면 된다. 이 정도면 나쁘지 않지. 테사는 천천히 따라왔다. 강가에 도착하자 변하는 테사의 표정이 볼만했다. 숲속 한가운데 이런 강이 있다는 게 마법 같다는 듯 놀라는 얼굴이었다. 입꼬리가 올라가고 눈이 동그래졌다.

근데 그녀가 수영을 좋아하나? 미리 물어봤어야 했는데.

나는 잠자코 테사가 주변 경치를 만끽하게 놔뒀다. 단둘이 있게 되니까 무슨 말을 어떻게 해야 할지 모르겠다. 그냥 물에 뛰어들어버릴까? 테사는 그 자리에 그대로 서 있었다. 내 시선을 피해 주위의 흙을 꾹꾹 밟고 있었다.

젠장, 어색해 죽겠네. 아무래도 물에 들어가야겠다.

머리 위로 셔츠를 벗었다. 테사가 중얼거리는 소리가 들렸다. 그녀는 만화 주인공처럼 오만 가지 표정을 짓고 있었다. 한숨을 쉬며 웃었다가, 어이없어 하며 짜증내다가, 신음 소리를 내며 흥분하는 것 같기도 했다.

"잠깐, 옷은 왜 벗는 건데?"

그렇게 물으면서도 그녀의 시선은 벗은 내 가슴을 향해 있었다. 그걸 스스로도 눈치 못 채고 있는 것 같았다. 그녀가 목청을 가다듬으면서 다시 물었다.

"여기서 수영이라도 하려고?"

그녀가 찡그리며 강을 가리켰다. 그럼 그렇지. '미스 철벽녀'께서는 옷이랑 머리가 젖는 게 싫으시겠지.

"응, 너도 같이 할 거냐. 난 올 때마다 하는걸."

내가 바지 단추를 풀자 테사는 투덜거렸다.

"난 수영 안 할래."

이곳은 내가 본 그 어느 곳보다 물이 맑다, 정말로. 이래서 내가 자기밖에 모르는 속물덩어리 여자들을 싫어한다. 매니큐어를 공들여 칠한 손끝에 더러운 게 묻을까 봐 벌벌 떠는 애들.

"왜 어때서? 여기 물이 완전 맑아서 바닥까지 다 보여."

나는 반짝거리는 물을 가리켰다. 그녀가 상상도 못 할 만큼 감동 받으리라 생각했었다. 저러는 걸 보니 기운이 쫙 빠졌다.

"그래…, 알지. 물고기도 있을 테고, 또 뭐가 있을지는 신만 아시겠지."

그녀가 어깨를 으쓱했다.

'물고기? 장난해?'

그래서 들어가기 싫다는 거야?

"게다가 미리 얘기도 안 해줬잖아. 갈아입을 옷도, 수영복도 없어."

"너는 속옷도 안 입고 다니는, 그런 여자라는 얘기야?"

간절한 눈빛으로 그녀의 차림새를 훑어보았다. 그리고 미소를 지어 보였다.

"속옷 입고 하면 되잖아."

어림도 없는 소리이긴 했다. 그녀의 회색 눈동자에서 스멀스멀 화가 이는 게 보였다. 대답을 듣고 싶어 죽겠다.

"난 절대 속옷 입고 수영 안 해, 이 엉큼한 놈."

테사는 둑에서 조금 떨어진 잔디 위에 앉았다.

"여기서 보기만 할게."

테사가 웃으며 다리를 꼬았다.

그러면서 내 몸을 또 훑기 시작한다. 이번에는 박서 팬티 위로 불거진 내 그곳을 보고 있었다. 그녀의 뺨이 붉게 물들었다. 그러더니 잡아 뜯은 잔디를 보는 척하면서 시선을 피해 딴청을 했다.

"그럼 넌 재미없잖아. 진짜 재밌는 걸 놓치는 거야."

물속으로 뛰어들며 소리쳤다.

'이런 젠장.'

생각보다 물이 너무 차갑다. 반대편 둑으로 헤엄쳐갔다. 그쪽은 하루 종일 해가 비쳐서 수온이 완전히 달랐다.

"테스, 물이 따뜻해."

테사는 쌓아놓은 풀더미를 보고 있는 게 지루해 죽겠는 모양이었다. 어떻게 해야 이 상황을 반전시킬까. 테사는 아무리 봐도 물에 들어올 거 같지 않다. 어떻게 해야 하지?

"별 볼일 없는 우리 우정보다 훨씬 재미있다고…."

테사가 어이없는 표정을 지었다.

"신발 벗고 들어와서 발이라도 담가 봐. 진짜 좋아. 이제 좀 있으면 추워져서 수영도 못 할 거라고."

그 말에 테사가 일어섰다. 신발을 벗더니 옆에 가지런히 놓았다. 근데 저 신발 진짜 괴상하다. 쓰다 남은 천 조각을 두꺼운 도화지에 붙인 것 같았다. 저런 신발이 편할 리 없다. 테사가 바지를 걷더니 입술을 꽉 깨물고 물에 발을 들이밀었다.

불평불만을 쏟아내길 기다렸지만, 테사는 환한 미소를 지었다.

"좋지?"

내 물음에 테사는 먼 산을 바라보며 시선을 피했다.

"그러니까 들어와봐."

물속에 머리를 넣었다 빼며 머리카락을 넘겼다. 테사는 고개를 가로 저었다. 아무래도 안 들어올 모양이다.

'맙소사, 진짜 어렵다.'

테사를 향해 물을 튕겼다. 테사가 움찔하며 물 밖으로 뛰어나갔다. 이곳에는 누구도 데려온 적 없었다. 여기에 누구랑 같이 있다는 게 조금 낯설었다.

어떻게 해야 들어오게 할 수 있을까? 물에 안 들어오면 오늘은 통째로 날린 거나 마찬가지다. 협상이라도 해봐야겠다. 테사가 뭘 원하려나?

사탕발림에 넘어갈 타입은 아닌 것 같고….

"물에 들어오면 뭘 묻든 다 대답해줄게. 사적인 것도 괜찮아. 근데 딱 하나만이다."

생각나는 대로 말해버렸다. 참견하기 좋아하니까 이 제안에 솔깃할 거다.

"1분 안에 대답 안 하면 무효야."

시간제한을 둬야 한다. 안 그랬다간 대답을 듣는 데 하루 온종일 걸릴 거다. 물속에 고개를 박고 숨을 참으며 20피트쯤 수영해 갔다. 테사는 언짢은 표정으로 물을 노려보고 있겠지. 그 생각을 하니 웃음이 나왔다. 그 바람에 물을 먹을 뻔했다.

"테사."

제발 생각 좀 그만했으면 좋겠다.

"모든 걸 너무 복잡하게 생각하지 마. 그냥 뛰어드는 거야."

그녀가 자기 옷차림을 내려다보았다.

"난 갈아입을 옷도 없잖아. 옷 입고 들어갔다가는 흠뻑 젖은 채로 차에 타야 할 거라고."

"내 티셔츠 입으면 되잖아."

그녀가 인상을 쓰며 풀밭에 널브러져 있는 내 옷을 쳐다보았다.

"어서 들어와. 내 티셔츠 입으면 된다고. 길어서 괜찮을 거야. 속옷 입고 그 위에 걸치면 되잖아…. 아, 물론 그대가 원하신다면."

속옷을 안 입으면 더 좋겠다만, 그건 그녀 몫이다.

테사는 한 번 더 주위를 둘러보았다. 그러다 반라의 내 몸을 다시 쳐다보았다. 그녀는 땅바닥에서 내 셔츠를 집어 들었다. 내가 이겼다.

"알았어."

아무튼 말 되게 안 들어먹는다. 그녀는 두 손으로 허리를 짚고 서서 주문 사항을 읊었다.

"잠깐만 뒤돌아 있어. 옷 갈아입을 동안 절대 보면 안 돼. 농담 아니다!"

으름장을 놓으며 작은 아기 고양이가 돌아섰다. 웃음이 나왔다. 그녀는 내 검정색 셔츠를 다리 사이에 끼우더니 우스꽝스러운 동작으로 꿈지럭거리며 옷을 벗었다. 나는 얼른 뒤로 돌았다. 나는 신사니까, 당연히 그래야지.

"빨리 입어, 나 뒤돌아본다."

속으로 서른까지 세고 나서 안달이 나 재촉했다. 슬쩍 그녀를 훔쳐보았다. 그녀는 몸을 구부리고 벗은 청바지를 신발과 나란히 줄 맞춰 정돈하고 있었다. 완전 편집증 환자다. 신발을 그렇게 가지런히 벗어놓다니. 신발을 물에 던져버리면 그녀는 어떻게 반응할까. 화가 나서 펄쩍 뛰겠지. 웃음을 억지로 참았다. 드디어 그녀의 몸을 보게 되는 순간이다. 그녀의 다리가 구리빛이라는 걸 처음 알았다. 내 티셔츠는 그녀의 몸에 완벽하리만큼 잘 맞았다. 맙소사, 불룩한 가슴 때문에 티셔츠가 허벅지에 닿을 듯 말 듯 했다. 입술 피어싱을 깨물며 눈앞에 펼쳐진 장관을 감상했다.

"자, 이제 물로 뛰어든다, 실시!"

목청을 가다듬으려 헛기침을 했다. 그녀의 허벅지를 그만 쳐다봐야겠다.

"얼른 점프하라니까!"

"알았어, 들어갈게."

"뛰어들어 볼래?"

"좋았어."

테사가 심호흡을 하더니 어정쩡한 폼으로 물로 달려들었다. 그러다 뛰어들기 직전에 비명을 지르며 멈춰 섰다. 그리고 두 손으로 얼굴을 가렸다.

"뭐야! 실컷 달려와 놓고는?"

웃음이 터져 나왔다. 테사를 쳐다보니 그녀가 나를 바라보고 있었다. 햇살 아래서 밝게 웃으며. 혼란스러워졌다. 지금 우리가 뭘 하고 있는 걸까? 강가에서 서로 깔깔거리며, 이게 뭐야? 무슨 로맨스 영화야? 귀엽게 투닥거리는 커플의 모습이 담긴 예고편이 나오는 그런 영화냐고? 일상이 지루한 여자들은 영웅 같은 남자가 자기를 구원해줄 거라 믿는다. 말도 안 되는 소리. 그런 여자들은 늘, 똑같이, 결국에는 거지 같은 남편을 만난다. 그 남편들은 하나같이 와이프나 가족보다는 자기 자신을 위하는 사람이다.

"나, 못 하겠어!"

테사는 살짝 제정신이 아닌 것처럼 보였다. 진짜 물을 무서워하는 건가? 맙소사.

"무서운 거야?"

"아냐…, 잘 모르겠어…. 좀 무서운 것 같아."

물살을 헤치며 그녀에게 다가갔다. 강바닥에 있던 큰 돌에 발끝을 부딪쳤다.

"거기 앉아 있어. 내가 도와줄게."

내가 다가가자 그녀는 몸을 움츠렸다. 팬티가 보일새라 다리를 있는 대로 모으고 있었다. 오히려 그 모습에 감사했다. 한눈 팔지 말아야 하니까.

그녀의 허벅지를 잡자 내 페니스가 금세 반응했다.

젠장, 이렇게 부드럽고 매혹적인 허벅지라니. 그 사이에 얼굴을 파묻고 죽어도 여한이 없겠다.

"준비됐지?"

심호흡을 하고 그녀의 허리로 손을 옮겼다. 엉덩이 굴곡이 손에 그대로 느껴졌다. 있는 힘을 다해 자제력을 발동했다. 그녀의 엉덩이를 움켜쥐고 싶어서 손이 근질거렸다. 그녀를 숙이게 해서 여기서 확 해 버릴까.

나 왜 이러니? 발정난 범생이처럼. 순결하면서도 사악한 그녀의 몸매 때문인가? 아니면 경쟁심 때문에? 그녀를 가진 다음 제드의 코를 납작하게 만들고 싶어서?

물에 들어가자 그녀의 살갗이 따뜻하게 느껴졌다. 나는 그녀를 그냥 놔버렸다. 물은 겨우 가슴께에 오는 깊이다. 그녀는 팔을 쭉 뻗어 물의 감촉을 느꼈다. 햇살 아래서 그녀의 팔에 돋은 닭살이 도드라졌다.

"거기 그렇게 서 있기만 할 거야?"

'제발 움직이라고. 하루 종일 네 앞에 서서 너만 쳐다봐야 하잖아.'

내 말을 안 들을 것 같던 그녀가 천천히 강물 안쪽으로 움직이기 시작했다. 투명한 물속에서 움직일 때마다 티셔츠가 날아오르기라도 할 것처럼 물 위로 둥둥 떠올랐다. 그녀는 기를 쓰며 티셔츠를 아래로 잡아 내리고 있었다.

"그까짓 거, 벗어버려!"

티셔츠 따위 벗어던진들 누가 뭐라 하겠어.

테사가 고개를 치켜들고는 한 팔로 물살을 가르며 다가왔다. 지금 나한테 물을 튀긴 거야? 이게 뭐라고 또 웃기는지 짜증날 지경이었다.

"나한테 물 튀긴 거야, 지금?"

테사가 키득거리며 양손으로 물을 찰싹 때렸다.

머리카락에 튄 물을 흔들어 털고, 그녀를 향해 돌진했다. 그녀의 허리를 붙잡고 물속으로 끌고 들어갔다. 테사가 손으로 코를 틀어막았다. 웃음이 터져 나왔다. 완전한 박장대소.

"어떤 게 더 놀라운 건가? 네가 진심으로 즐기고 있다는 거, 아니면 네가 물속에서는 꼭 코를 막아야 한다는 거?"

너무 심하게 웃는 바람에 말이 제대로 나오지도 않았다.

테사가 나를 향해 다가왔다. 무슨 미션이라도 실행하려는 듯 결연한 눈빛으로. 두 팔을 번쩍 들어올리더니 내 머리를 물속으로 밀어 넣으려 했다. 웃기는 도발이다. 티셔츠가 물 위에 둥둥 뜨는 건 안 보려고 애썼다. 이제 나도 양보하지 않겠다. 그녀가 활짝 웃었다. 갑자기 배가 찌르르하며 당기는 것 같았다. 그녀의 웃음은 부드럽고 유쾌했다. 그 모습을 보니 아까 보았던 노란색 야생화가 떠올랐다.

"너, 나한테 빚진 거 알지?"

그녀가 재촉했다. 까먹지 않을 거란 건 알았다. 그래도 이렇게 빨리 물어볼 줄이야.

"질문 딱 한 개야."

아마 쓸 데 없는 질문을 하겠지. 이를 테면, '타투할 때 아팠어?' 뭐 이런 거. 시선을 돌려 풀이 자라난 강둑을 바라보았다. 얼른 시작해라.

그녀가 침묵을 깨고 입을 열었다.

"넌 세상에서 제일 사랑하는 사람이 누구니?"

'이게 무슨 수작이야?'

이딴 질문이 어딨어? 진짜 이상하다. 대답하고 싶지 않았다. 대답할 게 없었다. 이쯤 되니 더욱 궁금해지기 시작했다. 대체 랜던이랑 나에 대해 뭐라고 쩧고 까분 거야? 사랑? 세상에서 누굴 제일 사랑하냐고?

글쎄, 엄마인가. 나 자신은 빼고, 아마 그런 것 같다. 나는 나를 제일 사랑한다. 그치만 '나를 제일 사랑해'라는 답은 이 상황에서 맞지 않는 것 같았다. 그럼에도 솔직히 대답하기로 했다.

"나 자신."

철모르던 사춘기 시절에도 여자친구 한 명 없었다. 그러니 마음에도 없는 '사랑해' 같은 말은 한 적도 없다. 그 말이 무슨 의미인지 알고 난 다음에는 말이다. 물속으로 뛰어들었다. 테사는 내 말에 열심히 머리를 굴리고 있을 거다.

"아냐, 거짓말 마."

다시 물 위로 올라오는 순간 테사가 말했다.

"부모님은 아니고?"

그녀가 선을 넘었다. 테레사 영, 이 여자가 주제넘게 개인적인 질문을 해댈 때면 경계선이라는 게 없어진다. 내 대답을 기다리는 그녀의 눈빛은 부드러웠고, 입술은 벌어져 있었다. 저런 눈빛, 너무 싫다. 동정심이 가득해 보이는 눈빛.

'그만해, 테레사.'

"내 앞에서 다시는 부모님 얘기 꺼내지 마, 알겠어?"

"미, 미안해. 난 그냥 궁금해서…. 뭐든 물어보면 말해주겠다고 그랬잖아."

금세 주눅이 든 목소리가 됐다.

"미안해, 하딘. 다신 부모님 얘기 안 할게. 약속이야."

이 말을 믿어야 하나. 뭔가 다른 꿍꿍이가 있는 것 같았다. 분명 그런 느낌이 든다. 나는 그녀를 잘 모른다. 그녀도 나를 모른다. 그런데 왜 계속 이런 지극히 개인적인 것들을 물어보는 거지?

오늘 오후는 둘 중에 하나가 될 거다. 그녀가 잔뜩 열받아 기숙사로 갈 때까지 죽도록 싸움질을 해대든가, 아니면 내 곁에 계속 머물고 싶을 정도로 내가 장단을 잘 맞추든가.

후자를 택하기로 했다. 어색한 침묵이 흐르도록 두는 것보다는 나았으니까. 두 손을 뻗어 그녀의 허리를 꽉 잡았다. 그녀를 번쩍 들어 물속으로 내동댕이쳤다. 물속이라 그런지 그녀의 몸은 깃털처럼 가벼웠다. 그녀가 비명을 지르면서 새처럼 허공에서 두 팔을 버둥거렸다. 그리고 물 위로 올라왔다. 머리카락은 다 젖었고, 눈빛에는 즐거움이 가득했다.

행복한 거다.

이제 내가 원하던 방향으로 갈 수 있겠다. 어쨌든 행복하게 만들었으니까.

"너, 이런 식으로 나온다 이거지?"

테사가 신이 나서 내 쪽으로 다가왔다. 나한테 복수할 수 있을 거라 믿는 눈치였다. 테사는 물을 첨벙거리며 나에게 가까이 왔다. 살갗이 물에 젖어 반짝이고 있었다.

나는 테사의 허벅지를 잡아 내 허리에 두르게 했다. 그리고 그녀를 번쩍 들어 나와 눈을 맞추게 했다. 내가 주도권을 잡아야겠다.

그녀가 다리에 힘을 주어 조이다가 이내 풀었다.

"아, 미안."

'아냐, 그러지 마.'

다시 그녀의 다리를 들어 내 몸을 감게 했다. 내 몸에 밀착한 그녀의 몸은 기분 좋게 따뜻했다. 그녀가 두 팔로 내 목을 감싸 안았다. 척추 저 끝에서부터 짜릿한 통증 같은 게 밀려왔다. 그녀를 바라보며 무슨 생각을 하는 건지 읽으려 했다. 불가능했다.

"테스, 뭐 하는 거야?"

떨리는 그녀의 아랫입술을 엄지로 천천히 문질렀다. 훅, 하고 뜨거운 입김이 그녀의 입에서 나왔다. 기억 속에 있던 그녀의 입술 맛이 떠올랐다. 한 번 더 맛보고 싶다, 그걸 원한다.

"나도… 잘 모르겠어….'

그녀는 진짜 모르는 것 같았다. 나도 모르겠다. 이 상황을 이해 못 하는 건 둘 다 마찬가지다. 하지만 나는 계속하고 싶었다.

이 여자는 자기가 얼마나 섹시한지 알고 있나? 입술만으로도 상상의 나래를 펼치게 만든다는 걸 알기나 할까? 진짜로 음란한 상상 말이다. 내 앞에 무릎을 꿇고 입을 벌리고 축축한 혀가 나를 갈구하면…. 그녀의 입술 사이로 내 페니스를 밀어 넣고 싶다. 그녀의 입술은 은은한 핑크빛이었고, 윗입술의 곡선은 만화 주인공처럼 아찔했다. 섹시하다, 여주인공의 입술 같은 그 입술.

젠장, 정신이 혼미해지는 것 같다. 이러면 안 되는데.

이런 더러운 상상을 하면서도 일말의 양심의 가책도 없는 건 어쩌면 다행이다.

"이 입술…, 많은 걸 할 수 있을 텐데…."

잠시 말을 멈추었다. 내 방에서 내 입술을 빨던 그녀의 입술이 떠올랐다.

"그만할까?"

불안해하는 기색은 없는지 살피며 그녀를 바라보았다. 내 몸을 감은 그녀의 다리에 힘이 들어갔다. 아니라는 뜻으로 받아들였다. 그럼에도 그녀의 입에서 답이 나올 때까지 움직이지 않고 기다렸다.

물속에서 그녀가 꿈틀거리며 내게 더욱 밀착해 왔다.

"우린 친구가 될 수 없어. 너도 알잖아, 그렇지?"

내 말이 떨어지자 그녀는 얕은 숨을 내쉬었다. 그녀의 뺨 옆 턱선에 입술을 지그시 대었다. 그녀의 눈꺼풀이 파르르 떨리며 감겼다. 턱선을 따라 입술을 움직였다. 애정 어린 몸짓으로 그녀의 젖은 살갗을 훑어나갔다. 귀 아래쪽 목에 내 입술이 닿자 그녀의 입에서 신음이 터져 나왔다.

"아, 하딘."

그 소리에 적잖은 충격이 밀려왔다. 그녀의 목소리는 잠겨 있었고 욕정이 가득했다. 적어도 내가 느끼기엔. 그녀는 내 팔에 찰싹 달라붙어 있었다. 그녀를 쾌락에 빠뜨릴 생각을 하니 가슴이 뛰었다. 그녀는 한 번도 섹스한 적이 없었다. 그래도 최소한 자위는 해봤겠지.

내 이름을 신음하는 걸 다시 듣고 싶었다. 그녀의 입술 맛을 또 보고 싶은 것처럼.

"네 목소리로 내 이름 부르는 걸 듣고 싶어, 테사. 멈추지 말고 계속. 해줄 거지?"

사정을 하는 내 목소리는 내가 들어도 낯설었다.

그녀의 거친 숨소리뿐 주위는 고요했다. 강물마저도 잔잔히 흐르고 있었다. 그녀가 고개를 끄덕였다.

"말해줘, 테사."

한 번 더 재촉했다. 그녀의 귓불을 살짝 깨물며 잡아당겼다. 그녀는 흐느끼듯 신음했다. 그리고 나에게 몸을 부비며 격렬하게 고개를 끄덕였다. 끄덕거리지 말고 말하란 말이야.

"네가 말하는 걸 듣고 싶어, 더 크게. 네가 날 진심으로 원한다는 걸 느끼고 싶어."

티셔츠 밑으로 손을 넣었다.

"널 원해…, 하딘."

어쩔 수 없다는 듯, 테사의 고백이 튀어나왔다. 그녀의 목덜미 따뜻한 살갗에 얼굴을 묻은 채로 나는 미소 지었다. 그녀가 한숨을 쉬었다. 그 말 한마디면 충분했다. 그녀를 번쩍 안아 올렸다. 그녀가 긴장했다. 떨어뜨릴지도 모른다고 생각하는 모양이었다. 나는 테사를 안은 채로 물을 향해 걸었다. 테사는 두 다리를 벌려 내 몸을 감은 채였다. 한 걸음 움직일 때마다 단단해진 내 페니스가 그녀 몸에 닿았다.

강둑까지 와서 그녀를 내려놓았다. 그녀가 흐느끼는 듯한 소리를 냈다. 그 소리에 내 온몸의 피가 사타구니로 쏠리는 듯했다. 강둑으로 올라가 그녀가 물 밖으로 나오게 잡아주었다. 그녀가 내 앞에 섰다. 그녀의 시선이 벗은 내 가슴에 쏠려 있었다. 복부에 새긴 죽은 나무 타투로 그녀의 시선이 옮아가고 있었다. 아마 타투가 마땅찮을 거다. 고리타분한 지역 출신이니까. 독실한 기독교 신자인 엄마가 그렇게 가르쳤겠지. 타투를 한 인간들은 사탄이며, 그들이 너의 영혼을 갉아먹을 거라고.

테사는 흠집 하나 없는 매끈한 자기 남자친구 가슴팍을 보는 데나 익숙하겠지. 나도 그녀를 찬찬히 살폈다. 그녀는 타투가 무슨 의미인지 파악하려는 양 열심히 쳐다보았다. 그녀의 남자친구는 나와 다를 거다. 장담할 수 있다. 녀석은 상처 하나 없을 거다. 피부에나 마음에나.

내가 먼저 발걸음을 옮겼다. 그녀는 그 자리에 그대로 서 있었다. 내가 이끌어주길 기다리는 모양이었다.

그녀와 무엇을 해야 할지 사실 나도 잘 모르겠다. 그녀는 여전히 내 타투만 쳐다보고 있다…. 왜 그렇게 계속 보는 거야? 아니, 그보다 나는 그게 왜 이렇게 거슬리는 걸까? 타투는 온전히 내가 좋아서 한 거다. 남의 시선이나 평가 같은 건 개의치 않았다.

그런 내가 왜 스스로를 합리화하고 있는 거지? 여자들이 나에 대해 어떻게 생각하든 한 번도 신경 써본 적 없잖아. 그저 섹스만 중요했지. 어떻게 하면 나한테 넘어올지, 이런 정도.

'생각 좀 그만해, 하딘.'

나도 그녀처럼 매사에 생각이 많아졌다. 도대체 나한테 무슨 짓을 한 거야, 테사?

꼬리를 무는 생각을 잘라버렸다.

"여기가 좋아? 아님 내 방?"

여기서 그녀와 섹스를 해야 할까? 풀밭에 눕히고 울부짖으며 내 이름을 부르게 할 수도 있을 거다. 혀로 그녀의 클리토리스를 애무해주면 말이다.

테사는 어깨를 으쓱해 보였다.

"여기가 좋아."

나는 박서 팬티를 고쳐 입었다.

"그렇게 간절해?"

그녀의 몸이 내 몸을 당기는 것만 같았다. 그녀도 같은 느낌일까. 나 때문에 달아올라 있다는 건 알겠다. 그건 확실하다.

"이리 와."

그녀는 얼굴을 붉히며 천천히 내게 다가왔다.

'빨리….'

그녀에게 달려가고 싶었다. 밀당 같은 걸 할 인내심 따위 남아 있지 않았다. 그녀를 느끼고 싶다. 그녀에게 나를 느끼게 해주고 싶다. 그녀와 섹스할 거다, 이 풀밭에서. 그녀를 눕히고 황홀한 몸 구석구석을 전부 만질 거다.

내 검정 티셔츠가 흠뻑 젖어서, 고무장갑처럼 그녀의 몸에 딱 달라붙어 있었다. 어서 다음 단계로.

나는 셔츠 자락을 붙잡고 머리 위로 끌어올렸다. 흠뻑 젖은 티셔츠를 벗기는 건 쉽지 않았다. 셔츠도 그녀의 몸을 떠나고 싶어 하지 않는 것 같았다, 나처럼.

오늘 1부는 그녀가 하고 싶은 대로 이끌려 왔다. 그녀에게 소박하면도 근사한 하루를 만들어주는 거였다. 2부는 내 뜻대로 할 거다. 대화나 질문 따위는 없다. 세상에서 누굴 제일 사랑하냐고? 아니, 나한테 익숙한 건 이런 거다. 매끈한 몸과 쾌락이 함께하는 이런 것.

17

승리가 눈앞에 있었다. 이길 준비는 이미 끝났다.

그러나 그는 바로 그때 깨달았다. '그녀'에 대한 준비는 전혀 되어 있지 않았다는 사실을.

젖은 티셔츠를 풀밭에 넓게 펼쳤다. 그녀를 눕힐 깔개 대용이다. 손이 덜덜 떨렸다.

"여기 누워봐."

그녀를 자리로 이끌어 눕혔다. 그녀 옆에 팔꿈치를 세워 비스듬히 누웠다. 그녀를 잘 볼 수 있는 위치. 브래지어가 터질 듯 부풀어 오른 가슴이 시선을 끌었다. 그녀의 몸이 고스란히 드러났다. 약간 까무잡잡한 피부가 태양 아래서 반짝였다. 그녀는 과즙이 풍부한 잘 익은 사과 같았다. 한입 가득 베어 물기를 기다리는. 지금껏 수없이 많은 여자들의 벗은 몸을 봤지만 그녀는 독보적이다. 엉덩이 곡선과 봉긋한 가슴을 경탄 어린 눈으로 감상하고 있었다. 그녀가 내 시선을 피하려는 듯 몸을 가렸다. 나는 일어나 앉았다. 푹신하고 부드러운 풀밭이었다. 나는 그녀의 손목을 잡았다.

"가리지 마."

그녀가 내 눈을 똑바로 쳐다보았다.

"내 앞에선 괜찮아."

"난 있잖아…."

그녀의 두 볼이 달아올랐다. 그러더니 시선을 다른 데로 돌렸다. 말도 안 되는 소리를 하며 거절하게 두지는 않을 거다.

"아냐, 가리지 마. 내 앞에서 부끄러워하지 마, 테스."

씨알도 안 먹히는 눈치다. 누가 자신감을 다 뺏어간 거야?

"진심이야, 테스. 네 모습을 봐."

"그렇지만, 넌 다른 여자애들이랑 많이 해봤을 거 아냐."

이 말이 나올 줄 알았다. 왜 자꾸 내가 다른 여자들이랑 어울렸던 거에 신경을 쓰는 거야? 우리는 사귀는 사이도 아니고, 앞으로도 그럴 텐데. 지금껏 테사 같은 여자는 없었다. 개중에 몇몇은 비슷했지만, 나는 원래 너무 순진하고 한 번도 남자 경험 없는 애들은 상대하지 않았다. 경험도 풍부하고 그래서 뭘 어떻게 해야 좋은지 잘 아는 그런 여자들을 좋아했다. 내가 누굴 가르칠 입장도 아니고, 특히나 섹스 같은 전문 예술 분야에서는 말이다.

'나탈리 경우는 빼고.'

머릿속에서 짜증스러운 속삭임이 들렸다. 나탈리, 상냥한 교회 동생이었지. 큼지막한 엉덩이가 좀 별로였지만, 윤기 나는 짙은 갈색 머리카락이 빛나던 아이. 그녀도 경험이 부족해서 내 페니스에 콘돔도 제대로 씌우지 못했다. 엄마 뱃속에서 나온 다음부터 일요일마다 주일학교를 빠지지 않고 다녔지만, 주일학교에선 그런 걸 가르쳐주지 않나보다.

"너 같은 여자는 없었어."

그녀를 지그시 내려다보았다. 그녀는 잔뜩 긴장한 것 같았고, 그 모습이 새삼 유혹적이었다. 그녀 안에 내 페니스를 빨리 파묻고 싶다.

"콘돔은 있어?"

'콘돔'이라고 말하는 테사의 목소리는 유난히 작았다. 콘돔을 본 적은 있나?

'이 시점에서 왜 자꾸 나탈리 생각이 나는 거야?'

섹스에 성공하고 내기에서 완전히 이길 수 있는 이 시점에 말이다. 그녀의 순결한 몸에 내 페니스를 넣고, 여기에 온 소기의 목적을 달성할 참인데. 그녀가 나를 빤히 쳐다보았다. 예상한 건가? 내가 섹스하려고 이 숲에 데려왔다고 생각하는 거다. 한 번도 경험이 없었으니까.

"콘돔이라고?"

웃음이 나왔다. 나는 방금 여기서는 섹스하지 않기로 마음먹었는데.

"나, 너랑 섹스 안 할 건데?"

진심으로 하고 싶다고 말하고 싶은 걸 억지로 참았다.

"아…."

테사의 목소리에서 창피함이 그대로 드러났다.

"그렇구나…."

"아…, 테스, 아니야. 그런 뜻이 아니었어. 나, 나는, 그러니까, 네가 이런 경험이 없었잖아…. 그래서 섹스는 하지 않겠다는 뜻이었어."

그녀가 내 말은 믿는 건지 잘 모르겠다.

"오늘은 말이야."

붉게 달아올랐던 그녀의 뺨이 조금 가라앉았다.

"그보다 너에게 먼저 해주고 싶은 것들이 많아."

진심이었다. 그녀가 애원하게 만들 참이다. 내 터치에 몸이 먼저 항복하게 만들 거다. 이 순간만큼은 그녀의 모든 걸 내 것으로 만들 거다. 그녀를 눕히고, 몸이 온전히 드러나게 만들었다. 준비는 끝났다. 그녀를 위해 최선을 다할 거다.

그녀의 위로 올라가 몸을 포갰다. 젖은 머리카락에서 물이 떨어졌다. 물방울이 그녀의 얼굴에 닿자 그녀가 몸을 비틀었다. 더 떨어지길 기다리는 것처럼 그녀가 눈을 감았다. 그 모습에 미소가 지어졌다.

"네가 아직도 경험이 없다는 게 믿어지지 않아."

한 마디 한 마디 모두 진심이었다. 옷 입은 채로라도 내 몸을 밀어붙이고 싶었다. 오늘 내가 섹스하기로 마음먹었다면 무슨 일이 일어났을지 그녀가 알까. 팔꿈치로 몸을 버티며 한 손으로 테사의 목을 쓰다듬었다. 손끝으로 부드럽게 쓸어내리며 그녀의 젖무덤 사이로 내려갔다.

적당히 부드럽고 적당히 풍만한, 한 손으로 잡기엔 넘치는 가슴. 두 젖무덤이 서로를 받쳐주며 완벽한 곡선을 만들어냈다. 단단해진 젖꼭지는 내가 빨아주기를 기다리는 듯했다. 가슴을 감상하느라 머뭇거리고 있다간 내 페니스가 나를 가만두지 않을 것 같았다. 하느님, 감사합니다. 테사가 그래도 브라를 입었군요.

그녀의 복부를 따라 내려갔다. 부드럽고 완만한 곡선을 따라가자 그녀의 살갗에 소름이 돋았다. 그리고 얕은 숨을 토해냈다. 팬티 속으로 손을 넣어 엄지로 라인을 따라 애무했다. 축축하게 젖은 틈 사이에서 그녀의 클리토리스를 찾아냈다.

"어때?"

엄지와 검지로 클리토리스를 애무했다.

대답이 없었다. 그녀의 그곳은 축축이 젖어 부풀어 올랐다. 작은 터치만으로도 그녀의 몸은 벌써 내게 굴복한 듯 보였다. 이제 겨우 맛보기만 보여줬을 뿐인데. 머리를 숙여 내 입술을 그녀의 입술에 스치듯 포겠다.

"혼자 할 때보다 더 좋지?"

클리토리스를 지나 한 손가락을 갈라진 틈으로 넣었다. 그녀는 자위할 때 어떻게 할까. 클리토리스를 문지르나? 아니면 손가락을 집어넣나? 뭐가 어쨌든, 그녀는 클리토리스가 더 민감한 타입인 거 같은데.

"안 그래?"

내가 재차 물었다.

"뭐, 뭐라고?"

"혼자 할 때 말이야. 그때랑 비슷한 느낌이야?"

그래도 대답하지 않는다…. 그냥 말해주면 안 돼?

섹시하다, 너무나. 그녀가 기숙사 침대에 누워 긴 다리를 활짝 벌리고 자위하는 모습을 상상만 해도 말이다. 소리를 내지 않으려고 애쓰겠지. 옆에 룸메이트가 자고 있을 테니까. 절정에 오를 때는 손으로 입을 막아야 할 거야. 가끔 극한의 쾌락을 느낄 때면 아랫입술을 있는 힘껏 깨물며 터져 나오는 신음을 억지로 삼켜야 할 테지. 그러고는 제정신으로 돌아올 거야. 그녀가 어떤 식으로 자위하는지 알고 싶다. 근데 테사는 무슨 머리 둘 달린 괴물 보듯이 나를 쳐다보고만 있었다. 고작 자위를 어떻게 하냐고 물어봤을 뿐인데.

'아.'

이 꽉 막힌 아가씨가 한 번도 자위를 해본 적 없을지도 모른다는 생각이 불현듯 떠올랐다.

"잠깐…, 너, 설마, 해본 적 없구나?"

물어보면서도 나는 손놀림을 멈추지 않았다. 손가락에 흥건히 묻은 그녀의 애액을 즐기면서.

"나에게 반응하고 있어. 너, 젖었어."

그녀가 신음을 토해냈다. 그 소리가 미치도록 자극적이었다. 다시 그녀의 클리토리스에 집중하기로 했다. 젖은 손가락 사이에 클리토리스를 끼우고 살살 돌리듯 문질렀다.

"이거… 이거, 뭐야?"

테사는 헐떡거리며 속삭였다. 거부나 저항의 몸짓은 사라진 지 오래다. 손가락 사이에 클리토리스를 끼우고, 엄지로 원을 그리며 계속 애무했다. 테사는 흐느끼듯 신음을 쏟아냈고, 두 다리가 뻣뻣해졌다. 절정에 다다르기 시작한 거다. 거의 다 왔다. 그녀가 절정에 오르는 걸 보고 싶다. 섹스로 얻는 절정의 쾌감을 맛보지 못했다니 믿을 수가 없다. 젠장, 헛살았군.

그녀의 등이 풀밭 위로 활처럼 휘어졌다. 그 덕에 젖가슴이 내 얼굴까지 바짝 다가왔다. 한번 핥는다고 어떻게 되진 않겠지.

아냐, 어떻게 될 거다. 내 정신이 산만해질 테니까. 그녀에게 다시 입을 맞추었다. 이 순간 그녀에게 필요한 모든 걸 주고 싶었다. 나는 지금 그녀가 한 번도 느껴보지 못했던 극한의 쾌락을 주고 있다. 그녀는 이제 진짜 세상으로 조금씩 발을 내딛는 중이다. 그걸 내가 해줬다. 내 손길로. 바로 내가.

브래지어 안으로 손을 밀어 넣으며 완벽에 가까운 젖가슴을 감싸 쥐었다. 동시에 양쪽에서 쾌감을 느낄 수 있도록 가슴을 애무했다. 그녀의 다리가 떨리기 시작했다.

"그래, 그렇게 느끼는 거야."

그녀에게 속삭였다. 그녀는 풀밭에 누워, 두 볼을 빨갛게 물들이며, 아랫입술을 꽉 깨물었다. 그리고 그녀의 눈빛… 그 눈빛은 너무나 야성적이다.

"테사, 나를 좀 봐."

그녀의 젖꼭지를 깨문 채 애원조로 말했다.

"하딘."

그녀가 신음했다. 그 목소리는 진득한 반죽처럼 끈적했다. 한시도 한눈팔지 못하게 만드는 목소리였다. 그녀는 너무 관능적이다. 꾸밈없이 있는 그대로의 모습이.

"오, 하딘⋯."

내 이름을 중얼거리며 그녀가 나를 끌어당겼다. 그리고 거친 숨을 내쉬며 평정을 찾으려 애를 썼다.

"진정될 때까지 기다려줄게."

팬티 속에서 천천히 손을 빼 복부 위에 놓았다. 오르가슴의 여파가 복부를 들썩이게 했다. 그녀가 한숨을 내쉬었다. 나는 박서 팬티에 애액이 묻은 손을 문질러 닦았다.

내 페니스는 부풀대로 부풀어서 쳐다보기가 민망할 정도였다. 그녀는 여전히 누운 채였다. 세상을 다 가진 듯한 표정으로. 그녀는 더 원할 거다. 나 또한 당장이라도 해줄 수 있다. 내 전부를 그녀 안으로 미끄러져 들어가게 하고 싶다. 그녀의 신음 속에서 내 페니스를 꽉 조이는 그녀를 느끼고 싶다.

하지만 오늘은 아니다. 오늘은 그럴 수 없다. 나는 벌떡 일어나 강둑에 놓은 바지와 신발을 쥐었다.

옷을 입는데, 테사가 나를 쳐다보는 느낌이 들었다.

"우리, 벌써 가는 거야?"

망설이듯 테사가 나지막이 물었다.

내가 또 절정을 맛보게 해주길 원하는 건가? 육체의 쾌락에 눈을 뜬 그녀가 이제 욕정을 숨기지 않는 건가.

"응, 더 있고 싶어?"

"난, 그냥⋯ 뭐랄까, 잘 모르겠어. 너도 하고 싶은 게 있을 줄 알았거든⋯."

자존심이 상한 듯 보였다. 왜 그러는데? 내가 오르가슴을 느끼게 해준 걸 벌써 후회하나?

이럴 줄 알았어야 했다.

테사는 손으로 가리며 몸을 일으켰다. 이미 달아날 준비를 하고 있는 거다. 잠깐, 근데 나도 하고 싶은 게 있는 줄 알았다고?

"아, 아냐. 지금은 괜찮아."

'물론 당장 내 페니스를 따뜻한 혀로 감싸주길 죽도록 원한다. 하지만 오늘 계획은 여기까지.'

내 마음은 숨기기로 했다.

오늘 하루는 그녀를 위해 재밌게 보내려고 했다는 걸 확실히 알아줬음 했다. 테사가 고개를 끄덕이더니 바지를 꿰어 입고, 티셔츠를 머리 위로 뒤집어썼다.

옷 입는 모습을 보니 마음이 심란해졌다. 다시 그녀의 옷을 벗기고 싶었다. 그녀의 걸음걸이가 불편해 보였다. 아프진 않을 텐데. 삽입한 것도 아니고. 그냥 젖은 게 익숙치 않은 건가. 그 생각을 하니 웃음이 나는 동시에 다시 몸이 후끈 달아올랐다.

"뭐, 문제라도 있는 거야?"

자갈길에 세워놓은 차에 테사를 태우고 내가 물었다. 해가 뉘엿뉘엿 지고 있었다. 공기가 눅눅했다. 곧 비가 쏟아질 것 같았다.

"잘 모르겠어. 근데 너 지금 좀 이상한 거 알아?"

'이상하다고? 내가?'

"내가 아니지, 네가 이상하잖아."

"아니야, 아까부터 아무 말도 안 하잖아. 그때부터…, 그러니까, 그

때…부터.”

테사는 수줍어하며 제대로 말도 못 했다. 그럼 내가 대신 해줘야지.

“네게 첫 오르가슴을 선사하고 나서부터?”

“음, 그래. 그때부터 넌 한마디도 안 하고 있었잖아. 먼저 옷 입더니 가자고 하고. 네가 날 이용한 것 같은 느낌이 든단 말이야.”

이용했다고? 뭣 때문에?

아, 맞다. 내가 그녀를 이용하고 있었지. 이런 젠장.

하지만 그녀는 모르는 사실이다. 뭘 알고 하는 소리는 아닐 거다.

“말도 안 돼. 널 이용했다니. 누군가를 이용하는 건 그걸로 뭔가 얻었을 때나 어울리는 말이야.”

웃음을 섞어 말하며 그녀를 보았다. 그녀는 웃고 있지 않았다. 눈시울이 붉어지더니 눈물 한 줄기가 뺨을 타고 흘러내렸다. 제기랄.

“너 울어? 내가 뭐랬다고?”

이해할 수가 없었다. 왜 이렇게 감정적이야? 근데 난 왜 죄책감이 드는 거야? 내 말을 완벽하게 안 좋은 쪽으로 꼬아서 이해한 모양이다. 나를 대체 얼마나 쓰레기로 여기는 거야. 사실 그녀 탓을 할 수도 없다. 그녀는 그냥 예민한 거니까.

“울리려고 한 말이 아니야. 정말 미안해. 이런 게 익숙하지 않아서 그래. 같이 어울린 다음 뭘 어떻게 해야 할지 잘 모르겠어. 그냥 너를 데려다주고 집에 가버리고 싶지는 않아서. 저녁을 같이 먹든가 하려고 했지. 배 안 고파?”

테사의 허벅지에 손을 올리고 살짝 힘을 줬다. 그녀가 나를 향해 미소를 지었다. 그걸 보니 가슴을 짓누르던 통증이 가라앉았다.

"넌 무슨 음식 좋아해?"

어디로 데려가야 하나. 난 여자랑 단둘이 외식을 해본 적이 없다. 불쌍하다고? 나도 안다. 여자들과 함께하는 시간은 대부분 다른 공간에서 보내고 바로 끝났으니까.

테사는 헝클어진 머리를 빗어 올려 묶었다. 올린 머리를 하는 게 더 나았다…. 그래야 얼굴이 잘 보인다.

"재료가 뭔지 알 수 있는 거면 아무 거나 괜찮아. 아, 케첩은 빼고."

"케첩을 싫어한다고? 미국 사람들은 죄다 케첩에 환장하지 않아?"

진짜 특이한 애다.

"그건 잘 모르겠고. 어쨌든 난 그 맛이 좀 메스꺼워."

케첩에 대한 확고한 혐오가 무척이나 자랑스러운 듯했다. 웃기는 일이군.

테사가 나를 따라 웃었다.

"그럼 오늘은 평범한 저녁을 먹으러 가볼까?"

차 안에 적막감이 감도는 바람에 내가 덧붙여 말했다.

"넌 대학 졸업하고 뭘 할 거야?"

젠장, 이건 전에도 물어봤던 거잖아. 암튼 나는 대화엔 젬병이다.

"졸업하고 나서 시애틀로 갈 거야. 출판기획자나 작가가 되고 싶거든. 좀 시시하지?"

그녀는 시선을 아래로 떨궈 손을 쳐다보고 있었다. 시시하지 않다. 나도 똑같은 꿈이 있거든.

"근데, 이거 전에도 물어봤잖아. 기억 안 나?"

"시시하긴. 맞다! 반스 출판사에 건너건너 아는 사람이 있어. 거기

인턴십에 지원해볼래? 내가 말해 놓을게."

반스가 테사 같은 똑똑한 애를 보면 고용하고 싶어 안달을 할 거다.

"진짜? 그렇게 해줄 수 있어?"

깜짝 놀란 목소리였다. 말하는 걸 보니 놀란 게 분명했다.

"별것도 아닌데."

나는 어깨를 으쓱했다. 나한테 쏟아지는 과한 관심이 싫었다. 옆자리에 앉은 테사가 들썩이는 게 느껴졌다. 진짜 별것도 아닌데. 반스 출판사의 인턴십 추천 정도는 내가 도와줄 수 있는 작은 부분이다.

"와, 정말 고마워. 나 진짜 아르바이트 자리 구해야 했거든. 이건 내 일생일대의 꿈이 이루어지는 거나 마찬가지야!"

그녀는 손뼉을 쳐댔다. 그 모습이 꼭 놀이공원에서 큰 곰인형을 얻은 어린애 같았다. 아빠 미소가 절로 나올 만한 모습.

주차장에 차를 세웠다. 테사의 표정이 심상치 않았다. 그녀의 시선은 건물의 허름한 외관을 훑고 있었다.

"이 집 음식, 정말 맛있어."

한마디 던지고 차에서 내렸다. 자리에 앉으며 보니 식당에 손님이 거의 없었다. 늙수그레한 종업원이 메뉴판을 가져다주었다. 나는 테사를 보지 않으려 애썼다.

식사를 주문하고 테사가 이야기를 시작했다. 내 어린시절 얘기를 캐물으려 했지만, 난 그렇게 호락호락한 사람은 아니지.

"우리 아빠는 술주정뱅이였어. 내가 어렸을 때 집은 나갔고."

그녀가 갑자기 툭 아버지 얘기를 꺼냈다.

나는 아무 말도 하지 않았다. 그저 눈살을 찌푸린 채 음식 접시에 고개를 박고 있었다. 형편없던 아빠를 피해 숨어 있어야 했던 어린 시절이 떠올랐다. 내 기억의 주인공이 그녀로 바뀌어 있었다. 나는 그 모습을 떠올리지 않으려 애를 썼다.

돌아오는 길 내내 생각에 잠겨 있었다. 한 손으로 테사의 허벅지 위에 무수한 원을 그려대면서.

"오늘 어땠어?"

캠퍼스에 도착하자, 테사가 먼저 물었다. 목소리에는 기대감이 잔뜩 담겨 있었다.

좋은 시간은 보낸 건 확실했다.

"아주 좋았지. 있잖아, 방까지 데려다주고 싶은데, 가서 스테프랑 스무고개 하고 싶진 않아…."

몸을 돌려 그녀를 쳐다보았다. 아무렇지도 않은 듯 미소를 짓고 있지만 실망한 표정이 역력했다.

"어, 괜찮아. 내일 봐."

아쉬움이 담긴 목소리다.

그녀는 헤어지고 싶지 않은 듯했다. 그 모습을 보니 기분이 좋아졌다. 그녀가 나를 빤히 쳐다보았다. 내가 무슨 말이라도 해주길 기다리는 눈치였다. 아무 말도 하지 않았다. 대신 흘러내린 그녀의 머리카락을 귀 뒤로 넘겨주었다. 할 말은 없었지만, 그녀를 다시 한번 느끼고 싶었다. 그녀가 나를 만질 때 선사했던 극한의 평온을 또 다시 느끼고 싶었다. 그녀는 내 손에 뺨을 기댔다. 천진하게 누군가를 기다리는 어린 소녀 같았다. 그녀의 팔을 잡고 가까이 이끌었다. 그녀가 더 가까이 있었으면 좋겠다. 그녀는 운전석으로 넘어와 내 다리 위에 걸터앉았다. 오후의 햇살을 가득 받은 몸은 따뜻했다. 테사는 내 티셔츠 안으로 손을 넣어 손끝으로 복부에 있는 타투를 따라 더듬었다. 그녀의 손끝이 닿는 곳마다 짜릿함이 몸을 관통했다.

그녀가 내게 주는 모든 걸 다 받아들여 서로의 혀를 희롱했다. 최대한 내 몸에 밀착시키며 그녀의 등을 끌어안았다. 그것만으로 충분치 않았다. 그녀를 더 원한다. 아무리 해도 성에 차지 않았다. 두 손으로 따뜻한 그녀의 속살을 더듬었다. 그때였다. 듣기 싫은 휴대전화 벨소리가 울렸다.

"이건 또 무슨 알람이야?"

테사는 가방을 뒤적거렸다. 구닥다리 휴대전화 화면은 아주 작았다. 그럼에도 화면에 뜬 이름이 커다랗게 보였다. 노아.

그녀의 소중한 고등학생 남자친구가 전화를 한 거다. 하필 이 순간에. 내 목젖까지 그녀의 혀가 들어와 있는 이 순간에 말이다. 그녀가 거절 버튼을 누르더니 나를 향해 어정쩡한 미소를 지었다. 장난해? 그녀는 생각만큼 순진하지는 않은 것 같다. 오르가슴 한 번에 양심이란 게 실종된 모양이다.

오늘 있었던 일은 절대 남자친구에게 얘기하지 않겠구나. 입도 벙긋 안 하겠지. 나랑 키스하고는 차에서 내려 방에 도착하자마자 범생이 남자친구에게 전화를 하겠지. 사랑한다는 말도 빼놓지 않을 테고. 남자가 사랑한다고 말하면 또 활짝 미소를 지을 테지. 내가 키스해주었을 때처럼.

그녀가 입술을 핥으며 다시 키스를 하려고 달려들었다.

'아냐, 이건 아냐.'

"그만하는 게 좋겠어."

나는 한숨을 내쉬며 앞 유리창을 바라보았다.

그녀가 변명조로 말했다.

"노아한테 전부 말할 거야. 언제 어떻게 말해야 할진 아직 잘 모르겠지만, 곧 할 거야. 약속할게."

이런, 양심이 실종됐다고 생각한 건 내 착각이었다. 이건 내 예상보다 더 나쁘잖아. 소꿉친구 때부터 사귀었던 남자를 버리고 그 자리에 나를 채워 넣겠다고? 겨우 딱 하루 오후를 같이 보내놓고?

'아니, 절대 안 된다. 이건 아니다.'

차 안 공기가 답답해졌다. 목이 콱 막히는 것 같았다. 그럼에도 테사는 내 대답을 기다리고 있었다.

"무슨 말을 하겠다는 거지?"

이 강아지에게 준비했던 것보다 더 많은 먹이를 주고 말았다.

"전부 다."

그녀가 손짓까지 하면서 대답했다. 숨이 막히고 목이 졸리는 것 같았다. 내가 이런 걸 기대하고 있었던 건가? 그냥 섹스하고 끝내버렸어야 했는데. 케첩 얘기 같은 거, 미래의 계획 같은 건 얘기하지 말았어야 했다. 늘 그렇듯 이 여자도 내 삶의 한 부분이 되고 싶어 한다. 나랑 그런 일이 가능할 거라 생각해, 진심으로?

"우리 얘기."

그녀가 한마디 덧붙인다.

'우리'라고. 미치도록 끔찍하다.

"우리? 설마, 너…, 나 때문에 헤어진다고 얘기하려는 건 아니지?"

다리 위에 얹힌 그녀의 무게가 무겁게 느껴졌다. 그제야 생각났다. 버진이 왜 내 타입이 아닌지. 사실 나탈리도 내가 처음은 아니었다. 나탈리는 교회의 어떤 남자애랑 첫 경험을 했다고 했다. '실험'을 해본다나 어쩐다나 하면서.

"그러니까 넌… 그러지 말란 소리야?"

테사가 혼란스러운 듯 인상을 찌푸렸다.

'맙소사, 금세 나락으로 떨어지겠군.'

"당연하지. 뭣 때문에? 정 개랑 헤어지고 싶으면 그렇게 해. 그래도 내 핑계는 대지 말라고."

"나는 그냥…, 그러니까, 내 생각에….'

"전에 분명히 말했던 것 같은데. 나는 여자를 사귀지 않는다고, 테레사."

내 말에 상처를 받은 듯, 그녀가 움찔했다. 짐작했던 것보다 더 엉망이 됐다. 한편으로는 나쁜 놈이 되려는 의도는 아니었다고 말하고 싶었다. 나라는 놈은 원래 이렇게 생겨먹었다고 말하고 싶었다. 내 잘못이 아니라고. 또 너의 잘못도 아니라고. 한 가지 내가 잘못한 게 있다면 그게 뭐든 내가 가지고 태어나지 못한 것뿐이라고. 다른 사람들처럼 짝을 만나 행복하게 오래오래 살고 싶은 욕망 따위가 나에게는 없을 뿐이라고. 간단히 말해, 난 그게 안 되는 놈이다.

"넌 정말 구역질나는 인간이야."

그녀는 황급히 내 다리 위에서 내려왔다. 품에서 그녀가 사라지자 고통이 밀려왔다. 그녀의 눈 속에서 폭풍이 몰아치기 직전의 회색빛을 보았다.

"다시는 내 앞에 얼씬도 하지 마. 명심해!"

그녀가 악을 썼다.

나탈리도 나에게 똑같은 소리를 했었다. 두 눈에 그렁그렁 눈물이 가득 고인 채로. 그 목소리가 귓전에 맴돌았다. 테사의 눈동자가 반짝였다. 자존심 때문인지 그녀는 눈물을 꾹 참는 것 같았다. 이런 면에서 우리는 너무 비슷하다. 둘 다 어마어마하게 비상식적으로 자존심이 강하다는 것. 그래서 더 위험할지도 모른다.

테사가 차 문을 열더니 뒤도 돌아보지 않고 내렸다. 있는 힘껏 문을 닫고는 주차장을 가로질러 달려갔다. 나는 바로 차를 출발시켰고 오디오를 켰다. 마음속에 휘몰아친 허리케인을 잠재우려면 시끄러운 소리가 필요했다. 손이 근질거리고 가슴이 두방망이질 쳤다.

나탈리, 테레사, 나탈리, 테레사.

나탈리는 햄스테드의 엄마 집 현관 앞에 서 있었다. 꽃무늬 프린트가 찍힌 책을 꼭 안고, 충혈된 두 눈에 눈물이 가득 고인 채로.

"부탁이야, 하딘."

그녀가 펑펑 울었다.

"나, 갈 데가 없어."

결국 애원했다. 말할 때마다 구름 같은 입김이 새어나왔다. 그녀를 집에 들일 수 없었다. 그냥 그럴 수가 없었다. 그녀가 집과 교회에서 모두 쫓겨났다는 소문을 들었다. 평생 그녀를 지켜주던 성에서 완전히 내쫓긴 거였다. 그때 그녀는 너무 어려 보였다. 푸른 눈동자가 어둠 속에서 반짝였다. 그녀는 내가 마음을 바꾸기를 바라며 기다리고 있었다.

하지만 나는 그러지 않았다. 아니, 그럴 수가 없었다. 우리 집에 들일 순 없었다. 엄마는 거의 집에 없었고, 그럼 우리는 하루 종일 같이 있어야 한다. 내가 그녀에게 뭘 해줄 수 있겠어? 그녀와 그 어떤 것도 함께 하고 싶지 않았다. 설령 같이 있다 해도, 난 정말 그녀를 돕기 위해 그 어떤 것도 해줄 수가 없었다. 술에 잔뜩 취한 아빠가 비틀거리며 돌아와 그녀를 깨울지도 모른다. 벽지는 온통 담배진에 쩌들어 있었고, 가구란 가구는 죄다 썩은 담배 냄새를 풍겼다. 아빠가 갑자기 들이닥치면 그녀에 대해 뭐라고 설명하지? 아빠가 집을 나간 지 몇 년이 지났지만, 나는 순진하게도 그가 다시 돌아올 거라 믿었다. 진짜 얼빠진 똥명청이었다.

그런데 그런 일이 진짜 일어났다. 그가 돌아왔다. 대궐 같은 집에 착해빠진 다른 가족을 데리고 내 앞에 나타났다. 이런 생각이 자꾸 머릿속을 스치는 게 너무 싫었다. 엄마와 나를 버린 사람과 살려고 난 이 먼 나라로 왔다. 그게 머릿속에 자리를 잡고 떠나지 않았다.

경적 소리에 퍼뜩 정신이 들었다. 얼른 운전대를 다시 잡았다. 초점이 흐려졌다. 앞 유리창 밖의 세상이 전부 뿌옇게 보였다.

몇 차례 눈을 깜박이고 오디오 볼륨을 올렸다. 갓길에 차를 세워야겠다. 가슴이 너무 아파왔다. 온몸의 근육들이 둔중하게 욱신거렸다. 뼈마디가 하나하나 아렸다. 땀방울이 맺히는 느낌이 들었다. 눈물일지도 모를 물방울이 떨어져 피부를 적셨다. 수치스럽다.

"빌어먹을!"

허공에 대고 소리를 질렀다. 신선한 공기가 필요했다. 차창을 열었다. 숨이 막힐 듯 차가운 가을 공기가 온몸을 관통했다. 이제 숨이 쉬어진다.

나탈리의 얼굴이 선명하게 떠올랐다. 거기에 겹쳐 테사의 얼굴도. 두 여자는 내게 경멸 어린 조소를 보내고 있었다. 나 같은 건 아무 것도 아니라는 듯 업신여기는 표정이었다. 테사의 미소가 밝아지면서 나탈리의 얼굴이 점차 어두워졌다. 제기랄, 무슨 일이 일어나고 있는 거야? 테사와 거리를 두어야겠다. 멍청한 내기 따위 상관없다. 승리에 도취한 제드를 보는 내 표정이 얼마나 멍청해 보일까, 하지만 그것도 상관없다.

제드. 제드가 항상 문제다. 제드가 테사를 가진다는 생각만으로도 견딜 수가 없다. 그녀의 몸에 엉기는 땀으로 번들거리는 녀석의 몸뚱이를 생각만 해도 정말 화가 난다.

눈을 감았다. 화끈거리는 뺨을 차가운 운전대에 기댔다. 빌어먹을 내 꾀에 내가 넘어간 것 같다.

수업에 들어갔지만 테사는 자리에 없었다. 랜던 자리도 비어 있었다. 휴대전화를 꺼냈다. 로건에게 문자메시지가 와 있었다. 점심시간에 한 잔 하자는 내용이었다. 거절하고 전화기를 블랙진 뒷주머니에 집어넣었다. 바지가 약간 끼는 것 같지만 그런 대로 괜찮다. 다리가 너무 길어서 헐렁한 바지를 입으면 꼭 광대같이 펄럭대는 게 우스꽝스러워 보인다. 흰 티셔츠 팔 쪽에 펜 얼룩 같은 게 묻어 있었다. 지워지지 않는 화장품 같은 건가. 그렇다고 빨래는 하고 싶지 않았다.

테사가 들어왔다. 내 위생 관념에 대한 추악한 진실 따위는 잊은 지 오래다. 그녀를 똑바로 쳐다보았다. 맨 앞줄까지 오는 동안 눈이라도 마주칠까 싶어 열심히 쳐다보았다. 놀랍게도 그녀는 다른 자리로 가지는 않았다. 나를 향한 증오가 이글이글 타오르는 것처럼 느껴졌다.

"테스?"

자리를 건너 테사를 속삭이듯 불렀다. 그녀는 나를 무시했다. 그래도 내가 이름을 불렀을 때 어깨가 움찔한 걸 분명히 봤다.

"테스?"

그녀가 침을 꿀꺽 삼켰다. 그리고 부자연스러울 만큼 천천히 고개를 돌렸다. 우리 사이에 긴장감이 감돌았다. 빈 공간으로 뿜어져 나오는 긴장감을 느낄 수 있었다.

"말 시키지 마, 하딘."

테사의 어깨가 직각으로 곤두섰다. 상관 말고 꺼지라는 뜻이다.

"왜 그래?"

집적거리며 웃겨 보려고 했다. 하지만 넘어오지 않았다.

그녀가 입술에 침을 바르더니 다시 얘기했다.

"농담 아니야. 아는척도 하지 마."

"오케이, 좋으실 대로."

까탈스럽게 굴기를 원한다면, 나도 그렇게 대해주지. 아, 내가 까탈의 대마왕인 건 아나?

랜던이 똥 마려운 강아지처럼 안절부절못하며 끼어들었다.

"테사, 괜찮지?"

"그럼, 아무렇지도 않아."

테사가 고개를 끄덕이며 나에게 등을 돌려 앉았다.

뜬눈으로 밤을 보낸 게 일주일이다. 싱크대 밑에 먼지를 뒤집어쓴 병들이 굴러다니는 소리가 견딜 수 없었다. 병들이 덜그럭거리는 소리는 점점 더 심해졌다. 금요일이 되자 나는 완전히 녹초가 됐다. 꼴도 기분도 엉망진창이었다. 영문학 강의실에 들어가자 자리에 앉아 있던 랜던과 바로 눈이 마주쳤다.

"얘기 좀 하고 싶은데."

랜던이 말했다. 누구한테 하는 말인가 싶어 주위를 두리번거렸다. 말도 안 돼, 나였다. 그 순간 테사가 들어왔다. 그럼 혹시?

"그래, 너 말이야."

짜증스러운 표정을 지으며 랜던이 말했다.

들은 체도 안 하고 자리에 앉았다. 다리를 꼬고 의자에 등을 기댔다.

"며칠 후에 있을 저녁식사에 초대하려고. 우리 부모님이 너한테 하실 말씀이 있으시대."

'우리 부모님?'

랜던은 곧 자기가 한 말을 정정하면서 멍청함을 드러냈다.

"아니, 우리 엄마하고 너네 아빠."

정신 나간 새끼.

"다시는 그딴 소리 지껄이지 마, 이 빌어먹을 자식아!"

랜던이 책상을 짚으며 벌떡 일어섰다. 그래서? 네까짓 게 어쩔 건데!

"하딘, 그만 좀 해!"

테사가 내 팔을 잡고 랜던에서 떼어놓으며 소리를 질렀다. 낄 데 안 낄 데 모르고 설쳐대는군. 나는 팔을 뿌리쳤다.

'이런 빌어먹을.'

왜 랜던과 내 문제에 끼어드는 건데?

"네가 참견할 일이 아니야, 테레사."

테사가 자기 절친 쪽으로 몸을 숙여 뭔가를 속닥거렸다. '절친'이라는 말, 듣기만 해도 오글거린다. 장담하는데, 저 두 얼간이들은 분명히 그 단어를 사용할 거다.

"저 자식은 구제불능 막장 또라이야. 그래서 그래."

랜던이 나 들으라는 듯 큰 소리로 말하더니 웃었다. 테사가 같이 키득거리는 소리가 제대로 거슬린다. 그녀가 랜던을 향해 고개를 돌렸다.

"참, 좋은 소식 하나 있는데!"

우웩. 나한테 보여주려고 하는 게 뻔했다. 저런 유치한 짓거리에 내가 흔들릴 줄 아는 모양이다.

"뭔데?"

"노아가 오늘 온대! 주말 내내 같이 있을 거야!"

순간 질투심 같은 게 스멀스멀 일었다. 질투심이 온몸으로 퍼져나가며 신경을 하나하나 긁어대는 것 같았다. 테사는 손뼉까지 쳐댔다. 이글거리는 내 시선이 그녀의 살갗을 태울 것만 같았다. 테사의 얼굴에 밝은 미소가 번졌다. 그럴수록 나는 책상을 더 꽉 쥐어야 했다.

"진짜? 듣던 중 반가운 소린데!"

랜던이 맞장구를 쳤다. 구역질하는 척을 했지만 아무도 나에게 신경 쓰지 않았다.

18

그녀를 알아갈수록 그의 두려움도 커져갔다. 애정 문제에 관한 한 그는 지금껏 경쟁 같은 걸 해본 적이 없었다. 그동안 그와 겨룰 만한 남자는 없었다고 봐야 한다.

그와 완벽하게 상반되는 금발 사내가 불쑥 끼어들기 전까지는 말이다. 그는 그녀의 온갖 비밀을 시시콜콜 알고 있었다. 그녀가 성장하는 모습을 그 사내는 쭉 지켜보았다. 사내는 언제나 그녀의 곁에 있었고, 그녀를 그 누구보다도 잘 파악하고 있었다. 그도 그 사실을 알고 있었다. 그래서 처음엔 사내를 증오했다. 하지만 마침내 깨달았다. 그는 사내와 전혀 경쟁 상대가 되지 않는다는 걸.

테사네 기숙사 건물 복도를 걸어가는 동안, 머릿속에 떠오르는 잡념을 떨쳐버리려 애썼다. 그럼에도 그 남자 아래에 누워 있는 알몸의 테사가 자꾸 떠올랐다. 테사와 섹스하는 그놈의 어깨에는 카디건이 걸쳐져 있었다. 상상만 해도 구역질 난다.

방문을 딱 한 차례 노크했다. 그러고 나서 바로 문을 열고 들어갔다. 문은 잠겨 있지 않았다. 테사와 남자친구가 못 볼 꼴을 연출할 가능성은 없다는 의미겠지. 테사와 노아는 어두컴컴한 방 침대 위에 나란히 앉아 있었다. 테사가 나를 보더니 펄쩍 뛰면서 떨어져 앉았다.

"여긴 뭐 하러 온 거야?"

갑자기 쳐들어온 사람이 나란 걸 알아보고 테사의 목소리가 높아졌다.

"내 방에 함부로 들어오지 말라고!"

나는 사랑스러운 그 커플을 향해 미소를 날렸다.

"스테프 만나러 온 거야."

스테프 침대에 걸터앉았다. 거짓말이 술술 나왔다. 짜증 지수가 얼마나 치솟았는지 간을 보려고 노아를 쳐다보았다. 이 남자는 느긋한 스타일인가? 아니면 테사처럼 깐깐한 스타일? 테사는 열받아 팔짝 뛸 지경일 거다.

"잘 있었어, 노아? 또 보네?"

악수라도 해야 하나, 잠깐 생각했다. 그가 멤버일 게 뻔한 컨트리클럽에서는 이런 인사법에 익숙할 테니까.

"스테프는 트리스탄이랑 나갔어. 클럽하우스에 있을걸?"

당장 나가라는 압력처럼 테사는 한 마디 한 마디에 힘을 주어 말했다.

'아직 멀었어.'

"아, 그래?"

테사를 살살 약올려 봐야겠다.

"너희 둘, 파티에 올 거지?"

상황이 더 재밌어졌다. 클럽하우스에 이 남자가 얼마나 잘 어울릴지 상상이 됐다. 녀석과 비슷한 금발 떼거지들이 달려들어 녀석을 금세 술독에 빠지게 만들 거다. 순진한 녀석의 영혼은 탈탈 털릴 거고, 테레사는 패션 브랜드 모델 같은 또 다른 금발을 찾아 나서야 할 거다. 인생 쉽지 않네.

"아니, 안 갈 거야. 우린 방에서 영화 보려던 참이거든."

테사가 얼른 대답했다. 컴컴한 방 안에서 노아의 손이 테사의 손에 포개지는 게 눈에 들어왔다. 어둠 속에서도 테사가 불편해 하는 기색이 역력했다.

"아쉽네. 그럼, 난 그만 가야겠다."

자리에서 일어섰다. 답답하던 느낌이 좀 나아졌다.

"참, 노아."

잠시 뜸을 들였다. 순간 테사가 안절부절못하는 모습도 놓치지 않았다.

"그 카디건, 잘 어울린다."

내가 별 다른 사건을 벌이지 않을 걸 눈치챈 모양이다. 테사는 한결 마음이 가벼워 보였다.

"고마워, 갭에서 산 거야."

엿 먹이려고 한 말이라는 것도 모르고 노아가 대답했다.

"그런 것 같네. 그럼 즐거운 시간 보내."

마지막 인사를 남기고 방을 나섰다. 방문을 닫는데 가슴에서 불이 치밀어 올랐다. 멍청한 녀석.

19

겨우 제대로 굴러가는 듯했던 그의 삶이 다시 뿌리째 흔들리고 있었다. 그는 스스로를 완전히 제어할 수 있다고 생각했다. 그녀도, 세상 모든 것도. 알코올의 달콤한 유혹마저도 기를 쓰고 버텨냈다. 예전처럼 술을 갈망하지도 않았다. 그 전화를 받기 전까지는. 완전히 다른, 완전히 새로운 삶을 사는 아버지에 대해 제대로 알게 되기 전까지는 말이다.

전화를 끊었다. 그에게는 다른 선택지가 없었다.

곁에 있어주는 유일한 친구와 함께, 그는 철저히 혼자였다. 스카치 병이 거의 비었다. 가슴이 텅 빈 그의 모습과 같았다.

아버지 집 앞에 차를 세웠다. 으리으리한 이 집이 정말 싫었다. 집은 잘 가꾼 푸른 잔디 정원 위에 우뚝 솟아 있었다. 켄 씨와 카렌은 정원을 가꾸는 데 돈을 꽤 썼을 거다. 자기들 치장하는 데도 이만큼 돈을 쓰겠지. 조만간 켄 씨의 아내가 될 여자는 이곳에서 사는 게 썩 마음에 들었을 거다. 켄 씨가 벌어다 주는 돈으로 꾸미고 가꾸는 데 펑펑 돈을 쓰는 것도 꽤나 좋아할 거다.

화가 치밀어 올랐다.

열은 받았지만 취하진 않았다. 적어도 사리 분별할 만큼은 정신이 있다. 세상에 어떤 정신 나간 아버지가 유일한 혈육인 아들에게 새 여자랑 결혼한단 소리를 아무렇지도 않게 한단 말인가? 그것도 이제 막 서로를 알아가기 시작한 시점에 말이다. 이래서 내가 그 아버지란 작자랑 엮이고 싶지 않은 거다. 장 속에 숨겨둔 술병에는 술이 반의반도 남지 않았다. 그게 또 열 받았다. 머리가 욱신거리고 목이 바짝바짝 말랐다. 스카치가 필요했다. 켄 스캇은 꽤 괜찮은 스카치를 제법 많이 가지고 있었다. 스코틀랜드로 휴가를 갔다 온 양복쟁이 동료들이 선물해 준 것들이었다. 나의 엿 같은 아버지는 곧 재혼을 하신단다. 그걸 이딴 식으로 말했다.

"카렌과 나는 결혼할 예정이다. 조만간, 빠른 시일 내에."

결혼할 예정? 허세 찌는 표현이다. 이런 걸 전화로 통보한다고?

"우리는 결혼할 예정이다…."

현관 계단을 오르며 혼자 중얼거렸다. 정원에 번드르르하게 가꾼 나무는 또 왜 이렇게 많은 거야? 아마존 정글이냐, 길 잃어버리겠네. 제기랄, 흉측스러워 죽겠다.

우선, 무조건, 스카치를 찾아야 한다.

"나 왔어!"

고래고래 소리를 질렀다. 어둠 속에서 내 목소리가 쩌렁쩌렁 울렸다. 기분이 엿 같았다. 물론 취하긴 했다. 하지만 양껏 마시진 못했다. 술이 더 필요하다. 켄 씨는 술이 많다. 잔뜩 가지고 있었다.

현관문을 두드렸다. 아무도 나오지 않았다. 이 남자의 집은 너무 크다. 마치 보여주기 위한 모델 하우스 같다.

"아무도 없어?"

심연 같은 어둠 속 정원에서 소리를 질렀다. 귀뚜라미가 질세라 목청껏 울어댔다. 주위의 집들에서 일제히 현관 등이 켜졌다. 그 집들 앞에는 SUV가 줄 맞춰 주차돼 있었다. 범퍼에는 죄다 WCU 스티커가 붙어 있었다. 이 동네는 전부 억대 연봉자에다 인텔리들만 사나보군. 회색 비니를 머리에 푹 눌러썼다. 동네 사람들에게 더 험상궂게 보였으면 하는 마음에서였다.

문이 열렸다. 랜던이었다. 현관문을 주먹으로 쾅쾅 두드린 뒤에도 한참이 지나서였다. 주먹에 난 상처가 거의 아물 참이었는데. 아무튼 손이 성할 날이 없다. 계속 사고를 치는 바람에 찢어지곤 했으니까.

"하딘?"

랜던의 목소리는 잠겨 있었다. 자고 있던 걸 깨운 모양이었다.

"아니."

그를 지나쳐 현관으로 들어갔다. 곧장 주방으로 들어가며 소리쳤다. 잠시 시선이 그 집 소파에 머물렀다. 프릴이 잔뜩 달린 구역질 나는 꽃무늬 쿠션이 놓인 소파가 눈에 거슬렸다.

"하딘이랑 똑같이 생긴 다른 버전의 인간이지. 이 버전은 널 더 멍청하다고 생각하거든."

주방 장식장 문을 열고 스카치를 찾았다. '켄'이라고 불리는 내 정자 제공자께서는 정신이 돌아온 다음부터 술이란 술은 죄다 갖다버린 모양이었다. 그래도 귀한 술 한 병쯤은 놔뒀을 거다. 기념품이거나 혹은 차마 떨쳐내지 못한 유혹일 수도 있겠지. 아무튼 그는 분명 그런 술 한 병 쯤은 소중히 간직하고 있을 거다. 그 사람이 술 얘기하는 걸 들은 적이 있다. 내가 옆에 있는데도 희색을 감추지 못하고 떠들어댔다. 그 술은 다른 곳에 모셔뒀나. 자기 손에 안 닿는 곳에 숨긴 건지, 금주를 일깨우는 상징으로 삼은 건지는 잘 모르겠다. 어찌됐든 이제 그건 내 거다.

"두 분은 안 계셔. 우리 엄마하고 켄 씨는 주말 동안 외부에 계실 거야."

뻔히 알고 있는 사실을 랜던이 주절주절 설명했다.

나는 잠자코 있었다. 곧 이복형제가 될 녀석과 말 섞고 싶지 않았다. 생각만 해도 욕이 나온다. 가족이나 형제 같은 건 내 인생에 없을 거다. 그 반대도 마찬가지고. 나는 평생 혼자 스스로를 돌볼 팔자다.

계속 술을 찾으며 켄 씨와 카렌의 침실로 들어갔다. 방이 무지 넓었다. 네 모서리에 기둥이 서 있는 킹 사이즈 침대가 가운데 놓여 있었다. 이 방에 침대 세 개는 너끈히 들어가겠군. 화장대, 협탁, 침대는 모두 진한 체리목이었다. 켄 씨 집무실에 있는 책상과 똑같은 컬러다.

다 엎어버리고 싶었다.

침실은 소름 끼치게 싫었고 흉물스러워 보였다. 부디 켄 씨와 카렌이 이 맞춤 가구가 놓인 방에서 그들의 망할 인생을 행복하게 보내길 바란다. 벽장 안의 불을 켰다. 선반 사이를 손으로 훑었다. 먼지와 박스

들 사이에서 유리병이 손에 닿았다. 심봤다!

조심스레 병을 꺼내 쌓인 먼지를 손으로 닦았다. 켄 씨가 마지막으로 보여주고 처박아 두면서부터 쌓인 먼지다. 바로 병뚜껑을 비틀었다. 봉인된 플라스틱 씰을 뜯어내는 기분이 꽤 괜찮았다.

혀끝에 닿는 스카치 맛이 알싸했다. 뺨 안쪽에 난 상처에 술이 닿아 따끔거렸다. 묵직하고 천천히 타들어가는 듯한 스카치의 맛을 음미했다. 켄 스캇은 스카치를 무척 좋아했다. 그는 진정한 술 애호가였다. 술맛이 기가 막혔다. 풍부한 향기는 물론이요, 부드럽기까지 했다. 개인적으로 스카치는 그저 허세라고 생각한다. 스코틀랜드 산 위스키가 스카치라는 걸 알고 좀 실망하기도 했다. 허세 쩌는 놈들. 하지만 그 맛은 정말 사랑한다. 나라는 존재에 켄 씨가 손톱만큼 기여한 바가 있다면, 바로 그 맛을 알게 해준 거랄까.

반병을 홀쩍 비웠다. 머리가 핑핑 돌았다. 다 마셔버려야 할 것 같았다. 안 될 게 뭐야? 켄은 이걸 소유할 자격이 없다. 게다가 이제 술도 안 마시잖아. 악마 같은 술병에서 손을 떼기로 한 순간, 그는 이런 고급 술을 가질 자격을 잃은 거다.

게다가 그는 이미 값지고 완벽한 것들을 잔뜩 갖고 있지 않은가. 예를 들면 지금 내 폭주를 막을 수 있다고 생각하는 의붓아들 같은 거? 게다가 팬트리와 위를 두둑하게 채워줄 곧 아내가 될 여자도 있다. 아마 그녀는 하루 8시간을 꼬박 일하고도 끝나자마자 다른 일을 하러 뛰어가지 않아도 될 거다. 다리 한 짝이 없는 식탁 위에 온갖 청구서들을 죽 늘어놓지 않아도 될 거고, 돈이 모자라 이달에 내지 못할 청구서를 골라내지 않아도 될 거다. 그 시절 얘기를 할 때마다 그는 햄스테드에

서 지내던 때가 꽤 괜찮았다고 생각하는 것 같았다. 그가 엄마에게 가
지고 있던 그 환상을 나는 가루로 만들어버렸다. 엄마는 늘 머리보다
자존심이 중요한 사람이었다.

그 사람의 집은 깨끗하고 단정했다. 심지어 냉장고까지도 말끔했다.
냉장고에 손자국 하나가 없었다. 손끝에 침을 묻혀 냉장고에 쓱 문질
렀다.

랜던이 발끈하며 투덜거렸다.

"술 한 병을 다 마신 거야?"

랜던은 눈이 동그래서는 내가 흔들고 있는 술병을 쳐다봤다.

"아니, 아직 반병 남았어. 좀 마실래?"

"아니."

랜던이 뒷걸음질하며 식당으로 나갔다. 나는 그를 졸졸 따라갔다.

술은 입에도 대지 않는 완벽한 아들이라니. 참 착하기도 하지.

"너 이제 술 안 마시는 줄 알았는데?"

랜던이 물었다. 그를 향해 몸을 돌렸다. 넘어지지 않으려고 한 손으
로 그릇장을 잡고 있었다. 번쩍거리는 값비싼 그릇 세트로 가득 차 있
는 장이었다.

이 자식, 내가 술 마시든 말든 제까짓 게 뭘 안다고?

잡고 있던 손에 힘이 들어갔다.

"무슨 의도로 그딴 개소리를 하는 건데?"

그제야 깨달은 듯했다. 술 때문에 상처 받은 불쌍한 어린 영혼한테
절대 해서는 안 될 말을 했다는 걸. 랜던의 눈이 동그래졌다.

"내 말은 그냥….."

랜던이 변명을 늘어놓으려 했다.

"닥쳐."

술병을 든 손을 치켜들었다. 그는 식당에서 거실로 뒷걸음질쳤다. 녀석은 입을 다물지 않을 거다. 나를 비난하며 밀어붙이겠지. 녀석을 막을 수 없을 거다. 지금 일어나고 있는 어떤 것도 막을 수 없을 거다. 거지 같은 아버지란 사람의 결혼 같은 거말이다. 술에 취했고 열도 받았다. 게다가 이 빌어먹을 자식은 입을 다물 줄 모른다.

그릇장 모서리를 움켜쥐었다.

"너네 아빠가 그러시는데…."

이제 내 차례. 녀석이 채 말을 마치기 전에, 나는 그릇장을 힘껏 밀었다. 손에 든 술병까지 떨어뜨리며 있는 힘을 다해 그릇장을 밀었다. 랜던이 뭐라고 소리쳤지만 와장창 그릇들이 깨지는 소리에 묻혀 들리지 않았다.

"나가! 당장 여기서 나가!"

랜던이 소리쳤다. 허리를 굽혀 술병을 집었다. 안에 있던 그릇은 전부 깨졌고, 그릇장의 나무틀은 갈라졌다. 사방에 그릇 파편이 수북했다. 손끝을 베었다. 나는 피를 핥으며 술병이 잘 닫혀 있는지 확인했다.

"이 꼴을 보면 테사가 진짜 감동받겠다!"

뒷문을 여는데 랜던의 목소리가 들렸다.

'테사?'

테사가 대체 무슨 상관이냐고 묻고 싶었다. 하지만 나를 도발할 작정으로 테사를 들먹거린 녀석에게 놀아나고 싶지 않았다. 이유야 어찌 됐건 녀석은 테사 이름을 끄집어내면 내가 움찔해서 수그러들 줄 알았

던 모양이다. 절대 생각대로 안 될 거다. 나는 녀석의 말을 무시하고 뒷
마당 데크로 걸어 나왔다.

공기는 후텁지근했지만 평온했다. 가을의 문턱이었고, 여름밤은 머
지않아 쌀쌀해지기 시작할 거다. 그러다 곧 살을 에는 추위로 바뀌겠
지. 따뜻한 곳으로 이사가야지.

"테사가 진짜 감동받겠다!"

소리 내 랜던을 흉내 냈다. 녀석은 약삭빠른 편이다. 울컥하는 내 성
질머리나 집을 엉망으로 만든 짓거리를 테사가 용납하지 않을 거란 걸
내게 알려준 거다.

"테사, 테사, 테사!"

어둠 속에서 울부짖었다.

뒷마당마저도 완벽했다. 풋볼 경기장만큼이나 컸고, 나무들이 줄지
어 늘어서 있었다. 이 집에 멋드러지게 어울리는 그림자를 드리우고서.

머리가 빙빙 돌았다. 고요함은 아무런 도움이 되지 않았다. 술을 한
모금 더 마셨다.

얼마나 지났을까, 스크린 도어가 삐걱거리며 열렸다. 깜짝 놀라 벌
떡 일어났다. 입구 쪽에 테사가 서 있었다. 그녀가 나를 향해 걸어왔다.
한 걸음씩 다가올 때마다 들고 있던 술병이 점점 더 무거워졌다. 그녀
의 시선은 나에게 고정돼 있었다.

진짜 테사라고? 테라스 조명 아래서 그녀의 금발이 반짝였다. 그녀
가 밝게 빛나 보였다. 인상을 쓰고 있었지만 조명을 비춘 듯 빛이 났다.

테사가 온 건가? 그런 거 같다…, 술병이 떨리는 게 환각이 아니라

면, 그녀가 분명하다.

"어떻게 여길…?"

내 물음에 그녀의 시선이 랜던 쪽으로 움직였다. 나는 그대로 그 자리에 얼어붙었다. 저런 개자식.

"랜던이…."

그녀가 더듬거리며 말을 꺼냈다.

"젠장! 너, 이 자식! 네가 전화했어?"

랜던은 못 들은 척하며 안으로 들어갔다. 뒷문이 닫혔다.

"랜던한테 뭐라고 하지 마, 하딘. 너를 걱정해서 그런 거야."

친구를 두둔하는구나.

완벽한 내 형제에겐 참으로 완벽한 친구가 있구나.

평상시 그녀는 조곤조곤한 말투였지만 화가 났을 때는 아니다. 그녀의 눈은 무척 아름답다. 완벽에 가까울 만큼 부드러운 인상과 잘 어울렸다. 그녀를 쳐다볼 수가 없었다. 그녀를 생각하면 머리가 아파 온다. 무슨 생각을 하는지 짐작해봐야 한다. 이미 지난밤들을 꼴딱 새웠는데. 테라스 테이블에 앉아서 그녀에게 맞은편 자리에 앉으라 손짓했다.

그녀가 자리에 앉았다. 나는 술 한 모금을 더 마셨고, 그녀는 나를 빤히 쳐다보았다. 원망하는 눈빛이었다. 술병을 유리 테이블 위에 꽝 소리 나도록 내려놓았다. 그녀는 깜짝 놀란 것 같았다. 그녀는 가야 한다. 여기에 있으면 안 된다. 대체 랜던 자식은 왜 테사를 오라고 한 거야. 게다가 그녀는 왜 온 거야? 남자친구가 주말 내내 여기 있을 거라고 했잖아. 둘이 애정 행각을 벌이는 데 열중할 시간 아닌가.

그 생각이 들자 좀 움찔했다. 랜던한테는 그녀를 여기 오라 마라 할 그 어떤 자격도 없다.

"휴우, 진짜 뭐냐? 둘 다 너무 뻔한 거 아냐? 가여운 하딘이 화났다고 했어? 그래서 네가 이렇게 들이닥친 거야? 저 거지 같은 그릇들 깬 걸 야단치시려고?"

비아냥거리며 그녀를 향해 실실 웃었다. 오늘 밤 또 악역이로군.

"너 술 안 마신다며?"

질문이라기보다는 추궁에 가까웠다. 나라는 인간이 어떤 놈인지 알아내려고 애쓰는 듯했다. 헷갈리게 만든 건 나다. 그녀는 그게 싫겠지.

"그랬지, 지금까지. 그래서 뭐? 나보다 나을 것도 없는 주제에."

뭐라고 할 때마다 그녀가 그랬던 것처럼 나도 그녀를 향해 손가락질을 했다.

내 행동에도 그녀는 미동조차 없었다. 나는 또 술 한 모금을 들이켰다.

"너보다 낫다고 한 적 없어. 다만 왜 술까지 마시게 됐는지 얘기해주면 안 될까?"

이 여자는 어쩌다 자기가 알고 싶은 건 뭐든 물어봐도 된다고 생각하게 된 걸까? 나는 절대 이해할 수 없을 거다. 지켜야 할 선? 그녀에게 그딴 건 없었다.

"네가 무슨 상관인데? 남자친구는 어디다 두고 여기 와서 난리야?"

잡아먹을 듯 노려보며 질문 공세를 퍼부었다. 그녀는 내 시선을 피했다. 감당할 수 없을 거다.

"기숙사에 있어. 난 너를 도와주고 싶어서 온 거야, 하딘."

테사가 내게 손을 뻗었다. 닿기도 전에 나는 그 손을 뿌리쳤다.

대체 뭐하는 거야, 장난해? 랜던이 여기 와서 사자 길들이듯 나를 살

살 달래보라고 한 모양이지? 이 상황에서 내 몸에 손을 댈 이유가 전혀 없잖아.

"도와줘? 네가?"

웃음이 나왔다.

"진심 나를 돕고 싶은 거라면, 입 다물고 꺼져."

손에 든 병을 현관문 쪽으로 흔들었다.

"그러지 말고, 대체 무슨 일인데?"

또 밀어붙인다. 이럴 줄 알았다. 테사는 구불구불한 머리카락을 어깨에 늘어뜨린 편안한 차림이었다. 더 어려 보였다. 내 눈을 피해 다리 위에 올려놓은 자기 손을 바라보고 있었다.

나는 비니를 벗고 머리카락을 쓸어 넘겼다. 내 몸에서 스카치 냄새가 뿜어져 나왔다. 테사가 한숨을 폭 내쉬었다. 그녀의 숨소리에 나도 모르게 호흡을 맞췄다. 그러다 문득 내가 무슨 짓을 하고 있나 궁금해졌다.

무거운 침묵 속에 앉아 있으니 뭐라도 말하는 게 나을 듯했다.

"다음 달에 결혼한대, 우리 아빠랑 카렌, 아니 랜던 엄마. 그걸 이제야 나한테 얘기할 맘이 드셨나 봐. 그것도 전화로! 이런 건 미리 얘기해 줘야 하는 거 아냐? 전화가 아니라 얼굴 맞대고. 랜던, 저 자식은 이미 오래 전에 모든 걸 다 알고 있었을 테고."

테사가 나를 뚫어져라 쳐다보았다. 숨김없이 술술 털어놓는 바람에 적잖이 놀란 듯했다.

나도 이렇게까지 시시콜콜 말할 생각은 아니었다. 전부 그놈의 스카치 때문이다.

"미리 말씀 못 한 사정이 있겠지."

테사가 편을 들고 있다. 물론 그러시겠지. 켄 스캇은 딱 테사 같다. 결점이라곤 절대 없는 좋은 사람인 척한다.

"넌 우리 아빠를 몰라. 아빠는 나한테 눈곱만큼도 관심 없어. 작년에 나랑 아빠가 몇 마디나 대화를 나눴을 것 같아? 열 마디? 아빠가 신경 쓰는 건 오로지 이 으리으리한 집하고 새로 들일 아내, 그리고 저 완벽한 새 아들뿐이라고!"

술병을 들어 한 모금 마시고 손등으로 입을 닦았다.

"우리 엄마는 영국에서 거지 같이 살고 있다고. 괜찮다고 하지만, 엄마는 지금 이 집에 있는 방보다 작은 집에서 살아! 그래도 엄마는 내가 대학을 가야 한다고, 아빠와 가까이 있어야 한다고, 등 떠밀어 여기로 보낸 거야. 그런데 지금 내 꼴 좀 봐, 이게 뭐야?"

"하딘, 너희 아빠가 집을 나간 게 몇 살 때였어?"

테사가 물었다. 참견하기 좋아해서인지, 내가 불쌍해서인지, 아니면 그냥 궁금해서 그러는 건지 잘 모르겠다. 답을 하기 전에 잠시 망설였다.

"열 살. 그 전에도 집엔 잘 들어오지 않았지. 매일 밤 다른 술집들을 전전했거든. 근데 지금은 완벽한 남자가 됐어, 빌어먹을! 그리고 새로운 사람들과 이 모든 것들을 누리고 있다고."

두 팔을 휘저으며 집을 가리켰다. 데크 선반에는 꽃이 심겨진 화분들이 죽 놓여 있었다.

"아빠가 너를 버린 얘긴, 나도 마음이 아파. 그래도….."

"동정은 그만둬."

그녀의 말을 막았다. 늘 그랬다. 그녀는 주변 사람들을 감싸기만 한다. 실망스럽다. 더구나 켄 스캇을 알지도 못하면서. 그래야 할 필요도 없는데 아빠의 악행을 감싸려고 한다.

"동정이 아니야, 난 그저…."

'그럼 나를 비난하는 건가?'

"그저, 뭐?"

그녀를 다그쳤다.

"네 옆에 있어주고 싶어서 그래."

그 말은 너무도 듣기 좋았다. 그저 나에 대해서 아무 것도 모른다는 사실이 안타까울 뿐. 그녀는 자신이 도와주고 싶어 하는 사람이 어떤 인간인지 모른다. 나는 구제 불능이고, 그녀는 여기서 시간을 낭비하고 있는 거다. 당장 여기서 뒤돌아 가버리고 다시는 나 같은 놈이랑 말도 섞지 말아야 한다.

"꽤나 감동적이군. 내가 그걸 바랄 것 같아? 난 바라는 게 없어. 너한테는 나랑 데이트 한 번 한 게 큰 의미가 있을지 몰라도, 난 아니거든? 그 훌륭한 남자친구를 내팽개치고 여기에 나타났다고 내가 눈물이라도 흘릴 줄 아셨나? 천만에 말씀! 그 샌님 같은 놈이야말로 네 환상의 짝꿍이야. 나를 돕는다고? 웃기시네, 테레사, 그게 바로 '동정'이란 거야, 알아?"

그녀의 회색 눈동자가 차갑게 변하고 있었다.

"그건 네 진심이 아니야."

내 마음을 훤히 읽고 있지만, 그래도 그녀는 나를 모른다. 최후 통첩이다.

"진심이야. 그러니까 가줘."

나는 입을 벌리고 술병을 기울였다. 그런데 느닷없이 들고 있던 술병이 마당 저편으로 내동댕이쳐졌다.

"무슨 짓이야?"

불같이 소리를 질렀다. 미친 거야? 저 스카치가 얼마짜린데 저렇게 내동댕이를 쳐? 문 쪽으로 성큼성큼 가고 있는 그녀와 술병을 번갈아 보았다. 그러다 술병을 집어 들고 그녀를 쫓아갔다. 걸음이 휘청거렸지만, 쫓아가서 그녀 앞에 우뚝 섰다.

"어디 가는 거야?"

집 안으로 들어가려는 걸 막으며 그녀를 내려다보았다. 현관 불빛에 그녀의 속눈썹이 두드러져 보였다. 마치 속눈썹이 광대뼈를 덮고 있는 것 같았다. 나는 그녀를 보고 있었고, 그녀는 자기 발끝만 내려다보았다.

"랜던 도와주러. 네가 난장판으로 만들어놓은 거 치워야 하잖아. 그거 다 치우고 집에 갈 거야."

꼬투리 잡을 게 없었다. 하지만 내가 누구인가. 시비를 거는 데는 이골이 난 달인 아닌가.

"네가 걔를 왜 돕는데?"

애초에 나를 속이고 그녀를 여기 끌어들인 녀석이다. 그런데 이제 나를 두고 녀석을 도우러 간다고?

"랜던은⋯."

그녀의 목소리는 낮고 차분했지만 강한 어조였다.

"내 절친한 친구니까. 너와는 다르지."

그녀의 말이 가슴에 와 박히는 것 같았다. 그녀는 해볼 테면 해보라는 눈빛으로 나를 쳐다보았다.

그 말이 맞다. 녀석은 누구나 어울리고 싶어 하는 사람이다. 안 좋은 소식을 들었다고 집기를 부수거나 주먹질을 하지도 않는다. 충분히 그녀의 관심과 도움을 살 만하다. 이 집안에서 따뜻한 환대를 받으며 자기 방으로 들어가도 되는 녀석이다. 집밥을 얻어먹을 충분한 자격이 있다. 미워하는 사람들로 가득한 집 안 텅 빈 방에 혼자 처박혀 배달 음식이나 먹어서는 안 되겠지.

그녀 말이 다 맞다. 그래서 찍소리도 하지 않고 그녀를 집 안으로 들여보냈다.

지나쳐 가며 나를 보는 그녀의 눈빛에 가슴에서 불이 일었다. 몇 번이고 다시 보고 싶은 얼굴이다. 휴대전화를 꺼내 전에 찍었던 그녀의 사진들을 넘겨 보았다. 강가를 걷는 동안 찍은 사진 한 장⋯. 태양 아래서 그녀의 금발이 눈부셨고, 피부는 반짝거리며 빛났다. 그녀는 조용했다. 긴장했겠지, 아마도. 그럼에도 사진 속 그녀는 평화로워 보였다. 너무 아름다웠다. 왜 나를 도와주고 싶었던 거지? 랜던 녀석이 내가 술 마시고 저지른 짓을 죄다 말했을 텐데?

비니를 다시 뒤집어썼다. 잠시 후, 안으로 들어가고 싶어졌다. 문을 열자 눈에서 불이 뿜어져 나오고 머리가 쿵쾅거렸다.

"테사, 잠깐 얘기 좀 할래?"

들어가자마자 물었다. 랜던 녀석이 쭈그리고 앉아 깨진 그릇 조각들을 플라스틱 쓰레기통에 집어넣고 있었다. 테사가 고개를 끄덕였고, 나는 테사의 얼굴을 쳐다보았다. 그녀의 시선을 따라 가다가 피가 흐르고 있는 그녀의 손가락에서 멈췄다. 그녀는 싱크대 수도꼭지를 붙잡고 있었다.

나도 모르게 주방으로 들어갔다.

"무슨 일이야?"

"별거 아니야. 유리 조각에 찔렸어."

상처는 작아 보였지만 잘 보이지가 않았다. 그녀의 손을 붙들어 물에서 끌어냈다. 1센티미터쯤 되는 길이에 깊지 않게 베인 상처였다. 곧 괜찮아질 거다. 밴드만 잘 감아 놓으면 되겠다. 내 손에 잡힌 그녀의 손은 너무 가볍고 따뜻했다. 그녀를 잡고 나서야 거친 숨이 진정되는 것 같았다. 손을 놓자 그녀는 깊은 한숨을 쉬었다.

"밴드는 어디 있는 거야?"

"욕실에."

랜던은 나 때문에 짜증이 난 듯했다. 욕실장 안 작은 상자에서 밴드를 쉽게 찾았다. 맨 아래 선반에서 상처 연고까지 찾아 가지고 주방으로 돌아왔다.

테사의 손을 쥐고 연고를 짜서 발랐다. 테사는 그런 내 모습을 조심스럽게 쳐다보았다. 어떻게 받아들여야 할지 모르겠다는 얼굴이었다. 밴드를 보니 오래 전 그날 밤의 엄마가 떠올랐다. 테사의 손가락에 밴드를 감으며 그 기억을 떨쳐버리려 애썼다.

"우리, 얘기 좀 해."

한 번 더 말했다. 그녀가 고개를 끄덕였다. 나는 그녀의 손목을 잡고 뒷마당으로 나갔다. 거기가 사적인 얘기를 하기에 적당할 것 같았다. 랜던이 듣지 못하게 말이다.

테이블까지 가서 테사의 손목을 놓으며 의자를 끌어다 주었다. 적어도 내가 할 수 있는 일이었으니까. 손이 시렸다. 귀 뒤에서 맥박이 쿵쾅거리던 게 사라졌다. 차분하고 침착해진 느낌이 들었다.

테라스 반대편에서 의자를 하나 더 끌고 왔다. 그녀의 맞은편에 의자를 놓고 앉았다. 무릎이 닿을락 말락했다.

"하고 싶은 얘기가 뭔데?"

완전히 무심한 말투였다.

비니를 벗어 테이블 가운데에 던져 놓았다. 손으로 머리카락을 쓸어넘겼다. 못되게 군 것 때문에 악당이라도 된 것 같은 느낌이었다. 제발 그녀가 알아줬으면 좋겠다. 나는 자선을 베풀 대상도, 망가진 인형도 아니라는 사실을. 솟구치던 아드레날린이 잦아들고 나니 내가 얼마나 싸가지 없게 굴었는지 알 것 같았다.

"미안해."

낮은 목소리로 말했다. 내뱉은 말이 우리 사이에서 굳어버린 듯했다. 테사는 아무 말도 않고 가만히 있었다.

"내 말 들었어?"

"응, 들었어!"

테사가 소리를 질렀다. 시비를 걸려는 듯 테사는 턱을 한껏 치켜들었다. 열받은 것 같았다. 열은 내가 받았지! 여기까지 와서는 남의 가족의 막장 드라마에 끼어든 게 누군데. 그러고는 사과도 안 받아?

다시 술병 뚜껑을 열었다. 술을 마시는 나를 테사가 노려보았다.

"넌 정말 빌어먹게 까다로워."

"내가 까다롭다고? 말도 안 되는 소리 하지 마! 나한테 뭘 기대하는 거야, 하딘? 그렇게 잔인하게 굴었으면서…."

그녀의 입술이 떨리면서 눈물이 차오르기 시작했다. 어깨를 펴고 앉으려 애를 쓰는 듯했지만 어깨는 금세 축 처졌다. 화가 머리끝까지 오른 모양이다.

나는 중얼거렸다.

"그렇지 않아."

"아냐, 그랬어. 너 알고도 그런 거잖아. 난 지금까지 그런 식으로 대접 받아본 적 단 한 번도 없었어."

그럴 리가 없다. 매사 그렇게 형편없게 굴지는 않았다. 이게 최악의 대접이었다면 지금껏 그녀는 한 번도 나쁜 일을 당한 적이 없는 거다.

"그럼 왜 아직도 내 곁에 있는 거지? 버리고 가면 되잖아."

내가 그렇게 형편없는 놈이라면, 기를 쓰고 옆에 있어주려고 하는 걸 그만두면 되잖아?

한편 그녀가 진짜 그런다면 어떤 기분이 들까 궁금했지만, 그냥 덮어두기로 했다.

"내가 그러면…, 나도 잘 모르겠어. 그치만 확실히 말해줄게. 오늘 이후 다신 안 그럴 거야. 영문학 강의는 수강 취소할 거고. 다음 학기에 다시 들을래."

테사는 팔짱 낀 채 웅크렸다. 바람이 불어 그녀의 머리카락이 어깨 뒤로 넘어갔다. 혹시 추운 건가.

그녀가 수강 취소하는 건 싫었다. 같이 듣는 건 딱 한 과목인데.

"그러지 마, 제발. 취소하지 마."

"상관할 바 아니잖아. 나 같은 애의 동정 따윈 필요 없다며? 내가 꺼져주는 게 속 시원하잖아?"

말 속에 고통이 담겨 있었다. 하지만 그게 진심인지 아닌지 판단할

수 있을 만큼 그녀를 잘 알지 못했다. 그녀를 알고 싶다. 대체 몇 명이
나 그녀를 알까. 진짜 그녀의 모습을. 미소 짓기 전에 미간을 찌푸리는,
엄마가 그래야만 한다고 여기는 것들을 무시할 수 있는, 진짜 그녀를
말하는 거다.

"진심이 아니었어…. 나야말로 진짜 불쌍한 놈이야."

나는 한숨을 쉬며 의자에 등을 기대 앉았다.

그녀가 나를 똑바로 쳐다보았다.

"더 이상 이 문제로 옥신각신하고 싶지 않아."

그녀의 입술이 일자로 굳게 닫혔다. 그리고 술병을 향해 손을 뻗었
지만, 이번엔 내가 더 빨랐다.

"너만 술 마실 수 있다, 이거지?"

그녀의 시선이 눈썹 피어싱에 머물었다.

"또 집어던지려는 줄 알았어."

술병을 테사에게 건네주었다. 그녀가 술 마시는 건 바람직하지 않지
만, 그걸로 시비 걸었다간 당장이라도 덤벼들 기세였다. 그저 여기 있
었으면 좋겠다. 내 곁에. 그럴 때면 차분해지는 이 기분이 좋았다.

그녀가 병째 스카치를 마셨다.

"술은 얼마나 자주 마시는 거야? 절대 안 마실 것처럼 굴더니만."

또 잔소리를 시작하려고 한다.

"한 6개월쯤 전에 마셨던 거 같아."

6개월이나 버텼는데. 망했다, 하딘.

"어쨌든 앞으론 절대 술 마시지 마. 원래도 나쁜 놈이지만, 술까지 마
시니 정말 최악이야, 너."

농담조였지만, 진심이라는 걸 나는 안다.

"내가 나쁜 놈이라고 생각해?"

대답을 기다리며 땅을 쳐다보고 있었다. 그렇겠지, 다른 사람들이 다 그러는 것처럼.

"당연하지."

놀랍지도 않다. 그럼에도 그녀가 아니라고 하길 기대했다.

"나쁜 놈 아냐. 그래, 그럴 수도 있겠지. 하지만 난, 네가 나한테…."

내가 그렇게 나쁜 놈은 아니잖아, 아닌가? 그녀한테라면 좀 더 좋은 사람이 될 수 있다. 혹시라도 나에게 그러라고 한다면. 테사를 바라보았다. 입술이 파르르 떨렸다. 뒤죽박죽인 내 머릿속이 정리되길 기다리는 듯했다. 나는 좋은 사람이 되고 싶다. 그녀가 나를 좋은 사람이라고 생각했으면 좋겠다.

"내가 너한테 뭐?"

참지 못하고 그녀가 되물었다. 술병을 다시 내게 건네주었다. 마시지 않고 그대로 자리에 앉았다.

어떻게 하면 불쌍해 보이지 않게 말할 수 있지? 술은 끊을 수 있다. 사람들한테, 아니 그녀한테 더 잘해줄 수 있다.

"아무 것도 아냐."

딱 맞는 표현을 찾지 못하겠다.

"나, 갈게."

그녀가 일어서더니 쏜살같이 걸어갔다. 걸음이 너무 빨랐다. 혼자 남겨지는 건 싫은데. 내가 더 열심히 노력해야 되는 건가.

"가지 마."

그녀의 뒤를 쫓아갔다. 그녀가 우뚝 멈춰 섰다. 그녀의 얼굴이 너무 가까이 있었다. 그녀의 숨결에서 흐릿하게 스카치 냄새가 났다.

"그렇게 모욕을 주고도 아직도 할 게 남았어?"

그녀가 소리쳤다. 말 한 마디 한 마디가 어느 때보다도 나를 세게 때렸다. 그녀는 다시 내게 등을 돌렸다. 나는 팔을 잡아 내 쪽으로 돌려세웠다.

"내 앞에서 뒤돌아서지 마!"

나도 소리를 질렀다. 그녀는 여기에 와서도, 상황을 엉망으로 휘저어 놓아서도, 그렇게 가버려서도 안 된다. 다른 사람들이 나한테 그러는 것만으로도 죽을 것 같은데.

"진작에 돌아섰어야 했어!"

테사가 두 손으로 내 가슴팍을 밀었다.

"왜 내가 여기 있는지 모르겠다! 랜던이 전화하자마자 미친 듯이 온 거라고!"

이제는 아예 대놓고 소리를 지른다. 얼굴은 벌겋게 달아올랐고 입술은 빠르게 떨렸다. 혀에 무슨 모터를 단 듯 속사포처럼 분노를 쏟아내고 있었다.

"대체 왜 내가, 남자친구까지 버려두고. 네 말대로 노아야 말로 내 곁에 있어줄 유일한 사람인데. 너 같은 애 때문에!"

그녀의 말이 비수가 되어 가슴에 꽂혔다. 남자친구를 두고 그녀는 여기에 왔다. 내 곁에 있어주겠다는 이유 하나만으로. 난 생각만큼 나쁜 놈이 아닐지도 모른다. 그녀가 내 안에 있는 그런 면을 본 건가.

"하딘, 네 말이 다 맞아. 나, 네가 불쌍했어. 네가 불쌍해서 여기까지 왔던 거고, 네가 불쌍해서…."

생각할 겨를도 없이 그녀에게 다가가 입술을 포갰다. 그녀가 내 가슴을 밀어내면서 저항했다. 하지만 내 품 안에서 그녀 몸의 긴장이 풀리는 걸 느낄 수 있었다.

"키스해줘, 테사."

그녀에게 애원했다.

"부탁이야, 키스해줘. 나, 지금 네가 필요해."

한 번 더 매달렸다. 마지막이다. 그녀에게 다가가 입을 맞췄다. 내 혀가 굳게 닫힌 그녀의 입술에 닿자 입술이 이내 벌어졌다. 그녀는 모든 걸 내게 주었다, 기꺼이 그리고 온전히. 그녀가 내게 기대며 내 숨결에 맞춰 숨을 토해냈다. 두 손으로 그녀의 얼굴을 감싸 쥐었다. 그녀의 모든 걸 빨아들이고 싶었다.

아랫입술을 핥자 그녀가 부르르 몸을 떨었다. 두 팔로 꽉 끌어안았다. 어디선가 부스럭거리는 소리가 들렸다. 그녀가 화들짝 몸을 뗐다. 다시 키스하진 않았지만 계속 그녀를 안고 있었다.

"하딘, 나, 진짜로 가야 할 것 같아. 우리, 계속 이럴 순 없어. 이건 너랑 나, 우리 둘 모두에게 좋을 게 하나도 없다고."

그녀는 스스로에게 거짓말을 하고 있는 거다. 우리는 이걸 헤쳐나갈 수 있을 거다.

"그렇지 않아."

힘주어 말했다. 갑자기 왜 이런 희망의 꽃이 핀 건지 나도 모르겠다. 하지만 꽤 괜찮은 기분이었다.

"넌 날 싫어하잖아. 나도 샌드백 역할은 이제 사양할래. 넌 나를 너무 헷갈리게 해. 가장 은밀한 경험을 나누었다고 생각한 순간 나를 모욕하고, 나락으로 떨어뜨리잖아."

그랬다. 내가 모든 걸 망쳐버린 거다. 무슨 일이 있었는지 설명해줘야겠다. 가끔씩은 일부러 망쳐버리기도 한다는 것도. 언제나 이런 식이었다. 열두 살 때였던가. 할머니가 생일 파티를 열어주셨다. 초대장도 보내주셨고, 케이크도 특별 주문하셨다. 파티 날, 나는 애들한테 파티가 취소됐다고 말해버렸다. 그리고 하루 종일 심통이 나서 방에 처박혀 있었다. 케이크에는 손도 대지 않았다. 나는 가끔씩 이유 없이 모든 걸 망쳐버린다…. 이러는 걸 그만둘 방법을 찾아야 한다. 그게 테사와 키스하는 거라면, 내 품에서 그녀가 정신을 잃을 만큼 기쁨을 느낀다면, 나는 뭐든 할 거다.

뭔가 말하려고 했지만, 그녀가 검지를 내 입술에 갖다 댔다. 손가락에 붙인 밴드만 없었다면 그 상처에도 입을 맞출 판이었다.

"그러더니 키스하며 내가 필요하다 하고. 너랑 있으면 천국과 지옥을 왔다갔다하는 것 같아. 그런 내 모습이 싫어. 함부로 대하는 너 때문에 상처받는 것도 지긋지긋하고."

"나하고 있을 때 네가 어떤데?"

나는 있는 그대로의 그녀가 좋았다. 그녀는 보통 사람들보다 더 좋은 사람이다.

"절대 되고 싶지 않은 그런 사람. 남자친구 몰래 바람이나 피우는 사람, 하루 종일 울기만 하는 그런 사람."

그녀의 목소리가 갈라졌다. 내 곁에 있을 때 그렇게 변하는 자신의 모습이 수치스러운 듯했다. 나와 함께하는 시간 동안 그녀가 행복하길 바란다. 그리고 나를 갈망하기를 바란다. 그녀를 갈망하는 나처럼.

"나하고 있으면 네가 진짜 어떤 사람이 되는 줄 알아?"

엄지로 그녀의 턱선을 따라 쓰다듬었다. 내 손길에 그녀의 눈꺼풀이 파르르 떨리며 감겼다.

"어떤 사람인데?"

입술만 달싹거리며 그녀가 속삭였다. 우리를 둘러싼 주변은 고요하고 평온했다.

나는 진심을 다해 말했다.

"너 자신. 그게 진짜 네 모습이야. 넌 다른 사람들이 너를 어떻게 생각할지 신경 쓰면서 전전긍긍하잖아. 진짜 네가 어떤 사람인지는 알려고 하지 않으면서. 그리고 나도 내가 한 짓쯤은 알아. 너한테 손으로 해준 다음에…."

내 무신경한 단어 선택에 그녀가 인상을 찌푸렸다.

"아, 미안…, 아무튼 우리가 그러고 난 다음에 나도, 이건 아닌데, 했었어. 네가 차에서 그렇게 가버리고 나서 내 기분도 처참했다고."

"그걸 믿으라고?"

그녀가 매서운 눈초리로 노려보았다.

"맹세해. 나도 알아, 네가 나를 쓰레기라고 생각한다는 걸…, 그치만 너는 나를…."

말을 하다 말았다. 그녀는 나를 끝도 없이 밀어붙인다. 깊이를 알 수 없는 곳으로, 더 깊게. 그게 너무 두렵다.

"아냐, 됐어."

"하던 말 끝까지 해, 하딘. 아님 당장 가버릴 테니까."

진심이라는 걸 알 수 있다. 그녀는 허리에 손을 올리고 내 말을 기다렸다. 눈빛이 얼음처럼 차가웠다.

"나…, 나는 좋은 놈이 되고 싶어. 너한테만은…. 너에게 좋은 남자가 되고 싶어, 테스."

나는 숨을 토해냈고, 그녀는 숨이 콱 막힌 듯했다.

20

그녀가 그를 압박하기 시작했다. 관계에 걸맞은 이름과 잘하겠다는 약속을 증명하라며 그를 몰아붙였다. 그는 패닉에 빠졌다. 마치 덫에 걸린 채 궁지에 몰린 동물 같은 기분이었다. 그는 정직이라는 철창에 갇혔다. 그녀는 열쇠도 없이 그를 가두어버리겠노라 위협했다. 그는 그녀를 잃기 싫었다. 그러나 시간이 갈수록 그녀를 지켜내는 게 점점 더 어려워지기만 했다. 그는 그녀가 자신을 절대 이해할 수 없을 거라고 생각했다. 하지만 그녀는 바로 그 지점들을 콕 짚어냈다. 전세는 역전됐다. 더 알고 싶은 게 있을 때면 그녀는 대답을 요구했다. 수긍 말고 다른 답은 있을 수 없었다. 그러나 그가 더 알고 싶은 게 생기면, 그녀는 밀어내기만 했다. 온갖 변명을 늘어놓으면서.

"하딘, 이런 거 나한테 안 먹혀. 너랑 나는 완전 다른 세계에 사는 사람이야. 일단 넌, 여자친구는 안 사귄다며. 기억하지?"

그녀가 불같이 화를 냈다. 그리고 내게서 뒷걸음질 쳤다. 이 집에서 그녀가 나를 두고 가버리지 않기를 바라고 또 바랐다. 막연한 미래에 대한 얘기를 하는 건가? 연애, 결혼, 함께 사는 것, 헤어짐 같은 것들? 테사는 인생 전부를 계획해 놔야 하는 사람일지 몰라도 나는 아니다. 이쯤 되니 이런 압박은 내가 감당할 수 없을 것 같았다. 그럼에도 불구하고 그녀는 내가 자기한테 무언가가 되어주기를 끊임없이 요구하며 밀어붙이고 있다.

"그렇게 다르지 않아. 취향도 같고. 둘 다 책 좋아하는 것만 봐도 알잖아."

그녀 앞에서는 언제나 나를 방어해야 한다.

"너는 누구와도 사귀지 않잖아."

그녀가 조롱하듯 되풀이했다.

"그래도 우리…, 친구는 될 수 있잖아?"

'친구라고? 진심이냐, 하딘?'

그녀의 눈동자에 실망과 좌절의 빛이 스쳐 지나갔다.

"한입 갖고 두말 하는 게 특기구나, 넌. 친구는 절대 될 수 없다고 네가 그랬잖아. 게다가 나는 너와 '친구' 안 해. 네가 말하는 '친구'의 의미를 너무도 잘 알거든. 남자친구처럼 하고 싶은 건 다 하면서도 남자친구가 해야 할 건 안 하는, 그런 관계."

"그게 뭐가 나쁜데? 혹시 내 여자친구라는 명함이라도 필요한 건가?"

다행히 우리 사이에 숨 쉴 틈이 좀 생겼다. 스카치 냄새를 안 맡으며 숨 쉴 수 있다는 게 감사했다.

"그러니까, 하딘. 내가 요즘 들어 종종 자제를 못 하긴 했지만, 나도 자존심이라는 게 있거든. 난 너의 노리개가 되진 않을 거야. 특히나 나를 함부로 대하는 너라면 더욱."

열이 올랐는지 그녀는 두 손을 공중에 휘저었다.

"그리고 다시 한번 말하지만, 나는 이미 남친이 있는 몸이라고!"

그 변변치 않은 녀석을 구실로 삼겠다고? 아, 제발! 누가 지금 농담하자는 거냐고.

"네가 지금 어디 있는지 좀 생각해보고 얘기했으면 좋겠군."

나는 심드렁하게 대꾸했다.

내 머릿속에 자기 남자친구의 환영을 심어놓고 시시때때로 나를 비웃으며 투덜거리고 있다. 딱 내가 몰리한테 하던 짓이다. 그녀의 잣대는 확고했다. 그리고 오늘 밤의 음주가 상황을 더 나쁘게 만드는 것 같았다. 나도 그 정도는 안다. 골치 아픈 건 상관하고 싶지 않았다. 술도 잔뜩 취했고, 이 집 주방을 개판으로 만들어놓은 이 상황에.

그녀는 잔뜩 인상을 쓰며 이가 드러날 만큼 입술을 찌그러뜨렸다.

"난 남자친구 사랑해. 걔도 나를 사랑하고."

한 마디 한 마디가 가슴에 박혔다. 특히 마지막 말이 뼈를 때렸다. 그녀에게서 물러서면서 의자를 짚었다. 빌어먹을, 비틀거리기까지.

"내 앞에서 그런 소리 하지 마."

그녀는 조금도 물러서지 않았다. 완전히 열이 올라서 담아둔 말은 다 쏟아낼 작정인가 보다.

"술김이라고 별 말을 다 하는구나. 내일 제정신이 돌아오면 나를 싫어할 거면서."

싫어할 거라니? 내가 그녀를 싫어하는 게 가능하기나 해?

절망감에 무릎이 꺾였다. 둘 데 없는 시선을 정원에 심긴 나무들에게로 옮겨야 했다.

"너를 싫어하지 않아."

결국 이 말을 하고 말았다.

"내 눈을 똑바로 보면서 집에 가고 싶다고 말해봐. 이런 소리는 지껄이지도 말라고 말해보라고. 그럼 네 말 들을게."

진심이 아니었다. 그녀가 진짜 그렇게 말한다면 나는 그 말에 찔려 죽을지도 모른다. 하지만 진짜 그녀가 그렇게 느끼고 있다면, 그래서 내가 물러나기를 바란다면, 그렇게 할 거다.

"맹세해, 앞으로 네 곁엔 얼씬도 안 할게. 그러니까 네 입으로 말해보라고."

그녀가 사라진 내 삶은 어떨까. 그녀의 대답을 듣기 전, 내가 먼저 말을 이었다.

"어서, 테사. 다시는 나를 보고 싶지 않다고 말해보라니까."

생각하기도 싫었다. 그녀에게 다가가 팔을 붙들었다. 살갗 위로 소름이 돋았고, 그녀의 입술이 살짝 벌어졌다. 몸을 가까이 기대며 속삭였다.

"널 만지는 게 싫다고 말해봐."

손끝으로 그녀의 목에서부터 쇄골 라인을 따라 쓰다듬었다. 그녀는 헐떡거리느라 아무 말도 못 했다. 그녀의 얼굴에 닿을 듯 가까이 다가갔다. 살갗에서 찌릿하는 느낌이 들었다.

"키스하는 게 싫다고 말해봐…."

목소리를 낮추어 말하자, 그녀가 몸을 떨었다.

"말해보라고, 테레사."

대답을 강요했지만, 진심으로 그녀 입에서 그 말이 나오지 않기를 바랐다.

그녀가 내 이름을 불렀지만 거의 들리지 않았다. 하지만 입술 사이로 새어나오는 거친 숨결은 느낄 수 있었다.

"나에게서 벗어날 수 없어, 테사. 내가 너에게서 벗어날 수 없는 것처럼."

머뭇거리는 듯했지만, 그 말을 끔찍하게 여기는 것 같진 않았다.

"오늘 밤 같이 있어줄래?"

그녀의 입술에 대고 말했다.

테사의 시선이 집 안쪽으로 향했다. 그러더니 펄쩍 물러섰다. 뭣 때문에 그렇게 놀랐는지 보려고 고개를 돌렸다. 아무 것도 보이지 않았다. 그녀가 갑자기 가야겠다고 했다.

안 돼, 그녀는 가면 안 된다. 난 이 집에 혼자 남을 준비가 되어 있지 않았다. 이 집에 있어야 한다니, 어처구니가 없었다.

"젠장."

머리카락을 쓸어 넘기며 중얼거렸다.

"부탁이야. 같이 있어줘. 오늘 밤만이야. 내일 아침에도 나를 다시 보고 싶지 않다면, 그땐…."

이런 선택지를 주고 싶지 않았지만, 슬프게도 그럴 수밖에 없었다.

"제발, 같이 있어줘. 이렇게 부탁할게. 나, 질척거리지 않는 거 알잖아, 테레사."

내 평생 이렇게 애걸복걸한 적은 없었다. 술 때문인가? 아니면 그녀가 나를 미쳐 날뛰게 만든 건가? 잘 모르겠다.

테사가 고개를 끄덕였다. 조명 아래 그녀의 눈동자가 반짝였다.

"그럼 노아에겐 뭐라고 해?"

튀어나온 녀석의 이름이 폐부를 찔렀다. 그렇지, 그녀는 온전히 내 것이 아니었지. 하지만 그녀와 함께 할 시간이 더 필요하다.

"나를 기다리고 있을 텐데. 그리고 나, 걔 차 가지고 왔어."

그녀는 굳이 시시콜콜 설명했다.

방에 녀석을 혼자 두고 왔다고? 날 위해서?

어쩌다가 그렇게 된 건지 모르겠다. 헤어졌나? 녀석은 테사가 나랑 같이 있다는 사실은 아나? 사실 녀석이 내 이름이나 제대로 알고 있는지 모르겠다. 그녀가 감정적으로 나한테 얼마나 빠져 있는지도 모르겠고. 그게 나를 미치게 만든다. 스테프는 절대로 얘기해주지 않을 거다. 테사는 물론이고.

남자친구가 때문에 계속 신경 쓰이는 건가? 집 쪽을 돌아보았다. 벽 돌담이 온통 녹색 담쟁이로 뒤덮여 있었다. 조명도 밝았다. 여기 있는 게 그렇게 못할 짓인가? 진심으로 궁금했다.

"그냥 못 간다고 해. 왜냐하면… 에잇, 나도 모르겠다. 연락하지 마. 그런다고 걔가 미쳐서 날뛰진 않을 거야."

어째서 노아가 테사를 좌지우지하는 것처럼 보이는지 모르겠다. 그녀가 한숨을 내쉬었다. 걱정스러운 듯 아랫입술을 비쭉 내밀면서. 뭐가 그리 걱정인데…. 혹시 녀석이 테사 엄마한테 일러바칠까 봐? 테사도 이제 스무 살인데.

"걘 자고 있을 거야."

테사가 고개를 가로저었다. 나는 데크 모서리에 등을 기댔다.

"아냐, 호텔로 돌아갈 방법이 없잖아."

그 꼬맹이 자식이 호텔에 묵는다고?

"호텔이라고? 노아가 너랑 함께 있는 게 아니었어?"

"근처 호텔을 잡았어."

테사는 데크 바닥을 내려다보며 발을 동동 굴렀다. 마음이 급한 거다.

"그럼 네가 거기 같이 있는 거야?"

"아니, 걔만 있는 거지."

그녀의 목소리가 기어들어갔다. 시선을 아래로 고정시킨 채 그녀가 말을 이어나갔다.

"나는 내 방에 있고…."

말도 안 되는 소리다. 녀석은 테사를 좋아하긴 하는 거야? 아니, 그 녀석이 여자를 좋아하긴 해? 그러니까, 내 말은, 테사를 두고 어떻게!

"혹시 걔, 남자 좋아하냐?"

말도 안 된다. 몰래 바람을 피우고 있나? 어떤 게 더 최악일지는 모르겠다. 아무튼 그러면 내가 엄청 유리한 고지를 차지하는 거다.

그녀가 녀석한테 나한테 하듯 하진 않을 테니까.

테사가 어처구니없다는 듯 입을 떡 벌렸다.

"당연히 아니지!"

여자친구랑 같이 있고 싶어 하지 않는 남자라니.

"미안, 근데 좀 이상하잖아. 네가 내 여자친구라면 난 절대 집에 안 보내. 밤새 할 수 있는 만큼 할 거라고."

진심이다. 매일 아침 그녀는 쾌락 속에서 깨어나게 될 거다. 내가 매번 그녀의 다리 사이에 얼굴을 파묻고 있을 거니까. 그리고 매일 밤 내 이름을 부르며 절정의 쾌락 속에서 잠들게 될 거다.

얼굴이 붉게 달아오르며 테사가 시선을 피했다. 말 한마디에 저렇게 동요하다니, 기분 좋다. 어둠 속에 계속 있다 보니 머리가 아파왔다. 나무들이 휘청거리며 나를 향해 달려오는 것 같았다. 안으로 들어가고 싶었다. 물론 단둘이. 계속되는 불면증 때문에 더 그랬다.

테사를 돌아보았다. 벌리고 있는 그녀의 입술로 눈길이 갔다.

"들어가자. 나무들이 달려들고 있어. 너무 많이 마셨나 봐."

테사가 집과 나를 번갈아 쳐다보았다.

"이 집에 있을 거야?"

고개를 끄덕이며 그녀의 손을 잡았다. 그녀도 함께 있어야 한다. 내가 켄 씨의 집에 머무를 생각을 하다니. 믿을 수가 없다.

"그럼, 너도 그럴 거고. 들어가자."

얼른 손을 잡아끌었다.

집 안으로 걸어가는 테사의 걸음이 빨라졌다. 내 손을 뿌리치려는 모양이다. 나는 성큼성큼 걸어 그녀를 이끌고 주방으로 들어갔다.

아직도 조금 어질러져 있었다. 깨진 그릇의 잔해들이 쓰레기통에 넘치도록 쌓여 있었다. 바닥은 대충 다 치워진 것 같았다. 잘했군. 랜던이 나머지도 다 치울 수 있을 거야. 어쨌든 결국에 빌어먹을 내 아버지가 그의 아버지가 될 테니까. 솔직히 말하자면, 이미 그 사람은 랜던의 아버지다. 언제나 내가 아닌 다른 사람이나 다른 것들이 켄 스캇을 소유했으니까. 스카치 위스키, 술집들, 카렌, 랜던, 그리고 이 으리으리한 집이 켄의 소유자다. 그렇게 잘 퍼주면서 그 사람 인생에는 나한테 내어줄 건 아무 것도 없었다. 불과 작년까지도. 그래도 내가 아무렇지 않을 거라 생각한 건가? 빌어먹을, 말도 안 된다.

테사의 손을 꼭 붙잡고 위층으로 올라왔다. 내 기억이 맞다면, 오늘 밤 묵을 방은 복도 제일 끝 방일 거다. 방도 더럽게 많다. 자칫 랜던 방으로 불쑥 들어가고 싶진 않았다.

맨 끝 방에 도착했다. 테사는 내내 말이 없었고, 나도 별 상관은 없었다. 테사를 억지로 밀어붙이고 싶진 않았다. 게다가 아직도 머릿속에선 정자 제공자가 저지른 비행들이 떠나질 않았다.

방은 어두웠다. 더듬거리며 전등 스위치를 찾았다.

"하딘?"

어둠 속에서 테사가 속삭였다.

커튼이 조금 젖혀져 있었고, 그 틈으로 달빛이 새어 들어왔다. 테사의 손을 놓고 방 안으로 들어갔다. 빌어먹을 조명 스위치는 도저히 찾을 수가 없었다. 벽을 더듬었지만 아무 것도 잡히는 게 없었다.

어렴풋이 테이블이 보였다. 방 한쪽에 있는 램프도. 주춤거리며 그 앞으로 향했다. 부츠 발끝에 딱딱한 무언가가 채였다. 앞으로 고꾸라질 뻔했다.

"젠장!"

뭔지 모를 그걸 향해 욕을 퍼부었다. 이 거지 같은 방엔 빌어먹을 등 하나 없나보다. 켄과 카렌이 내가 제대로 엿먹길 바란 모양이다.

테이블까지 가자 램프 같은 게 손에 닿았다. 빙고!

"나, 여기 있어."

램프 전원 끈을 당기며 말했다. 깜빡, 전구에 불이 들어왔다. 생각보다 너무 밝아 순간 앞이 안 보였다. 몇 차례 눈을 깜빡이고 방을 둘러보았다. 내 방이다.

한 번도 사용하지 않은 내 방. 단 한 번도.

방은 휘황찬란하게 꾸민 호텔 같았다. 벽은 회색으로 칠해져 있었고, 천장과 바닥 모서리는 흰색 몰딩이 되어 있었다. 카펫까지도 몰딩 안으로 깔끔히 마감되어 있었다. 벽 쪽에 놓인 침대는 어처구니없을 만큼 거대했다. 체리목 헤드보드 앞에는 장식이 주렁주렁한 베개가 산처럼 쌓여 있었다. 이렇게 침대가 클 이유는 단 하나다. 그래, 테사가 알몸으로 회색 이불 한가운데 누워 있으려면 넉넉한 침대가 필요하지. 불행하게도 그럴 리는 없겠지만. 테사는 책상 옆에 서 있었다. 침대와 한 세트인 책상 위에는 최신형 맥북이 놓여 있었다. 허세덩어리들 같으니라고.

목덜미를 문질렀다.

"여기가…, 내 방이야."

무슨 말을 어떻게 해야 할지 모르겠다.

테사가 아랫입술을 깨물며 물었다.

"이 집에도 네 방이 있었어?"

조금도 내 방 같은 느낌은 아니지만, 아무튼 내 방이 맞긴 했다. 켄씨가 몇 번이나 이 집에 내 방이 있다고 말했다. 뭐 이런 기둥 달린 침대나 최신형 컴퓨터에 내가 혹할 줄 아는 모양이다.

"어…. 자본 적은 없지만…, 오늘 밤까진…."

더듬거리며 대답했다. 더 이상 묻지 않기를. 물론 바람일 뿐이겠지만.

침대 발치에는 베드벤치가 있었다. 용도는 딱 하나, 거추장스러울 만큼 많은 베개들을 치워놓는 거겠지. 베드벤치에 앉아 부츠를 벗었다. 테사가 나를 쳐다보았다. 질문 리스트를 만들고 있을 거다. 참견쟁이 테사. 양말을 벗어 부츠에 걸쳐놓았다. 발목에 몇 군데 베인 상처가 있었다. 그릇 파편이 부츠 안까지 튀었나보다. 젠장, 훌륭해.

테사가 질문 리스트 작업을 끝낸 모양이다. 내게 다가오며 입을 열었다.

"왜 그랬는데?"

심호흡을 했다. 못 들은 척하려다가 대답하기로 했다.

"그러고 싶지 않았으니까. 난 이 집이 싫어."

솔직하게 대답했다. 진짜 싫었다. 영국 엄마 집에 있는 내 침대도 싫었다. 어릴 때부터 썼던 꼬질꼬질한 매트리스며 침대 시트도 싫었다.

테사가 내 대답을 곱씹으며 다음 질문을 준비하는 듯했다. 그 사이 나는 바지를 벗었다. 테사의 눈이 동그래졌고, 팬티 바람으로 서 있는 나를 보며 경계 태세를 취했다.

"너, 뭐 하는 거야?"

"옷 벗는 거지."

한쪽 눈썹을 찡긋했다. 아무리 질문하는 걸 좋아한다 해도, 왜 이렇게 쓸데없는 것까지 죄다 물어보는 걸까?

"그러니까, 왜?"

그녀가 박서 팬티 위 내 사타구니를 빤히 쳐다보았다. 아닌 척해도 다 보였다. 내 물건을 상상하고 있는 게 뻔하다. 애석하지만 안 그런 척하는 건 실패.

나는 그녀를 똑바로 쳐다보았다.

"뭐랄까, 스키니 진에 부츠를 신고 잘 순 없으니까?"

이마로 흘러내린 머리카락을 쓸어 넘겼다.

"아."

테사가 기어들어가는 목소리로 대답했다.

셔츠를 벗으며 그녀의 시선이 어디로 향하는지 살폈다. 그녀의 시선은 내 목에서부터 복부로 움직이고 있었다. 내 몸에 새겨진 타투를 살살이 훑어보는 중이었다. 복부에 있는 제일 큰 나무에 시선이 고정됐다. 그 시선이 부담스러워졌다. 내 몸을 뚫어지게 쳐다보니 어찌할 바를 모르겠다. 그녀의 시선이 미치는 곳마다 닭살이 돋았다. 평소처럼 뜨거워지는 느낌이 아니라 얼음장 같은 찬바람이 서서히 불어오는 느낌이 들었다.

테사는 여전히 내 몸에 시선을 고정한 채 나를 보고 있었다. 셔츠를 그녀에게 휙 던졌다. 그녀가 깜짝 놀랐다. 나한테 너무 한눈이 팔려 있던 나머지, 셔츠를 제대로 잡지 못했다. 그녀를 홀딱 벗게 하면 나도 그녀 몸을 살살이 살펴볼 수 있을 텐데. 몸 구석구석을 살피며, 눈에 띄지 않을 거라 생각한 조그만 자국까지 하나하나 확인하면서 말이다.

그녀가 무슨 생각을 하는지 알았으면 좋겠다. 그녀를 더 많이 알았으면 좋겠다. 다른 상황에서 만났다면 어땠을까. 우리 집에서 소소한 것들을 빌려가는 이웃으로 만났으면 좋았을 텐데. 그럼 나는 물어보고 싶은 만큼 그녀에게 물어봤겠지. 왜 그렇게 질문을 해대는지가 첫째다. 혼란스럽거나 화가 날 때 왜 눈썹을 찌푸리는 건지도 물어봤겠지. 살면서 뭘 하고 싶은지도. 다시는 나를 못 만나게 된다면 어떤 기분일지도 물어봤을 거다. 나를 용서해줄 수 있을지도 물어봤을 거다.

하지만 너무도 극명한 현실은 그녀에게 나는 여전히 이방인이라는 거다. 그녀는 나에 대해 아는 게 거의 없다. 내가 한 짓을 안다면 그녀는 나에게 흥미를 잃을 거다. 내 타투들, 그걸 바라보는 그녀의 시선은 전부 시들해질 거다. 내 태도에 대한 그녀의 반응은 비아냥거림에서 증오로 바뀔 거다. 조심해야 한다. 나에 대한 신비감이 사라지는 날, 그녀도 사라져버릴 거다.

제기랄, 이런 생각을 하니 머리가 핑핑 도는 것 같다. 어지러운 게 나아지니 두통이 몰려왔다. 얼른 밝은 생각을 해야겠다.

"난 이거 입고 자도 괜찮아."

세상에서 제일 설득력 없는 말이었다. 그녀도 종일 입었던 펑퍼짐한 치마와 헐렁한 셔츠를 그대로 입은 채 자고 싶진 않을 거다. 셔츠는 그래도 괜찮아 보였다. 밝은 하늘색이 눈동자와 잘 어울렸다. 전에는 한 번도 이런 걸 생각해보지 않았는데….

'눈동자와 잘 어울린다고? 대체 그게 무슨 소리야?'

오늘 밤, 날 더 엉망으로 만드는 건 스카치가 아니라 그녀인 것 같다.

"그래, 좋을 대로 해. 불편해 죽고 싶으면 그러든가."

나는 침대로 다가가 손에 잡히는 베개들을 바닥에 던졌다.

테사가 못마땅하게 쳐다보았다. 아니면 반쯤 벗은 내 모습 때문에 성이 났나? 모르겠다. 테사가 침대 발치로 가더니 보기 흉한 베드벤치를 열었다.

"그거 바닥에 던지지 말고 이 안에 넣어."

내가 그걸 몰라서 이러는 줄 아나? 내가 편모 슬하에서 자라서? 그래서 이런 비싼 베개 같은 걸 베드벤치 안에 넣는 것도 모를까 봐?

'그만, 하딘! 그녀는 그냥 널 도와주려는 거야….'

스스로를 도닥이며 달랬다. 나는 항상 연습도 없이 최악의 상황으로 질주하곤 한다. 그게 나도 너무 싫다. 나 자신에 대한 불신과 열등감이 나를 산 채로 잡아먹는 거다. 프릴이 더 많은 베개를 집어 카펫으로 던졌다. 그녀가 투덜거리며 던진 베개를 집어 들었다.

테사가 가사 도우미 놀이를 하는 동안, 나는 이불을 젖히고 침대에 누웠다. 지금껏 이런 침대에서 자본 적은 없었다. 구름 위에 누워 있는 것 같았다. 팔을 베고 누워 테사를 쳐다보았다. 테사도 나를 보고 있었다. 그녀는 늘 나를 본다. 나도 늘 그녀를 본다.

테사는 마지막 베개까지 베드벤치에 넣고 뚜껑을 닫았다. 정리의 신이다.

밤새 저러고 서 있을 거가? 저 평퍼짐한 옷들을 벗기고 침대로 데리고 와야 하나.

"나하고 한 침대에서 잔다고 투덜거리지는 않을 거지?"

"물론 아니지. 침대가 둘이 잘 만큼 널찍한걸, 뭐."

싱긋 웃는 그녀의 표정에선 불안이나 긴장 같은 게 보이지 않았다. 그러면서도 떨리는 손으로 손톱을 뜯고 있었다. 그녀도 즐기고 있는 건가. 마음에 든다.

"이제 내가 사랑하는 테사로 돌아왔구나."

농담을 던졌다. 그녀의 눈이 아주 조금 동그래졌다. 그 이유에 대해서는 생각하지 않기로 했다. 오늘만큼은.

어색해하며 테사가 신발을 벗고 침대에 올라왔다. 옷을 다 입은 채로. 슈퍼킹사이즈 침대에서 최대한 멀찍이 떨어져 있는 곳에, 그녀가 누웠다. 옆으로 바로 돌진할까 고민했다. 그러다 놀라 굴러 떨어지면 안 되는데. 그녀가 바닥으로 떨어지는 장면을 상상하니 웃음이 나왔다. 테사가 내 쪽으로 몸을 돌렸다.

"뭐가 그렇게 웃긴데?"

예의 그 눈썹 찌푸리기다. 그 모습이 미치게 귀여웠다.

"아무 것도 아니야."

거짓말이었다. 웃음이 멈추지 않았다. 그녀가 입술을 삐죽거렸다.

"얼른 말해!"

그녀가 잠깐 나를 노려보더니 일부러 아랫입술을 쭉 내밀었다. 삐친 척 입술을 내밀어도, 아니 그것 때문인지 더욱, 키스하고 싶을 만큼 사랑스러웠다. 그 입술에 내 페니스를 넣고 천천히 오르내리는 느낌을 맛보고 싶다. 그 장면을 상상하며 이로 입술 피어싱을 잡아당겼다. 피어싱의 차가운 느낌이 따뜻한 혀에 느껴졌다.

몸을 굴려 그녀와 마주보며 물었다.

"너, 남자랑 같이 자본 적 없지?"

실은 나도 여자랑 같이 자본 적은 없다. 그런 건 내 취향이 아니다. 지금도 그럴지는 모르겠지만, 여하튼 아직까지는 그렇다.

"없어."

그녀의 대답에 안도했다. 테사랑 자는 최초의 남자가 나라니. 기쁨을 참지 못하고 미소 지었다. 이렇게 단칼에 대답할 게 많이 남아 있다니, 너무 좋다. 어떤 면에선 나도 그녀에게 줄 수 있는 게 꽤 많을 텐데.

테사가 침대 끝에서 한 뼘도 안 되는 곳에 누워 나를 보고 있었다. 무거운 겉옷을 그대로 입은 채로. 그것 때문에 미치겠다. 그녀가 손을 들어 내 오른 뺨 보조개를 만졌다. 잠깐이었지만, 너무 부드러운 감촉이었다. 지금까지 내 얼굴을 만진 사람은 없었다. 심지어 엄마도 열 살 이후에는 나를 만지지 못했다. 섹스를 하는 중에도 마찬가지였다. 누구든 내 몸에 손끝 하나 대지 못하게 했다.

그녀와 눈을 맞췄다. 그녀의 눈빛에 공포감이 서려 있었다. 나는 그녀의 손을 잡아 다시 내 뺨에 놓았다. 그녀의 손길이 좋았다. 그녀가 부드럽게 나를 쓰다듬었다. 내 몸 구석구석 그녀의 손길이 닿았으면 좋겠다.

"이해가 안 돼. 왜 지금까지 너를 내버려둔 건지. 네가 하도 계획을 해대니까 다들 엄두가 안 났던 모양이야."

장난처럼 말했다. 이런 경험이 없다는 건 반드시 이유가 있을 거다. 합당한 이유 없이 경험을 못 해봤다는 건 너무 비현실적이다.

"작정하고 덤비는 사람도 없었는걸, 뭐."

그녀의 말을 믿을 수 없었지만, 눈빛은 진실을 말하고 있었다. 그럼에도 믿기는 어려웠다.

"거짓말이 아니라면 눈 먼 애들만 있는 학교에 다녔구나."

나는 그녀의 입술을 바라보았다.

"네 입술만으로도 이렇게 흥분되는데."

사실이었다. 내 말을 증명하려는 듯 그녀가 손으로 내 입술을 만졌다. 어마어마한 인내심으로 참는 중이다. 이 순간을 망쳐버리고 싶지 않으니까.

그녀가 헉 하는 소리를 냈다. 내 말이 마음에 드는 모양이었다. 그녀를 흥분시킬 방법을 떠올리니 웃음이 났다. 마치 새로 뽑은 차를 막 받은 기분이랄까. 엔진이 묵직하게 으르렁거리는 소리를 처음 듣는 환희같은 게 느껴졌다. 그녀를 으르렁거리게 만들고 싶다. 랜던만 여기 없었다면 그녀가 마음껏 소리 지르게 만들었을 텐데. 오늘 밤은 천천히 보내고 싶다. 지난번 강가에서보다 더 많은 걸 느끼게 해주고 싶다. 그때 그건 내가 가진 기술의 완벽한 시작 단계에 불과했다.

입술을 핥으며, 테사의 손을 잡고 내 입술 위에 올려놓았다. 그녀가 얕은 숨을 토해냈다. 그녀의 손을 잡고 축축한 내 입술을 쓰다듬게 했다. 그녀의 검지를 살짝 깨물자 그녀의 손이 떨렸다. 본능에 가까운 신음이 터져 나왔고, 박서 팬티 안에서 내 페니스가 실룩이며 움직였다. 테사의 손을 내 목으로 이끌었다. 그녀의 손은 따뜻했다. 그녀의 손길이 닿자 미치도록 기분이 좋았다. 구름 위에 둥둥 떠 있는 것 같은 극치감. 술기운은 사라진 지 오래였다. 지금은 이 고집불통의 섹시한 금발 때문에 미쳐버릴 것 같았다. 테사가 손을 떼었고, 나도 손을 내려놓았다. 테사는 내 목 아랫부분에 새겨진 담쟁이덩굴을 따라 손끝을 움직였다. 내 살갗에 남긴 그녀의 서늘하고도 차분한 궤적. 그것 외에는 그어떤 것도 신경 쓰이지 않았다.

얼마간의 침묵이 흐르고, 내가 먼저 입을 열었다. 궁금하기도 했고 흥분이 되기도 했다. 그녀와 재미를 좀 볼까 한다. 그녀의 손을 다시 잡았다.

"이런 식으로 말하는 거 좋아하지 않았나?"

그녀의 가슴이 점점 빠르게 헐떡거렸다. 그 모습을 빤히 쳐다보았다. 그녀가 내 눈을 피했다. 하지만 나는 물러서지 않았다.

"볼이 빨개졌어. 숨소리도 달라졌고. 말해줘, 테사. 탐스러운 네 입술을 내가 가져도 된다고."

그녀는 잠자코 있었다. 맙소사, 내가 너무 뻔뻔했던 건가. 그녀에게 바짝 다가가 손목을 쥐었다. 테사는 안절부절못하는 듯했고, 살갗은 핑크빛으로 물들었다. 그녀는 중독되는 중이었다. 이제 그녀가 뭔가 말할 때다.

"선풍기 같은 거 있으면 좀 틀어줄래?"

진심이야, 테레사? 벌써 날 멍청이라고 생각하는 거야? 이런 침대에서 옆에 딱 붙어 누워 있는 나한테 할 얘기가 그것뿐이야? 그녀의 얼굴과 회색 눈동자를 가만히 쳐다보았다.

"부탁이야."

그녀가 여전히 나를 쳐다보며 속삭였다. 뭘 하는지도 깨닫기 전에 나는 이미 침대에서 내려오고 있었다. 제기랄, 제법인데.

침대 쪽을 돌아보았다. 그래, 당연히 너무 덥고 불편하겠지. 투박하고 두꺼운 옷을 껴입고 누워 있으니. 치마는 이불보다 더 두꺼운 소재인 듯했다.

"그렇게 더우면 그 두꺼운 옷부터 좀 벗어. 그 스커트는 보기만 해도 몸이 근질거린다."

테사가 슬쩍 눈을 흘기며 미소지었다.

농담 아닌데. 진짜 테사는… 옷을 못 입는다.

"네 몸에 잘 맞는 옷을 입어, 테사. 그 옷은 네 몸매가 하나도 돋보이지 않잖아."

그녀 가슴을 쳐다보았다. 밋밋한 게 아무 것도 보이지 않았다.

"속옷만 입은 너를 보지 못했더라면 네 몸이 얼마나 섹시하고 볼륨 있는지 몰랐을 거야. 그 스커트는, 진짜, 말 그대로 비료 포대 같아."

그녀가 웃음을 터뜨렸다. 예상했던 것보다 더 나은 반응이었다.

"그럼 뭐 입을까? 망사 스타킹에 튜브 톱?"

그녀가 한쪽 눈썹을 찡긋 올리며, 내 대답을 기다렸다.

튜브 톱에 데님 반바지를 입은 테사 모습이 스쳐 지나갔다.

"아니, 뭐, 그것도 나쁘진 않겠다. 노출이 심하지 않아도 돼. 대신 몸에 잘 맞는 걸 입어. 그 셔츠도 그래. 가슴을 다 가리잖아. 네 가슴은 가려야 할 물건이 아니라고."

"그런 표현 좀 안 하면 안 돼?"

그녀가 절레절레 고개를 저었다. 나는 웃으며 다시 침대로 돌아갔다. 얼마나 가까이 누워야 할지 잘 모르겠다. 몸에 닿을 때까지 천천히 다가갔다. 그녀가 일어나 앉더니 침대에서 내려갔다. 가슴이 터질 것 같았다.

"어디 가?"

화가 나 가버리려는 건가? 제발 그것만은 아니길.

그녀는 총총거리며 방을 가로질러 갔다.

"옷 갈아입으려고."

허리를 굽히더니 그녀는 바닥에서 더러운 내 셔츠를 집었다. 슬그머니 미소가 지어졌다. 그리고 행복했다. 내 옷을 입고 싶어 하다니. 그랬으면 좋겠다고 생각했는데.

"돌아서서 이쪽 보지 마."

무슨 어린애 타이르듯 말했다. 내가 볼 거라는 거 뻔히 알면서.

"싫어."

어깨를 으쓱하자, 그녀가 노려보았다.

"싫다니, 무슨 소리야?"

"뒤돌지 않을 거야. 널 보고 싶어."

알겠다고 말하더니 그녀가 스탠드를 꺼버렸다. 이런! 으르렁거리긴 했지만 그녀와 벌이는 이런 대화가 즐겁기만 했다. 일부러 소리 내어 구시렁거렸다. 이렇게 나온다면 나도 페어플레이 같은 건 없다. 바닥에 무거운 옷이 떨어지는 소리가 들렸다. 치마일 거다. 스탠드 끈을 잡아당겼다. 갑자기 밝아지자 테사가 펄쩍 뛰었다.

"하딘!"

테사가 마치 욕하는 것처럼 내 이름을 불렀다.

그녀를 뚫어져라 바라보았다. 발목에서부터 눈까지, 온몸을 훑었다. 그녀가 한숨을 쉬더니 치마를 다시 끌어올렸다. 테사의 브래지어는 흰색에 아무 무늬도 없는 심플한 거였다. 팬티도 브래지어와 똑같은, 딱 테사 같은 순수한 스타일이었다. 완벽에 가까운 둥글고 풍만한 엉덩이를 팬티가 다 가리고 있었다….

"이리 와."

속삭이듯 말했다. 당장 그녀를 만지고 싶었다. 테사는 방을 휘저으며 스트립쇼라도 하는 양 침대로 걸어왔다. 너무 좋다. 더 잘 보고 싶다. 몸을 일으켜 침대 헤드에 등을 기대 앉았다. 뜨거운 내 시선에 테사가 얼굴을 붉혔다. 그 어느 때보다 즐겁다.

곁으로 다가온 그녀가 손을 내밀었다. 그 손을 잡고 내 품으로 끌어당겼다. 그녀가 다리를 벌려 내 몸 위에 걸터앉았다. 이런 식으로 그녀를 안는 게 너무 좋다. 끝도 없는 상상의 나래를 펼쳤다. 그녀가 몸을 일으켜 온몸으로 나를 애무하는 상상.

나는 그녀의 엉덩이를 살포시 붙잡고 내 몸 위에 앉혔다. 그녀가 입술을 깨물며 내 눈을 들여다보았다. 처음엔 그녀의 시선을 피했다. 페니스가 팬티를 뚫고 나올 기세였다. 테사의 살결은 너무 부드러웠다. 엉덩이 선에 걸린 내 셔츠도 섹시하기 그지없다.

그녀를 향해 미소 지었다. 촉감과 지금의 자태가 얼마나 나를 자극하는지 모를 거다.

"너무 좋다."

미소로 화답해주길 기다렸지만 그녀는 웃지 않았다.

"왜, 뭐 잘못된 거라도 있어?"

그녀의 뺨을 가만히 쓰다듬었다. 웃어줬으면 좋겠다. 대신 그녀는 눈을 감았다. 이러는 게 애들하고 한 내기의 룰을 어기는 건 아닐까. 아무튼 이건 선을 넘은 게 분명하다.

"아냐, 그냥, 어떻게 해야 할지 모르겠어…."

테사는 부끄러워하는 것 같았다.

그녀에게 부담을 주고 싶진 않았다. 어떻게 해줘도 기분은 좋을 텐데. 이런 내 감정을 어떻게 설명해야 할지 모르겠다.

"하고 싶은 대로 하면 돼, 테스. 너무 깊게 생각하지 말고."

테사는 손을 들어 벗은 내 가슴팍을 만지려는 듯했다. 그녀가 손을 든 채 가만히 있었다. 내 허락을 기다리는 눈빛이었다. 지금껏 이런 허락을 구한 사람은 아무도 없었다. 나는 고개를 끄덕였다. 긴장과 흥분이 함께 일었다. 그녀를 바라보았다. 내 가슴에서 박서 팬티 허리까지 검지로 천천히 훑어 내렸다. 당장이라도 그 손목을 붙잡고 섹스를 하고 싶었다. 하지만 애써 참으며 가만히 있었다. 눈을 감고 타투를 따라 움직이는 그녀의 손길을 느꼈다. 너무 좋다.

갑자기 그녀가 움직임을 멈췄다. 눈을 떴다. 더 만져줬으면 좋겠다.

나는 그녀에게 중독됐다.

"나, 음…, 너…, 만져도 돼?"

테사가 불룩해진 박서 팬티 앞섶을 보면서 더듬거리며 물었다.

'젠장, 당연하지!'

목청껏 대답하고 싶었다. 대신 나는 최선을 다해 차분하게 고개를 끄덕였다.

테사는 한껏 긴장한 듯했다. 잔뜩 성이 난 내 페니스를 만지지도 못하고 머뭇거리기만 했다. 그러다 손을 조금씩 내리더니 건드리기 시작했다. 페니스에 살짝살짝 닿으며 움직이는 그녀의 손길에 나는 더 달아올랐다.

"어떻게 하는 건지 알고 싶어?"

내가 물었다. 그녀가 좀 더 편안해졌으면 좋겠다.

테사는 고개를 끄덕였다. 나는 그녀의 손 위로 내 손을 겹쳐 잡았다. 그녀에 비해 내 손은 너무 컸다. 그녀의 손끝이 겨우 내 손바닥을 넘을락 말락 했다. 잡은 손을 내려 박서 팬티 위에 놓았다. 그리고 손으로 페니스를 잡게 했다. 그녀가 잡은 손에 천천히 힘을 주었다. 신음을 토해내며 나는 잡고 있던 그녀의 손을 놓았다. 이제 주도권은 그녀에게 있다. 그녀의 모습은 음란하면서도 순수해 보였다. 눈빛은 흔들렸고 입술이 벌어졌다. 그리고 두 뺨은 붉게 상기돼 있었다.

"젠장, 테사. 그러지 마."

그런 표정을 또 다시 보게 된다면 당장이라도 폭발할 것 같았다.

내가 중얼거리는 소리를 듣고 테사가 멈췄다. 젠장, 내 말이 어떻게 들렸을지 잠시 잊고 있었다.

"아니, 아니, 그거 말고. 계속 해줘. 내 말은, 그런 눈빛으로 나를 보지 말란 거야."

얼른 말을 정정했다.

테사가 순진무구한 표정으로 속눈썹을 깜빡거렸다.

"어떤 눈빛?"

"순진무구한 그런 눈빛. 그렇게 바라보면 자꾸만 널 더럽히고 싶어진단 말야."

너무나 간절히 그러고 싶다, 테레사.

테사가 긴장한 듯 잡은 손을 놓았다. 좀 더 타이트하게 잡아줬으면 좋겠는데. 하다 보면 요령을 터득할 거다. 그녀가 빨리 습득할 수 있게 도와줘야 하나. 그녀가 입술을 깨물며 잡은 손에 힘을 주었다. 거친 숨을 토해내며 그녀의 이름을 신음했다. 평생 딱 한 가지만 할 수 있다면, 이걸 영원히 하고 싶다.

"오, 테스, 네 손 느낌이 너무 좋다."

내 말에 테사가 힘을 얻은 듯했다. 근데 좀 과했나 보다. 너무 세게 쥐는 바람에 통증이 느껴졌다.

"테스, 너무 세게는 말고."

"아, 미안."

무안하게 만들지 않으려 조심하며 그녀를 이끌었다.

그녀가 입을 맞추더니 혀로 목에서부터 귀 아래까지 천천히 핥아주었다.

'제에엔장.'

너무 좋잖아. 그녀를 만지고 싶다. 오래는 못 버틸 것 같다.

"너⋯, 브라⋯, 벗겨도 돼?"

그녀의 몸을 느끼고 싶다. 셔츠 아래로 손을 넣었다. 완벽에 가까운 탄력 있는 젖가슴이 느껴졌다. 테사는 숨이 막히는 듯 고개를 끄덕였다. 재빨리 브래지어 후크를 벗겼다. 어깨끈을 팔까지 끌어내렸다. 브래지어는 찢어발기지 않으려고 최대한 자제력을 발휘해야 했다. 테사가 팔을 올려 브래지어 벗기는 걸 도와주었다. 브래지어를 바닥에 아무렇게나 던져놓고 그녀의 젖가슴을 움켜쥐었다. 그리고 입술을 포갰다. 꼿꼿해진 그녀의 젖꼭지를 살짝 비틀었다. 그녀 입에서 신음이 터져 나왔다. 그녀의 키스가 너무 좋다. 부드러우면서도 격렬하다. 그녀는 내 페니스를 잡고 아래 위로 손을 움직였다. 끊임없이, 테사가 나에게 쾌감을 선사하는 중이다. 내 침대 위에서, 내 옷을 입고.

"아, 테사⋯ 나, 할 것 같아."

내 몸인데 내 맘대로 할 수가 없었다. 테사는 내 온 감각을 다 끄집어내 빨아들이고 있었다. 순식간에 불 같이 타올랐다가 빙산처럼 차갑게 식었다. 그녀의 이름을 소리쳐 부를 뻔한 걸 간신히 참았다. 달콤한 그녀의 혀와 내 혀가 뒤엉켰다. 손은 여전히 가슴을 주무르고 있었다. 그녀에게서 신음이 터져 나왔다. 얼마나 좋아하는지 알겠다. 절정에 오르자, 그녀의 가슴을 쥐고 있던 손에 힘이 빠졌다. 박서 팬티 안에서 안도의 한숨을 내뱉듯 뜨뜻한 정액이 흘렀다.

몰아쳤던 쾌감이 잦아들자, 나는 고개를 뒤로 젖히며 눈을 감았다. 테사는 계속 내 다리 위에 앉아 있었다. 기분이 너무 좋았다. 마치 죽어서 천국에 간 기분이었다. 딱 이런 기분이겠지. 테사가 불안해하는 느낌이 들었다. 눈을 뜨고 그녀를 보았다. 나도 약간 긴장하고 있었다. 그녀가 변덕스럽다는 걸 잘 알고 있으니까. 테사가 나를 보고 웃었다. 걱정스런 마음이 이내 가라앉았다. 나도 따라 웃어주며 그녀의 이마에 입을 맞추었다. 그녀가 한숨을 내쉬었다. 그 소리마저 사랑스러웠다.

"한 번도 이랬던 적은 없었어."

이런 경험을 그녀가 하게 해주다니, 감격스러웠다.

"별로였어?"

그녀가 내 허벅지 위에서 내려오려 했다. 약간 겁에 질린 듯도 했다.

"무슨 소리야? 그 반대야. 너무 잘했어. 다른 애 같았으면 팬티 속에서 애무하는 걸론 어림없었을 거야."

가만히 쳐다보고만 있을 뿐 테사는 아무 대답이 없었다. 뭐가 또 거슬린 모양이군. 방금 한 말을 곱씹어보았다. 뭐가 그녀를 화나게 했을까. 아무리 생각해도 모르겠다. 물어보는 수밖에.

"무슨 생각해?"

역시 대답이 없었다. 항상 나더러 말을 안 한다고 하더니만, 그녀도 별 수 없었다.

"뭐야, 테사. 얘기해줘."

볼멘소리가 나왔다. 나한테는 뭐든 숨기려고만 하면서 항상 내가 모든 걸 설명해주길 기대한다. 할 수 없다. 간지럼이라도 태우는 수밖에. 구닥다리 시트콤처럼. 여자들 입을 열게 하는 데는 간지럼이 제일 쉬운 방법이다. 거기다 약간 야한 짓을 섞으면 효과 만점일 거다. 살짝 야하면서도 귀여운 그런 짓거리를 좀 배워놔야겠다.

"알았어…, 알았어! 말해줄게!"

테사가 발길질을 하며 몸을 움츠렸다. 얼굴은 잔뜩 찡그렸지만 이가

다 보일 만큼 입을 크게 벌리고 간지럼 피우는 나한테 발길질을 해댔다. 그 모습이 엉뚱하고 우스워서 배가 아플 만큼 크게 웃어버렸다.

"좋아!"

그제야 축축이 젖은 팬티가 거슬리는 걸 깨달았다.

"근데, 잠깐만. 나, 팬티를 갈아입어야겠어."

여분의 옷을 가져오지 않았다. 차 트렁크에 셔츠만 몇 벌 있을 뿐이다. 일어나서 뭐가 없을까 방을 두리번거렸다. 옷장 안에 옷이 잔뜩 들어 있을 거다. 카렌이 얘기해줬던 것 같다. 그땐 못 들은 척 했었다. 생각만 해도 소름 끼친다. 나랑 상관도 없고 엮이고 싶지도 않은 여자가 내 옷을 옷장에 채워 넣고 있는 모습 말이다.

제기랄. 다른 선택지가 없다. 뭐, 카렌이 그렇게 나쁜 사람은 아니니까. 근데 그런 그녀의 주방을 내가 산산조각 내버렸다. 그러니까 더욱 그녀가 불쌍하게 여겨 채워준 옷을 기꺼이 입어줘야지. 그렇게 해서라도 카렌을 행복하게 만들 수 있다면. 사죄의 의미로. 괜찮은 게 있길 바라며 서랍장을 열었다. 온통 체크 무늬 속옷들이다. 망했다. 파란색과 하얀색, 빨간색과 하얀색, 초록색과 빨간색, 빨간색와 파란색, 하얀색과 초록색. 끝도 없다. 서랍장을 닫아버리고 싶었지만, 상황이 절박했다. 그나마 가장 덜 거슬리는 파란색과 하얀색 속옷을 집었다. 더러운 물건인 양 엄지와 검지로 그걸 들어 올렸다.

"왜 그래?"

테사가 일어나 앉아 나를 보고 있었다. 내 모습이 우스꽝스러운 모양이다. 그녀는 즐거워보였다. 눈을 보면 알 수 있다. 그녀와 함께 있으면서 야금야금 그녀를 더 알아가는 중이다.

"이런 말도 안 되는 것들은 뭐냐고."

체크 무늬 면 속옷이라니. 게다가 사이즈는 엑스라지? 누구 걸 사다 놓은 거야?

"그렇게 흉하진 않아."

마음에도 없는 소리. 파랑과 하양 체크무늬 팬티를 공중에 날려버리며 고개를 저었다.

"거지 주제에 뭘 고르겠어. 잠깐만 있어봐."

밥맛 떨어지는 팬티를 집어 들고 방을 나왔다. 욕실까지 가는 길에 랜던 방이 있었다. 방문에 귀를 댔다. 요정 어쩌구 하는 말소리가 들렸다. 그럼 그렇지. 테사가 못 듣게 작은 소리로 방문을 노크했다. 녀석의 대답을 기다렸지만, 시간이 너무 늦긴 했다. 〈트와일라잇〉 같은 걸 틀어놓고 잠에 빠졌을 수도 있겠다. 한 번 더 두드리니 방문이 열렸다. 문을 연 녀석의 표정이 아무렇지도 않았다. 녀석 앞으로 다가갔다. 녀석은 나를 막는 듯 한 손을 들어올렸다.

"시비 걸려고 온 거 아니야."

내가 먼저 목소리를 낮췄다. 멍청한 자식 같으니라고.

내 말을 전혀 믿지 않는 눈치였다.

"그럼 왜 온 건데?"

녀석이 미심쩍다는 듯 물었다.

"들어가도 돼?"

방 안으로 고갯짓을 하며 어두컴컴한 방 안을 들여다보았다. 벽 넓이만 한 텔레비전이 있었다. 족히 60인치는 넘어 보였다. 물론 그러시겠지. 번쩍거리는 액자에 담긴 사인한 저지 셔츠도 걸려 있었다. 랜던은 자기가 갖고 싶은 건 뭐든 손에 넣고 사는 것 같았다. 나보다 키가 5 센티미터쯤 작았지만 온몸에 근육이 울퉁불퉁했다. 나는 크고 슬림했지만, 녀석은 작아도 다부진 몸매였다. 데이비드 베컴의 젊고 어린 버전 같다고나 할까. 녀석은 WCU가 쓰인 티셔츠에 플란넬 천으로 만든 바지를 입고 있었다. 구제 불능이로군.

녀석이 나를 아래위로 훑어보다가 팬티를 보더니 한쪽 눈썹을 들어 올렸다.

"젠장, 너네 엄마가 사다놓은 거야."

녀석을 향해 일갈했다.

랜던은 안 웃는 척하며 손으로 입을 막았다.

"알아, 웃기다는 거."

녀석은 나 같은 건 아랑곳하지 않는다는 듯 웃음을 터뜨렸다. 그제 야 녀석이 얼마나 짜증나는지 기억났다.

"됐어, 관둬."

녀석을 밀치고 다시 욕실로 향했다. 녀석하고 말을 섞는 게 아니었다.

랜던이 두 손을 들어올렸다.

"잠깐, 미안. 엄마가 나한테만 그런 걸 사주는 줄 알았어. 너무 구리 다고 몇 번이나 말했는데도 말이야."

녀석을 따라 웃진 않았다. 그래도 생각해보니 조금 웃겼다.

"너하고 테사 얘기를 좀 하고 싶어서."

이내 녀석이 방어 태세를 취했다. 입을 굳게 다물고 서 있는 폼이 어 쩐지 키가 좀 커 보였다.

"무슨 얘기?"

나는 머리카락을 쓸어 넘겼다.

"너한테 확실히 하고 싶어서. 알다시피….”

랜던이 다시 손을 들어올렸다. 이번에는 내 말을 막으려는 거였다.

"테사는 자기가 뭘 하는지 알 거야. 걔가 자기 앞가림도 못 하는 사람인 것처럼 내가 참견할 필요는 전혀 없어."

경직된 말투였지만 악의는 없었다.

뭐라고 대꾸해야 할지 모르겠다. 녀석은 얼간이에, 테사한테 최대한 나에게서 멀리 떨어지라 충고해준 믿음직한 친구였는데.

"음….”

선뜻 말이 나오지 않았다.

"나 이제 잘 거야."

녀석을 돌아보았다. 녀석은 문을 닫으며 싱긋 웃었다. 젠장, 어색하기 짝이 없다. 그래도 예상했던 것보단 괜찮군.

샤워를 마치고 방으로 돌아갔다. 테사는 아기 고양이처럼 몸을 웅크리고 침대에 앉아 있었다. 시선은 새로 입은 박서 팬티에 고정돼 있었다. 흉물스러운 팬티 같으니라고.

"좋네."

거짓말. 말도 안 되는 소리다. 내 물건이 얼마나 큰데, 이러면 보이지도 않잖아. 음흉한 눈길로 그녀를 쳐다보았다. 스탠드를 끄고 리모컨을 쥐었다. 돈이 많으면 홀로그래픽 텔레비전 같은 걸 설치했어야지, 스캇 씨의 안목이 새삼 놀랍다. 텔레비전을 켜서 아무 채널이나 돌렸다. 볼륨은 최대한 작게. 아무 소리도 없이 너무 조용한 건 싫다. 침대로 가서 테사 옆에 얼굴을 마주보고 누웠다.

"말하려고 했던 게 뭐야?"

내가 묻자 테사가 입술을 깨물었다.

"이젠 부끄러워할 필요 없잖아. 넌 나를 팬티에 사정하게 만들었으면서, 뭘."

새삼 부끄러워하는 게 귀여웠다. 그녀를 바짝 당기며 감싸 안았다.

유난스럽게 구는 테사가 진정되길 기다렸다. 가끔씩 테사는 완전히 느긋해지기도 한다. 그게 너무 좋다. 그런 면을 내가 끌어내준 것 같아서 뿌듯하다. 감정 기복이 롤러코스터 같은 테사가 차츰 정상으로 돌아왔다. 머리카락이 완전 산발이었다. 아무 생각 없이 그녀의 머리카락을 귀 뒤로 넘겨주었다. 귀에 작은 귀걸이를 하고 있었다. 나도 귀를 뚫고 싶었던 때가 있었다. 마크의 귀 뚫은 자리가 곪기 전까지. 그 자리에서 구역질 나는 냄새가 풍겼다.

빨리 다른 생각을 해야겠다.

그녀의 입술에 부드럽게 입을 맞췄다. 그녀가 내 마음을 온통 지배하는 것 같았다.

"아직도 취했어?"

이런 게 바로 참견쟁이 질문의 좋은 예다.

"아냐, 아까 뒷마당에서 너랑 싸우면서 다 깼나 봐."

"싸우는 게 좋은 점도 있구나."

안고 있던 이 팔을 어떡해야 할지 모르겠다. 계속 안고 있어도 되나? 그녀의 얼굴을 마주보면서 등을 쓰다듬었다.

"그런 것 같네."

내 가슴에 머리를 기댄 그녀에게만 집중하기로 했다. 팔은 그냥 둬야겠다. 숨을 쉴 때마다 그녀가 함께 들썩인다. 마치 이런 자세로 있는 게 무척이나 익숙한 듯. 기분이 좋다.

그녀가 밝게 웃으며 나를 보았다.

"근데, 나는 술 취한 하딘이 더 나은 것 같아."

술 취한 하딘이라….

좁아터진 집에 쩌렁쩌렁 울리던 엄마의 목소리가 들렸다.

'당신은 술주정뱅이일 뿐 아무 것도 아냐, 켄!'

테사와 함께하는 이 시간을 망쳐선 안 된다. 매 순간 나를 좀먹는 기억들을 떨쳐버려야 한다.

아무튼, 나를 놀리려고 한 말이겠지. 생각 먼저 하고 말을 내뱉는 방법을 배워야겠다. 테사와 함께 있으면 그 연습을 잘 할 수 있을 거다.

"그래?"

"응."

테사가 입을 삐죽 내밀었다. 이런 식으로 내가 질문했다는 사실을 잊어버렸을 거라 생각한다면, 오산이다.

"아무튼 말 돌리는 데 소질 없는 거 알지? 이제 빨랑 말해."

"그니까, 내가, 생각을 해봤는데…, 너랑…, 같이 했던…, 그 여자들…."

말을 끝내자마자 그녀는 숨듯이 내 품에 머리를 파묻었다.

생각했던 게 그거라고? 그녀의 헝클어진 머리가 내 코를 간질였다. 그녀에게 풍기는 바닐라 향이 얼마나 좋은지, 내 머리에 떠오르는 건 이런 생각들뿐인데.

"도대체 그런 생각은 왜 한 건데?"

무슨 뜻인지 내가 눈치 챈 걸 알았다는 듯, 그녀가 한숨을 내쉬었다. 나는 아무 생각도 안 나는데.

"나도 잘 모르겠어…, 나는, 그러니까, 경험도 없고, 너는 많잖아. 스테프하고도 그렇고…."

그녀의 말끝에 씁쓸함이 배어 있었다. 하긴 테사가 제드와 섹스를 했다면 나도 똑같은 생각이 들었을 거다. 단순히 입장을 바꿔 보니 그렇다. 예상치 못했던 예리함이다.

지금은 그런 생각 따위 떨쳐버리기로 했다. 그녀와 같이 있는 이 침대에 그런 잡생각은 낄 틈이 없으니까. 내 관심을 갈망하며 나를 바라보는 테사를 녀석이 본다면 좋았겠지만.

화가 난 건지, 질투 때문인지, 호기심 때문인지 잘 모르겠다. 가끔은 그녀가 책처럼 잘 읽힐 때가 있다. 하지만 또 어떤 때는 그 책이 완전히 덮혀 있다.

의도를 도저히 알 길이 없다. 그냥 물어보기로 했다.

"지금 질투하는 거야, 테스?"

그랬으면 좋겠다.

"아니, 당연히 아니지."

거짓말을 술술 잘도 하는구나.

좀 놀아봐야겠다. 말은 안 해도 온몸으로 그걸 표현하고 있었다. 나에게 딱 달라붙어 있는 몸이 따뜻했다. 이렇게 누구랑 한 침대에 누워 본 적은 단 한 번도 없었다. 팬티에 사정하고 여자를 끌어안고 누워 있다니, 말도 안 된다. 섹스한 뒤 이렇게 강하게 교감한 적도 없었다. 다른 사람과 한 침대에서 잠을 자본 적은 더더군다나 없다.

"그럼 내가 몇 가지만 자세하게 얘기해줘도 괜찮지?"

그녀가 금세 몸을 움츠렸다.

"싫어! 하지 마! 제발 부탁이야."

그녀를 꽉 끌어안으니 피식 웃음이 나왔다. 그런 얘기가 듣기 싫다는 그녀가 너무 좋았다. 나도 그녀가 다른 놈이랑 섹스했다는 말을 들으니 귓구멍을 드릴로 파버리는 게 나을 듯했다. 멍하니 천장을 바라보았다. 뭘 하며 이 밤을 보내면 좋을까. 테사는 조용했다. 잠이 오는 것 같았다. 테이블에 놓인 휴대전화를 보니 자정이 다 된 시각이었다.

"벌써 자려는 건 아니지? 아직 이른데?"

"이르다고?"

반쯤 잠에 취한 목소리였다. 진짜로 나를 두고 잘 모양이다. 솔직히 나도 피곤하지만 그녀와 시간을 더 보내고 싶었다. 테사가 하품을 했다. 어이가 없군. 10시밖에 안 됐다고 거짓말할까?

"응, 12시밖에 안 됐는데?"

건강을 위해 하루 8시간은 자야 한다고 생각하나 보다. 그러니까 만날 생글거리면서 행복할 수 있었겠지.

"밤 12시면 늦은 거지."

또 하품을 한다. 이번엔 더 귀엽다.

그녀를 꼬시는 건 어렵지 않다. 필살기를 한번 써봐야겠다.

"나한텐 일러. 게다가 나도 보답을 해줘야지."

품에 안긴 테사가 순간 긴장했다. 금세 두 뺨이 달아올랐을 거다. 안 봐도 알겠다. 가슴이 두방망이질치고 있겠지. 혀로 그녀의 클리토리스에 원을 그리며 핥는 게 얼마나 기분 좋을지 상상의 나래를 펼치면서 말이다.

"너도 원하는 거 아냐?"

낮은 목소리로 물었다. 그녀가 몸을 떨었다. 그게 사인이다. 그녀가 나를 올려다보며 미소지었다. 천천히 그녀를 눕히고 위로 올라갔다. 머릿속에 절정에 올라 입을 벌린 그녀의 모습이 그려졌다. 두 손으로 내 머리카락을 움켜쥐고, 두 다리는 내 허리에 감고 나를 바짝 끌어당기면서 말이다. 테사는 한쪽 다리를 내 등에 감으며 진짜로 나를 끌어당겼다. 그녀의 무릎에서부터 쓰다듬으며 올라와 허벅지를 움켜쥐었다.

그녀의 몸은 너무도 유혹적이다. 나를 고문하려고, 내 자제력을 시험하려고 나타난 건가. 한편으로는 그 반대의 이유로 여기 나타난 거라는 소리가 아주 작게 들렸다. 혹시 나는 그녀와 함께해야 할 운명인가? 새 삶을 살아가는 걸 그녀에게 보여줄 운명? 다 부질없는 생각이다. 어쨌든 나를 벌주려고 나타난 건 아닐 거다. 나는 구원해주려고 나타났을 거다.

"너무 부드러워."

관능적인 그녀의 다리를 계속해서 쓰다듬었다. 이 다리 끝에 있는 속살을 생각하니 팬티 속 페니스가 다시 요동쳤다. 그녀가 또 몸을 떨었다. 살갗에 닭살이 돋았다. 내 손길에 그녀의 몸이 반응하는 게 너무 좋았다. 그녀의 욕정은 조금도 물러섬이 없었다. 내 손길 하나하나에 전부 반응했다. 촉촉이 젖은 입술을 그녀의 무릎 안쪽에 대고 지그시 눌렀다. 부드럽고 바닐라 맛이 났다. 눈 깜짝할 새에 전부 먹어치울 수 있을 것 같았다.

'자제해… 자제해….'

"너를 맛보고 싶어, 테사."

반응을 살피며 그녀의 눈을 쳐다보았다. 내가 선사할 쾌락이 어떤 수준인지 감이 안 오는 모양이었다. 혀만으로도 그녀를 완전히 정복할 수 있는데. 그녀 또한 멈추라고 하지 않을 거다.

테사가 입술을 벌리고 다가왔다. 키스를 하려는 줄 알았나 보다. 이렇게 무구하고 신선한 여자라니.

"아니 아니, 여기. 아래쪽 말이야."

팬티 위 그녀의 음부를 톡톡 건드렸다. 헉 하며 그녀가 숨을 들이마셨다. 가슴이 들썩거렸다. 그녀의 몸에서 호르몬이 뿜어져 나오고 있음을 느낄 수 있었다. 몇 번의 터치만으로도 그녀는 이미 푹 젖어 있었다. 너무 아름다웠다. 터치 하나하나에 부풀어 오르고 젖어버리면서 그녀의 아름다움은 점점 배가된다.

"말해줘, 테사. 어떻게 해주길 원하는지, 나한테 얘기해줘."

그녀가 애원하는 걸 듣고 싶다. 강박에 가까운 신념이었다.

손으로 계속 그녀의 클리토리스를 애무했다.

"멈추지 말아줘, 하딘."

거의 우는 소리였다. 아주 마음에 든다.

"아무 대답도 하지 않았잖아, 테사."

계속 독촉했다.

"네가 좋은지 어떤지 나는 모르잖아."

"하딘, 네가 말해주면 안 될까?"

몸을 일으켜 그녀 허벅지 위에 앉았다. 그녀에게서 손을 뗄 수가 없었다. 허벅지의 부드러운 살갗을 따라 손을 쓸어내렸다. 그녀를 더 달아오르게 만들 참이다.

"말해봐."

명령조로 밀어붙였다.

"아니, 고개만 까닥이지 말고 말을 해줘."

그녀가 용기를 내도록 응원해주었다. 나를 얼마나 원하는지 그녀 입으로 말하는 걸 듣는 게 너무도 짜릿하다.

"나, 하고 싶어…."

그녀가 내 쪽으로 몸을 들어올렸다. 나는 그녀가 입 밖으로 말을 내뱉을 수 있도록 손놀림을 멈추지 않았다.

"뭘 하고 싶은데, 테사?"

재차 물었다.

"알잖아…, 키스…, 받고 싶어."

그녀의 입술에 두 번 입을 맞췄다. 그녀가 인상을 썼다.

"이걸 원하는 거지?"

그녀가 장난스럽게 내 팔을 찰싹 때렸다. 내가 해주길 원한다고 애원하는 소리를 꼭 들어야겠다.

"거기에…, 키스해줘…."

결국 승복했다. 테사는 얼굴을 감싸고 고개를 가로저었다. 그녀의 손을 붙잡아 내리게 했다. 잔뜩 울상이 된 얼굴을 보자 웃음이 나왔다.

"일부러 나 창피 주려고 그러는 거지?"

그녀는 진짜 화가 난 듯했다. 어쩌다 일이 이렇게 된 거지?

그게 아니라고 변명하려 했지만, 그녀는 진짜 기분이 상한 것 같았다. 그냥 그녀가 자신의 욕구를 입 밖으로 소리 내 말하는 걸 듣고 싶었을 뿐인데.

"됐어, 하딘."

그녀가 이불을 끌어당겨 몸을 가렸다. 이런 망할. 테사는 등을 돌려 누웠다.

경험 없는 그녀에게 안 좋은 기억을 만들어주다니. 난 대체 왜 이럴까. 나와 함께 있는 이 침대가 그녀의 안식처가 되어야 한다. 모든 것을 내려놓고 그저 내가 주는 쾌락만을 온전히 즐길 수 있는 곳이 되어야 한다. 그런데 내가 다 망쳐버렸다. 오늘 일을 떠올릴 때마다 기분 나쁜 경험이라 생각할 텐데. 너무 밀어붙이는 게 아니었다. 이 모든 게 생소하고 새로울 텐데. 나는 너무 바보 같다.

"아, 미안해."

그녀의 뒤통수에 대고 중얼거렸다. 그냥 장난친 것뿐인데, 그게 도를 넘었다는 걸 뒤늦게 깨달았다. 가끔 이렇게 멍청하게 군다.

"잘 자, 하딘."

그녀의 목소리를 냉랭하고 단호했다. 장난칠 분위기가 전혀 아니었다. 자제력을 최대로 발휘하여 그녀를 그냥 두기로 했다. 더 이상은 안 된다.

'봐, 나도 지금 하나씩 배우는 중이라고.'

그녀에게 말해주고 싶었다.

"알았어, 이 고집불통."

혼잣말처럼 중얼거렸다. 그녀가 천천히 숨 쉬는 걸 보고만 있었다. 그러다 그녀를 안고 잠이 들기를. 그녀가 한숨을 쉬며 알아들을 수 없는 소리를 중얼거렸다. 그녀가 잠들자 일어나 앉아 그녀를 물끄러미

바라보았다. 언제까지 나한테 화를 낼까. 나 같은 놈이 좋은 남자친구
가 되는 법을 알 수나 있을까.

21

그의 인생의 모든 것들이 너무 빨리 달라지고 있었다. 그는 그걸 간신
히 따라가고 있었다. 그럼에도 행복했다…. 행복이라는 말이 어떤 의미인
지 비로소 배워가는 중이었다.

매일 매일이 너무 빨리 지나가서 무슨 일이 일어나고 있는지 깨닫지 못
했다. 그녀가 그에게 마음을 열었고, 그는 얼른 그 안으로 들어가 자신의
보금자리를 만들었다. 그녀는 자신의 가장 순수한 부분을 기꺼이 그에게
내주었다. 그는 가져서는 안 되는 줄 알면서도 그걸 받아들였다. 그는 그
녀를 사랑하면서도 동시에 그녀를 이용했다. 그리고 그 둘 사이의 간극을
어떻게 메꿔야 할지 알지 못했다. 그녀를 사랑한다는 사실이 그가 저지른
모든 잘못을 무마시킬 구실이 되지 못한다는 것을, 그도 알고 있었다. 하
지만 그러면서도 그는 희망했다. 그녀와 함께할 수 있기를. 그리고 혹시
라도 그가 용서를 받을 만한 가치가 있다는 걸 그녀가 알아주기를.

테사의 기숙사 주차장에 차를 세웠다. 도대체 어쩌자고 여길 왔을
까. 집을 나설 때는 확실한 계획이 있었다. 그녀의 방으로 달려가 모든
걸 털어놓고 용서를 빌 참이었다. 완벽하진 않지만 내가 할 수 있는 전
부였다. 죄책감이 나를 휘감아 내 영혼을 갉아먹고 있었다. 그녀에게
모든 걸 털어놨을 때 미칠 파장을 생각하니 겁이 덜컥 났다. 그럼에도

그녀는 알 권리가 있다. 알아야만 한다.

술을 조금 마셨다. 마음을 진정시키려고 몇 모금 마신 게 전부다.

입맞춤으로, 혹은 유혹의 손길로 그녀를 기만할 수는 없다. B동 건물 주차장은 언제나 한가했다. 보도와 가장 가까운 자리에 차를 세웠다. 기숙사를 보니 창문이 많은 오래된 아파트가 떠올랐다. 우중충한 적벽돌 건물은 으시시한 연구소 같았다. 학교에서 관리를 거의 안 하는 것 같았다.

스테프에게 방에서 나가 있으라고 문자메시지를 보냈다. 잠시 기다렸지만 답장이 오지 않았다. 할 수 없이 차에서 내렸다. 스테프가 방에 없기를. 그 아래 테사에게서 온 문자메시지가 있었다. 잘 자라는 인사였다. 답장을 보냈어야 했는데. 나는 왜 이렇게 나쁜 놈일까?

복도는 텅 비어 있었다. 긴장한 나머지 남의 방문 앞에 서 있었다는 걸 5분이 되도록 몰랐다. 노크를 해야 하나. 테사는 내가 올 거라고는 전혀 생각 못 하겠지만 안에 있다는 건 확실히 알겠다. 그래, 노크하지 않는 편이 낫겠다. 이유 같은 건 딱히 없다. 문손잡이를 돌리는 내 손이 떨리고 있었다. 끼익 소리를 내며 문이 열렸다. 바로 안으로 들어갔다. 머리통에 신발짝이나 맞지 않기를, 혹은 스테프가 누군가의 물건을 입에 물고 있지 않기를.

방 안의 어둠에 적응이 될 때쯤 스탠드가 딸깍, 하며 켜졌다.

"여기서 뭐 하는 거야?"

테사였다. 누운 채로 상체를 일으켰다. 불빛 때문인지 눈을 가늘게 뜨고.

스테프 침대를 지나쳐 테사 침대 앞에 가 섰다.

"너 보러 왔어."

그녀를 보고 있자니, 마음속에서 무언가 움직이다가 이내 차분해졌다. 테사는 한 손을 엉덩이에 올린 채 옆으로 누워 있었다. 그녀가 일어나 앉았다. 맨발이 매트리스 모서리에 달랑달랑 걸려 있다. 굽슬굽슬한 금발은 등 뒤로 늘어져 있었다. 입고 있는 티셔츠는 무척이나 부드러워 보였다. 당장이라도 손을 뻗어 몸에 꼭 달라붙어 있는 셔츠 자락을 만지고 싶었다. 엄지로 그녀의 이마를 문지르며 헝클어진 머리카락을 뒤로 넘겨주고 싶은 열망이 끓어올랐다. 삐죽 내민 입술도 만지고 싶다.

그녀는 미간을 잔뜩 찌푸리며 인상을 썼다. 화가 잔뜩 난 새끼 고양이 같았다.

"뭐?"

짜증스러운 듯 째지는 목소리였다.

어찌할 바를 몰라 그녀의 책상 앞 의자에 앉았다. 잠시 머뭇거리다 진심을 다해 말했다.

"네가 보고 싶어서."

그녀의 표정에서 불신과 분노가 분명히 드러났다. 그녀도 내가 보고 싶었나?

그녀를 편히 자게 둬야 할까? 나한테 해줬던 것처럼. 아니면 꿈에라도 나타나 놀라게 해줘야 하나? 젠장, 뭘 어떻게 해야 할지 하나도 모르겠다.

테사가 한숨을 쉬더니 어깨를 축 늘어뜨렸다.

"그럼 왜 가버린 건데?"

부드러운 말투였다. 방을 잠시 둘러보았다. 처음으로 흐트러진 침대를 보는 것 같다. 이불은 침대 한쪽으로 밀려나 있었고, 베개 하나가 침대 밑에 떨어져 있었다. 스테프가 쓰는 쪽은 언제나처럼 엉망진창이었다. 웃음이 나오려는 걸 꾹 참았다. 그랬다간 테사가 폭발할 게 뻔하니까. 테사도 방에 혼자 있을 땐 깔끔 떨지 않는다는 게 놀라웠다. 내가 아는 한 그녀는 언제나 한결같을 거라 생각했는데.

어깨를 으쓱해 보이자 테사가 팔짱을 끼었다.

'할 말이 너무 많아, 테사. 그러니까 한 번만 가만히 기다려줘…'

"네가 짜증나게 했으니까."

테사가 콧방귀를 뀌며 애들처럼 발길질을 해댔다.

"알겠어, 난 다시 잘 거야. 넌 술에 취했고, 분명히 또 나쁜 놈이 될 게 뻔하니까."

그녀가 고개를 절레절레 흔들며 눈을 감았다. 그녀가 화를 내니 가슴이 타오르는 것 같았다. 두 주먹에서 불이 나는 것 같기도 했다.

나쁜 놈은 되지 않을 거라고, 그저 술을 조금 마셨을 뿐이라고 그녀에게 매달렸다. 그녀의 얼굴이, 눈동자가 보고 싶었다. 그녀의 침대 위, 곁에 앉고 싶은 걸 있는 힘껏 참는 중이었다. 그녀를 곁에 눕히고 만지고 싶었다. 듣기 좋은 말을 쏟아내며 웃게 하고 싶었다.

하지만 그녀는 눈 하나 깜짝하지 않았다.

"하딘, 그냥 가는 게 좋겠어."

그녀는 벽을 향해 등을 돌리고 누웠다. 고집쟁이 꼬맹이 같으니라고. 열받아도 귀엽다.

계속 애처럼 굴겠다면, 좋다, 나도 애처럼 대해줄 거다.

"와우, 베이비, 나한테 화내지 마."

그녀의 어깨에 힘이 들어갔다. 얼굴을 볼 수 있었으면 좋겠다. 성질을 건드리려고 한 소리였지만, '베이비'란 말이 잘 어울렸다.

"정말 내가 갔으면 좋겠어? 너 없이 자면 무슨 일이 벌어질지 너도 알잖아?"

불쌍한 척 하는 게 잘 먹히길.

테사가 큰 소리로 한숨을 쉬었다. 나는 찍소리도 않고 가만히 있었다. 쫓겨나고 싶지 않았다. 그녀도 내 맘 같았으면.

"좋아, 그럼 여기 있어. 암튼 나는 잘 거야."

돌아보지도 않았다. 곁에 눕거나, 내 쪽으로 몸을 돌리면 나를 때리려나?

그녀가 자는 건 상관없다. 차라리 그러면 함께 있는 걸 혼자라도 즐길 수 있으니까. 여기 올 때까지는 그래도 어설프게나마 계획이란 게 있었는데. 전부 말도 안 되는 게 돼버렸다. 테사는 벌써 화가 잔뜩 나 있었다. 헛소리를 해댔다가는 어떻게 될지 모른다.

"왜? 나랑 같이 있고 싶지 않아?"

테사는 내가 술에 취했고, 나쁜 놈이 됐다는 똑같은 말을 해댔다. 내 변명은 듣지도 않는다.

"그게 다른 사람들한테는 나쁜 놈 같은 거야. 특히나 네가 하는 일을 물어본 게 전부인 나한테 말이야."

머리가 빙빙 돈다. 그칠 줄 모르고 말꼬리를 물고 늘어진다.

"오, 마이갓! 또 그 얘기야? 제발, 테사. 그만 잊어버려. 지금은 그 얘기 하고 싶지 않아."

문득 나만 결백했다면 우리 사이 문제들은 금방 사라질 거란 생각이 들었다. 문제는 테사가 그 문제들과 같이 사라져버릴 거란 사실이다.

"술은 또 왜 마신 거야?"

테사가 캐물었다.

꽤 괜찮은 방법처럼 보였다. 나는 잔뜩 날이 선 데다 비참하기까지 했다. 정신을 차리려 애썼지만 실패하고 말았다. 술이 내 고백을 덜 중요하고, 덜 불쾌한 것으로 만들어버렸다. 술김에 두서없이 주절거린 다음, 그녀가 몸서리 치면 내일 아침 발뺌하면 그만이다.

제기랄, 거짓말을 멈출 수가 없다.

"나도 잘 모르겠어…. 그냥 술 마시고 싶었어…. 그러니 제발 화내지 말아줘. 나, 너 사랑해."

진심으로 그녀를 사랑한다. 그녀 곁에 가까이 있고 싶다. 그녀가 나한테 화를 내는 게 너무 싫다. 사실 더 싫은 건 그녀가 나를 걱정해주면 안심이 된다는 사실이었다.

시간이 지나자 그녀도 화가 슬슬 누그러지는 것 같았다.

"너한테 화난 거 아니야. 우리 관계가 예전으로 돌아가길 원하지 않을 뿐이지. 아무 이유도 없이 화나게 만들어놓고 그냥 가버리는 게 난 정말 싫어. 네가 뭔가에 화가 났다면 나한테 얘기해줬으면 좋겠어."

역시, 참견쟁이 박사님. 무슨 표준 데이트 협약이라도 맺으려는 듯 그녀가 쏘아붙였다. 나는 잠시 멍해 있었다. 이런 게 우리가 가장 안 맞는 부분이다. 소통을 하려고 하지는 않고 의사소통의 정의와 규칙에 대해 쉴 새 없이 떠든다. 침대에서 뒹굴거리며 손 하나 까딱 하지 않고 나를 조정하려고 한다. 내 발등 내가 찍은 거다. 그럼에도 그녀는 여전히 성에 차지 않는 모양이다. 최대한 분노를 억누르며 이성적으로 대하려 노력했다. 하지만 테사 같은 사람을 대하는 건 너무 어렵다. 내가 가진 방어쇠를 죄다 당겨버리는 사람.

"넌 모든 일을 통제하지 못하면 못 견디는 거지."

참지 못하고 나도 쏘아붙였다. 아직도 나에게 이래라 저래라 충고를 늘어놓는 그녀가 어처구니없었다. 모든 걸 아는 양, 자기가 그런 사람이라도 되는 양 굴면서.

"뭐라 그런 거야, 지금?"

갈라지는 목소리였다. 그녀가 무릎에 팔꿈치를 대고 비스듬히 기댔다. 그녀에게 통제 괴물이라고 했다. 물론 그녀는 받아들이지 않았다.

아직도 모욕할 게 남았냐는 질문에, 나는 같이 살자고 말해버렸다. 역시 그녀는 멘붕이 온 표정이었다. 기가 막힌 타이밍에 이 화제를 꺼냈다. 나도 놀라웠다. 역시 나는 그녀를 잘 안다. 그녀가 내 표정을 유심히 살폈다. 내가 던진 말을 곱씹으며 기억하려는 듯. 그녀는 들떠 있었다. 분명하다. 하지만 한편으로는 확신이 없는 듯도 했다. 생각이 그대로 표정으로 드러났다. 그녀에게 두려워할 건 아무 것도 없다는 걸 증명해 보일 거다. 앞으로는 좋은 사람이 될 거고, 그녀를 행복하게 만들어줄 거다. 그럴 수 있다. 우리 사이에 흐르던 기류가 완전히 달라졌다. 그녀는 아랫입술을 깨물며 나를 괴롭혔고, 나는 그녀와 같이 살고 싶어서 미칠 것 같았다.

진실의 폭풍이 우리를 덮쳤다. 소용돌이 쳤다가, 용솟음 쳤다가, 당장이라도 비를 뿌릴 것 같기도 했다. 우리가 소설 속 주인공이 된 것 같았다. 엘리자베스가 다아시를 용서해주었듯, 그녀도 나를 용서해줄 것만 같았다. 우리가 소설 속 한 페이지를 장식한다면, 그녀는 다시 내 품에 안기게 될 거다. 내가 아무리 심각한 잘못을 했어도. 마치 캐서린처럼. 그녀는 내가 선사할 모험을 열망하게 될 것이며, 나를 떠나는 건 불가능하다는 사실도 알게 될 거다. 꼭 데이지처럼. 우리만의 세상에서 안전하다면 어떤 천재지변도 우리를 갈라놓지 못할 거다. 우리만의 세상, 우리만의 아파트, 우리만의 소설 속에서라면. 그곳은 감옥이 아닌 요새가 될 것이다.

나는 침착하게 그녀에게 약속했다. 하고 싶은 말을 끝내고, 그녀를 다시 쳐다보았다. 그녀는 넘치는 기쁨을 억지로 참고 있는 듯, 촉촉해진 눈동자로 나를 바라보고 있었다.

"그래서, 나랑 같이 사는 거지?"

그러겠다고 해, 테스. 제발 그러겠다고 해줘.

테사가 어깨를 돌렸다. 브래지어 끈이 살짝 보였다. 그녀는 원래 흰색과 검정색 면 속옷만 입는데, 이상하다.

"세상에, 한 번에 한 칸씩만 가자. 지금은 너한테 화내는 걸 멈추는 것만 할래."

그녀 스타일의 협상 방식이다.

"이제 나한테 와봐."

그녀가 침대에 눕더니 한쪽을 툭툭 쳤다. 갑자기 주인이 불러서줘서 좋아 죽는 강아지가 된 것 같았다. 블랙진의 단추를 풀고 바지를 벗었다. 그리고 스테프 침대 근처에 쌓여 있던 책 더미 위로 던져버렸다. 테사를 쳐다보았다. 그녀의 시선은 내 셔츠에 꽂혀 있었다. 벗으라는 무언의 압박 같았다. 테사가 입고 있는 얇은 면 티셔츠는 정말 섹시했다.

그래도 내 셔츠를 입었을 때만 못하지. 그녀가 침대 위에서 내 셔츠를 입고 있을 때가 훨씬 좋았다.

셔츠를 벗어 그녀 앞에 놓았다. 그녀의 얼굴에 눈부신 미소가 번져갔다. 그녀는 입고 있던 셔츠를 벗었다. 부드러운 그녀의 피부는 너무나 섹시했다. 복부의 곡선이 젖가슴까지 부드럽게 이어져 있었다. 레이스 속옷을 입은 걸 보고 눈알이 튀어나오는 줄 알았다. 아무 장식 없이 가슴을 가리는 밋밋한 브래지어에 익숙해진 터였다. 가슴을 제대로 받쳐주는 레이스 브래지어는 처음이다.

"젠장."

불쑥 말이 튀어나왔다.

"뭘 입고 있는 거야?"

이 여자, 미치게 섹시하다. 정작 그녀는 내가 왜 이러는지 모르는 눈치였다. 그녀의 두 뺨이 붉게 물들었다. 그리고 속삭이듯 중얼거렸다.

"나…, 오늘, 새 속옷을 샀거든."

부끄러워하는 거다. 쭉 뻗은 다리의 그녀는 꼭 여신처럼 보이는데도. 뾰족 내민 입술은 마치 빨리 키스해 달라고 애원하는 것 같았다….

그녀가 오늘 또 무슨 일을 했는지 궁금해졌다. 이게 오로지 나를 위해 벌인 소소한 이벤트라는 걸 인정하게 만드는 건 어려운 일일까?

살면서 단 한 번도 여자 때문에 이렇게 흥분한 적은 없었다. 의도하지 않았음에도 테사는 죽이게 섹시했다. 그녀의 섹시한 곡선을 보며, 그녀를 질투하는 여자들이 얼마나 많을지 상상도 못 할 거다.

"그건 알겠고…, 젠장."

테사가 고개를 가로저었다.

"그 말, 이미 했거든."

말은 그렇게 해도 좋은 모양이다. 칭찬 한마디에 테사가 금세 해사해졌다. 아주 아주 많이 만족스럽군. 테사는 자신이 어떤지 너무 모른다. 매번 볼 때마다 놀랍다. 얼마나 예쁜지 말해주면 미소가 더욱 환하게 빛난다. 그녀의 가슴에서 눈을 뗄 수가 없었다. 또 팬티 안에서 솟구쳐 오르는 페니스를 주체할 길이 없었다. 테사는 튀어나올 듯 부풀어 오른 내 페니스에서 눈길을 떼지 못했다.

그녀의 눈빛은 욕정으로 이글거렸고, 윗입술을 혀로 할짝거렸다. 테사가 뭐라 한마디를 더 했는데, 목에 칼이 들어와도 그걸 다시 말해줄 수는 없을 것 같다.

그녀가 말한 게 뭐든 난 무조건 동의한다. 그녀가 온몸으로 나를 당기고 있다는 것 말고는 아무 생각도 할 수 없었으니까. 마치 나를 위해 그녀가 생겨난 거 같다. 무릎을 꿇고 그녀 위에 앉아 촉촉한 입술에 내 입술을 포갰다. 혀와 혀가 얽혔다. 희미하게 스카치 향이 났고, 부드러우면서도 날카로웠다. 그녀의 혀놀림은 나를 베면서 동시에 나를 치유한다.

나는 지금 위험한 게임을 하고 있다. 언제 끊어질지 모르는 길의 경계선을 따라 걷고 있다. 하지만 난 그동안 균형감을 길러왔다. 같이 살게 되면, 나라는 인간이 테사를 위해 얼마나 준비된 사람인지 알게 될 거다. 그 한 번의 잘못은 아무 것도 아니라는 걸 알게 될 거다. 내가 얼마나 그녀를 사랑하는지, 그녀를 위해 내가 어떤 사람이 될 수 있는지를 안다면 말이다.

굶주린 듯 그녀의 입술이 내 입술을 탐했다. 키스는 완전 전문가 수

준이다. 그녀의 혀가 내 혀에 얽혀 움직였다. 나는 그녀의 신음을 모두 삼켜버릴 듯 키스에 더욱 열중했다. 부드러운 머리카락을 움켜쥐며 가까이 끌어당겼다. 몸을 더욱 밀착시켜 페니스를 그녀에게 문질렀다. 그녀에게 닿아 있는 동안 안도감이 밀려왔다. 한편으로 겁이 나기도 했다. 이제 그녀는 내 마음과 몸을 모두 지배한다. 지배자로서 그녀가 나한테 무슨 짓을 할지는 전혀 알 수가 없다.

팔꿈치를 세워 몸을 일으켰다. 그녀의 입술은 짙은 핑크빛으로 물들어 있었다. 그녀에게 해주고픈 것들이 너무 많다. 가슴을 감싸고 있는 핑크색 레이스를 따라 손을 움직였다. 얇은 레이스가 그녀의 가슴을 힘겹게 감싸고 있었다.

부드럽게 브래지어 컵을 쓰다듬었다. 안으로 손을 넣자 단단해진 젖꼭지를 느낄 수 있었다. 내 손길로 그녀는 황홀경에 빠졌다.

"이 브래지어를 놔둘지 어쩔지 정하질 못 하겠어⋯."

내 손길을 기다리는 그녀를 여기 계속 눕혀놓을 수만 있다면, 나는 매일 24시간을 전부 여기에서 보낼 수도 있을 거다. 손끝으로 젖꼭지를 살짝 꼬집었다. 그녀가 놀란 듯 신음을 토해냈다. 벗은 젖가슴을 감싸고 싶었다.

"벗겨야겠어."

달아오를 대로 달아오른 나는 조바심이 났다. 후크를 벗기자 그녀가 등을 젖혔다. 그 모습을 보고 있다가 박서 팬티 안에 사정할 뻔했다. 풍만한 그녀의 젖가슴을 움켜쥐고 아래위로 움직이며 주물렀다. 눈앞에서 부드럽게 출렁거리는 완벽한 움직임. 정말 완벽하다. 그녀는 살아 있는 내 성적 로망이다.

"어떻게 해주길 원해, 테스?"

섹스하면서 할 수 있는 모든 걸 해보고 싶다. 한 번도 안 해본 것도, 해봤던 것도 모두 새로운 방식으로 해보고 싶었다.

"전에 벌써 말했잖아."

그녀가 신음을 내뱉듯 말했다. 제대로 달아올랐구나.

우리는 진짜 준비가 된 걸까? 그녀는 준비된 거 같다. 거친 숨을 헐떡이고 있다. 그녀의 팬티가 스탠드 불빛 아래 반짝였다.

복부를 지나 레이스 팬티 라인에 손이 닿았다. 자제력을 잃지 말자. 하지만 그녀의 신음 소리를 더 듣고 싶은 마음뿐이었다. 맙소사, 그녀가 내 물건을 감싸 쥐었다.

그녀의 은밀한 곳으로 손을 넣었다. 부풀어 오른 둔덕을 지나자 팬티가 흥건히 젖어 있었다. 그녀의 향기가 방 안을 채우고 있었다. 당장 맛보고 싶다. 그녀의 몸 안으로 손을 넣었다 빼기를 반복했다. 그녀가 울부짖었다. 그 소리가 내 몸으로 스며들었다. 그녀가 나를 끌어안으며 몸을 떤다. 그녀의 몸이 내 손가락을 꽉 조여왔다. 그녀의 몸 안에 손가락을 넣을 때마다 그녀는 깊은 신음을 토해냈다.

테사가 내 팬티 속으로 들어와 단단해진 페니스를 쥐었다 놓았다 하면서 화답했다.

"너, 괜찮겠어?"

그녀가 진짜 원하는지 확실하게 알아야 했다. 나에게 그렇듯 그녀에도 완벽한 일이었으면 한다.

무슨 말을 하는지 테사는 금세 알아차렸다. 테사가 눈을 동그랗게 뜨고 입을 열었다.

"응, 괜찮아. 너무 많이 생각하지 마."

그녀의 목에 머리를 대고 혼자 키득거렸다. 아이러니한 상황이다. 매사에 너무 많이 생각하는 건 그녀였는데. 지금은 내가 그러고 있다. 드디어 그녀를 갖게 된 건가. 그런데 그 최고의 순간이 멍청한 내기 때문에 오점이 남게 생겼다. 그녀를 사랑하는 마음이 커지면서 죄책감도 함께 커졌다. 내 안에서 두 개의 마음의 소리가 싸우고 있었다. 착한 여자를 사랑하는 착한 녀석과 사랑 따위 하지 않는 망가진 놈이 피 튀기며 싸우고 있다. 그 두 마음이 원하는 건 완벽히 달랐다. 결국 나쁜 놈이 쓰러졌다.

"사랑해. 알지? 그치?"

그녀의 입술에 대고 말했다. 혹시 그녀는 내가 패닉에 빠진 걸 알까?

"그럼….."

그녀가 내게 천천히 그리고 부드럽게 입을 맞추었다.

"사랑해, 하딘."

그녀의 몸 안으로 내 손은 쉼 없이 들락거렸다. 그 쾌감을 견딜 수 없다는 듯, 그녀는 다리를 버둥거렸다. 흐느낌에 가까운 신음 소리가 들렸다. 페니스가 그녀 안에 들어갈 때 내 몸 아래서 몸부림치는 그녀의 모습이 상상이 됐다. 그녀가 먼저 움직이기 전까지 꼼짝도 하지 말아야지…. 그녀의 목덜미로 입술을 움직였다. 목덜미의 연한 살갗을 살짝 빨았다. 키스 마크를 만들어야지. 그녀는 내 거다.

"하딘…, 나….."

그녀의 몸에서 손을 빼자 그녀가 흐느꼈다. 이제 그녀는 달아오를 대로 달아올랐다. 그리고 극치감을 맛볼 준비가 됐다. 그러자 느닷없이 내 탐욕이 폭발했다. 그녀를 먹고 싶다. 그녀의 팬티를 벗기고 다리를 벌렸다. 달콤하고 취할 것 같은 진한 향기가 진동했다. 누군가를 향한 갈망이 이렇게나 꿈틀거렸던 적이 있었던가. 그녀의 몸에 입을 맞추며 아랫배까지 내려갔다. 그녀는 흠뻑 젖어 있었다. 신음 소리를 들으니 나 또한 환희가 차올랐다. 도저히 입을 맞추지 않고는 배길 수가 없었다. 그녀의 하체를 들어올렸다. 그리고 그녀의 음부를 아래위로 훑으며 핥았다. 온몸으로 그 맛을 느끼는 중이다. 그녀가 신음을 토해낼 때마다 나는 더 힘껏 더 꼼꼼하게 핥았다. 비명이 터져나오는 걸 참으며 그녀가 시트를 움켜쥐었다.

"얼마나 좋은지 얘기해줘."

한 마디 한 마디 그녀에게 숨결을 불어넣듯 물었다.

목이 졸린 듯한 소리가 들렸다.

그녀의 몸이 경련을 일으킬 때까지, 그녀가 흐느낄 때까지 빨고 핥았다.

줄 수 있는 모든 자극과 쾌감을 주고 싶었다.

그녀가 오르가슴을 느끼자 나 또한 극한의 쾌감이 밀려왔다. 더 이상 술에 취해 지내지 않겠다. 이제 나는 지금까지 본 적 없는 밝은 에너지에 취해 있다.

그녀의 몸 위로 올라가 그녀의 복부에 페니스를 대며 입을 맞추었다. 욕망을 충족한 그녀는 내게 거칠게 키스했다. 예상보다 훨씬 더 준비되어 있는 상태였다. 감동이 밀려왔다.

"테사, 괜찮…."

테사는 격렬하게 끄덕였다.

"쉬… 나, 괜찮아."

다시 입을 맞추며 테사가 내 몸을 꼭 끌어안았다. 테사의 손톱이 등에 파고들었다. 그녀가 내 입술을 빨며 혀를 밀어 넣었다. 또 다른 쾌감이 밀려왔다. 그녀가 내 팬티를 끌어내렸다. 완전히 발가벗겨져 맨살이 맞닿았다. 미칠 것 같았다.

그녀 안으로 들어가고 싶다. 그녀의 육체를 내 것으로 만들고 싶다.

이제 모든 게 바뀔 거다. 우리 둘 다 절대 예전으로 돌아갈 순 없을 거다. 그녀는 더 이상 순진한 소녀가 아니게 될 거다. 섹스에 눈을 뜬 여자가 될 거다. 병원을 드나들며 부인과 검사도 받아야 할 거다. 언젠가 결혼을 하고, 남편에게 나와 섹스했었다는 걸 말해야 할지도 모른다. 성적인 부분은 전부 나와의 경험으로 가득하게 될 테니. 무지막지한 죄책감과 함께 극도의 만족감이 밀려왔다. 해방감과 두려움이 동시에 느껴졌다.

"테사, 나는…."

그 얘기를 꼭 해야겠다. 내 몸이 둘로 갈라지는 것 같았다.

"쉬…."

테사가 속삭였다. 무슨 소리를 내고 있는지도 모르는 것 같았다.

그녀에 몸에 포개진 내 몸의 무게가 느껴졌다. 완벽하게 꼭 맞는 몸이다. 그녀의 얼굴을 내려다보았다. 이 순간을 영원히 담아두고 싶다.

"그런데, 테사, 나 할 말이 있어…."

"쉬…, 하딘, 제발 입 좀 다물어줘."

이제는 애원조의 말투다. 그녀의 눈동자는 사랑과 환희로 가득 차 있었다. 내 인생이 달라지고 있다, 바로 지금. 나는 모든 걸 바꿀 거다.

내가 입을 열기도 전에 그녀가 주도권을 쥐며 입술을 포갰다. 단단해진 페니스를 감싸 쥐고 격렬히 손을 움직였다. 그녀가 엄지로 귀두에 흘러나온 쿠퍼액을 문지를 때는 숨이 넘어가는 줄 알았다.

"한 번만 더 했다간 사정하고 말거야."

흐느끼듯 말했다. 섬세한 그녀의 손끝이 내 귀두를 문지르는 그 느낌을 또 맛보고 싶었다. 나를 괴롭히고 애원하게 만드는 그 손길.

무엇보다도 그녀의 몸 안에 나를 파묻고 싶다. 지금이 그때다.

그녀한테 콘돔은 없겠지. 항상 콘돔을 가지고 다니는 내 습관이 아주 조금 부끄러웠다. 섹스를 할 때, 몇 가지 규칙이 있다. 그 중에서도 콘돔 사용은 반드시 지켜야 할 규칙이었다.

바닥에서 바지를 집어 주머니를 뒤졌다. 그 모습을 테사가 물끄러미 바라보고 있었다. 언제든지 섹스할 수 있게 지갑에 콘돔을 상비하는 남자라니, 마치 변태가 된 기분이 들었다.

욕정 가득한 테사의 눈빛을 보자 그런 생각이 싹 사라졌다. 콘돔을 들고 침대로 돌아왔다. 그녀가 콘돔을 받아 들기를 기다렸지만 그녀는 움직이지 않았다. 이런 젠장, 그녀는 성교육 시간 말고는 콘돔을 본 적도 없는 거다.

"너…, 근데…."

그녀가 콘돔을 씌워주고 싶은 건지 아닌지, 이런 건 어떻게 물어봐야 해? 어떤 여자들은 그걸 좋아하기도 했지만 또 누군가는 싫어했다.

그녀가 한 톤 올라간 목소리로 말했다.

"또 한 번 괜찮냐고 물어보면, 널 죽여버릴지도 몰라."

그 말이 맞다.

그녀를 갖게 되는 이 순간을 소중하게 대하고 싶다. 나는 고개를 가로저으며 그녀의 눈앞에다 콘돔을 흔들었다.

"네가 해줄 건지, 내가 할지 물어보려 했던 건데?"

테사는 입술을 깨물며 긴장한 눈빛으로 나를 보았다. 페니스가 아파오기 시작했다. 콘돔이고 뭐고 당장이라도 하고 싶다. 이건 정말 어리석은 생각이다.

"아, 내가 해주고 싶어…, 근데 어떻게 하는지 알려줘."

수줍어하는 모습이 너무 섹시하다. 묵직하고 풍만한 젖가슴에 잠시 한눈을 팔았다. 서둘러야겠다.

"알았어."

테사가 가까이 다가와서 무릎을 꿇고 앉았다. 이런 걸 가르쳐주게 되다니 기쁘다. 하지만 아직 절반까지밖에 못 온 거다. 상상 속에서는 이미 그녀 안으로 나를 밀어 넣고 있었다. 그녀가 신음하며 내 등과 팔을 할퀴었다. 더 세게 해달라고 애원하며 그녀는 절정에 올랐다. 그리고 그녀는 내 것이 되었다.

"버진과 술 취한 남자의 합작 치고는 나쁘지 않은 것 같아."

콘돔을 다 씌우자 테사가 짓궂게 말했다. 사실 그녀와 티격태격하느라 술이 다 깼다.

"이제 어떻게 해야 해?"

진짜로 궁금해 하는 것 같았다. 그녀의 손을 내 페니스로 이끌었다.

"그렇게 간절했어?"

그녀가 고개를 끄덕였다.

"나도 그랬어."

이렇게 간절했던 적은 지금껏 없었다. 그녀가 나를 끌어당기고 있다. 단단해진 페니스를 손으로 감싸 쥐고. 무릎으로 그녀의 다리를 벌렸다.

그녀의 은밀한 곳이 반짝이고 있었다.

"이미 젖었는걸. 힘들지 않을 거야."

그녀의 향기를 다시 맡을 수 있었다. 그녀는 내 손길에 바로 반응했고, 나는 미칠 만큼 좋았다. 입을 맞추었다. 입꼬리에서 코로, 다시 입술로 움직였다. 테사는 나를 꼭 끌어안고 있었다. 그녀가 나를 바짝 당겼고, 나는 깊게 심호흡을 했다. 젖어 있는 그녀의 은밀한 부분을 애무했다. 금방이라도 터질 것 같았다. 그녀는 참지 못하고 나를 더 가까이 끌어당겼다.

"천천히, 베이비. 우리, 천천히 가자."

그녀의 관자놀이에 입을 맞추었다. 그녀를 아프게 하고 싶진 않다. 그럴 필요도 없고 결코 그러지 않을 거다.

"처음엔 아플 거야. 그러니까 멈추고 싶으면 꼭 얘기해줘. 이건 진심이야, 알았지?"

그녀의 눈동자는 이글거렸고, 두 볼은 붉게 상기되어 있었다. 베개에 헝클어진 머리카락이 널려 있었다.

"알겠어."

긴장한 듯 그녀가 침을 삼켰다. 나는 그 모든 걸 가만히 바라보았다. 얼마나 그녀를 사랑하는지, 얼마나 그녀를 원하는지, 얼마나 그녀를 소중하게 여기는지 눈빛으로 상기시켜 주었다. 깊게 숨을 내쉬며 그녀 안으로 천천히 들어갔다. 밀고 들어갈수록 조임이 더해왔다. 그녀가 눈을 질끈 감는 걸 보고 움직임을 멈췄다.

"괜찮아?"

숨도 쉬지 않고 물었다. 그녀가 고개를 끄덕였다. 입술은 앙다문 채였다. 그녀는 너무도 따뜻했고, 타이트했다.

"젠장."

그녀가 신음하며 다시 조여오자, 나도 신음을 토해냈다.

"움직여도 괜찮겠어?"

제기랄, 움직이고 싶다. 난 그녀가 천국을 맛볼 거라 생각했다. 하지만 그 천국이 얼마나 대단할지는 알 길이 없다.

얕은 숨을 몇 번 내쉬고 그녀가 대답했다.

"응."

아프게 하지 않으려고 천천히 전진했다. 키스를 해줄 때마다 내 팔을 붙잡은 그녀 손에서 힘이 빠지는 게 느껴졌다. 그녀의 목덜미에, 예쁜 입에, 그리고 코에⋯, 머리끝에서 발끝까지 어느 한 구석 사랑하지 않는 곳이 없다. 전부 내 몸 같다.

계속 사랑한다고 말하며 천천히 그녀의 몸 안에서 들고 나기를 반복했다. 그녀는 여전히 눈을 감고 있었다. 그럼에도 불편한 기색은 없었다. 20초쯤이 지나자 그녀는 더 이상 반응하지 않았다. 나는 동작을 멈췄다.

"너⋯, 젠장⋯, 그만하고 싶어?"

그녀가 고개를 가로저었고, 나는 다시 눈을 감았다. 내 아래 있는 그녀의 모든 걸 그려보았다. 부드러운 살결, 나와 딱 맞는 몸. 그녀는 이제 영원히 내 거다. 이 침대를 떠나고 나서도, 영원히. 나는 완급 조절을 하면서 최대한 그녀에게 보조를 맞춰 움직였고, 그녀는 나를 꼭 끌어안고 있었다. 심장이 튀어나올 듯 쿵쾅거렸다. 절정으로 치닫는 중이었다. 섹스를 하면서 이런 느낌이 들었던 적은 한 번도 없었다.

반짝거리며 살아있는 느낌. 내 사랑을 내려다보았다. 그녀는 경탄의 표정으로 나를 바라보고 있었다. 이제 알겠다. 모든 게 제대로 흘러가고 있다.

눈물 한 방울이 테사의 뺨으로 흘러내렸다. 그녀는 견디고 있는 거였다. 그 사실이 새삼 놀라웠다. 키스로 찬사를 보냈다. 그녀는 찬사를 받아 마땅하다.

"너무 좋아, 베이비. 사랑해."

그녀의 머리카락을 움켜쥐며 땀으로 촉촉해진 목덜미에 입을 맞췄다.

"사랑해, 하딘."

테사가 토해낸 말이었다. 그거면 됐다. 그래서 내가 지금 이 자리에 있는 거다.

달뜬 상태로 그녀의 입술과 혀를 핥았다.

"아, 베이비, 나 지금 사정할 것 같아. 괜찮아?"

척추를 따라 불길이 치솟는 듯했다. 그녀의 살갗은 땀으로 번들거리고 있었다. 우리는 둘 다 격정적이었다.

테사가 고개를 끄덕였다. 있는 힘을 다해 마지막까지 모든 걸 쏟아부었다. 이 순간, 우리 사이에 장애물이 있다는 게 한스러웠다. 그녀 안에 모든 걸 쏟아내고 싶었다. 무엇이든 그녀를 전부 내 것으로 만들고 싶었다. 그녀가 내 목에 키스하는 게 느껴졌다. 절정의 순간 이를 악물며 그녀의 이름을 불렀다. 그리고 그녀 가슴에 엎드려 거친 숨을 골랐다. 그녀가 내 등을 천천히 쓰다듬어주었다.

이제 모든 게 달라졌다. 우리 사이의 모든 것들이 바뀌었다. 그녀를 안심시켰다. 진실을 말해야 한다는 부담은 잠시 미뤄두기로 했다. 나를 산 채로 태워버릴 그 위협적인 진실 말이다. 그녀를 토닥거리면서 누군가에게 기도했다. 제발 내 세상이 재로 변해버리지 않기를.

22

감춰왔던 모든 것들이 서서히 모습을 드러내기 시작했다. 그가 구축했던 아슬아슬한 성은 날이 갈수록 휘청거렸다. 거짓말을 할 때마다 그는 둘러댈 구실을 찾느라 허둥거렸고 점차 패닉에 빠졌다. 그는 이 모든 것들이 저주 받은 어린 시절 때문이라고 확신하기에 이르렀다⋯. 그렇지 않고서는 이 고통을 설명할 길이 없었다. 그리고 의문을 품기 시작했다. 테사가 그를 구원해줄 은혜로운 존재가 될지, 아니면 가장 큰 재앙이 될지 말이다. 그는 그녀의 모든 걸 가졌다. 하지만 시간이 흐를수록 그녀는 조금씩 그의 손아귀에서 빠져나가고 있었다.

며칠 후, 테사의 기숙사 방에 들렀다. 테사는 인턴십을 하고 있었다. 몰리는 스테프가 완전 이성을 잃고 날뛴다고 했다. 제정신이 아닌 것 같다고. 사고라도 치기 전에 그녀를 만나 입단속을 해놔야겠다.

방 안에 들어가니 스테프는 빨강 머리를 산발하고 침대에 엎드려 있었다. 머리카락을 아무렇게나 끌어올려 머리에 핀으로 고정해 놨다.

화장을 완전히 시커멓게 하고 있었다. 눈두덩에 회색 아이섀도를 바르고 창백한 피부톤에 입술만 새빨갛게 발라서 꼭 유령처럼 보였다.

"걔, 여기 없어."

스테프가 테사의 노트북을 닫으며 말했다. 지금 뭐 하고 있는 거야?

"그냥 영화 보는 중이었어. 열 내지 마, 이 또라이야."

노트북을 집어 들어 겨드랑이에 끼었다.

"나도 알아. 너하고 얘기 좀 하고 싶어서."

스테프가 몸을 일으켰다. 타이트한 원피스 사이로 젖가슴이 삐져나왔다. 별로 보고 싶지 않은 장면이었다.

"무슨 얘길?"

대답을 기다리는 눈빛이 냉랭했다. 스테프가 좀 정신 나간 애인 건 알았다. 그럼에도 그게 얼마나 위험한지에 대해 한 번도 말해본 적은 없었다. 다들 한두 군데쯤 나사 빠진 곳이 있으니까. 하지만 스테프의 경우에는 가끔씩 좀 이상한 느낌이 들곤 했다. 전엔 그녀가 쿨하다고 생각했었다. 그러나 결국 그녀가 스릴러 영화에 나오는 사이코 여주인공 같다는 걸 알게 됐다.

"너도 알 텐데."

스테프를 마주보며 테사 침대에 앉았다.

"몰리가 전화했구나."

짐작했다는 듯 대답했다.

"걔는 요새 점점 재수 없는 년이 되어가더라, 안 그래?"

스테프가 고개를 돌리더니 일어나 앉았다.

"테사한테 아무 말도 안 할 거야. 네가 여기까지 행차하신 이유는 잘 알겠네. 걔한테 엉뚱한 소리 하지 말라고 애걸하려는 거잖아. 안 할 거야."

"그 말을 믿으라고?"

내 질문에 스테프는 혀로 윗니를 문질렀다.

"믿든 말든 맘대로 해. 재미는 다 봤으니까. 나도 이제 슬슬 지겨워지거든. 좀 싫어지기 시작했어."

솔직히 스테프의 마지막 말에 적잖이 놀랐다.

"그래?"

침대 모서리로 옮겨 앉으며 팔꿈치를 무릎에 올리고 턱을 괴었다.

스테프가 웃음을 터뜨렸다. 천박하게 깔깔거리는 웃음. 한숨이 나왔다. 이럴 줄 알았다.

"아니, 당연히 아니지. 아무튼 좀 지루해진 건 맞아."

그녀는 옷을 끌어내려 가슴이 더 보이게 했다. 나는 시선을 돌렸다. 테사를 위해서. 골치 아픈 일은 만들지 말아야 한다.

"어쨌든 이제 걔랑 거의 끝난 거 아냐?"

거의 끝났다고? 정신 나간 거 아냐?

"너, 걔랑 잤잖아. 그니까 이제 볼장 다 본 거 아니냐고. 그게 네가 하는 짓이잖아."

이 시점에서 가장 이상한 건 스테프가 별 상관없다는 듯 아무렇지 않게 말하고 있다는 거다. 사실 지금까지 내 여성 편력의 역사를 훑어보면, 스테프의 말은 거의 정확했다. 다른 사람들에 비해 테사한테 훨씬 오래 공을 들여 작업했다는 것만 빼고.

그런 면에서 테사는 나를 엄청 힘들게 했다. 그래도 그녀는 그럴 만한 가치가 있었다. 그 모든 걸 내가 망쳐버리고 있긴 하지만.

"아니…."

헛기침을 하며 목청을 가다듬었다.

"걔랑 안 끝낼 거야."

스테프가 어이없다는 표정을 지었다.

"그럴 거 같았어. 걔랑 몇 번이나 잤는데? 걔가 아직도 타이트해? 내 말은, 그러니까, 네가 쪼다같이 굴고 있다는 거야."

나는 눈이 튀어나오는 줄 알았다. 나를 보고 있던 스테프가 멀찍이 떨어져 앉았다.

"정말 그러냐고?"

스테프가 재차 물었다.

"그래, 걔가 착하고 너한테 헌신적이긴 하지. 이제 네가 한 발 물러서면, 걔도 물러설 거야. 걔는 충분히 그러고도 남을 애야."

"너, 진짜 테사를 싫어하는구나."

목덜미를 문질렀다. 테사는 스테프를 친구라고 생각한다. 굳이 개입할 필요가 없다면, 나는 둘 사이에 끼어들고 싶지 않았다. 그럼에도 스테프가 테사를 해코지하려 한다면, 그건 당연히 막을 거다.

"어, 걔 진짜 별로야. 그니까 그만 하자고. 걔 차버리고 다시 몰리하고 재미 보던 때로 돌아가."

"나, 테사랑 계속 사귈 거야."

스테프한테 어떻게 설명해야 할지 모르겠다. 스테프가 이 상황을 역이용해서 우위를 점하게 만들고 싶지는 않았다. 그렇다고 스테프에게 테사가 내 인생에서 그냥 스쳐 지나가는 존재라고 말하고 싶지도 않았다.

테사가 영원한 동반자는 아닐지도 모른다. 하지만 나는 어떻게든 극복할 방법을 찾기를 바라고 있다.

여튼 그건 스테프가 관여할 바가 아니다. 젠장, 엉망진창이다. 완전 망했다.

"여긴 왜 온 거야, 하딘? 내 입단속 하려고 온 건 아닐 거고."

스테프가 또 입술을 핥으며 팔꿈치를 옆구리에 바짝 갖다댔다. 가슴을 한껏 돋보이게 하려는 수작이었다. 갑자기 성질이 나서 벌떡 일어섰다.

"내가 널 만질 거라고 생각하는 거냐? 너, 완전 제정신 아니구나!"

"테사가 뭐 별 거야? 왜 너랑 제드랑 전부 개한테 홀려서 정신 못 차리는지 모르겠어."

"이 와중에 제드가 무슨 상관인데?"

손사래를 치며 말했다. 제드 얘기가 나오자 불같이 덤벼드는 내 반응에 스테프는 만족스러운 듯했다.

'저 페이스에 말려들지 마, 하딘.'

스테프는 일부러 내 성질을 돋우려 하고 있다. 알면서도 나는 거기 말려들고 있었다. 이런 상황을 할머니가 뭐라고 말씀하셨더라? 젠장, 기억이 안 난다.

"제드가 왜 상관없어? 걘…."

"됐어, 거기까지."

손을 들어 말을 막았다. 콧등을 잡고 숨을 내쉬었다가 들이쉬었다.

몰리가 걱정하던 걸 얘기하러 온 거였다. 스테프가 악의적으로 굴어서 테사가 나한테서 떨어져 나가는 걸 막기 위해서. 그런데 스테프가 유별나게 못되게 구니까, 솔직히 내가 멍청한 자식이 된 거 같다. 스테프가 밥맛없게 구는 걸 보니, 나도 전에 테사에게 다를 바 없이 행동했다는 생각이 들었다. 나는 다른 애들보다는 낫다고 생각했는데, 그게 아니었다. 아마 지옥에 간다면 스테프 바로 옆에 앉아 있을 거다.

나도 스테프를 압박해야 한다. 스테프도 나처럼 거지 같은 기분을 느껴봐야 한다. 스테프를 쳐다보며 만면에 활짝 미소를 지었다.

"너도 신경 좀 써야 할걸. 네 남자친구가 몰리를 보는 그 눈빛 말이야. 몇 번이나 내 눈에 띄었는데…."

몇 가지를 얘기했다. 실은 나도 잘 모른다. 거짓말이었으니까. 말을 마치자, 스테프 눈에 눈물이 고였다. 내가 이겼다.

"거짓말이지?"

스테프는 억지로 눈물을 참고 있었다.

'만세.'

"아니, 안됐지만."

테사의 노트북을 서랍장 맨 위 칸에 집어넣었다. 한시라도 빨리 테사를 이 기숙사에서 끌어내야겠다.

스테프가 다른 말을 꺼내기 전에 내가 먼저 방을 나섰다. 차에 오르자, 현타가 오기 시작했다. 멍청한 짓거리를 또 하나 벌였다는 걸 깨달았다. 스테프는 다른 애들하곤 다르다. 뚜껑 열린 스테프는 공격할 때를 기다리는 그런 타입이 아니다. 그녀에게 이성 같은 건 없다. 테사한테 내기 얘기를 시시콜콜 다 까발릴 게 뻔했다. 그것도 엄청나게 과장해서. 테사한테 말해야겠다. 테사가 먼저 알기 전에 이 추악한 진실을 솔직히 털어놔야겠다. 이 모든 게 나를 산 채로 갉아먹고 있는 것 같았다.

차에서 내려 다시 기숙사로 돌아갔다. 스테프에게 다른 식으로 접근

해봐야겠다.

방문 앞에 도착했는데, 안에서 테사의 목소리가 들렸다.

'젠장, 망했다.'

두 사람의 대화를 들으려 문에 귀를 댔다.

"트리스탄이 걔를 좋아할 거 같진 않아. 그가 너를 바라보던 모습을 내가 알거든. 걔는 진심으로 너를 좋아해. 전화해서 다시 얘기해봐."

테사였다. 귀를 더 바짝 갖다 댔다. 바라건대, 아무도 지나가는 사람이 없길.

"그가 몰리랑 같이 있으면 어떡해?"

스테프다.

'아니, 그걸 진짜 믿는 거야?'

"그렇지 않을 거야."

테사가 룸메이트를 달래주려 애를 쓰고 있다.

"그걸 어떻게 알아? 때때로 자기가 안다고 생각했던 사람을 더 모를 때가 있어."

젠장, 스테프가 테사한테 말하려는 거다. 지금 테사한테 전부 말할 심산이다.

"그, 하⋯."

나는 문을 벌컥 열었다.

"안녕."

방으로 들어서며 인사를 건넸다. 두 사람은 단짝처럼 보였고, 아웃사이더인 나는 바보 같았다.

"음⋯, 나중에 다시 올까?"

"아냐, 난 트리스탄을 찾으러 갈 거야. 가서 사과할래."

스테프가 자리에서 일어섰다.

"고마워, 테사."

스테프는 테사를 끌어안았다. 그리고 나를 쳐다보았다. 그녀의 눈빛에서 폭로하지 않았다는 걸 알았다.

분위기, 분위기를 바꿔야 한다.

"배고파?"

스테프가 나갈 차비를 하자, 테사에게 물었다.

"응, 진짜 배고파."

테사가 배를 문지르며 대답했다. 화제 전환 성공. 테사는 스테프가 나를 증오 어린 눈빛으로 째려보는 것도 눈치채지 못한 것 같았다.

23

그는 피해망상에 사로잡혀 있었다. 그럴수록 점점 더 그녀에서 멀어졌다. 그는 실낱같은 희망의 끈을 놓치지 않으려 애썼다. 그녀와 함께하는 삶을 바라는 희망. 그는 고뇌에 고뇌를 거듭했다. 지금껏 한 번도 가져본 적 없었던 소중한 것을 지켜내기 위해서였다. 적에게 사정을 하기도 하고, 친구들에게 애원을 하기도 했다. 입을 다물어달라는 것이었다. 그러나 그 어느 것도 계획대로 되지 않았다. 그리고 누구도 그가 그녀에게 한 짓을 숨겨주지 않았다. 그는 알고 있었다. 이 모든 게 수포로 돌아갈 거라는 사실을.

테사와 함께 쇼핑몰에 갔다. 쇼핑하기 전에 밥을 먼저 먹기로 했다. 다행히 푸드 코트에 자리를 잡았다. 피해망상이 계속해서 나를 덮쳐왔다. 어딜 가든 나를 따라다녔다. 스테프가 테사에게 전부 까발릴 거란 생각이 머릿속을 떠나지 않았다. 테사는 내가 숨기고 있다는 걸 전부 아는 걸까? 그녀는 진짜 내 실체를 알게 될까? 내가 곁에 있을 가치가 없는 인간이라는 걸 말이다.

머릿속이 복잡한 채로 주문한 밥을 받아왔다. 그 사이 테사는 내게 눈길을 떼지 않고 천천히 밥을 먹고 있었다. 뭘 찾고 있는 걸까? 거짓말 하고 있는 게 티가 나나?

"네 옷부터 고르는 게 좋겠는데?"

내가 먼저 말을 꺼냈다. 이 순간에도 그 결혼식에 가기로 했다는 사실이 믿기지 않았다. 너무 어색하고 이상할 거다. 이 시점에서 내가 할 수 있는 유일한 계획은 테사에게만 집중하는 거다. 3개월 전에 있었던 그 사건을 떠올리지 않으면서 말이다.

"넌 뭘 입어도 예뻐."

시답지 않은 말에도 테사의 볼이 발그레해졌다.

"그렇지 않아. 넌 그 생각부터 버려야 해. '내가 어떻게 보이든 상관없어. 난 흠잡을 데가 없으니까.' 이런 생각."

테사가 깔깔거렸다. 그 모습에 묵직하게 아프던 가슴 통증이 조금 나아지는 듯했다.

"난 그래, 그렇지 않아?"

그녀를 향해 미소를 지었다. 테사도 같은 표정이었다. 아니, 나보다 더했다.

테이블 위에 놓인 테사의 전화기가 울렸다. 테사는 다들 자기를 갖고 놀았다는 걸 아는 사람치고는, 평소와 다름 없었다. 일부러 아무렇지 않은 척하고 있는 건가? 나한테 복수할 때까지 방심하게 만들려고? 아니면 혹시 진짜로 모르고 있나?

"랜던이야."

화면에 뜬 랜던 이름이 눈에 들어왔다. 미친 듯이 뛰던 가슴이 순식간에 진정되었다. 테사는 전화를 받았고, 나는 계속해서 달라지는 그녀의 입모양을 보고 있었다. 테사가 잠시 아랫입술을 깨물더니 나를 아래위로 훑어보았다.

테사가 스테프와 단둘이 있지 못하게 할 묘안을 짜내야 한다. 지금부터 테사를 내 곁에 딱 붙여놔야겠다. 지금까지는 너무 안일하게 생각했다. 항상 그녀를 내 옆에 꼭 붙어 있게 해야지.

"알겠어. 그럼, 넥타이를 매고 가도록 최선을 다해볼게."

전화기에 대고 테사가 말했다. 누구 얘기를 하는 건지 뻔히 알겠다.

테사는 테이블에 한쪽 팔꿈치를 올리고 뺨을 기대고 있었다. 사랑스러운 참견쟁이 같으니라고. 근데 넥타이까지? 잘 해보라고.

테사는 랜던에게 다른 이야기를 시작했고 내 정신도 다른 곳에 팔려 있었다. 푸드 코트 한가운데 제드와 제이스, 로건이 서 있었다. 옷 입는 스타일은 셋 다 제각각이었다. 마치 자기들이 어떤 스타일인지 자신의 옷차림으로 말하고 있는 것 같았다. 로건은 사립학교 학생 스타일이다. 동안에 별 볼 일 없는 스타일이랄까. 그래도 두 사람보다는 덜 나쁜 놈이긴 하다. 키 크고 검은 머리의 제드는 꼭 가죽 옷 모델 같았다. 중산층들이 이용하는 쇼핑몰인데도, 제드는 이곳과 어울리지 않았다. 제이스는 딱 불량배 같았다. 십대 여학생이라면 누구나 꺼려할 스타일.

"금방 다시 올게."

음식을 그대로 두고 자리에서 일어났다. 다행히 테사는 통화 중이어서 따라오지 않았다. 어쨌든 지금 당장은.

세 사람에게 다가갔다. 로건은 입술에 보습제를 바르고 있었다. 제이스는 어색하게도 점잔을 빼고 있었고, 제드는 짜증스러워 보였다.

"여기서 보니 반갑네."

로건이 발로 바닥을 툭툭 치며 인사했다. 제이스는 천식 걸린 주정뱅이처럼 쌕쌕거리며 웃어댔다. 세 사람은 모두 눈을 동그랗게 뜨고 있었고, 눈에 핏발이 서 있었다. 셋에게서 마리화나와 담배 찌든 냄새가 났다. 제드가 테사랑 키스했다면, 테사는 제드 입에서 나는 담배 맛을 좋아했을까?

"너희들, 여기서 뭐 하냐?"

나는 테사를 힐끔거리며 동태를 살폈다.

"여기, 쇼핑몰에서 뭐 하냐고?"

제이스가 되물었다.

심호흡을 하고 제이스에게 나지막한 목소리로 경고를 날렸다. 이 자리에서 헛짓거리 했다가는 가만 두지 않겠다는 경고였다.

"우린 그냥 온 거야."

로건이 변명을 했다. 그는 어깨를 으쓱하며 이해할 수 있다는 듯 나를 바라보았다. 내가 뭘 걱정하는지 로건은 안다. 그러니까 그 얘기를 하려고 여기 온 건 아니라는 걸 에둘러 얘기하는 거였다.

"정말이야."

그가 한 번 더 강조했다. 조금 마음이 놓였다.

"네 깜찍한 여친은 어딨냐?"

제이스가 혀를 끌끌 차며 구역질 나는 소리를 냈다. 제드는 쫄아 있었고, 로건은 우리를 무시하고 금이 간 휴대전화를 들여다보고 있었다.

"아, 저기 있네!"

제이스의 목소리가 높아지는 바람에 나는 펄쩍 뛰었다. 제이스는 아주 추잡한 녀석이다. 꼭 옛날 고등학교 때 친구였던 마크와 비슷하다. 녀석은 사람들을 장난감 가지고 놀듯이 가지고 놀았고, 자기가 저지른 짓에 추호의 가책도 없었다.

'하긴 나도 똑같은 놈인 거 같네.'

우리가 벌였던 내기를 생각하면 말이다. 이긴 사람은 나였으니까.

"입 닥치고 있어."

녀석에게 한 발 다가갔다. 제이스는 악마 같은 미소를 지었다. 녀석은 나를 열받게 하는 걸 즐겼다. 얘기할 때마다 열받는 버튼은 누르는 건 녀석이었다. 녀석도 나도, 모두 그 사실을 안다. 곧 테사도 알게 되겠지.

"이리로 온다."

여전히 전화기를 들여다보면서 로건이 테사가 온다고 귀띔해주었다. 손바닥이 축축했고, 꽉 쥔 주먹에 힘이 들어가면서 더 팽팽해졌다. 이 인간들이 내 인생을 망치려 하는구나. 지금, 여기, 거지 같은 미국의 한 쇼핑몰 안에서 말이다.

"안녕, 테사. 잘 지냈어?"

제드가 테사에게 다가갔다. 나도 덩달아 걸음을 옮겼다. 녀석이 테사를 끌어안았다. 당장이라도 녀석의 몸뚱이를 절반으로 찢어버릴 수 있을 것 같았다.

"하딘, 네 친구 소개 안 시켜 줄 거야?"

제이스가 나를 빤히 쳐다보았다. 핏발 가득한 눈에는 악마 같은 웃음기가 가득했다.

"음, 그래."

테사와 제이스를 인사시키려다 잠시 뜸을 들였다.

"이쪽은 내 친구 테사야. 테사, 여기는 제이스."

기분이 상했는지 테사의 미간이 찌푸려졌다. 나는 눈치를 살폈다. 왜 화가 난 거지? 테사를 쳐다보며, 테사도 나를 봐주길 기다렸다. 하지만 그러지 않았다.

"너도 WCU에 다녀?"

테사가 제이스에게 물었다. 왜 테사는 사소한 얘기를 하면서도 사람들한테 과하게 친절할까? 사회 경험이 별로 없어서일 거다. 그래서 에티켓을 잘 모르는 거다.

"아니. 난 대학교 안 다녀."

제이스가 웃었고, 테사는 약간 긴장을 늦춘 듯했다.

"하지만 대학교에 다니는 여자들이 다 너처럼 생겼으면, 다시 생각해봐야겠네."

테사는 살짝 겁에 질린 듯 보였다. 녀석의 목을 졸라 얼굴이 파래지게 만들려다가 가까스로 참았다.

"오늘 밤 부두에 가려고. 너희 둘도 같이 오지 그래?"

제드가 불쑥 말했다.

'같이 오라고? 엿이나 먹어, 제드.'

"우리는 못 가. 다음에."

대화를 끝낼 생각이었다.

"왜 안 되는데?"

제이스가 끼어들었다. 도발하려는 거다.

"얘는 내일 일해야 해. 나중에 잠깐 들러볼게. 나 혼자."

모두가 똑똑히 듣게 힘을 주어 말했다. 다시는 입도 벙긋 못 할 거다. 상황이 점점 어려워지고 있다. 바보같이 나는 이 상황을 충분히 극복할 수 있을 거라 생각했다. 내기에 이겼고, 그녀는 내 거다. 그리고 제드는 엿 먹었다. 나는 그 생각만 했었다.

"안됐군."

제이스가 테사를 보고 싱긋 웃었다. 있는 힘을 다해 참아야 했다. 녀석은 지금 나를 조롱하는 거다. 녀석이 던진 악마의 게임을 하겠다고 덥석 문 건 나다. 나는 쥐새끼였고, 녀석은 맛있는 치즈를 흔들고 있던 거다.

"이따 가는 길에 만나서 다시 얘기하자."

거짓말로 상황을 무마했다.

제이스 녀석을 어떻게 해야 할지 생각해내야 한다. 녀석은 테사한테 내기 얘기를 할 타이밍을 찾느라 입이 근질근질할 거다…. 빌어먹을 녀석. 하지만 내가 먼저 그 얘길 입 밖에 내서는 안 된다. 그랬다가는 녀석이 가벼운 주둥이를 놀리도록 응원하는 꼴이 될 거다. 아니면 혹시 생각도 못 하고 있는 걸 내가 먼저 꺼내는 격이 될지도 모른다.

세 사람이 자리를 떴다. 테사는 그들의 등에 비수라도 꽂을 듯이 노려보았다. 씩씩거리며 자리로 돌아가는 테사를 잠자코 따라갔다. 테사의 걸음이 더 빨라졌다. 유치하게도 화났는 걸 이딴 식으로 티내고 있다.

"뭐 잘못됐어?"

결국 내가 물어야 했다. 그녀에겐 늘 뭔가 못마땅하다. 내가 뭔가를 말하든, 뭔가를 하든, 지나가는 고양이가 그녀를 쳐다보든…, 항상 뭔가가 문제다.

"나도 모르겠어, 하딘!"

"나도 그래! 제드랑 포옹한 건 너잖아!"

그녀에게 소리를 지르고 말았다. 이 시점에서 생각나는 건 제드를 끌어안던 그녀의 팔이다. 그런데 도리어 나한테 화를 내?

"나한테 창피주려는 거야? 그래, 이제 알겠어. 내가 확실히 멋진 여자가 아니라는 거. 그래도 내 생각엔…."

도대체 무슨 소리를 하는 거야? 자기와 같이 있는 걸 내가 창피하게 여긴다고 생각하는 건가? 왜 늘 이런 식으로 흘러가는 거지?

"뭐라고? 너를 창피하게 만들어? 당연히 아니지. 너 미친 거야?"

미친 거다, 우리 둘 다.

"왜 나를 네 친구라고 소개했는데? 나더러 같이 살자면서, 우리가 친구라고?"

한마디씩 할 때마다 테사의 목소리는 점점 더 커졌다.

"그래서 어쩔 건데, 계속 나를 숨겨놓기라도 할 거야? 나는 누구의 비밀도 되고 싶지 않아. 우리가 사귄다는 걸 네 친구들에게 알리지 못할 만큼 내가 부끄러우면, 나도 그러기 싫어."

그럼 뭐라고 불러야 하는데? 나는 그녀한테 내 시간을 다 쓰고 있는

데도, 그녀는 나를 원수보다 더 미워하려고 한다. 비밀도 나보다 훨씬 더 많으면서. 그녀를 숨기려는 게 아니다. 더 이상 그녀를 숨겨놓고 싶지 않다. 자랑스럽게 그녀를 내보이고, 빌어먹을 놈들한테 그녀가 내 거라는 걸 알리고 싶다. 오로지 내 거라는 걸. 근데 내 모자람 때문에 우리 사이를 어떻게 조율해야 할지 잘 모르겠다. 그래서 드러내지 않는 거다. 내 인생에서 가장 아름다운, 유일한 나의 보물을 말이다. 밝은 태양 아래서 활짝 피게 놔두는 대신 그녀를 꽁꽁 숨겨야 한다. 그래서 내가 이렇게 산 채로 잡아먹히는 것처럼 힘든 거다.

"테사! 이런 제길⋯."

테사 뒤를 졸졸 쫓아갔다. 테사는 여성복 코너로 가더니 피팅룸을 쳐다보았다.

"나도 따라 들어갈 거야."

으름장을 놓았다. 그리고 그 말은 진심이기도 했다. 피팅룸 안으로 따라 들어가 전신 거울에 기대어 섹스하고 싶었다.

테사는 못마땅한 표정을 지으며 입술을 오므렸다. 내가 진짜 쫓아 들어가리라는 걸 너무 잘 알고 있는 거다. 그녀가 가자고 한다면, 나는 지옥 끝까지도 따라갈 수 있다.

"집에 데려다줘, 당장."

명령조였다. 집에 간다고? 고작 이딴 바보 같은 말다툼 때문에? 테사는 가게 밖으로 나가더니 차를 향해 걸었다. 진심인 모양이다. 밖으로 따라 나와 차 문을 열어주려고 했지만, 그녀는 그것도 못 하게 했다.

"벌컥 하는 거 끝났어?"

"벌컥이라고? 그 말 진심이야?"

이제 맘 놓고 소리를 질러댄다.

"너를 내 친구라고 한 게 대체 뭐가 잘못된 건지 난 잘 모르겠어. 무슨 의미를 담은 것도 아닌데. 무심결에 나온 소리란 말이야."

절반쯤은 진심이었다.

"내가 창피하다면 나도 더 이상 너를 만나고 싶지 않아."

그녀의 목소리가 떨리고 있었다. 그녀는 터져 나오는 눈물을 애써 참고 있었다. 이제 이런 장면에 너무도 익숙해졌다. 허벅지 사이에 두 손을 파묻고, 회색 눈동자에 눈물이 그렁그렁한 모습 말이다. 나 때문에 흘린 눈물, 그 이상의 과도한 눈물.

"그런 말 하지 마."

머리카락을 쓸어 넘겼다. 다 쥐어뜯고 싶었다.

"테사, 왜 자꾸 내가 널 창피해한다고 생각하는 거야? 그건 정말 말도 안 되는 헛소리야."

그녀를 창피하게 여길 이유가 전혀 없다. 있다면, 그건 다른 의미에서다. 내 친구들에게 그녀는 농담거리다. 그들과 함께 있으면 그녀와 함께한 모든 순간들이 아무 것도 아닌 걸로 변해버렸다. 내가 모든 걸 허사로 만들었다. 그녀도 곧 알게 될 거다. 내 삶을 또 다시 갈기갈기 찢어놓을 이 폭주 기관차를 세우기 위해 나는 할 수 있는 게 아무 것도 없다는 사실을. 겨우 다시 구축하기 시작한 삶인데. 또 다시 모든 게 구렁텅이로 처박혔다.

"오늘 밤 파티에서 즐거운 시간 보내."

옆자리에 앉아 그녀가 뾰로통하게 말했다.

"제발, 난 안 갈 거야. 제이스가 떠벌리지 못하게 하려고 그렇게 얘기한 거야."

사실이었다. 그 형편없는 파티 같은 건 가고 싶지 않았다. 밤새도록 테사의 가랑이 사이에 파묻혀 있고 싶었다.

"내가 창피하지 않다면, 나랑 같이 파티에 가."

이런 식으로 나올 줄 알았어야 했다. 그녀에겐 모든 게 게임이고 경쟁이다. 전부 다. 비굴한 소리를 해야 하는 건 나 혼자다.

"절대 안 돼."

당연히 그 거지 같은 파티에 갔다. 왜냐고? 다시 한번 말하지만, 테레사 영은 모든 걸 자기 뜻대로 해야 하기 때문이다.

날이 갈수록 내가 만든 거짓말 속에서 무뎌지고 있다. 나는 천천히 산산조각 나고 있었지만 아무 일도 없는 것처럼 굴었다. 우리를 묶어주는 어떠한 것도 망가지지 않을 것처럼. 그녀에게 털어놓지 못하고 시간이 야금야금 흘러가는데도 말이다. 말할 수가 없었다. 판도라 상자를 열어, 그 안에서 나온 재앙이 우리를 파멸시키게 만들 순 없었다. 진실이 우리를 잠식시킬 거다. 결국 그러고 말 거다. 피할 수 있는 게 아니었다. 테사를 향한 내 사랑이 피할 수 없었던 것처럼.

"음…, 우리 집에 온 걸 환영합니다?"

부동산 중개인이 가고, 마침내 아파트에 둘만 남게 되었다. 테사가 입을 가리고 웃으며 나에게 다가왔다. 그녀를 끌어안았다. 너무너무 감사했다. 그녀와 같이 살 수 있도록 그녀를 내게 보내준 존재에게. 그것도 그녀가 내 삶에서 떨어져 나가기 전까지긴 하지만. 아무튼 나도 행복 한 쪼가리쯤은 가질 수 있잖아, 아닌가?

"믿어지지가 않아, 우리가 여기에서 살게 되다니. 난 아직도 현실 같지 않아."

그녀의 눈빛에는 호기심과 흥분과 활기가 가득 차 있었다. 그녀를 만나고 한 번도 보지 못했던 눈빛이다. 난 이렇게 그녀에게 자유를 선물했다. 멋진 아파트도 주었다. 이곳에서 그녀는 온전히 자기 자신으로 살 수 있다. 누구도 이러쿵 저러쿵 하지 않고, 아무 것도 요구하지 않는 곳, 완전한 그녀의 모습으로 살 수 있는 공간이다. 머리를 제대로 빗으라고 잔소리할 엄마도 없고, 우리에게 상처를 주려고 권모술수를 쓰는 스테프도 없다.

"두 달 전에 누가 나한테 너랑 같이 살게 될 거라고, 너를 사귀게 될 거라고 말했어 봐. 아마 면전에서 비웃어주거나 면상을 후려 갈겼을 거야."

나는 활짝 웃으며 그녀의 두 볼을 감싸 쥐었다. 그녀는 따뜻했고 환희에 넘쳐 빛나고 있었다.

"저기, 달콤한 하딘은 어디 갔나요?"

그녀가 내 허리를 잡으며 나에게 기대었다. 가슴에 닿는 그녀의 머리가 묵직했다. 그래, 그녀는 나의 닻이다. 기억하는 한, 내 인생에서 가장 완벽한 순간이다. 이 순간만큼은 앞으로 다가올 파국도 완전히 잊을 수 있다. 지금 내 삶은 완벽하니까.

"이제 안심이 되는 것 같아, 어쨌든. 우리만의 공간을 갖는다는 거 말야. 파티도 없고, 룸메이트도 없고, 불안한 공동 샤워실 따위도 없고."

테사가 말을 덧붙였다. 그녀의 뺨에 닿은 내 가슴이 두방망이질 쳤다. 커져 가는 마음 속 피해망상을 그녀가 알아챌까 두려웠다.

"대신 우리만의 침대가 있고."

실없는 소리로 불안한 마음을 숨겼다.

"가서 뭘 좀 사오자, 접시나 뭐 그런 필요한 것들."

이곳에 자신의 물건이 더 많아지면, 떠나기가 더 힘들어질 거다. 제기랄, 나는 이 거짓말에 갇혀 있다. 그리고 한마디씩 할 때마다 밧줄로 그녀를 더 꽁꽁 옭아매려 하고 있다. 이 아름다운 여인은 절대 나를 용서하지 않을 거다, 절대.

그건 나중에 생각하기로 했다. 어쨌든 방법을 찾아낼 거다.

그녀가 손등으로 내 이마를 짚고는 살짝 눌렀다.

"너, 아픈 데 없지?"

그녀가 활짝 웃는다.

"오늘 이상하게 너무 협조적인데?"

그녀의 손을 잡고 손등에 입맞춤을 했다.

"여기 있는 모든 게 다 네 맘에 들었으면 좋겠어. 네가 정말 집처럼 느꼈으면 좋겠고…, 나도."

나도 그렇다. 한 번도 집이라는 걸 가지게 될 거라 생각해본 적도 없었다. 테사가 나와 함께 이 집으로 옮기겠다고 계약서에 사인하기 전까지 말이다. 짜증나는 테사의 알람 소리를 들으며 매일 아침 잠에서 깨면서, 내 안에서 무언가가 자라나고 있었다. 잃어버렸던 무언가가. 잃어버린 줄도 모르고 있었던 무언가가.

"넌 어때? 너도 여기가 집처럼 느껴져?"

그녀의 목소리에는 희망이 가득했다. 하지만 부질없는 희망이었다…. 테사는 우리가 동거하게 된 이 상황에 대한 신랄한 내 의견을 들을 거라 예상하며 기다리고 있었다. 그녀의 눈빛을 보면 알 수 있다. 희망에 가득차 있었지만, 최악의 대답을 예상하는 거다. 나에게 듣는 건 늘 그런 소리였으니까.

"놀랍겠지만, 난 벌써 그래."

최대한 진솔한 목소리로 솔직하게 대답했다. 진심으로 이곳이, 그녀와 함께 있는 게 좋았다.

"같이 가서 내 물건들 가지고 오자."

테사는 내가 이미 다 챙겨놓은 책과 옷가지를 가져오자 했다.

"모든 게 이루어졌습니다."

그녀를 보며 씨익 웃었다. 그녀가 혼란스러운 듯 고개를 갸웃했다.

"뭐라고?"

"네 방에 있는 물건들은 내가 벌써 다 갖고 왔어. 네 차 트렁크 안에 다 있어."

그냥 오래 기다릴 수 없었을 뿐이다. 그녀가 이곳에서 다시 나가지 않았으면 했다. 절대 이곳에서 나가지 않아야 한다. 그렇기 때문에 할 수 있는 만큼 그녀가 편하게 느끼게 만들어야 했다.

"내가 계약서에 사인할 거란 걸 어떻게 알고? 이 아파트가 맘에 안 들면 어쩌려고?"

그녀가 고개를 들어 나를 올려다보았다. 호기심과 부담이 함께 담긴 눈빛이었다.

"여길 맘에 안 들어 했다면, 난 네 맘에 들 만한 다른 곳을 찾아냈을 거니까."

내 말이 진심이라는 걸 인정하듯 테사가 고개를 끄덕였다.

"그래…, 그럼 네 물건들은 어떻게 해?"

"내일 가지러 가면 돼. 난 트렁크에 옷이 있거든."

"근데 옷은 왜 가지고 다니는 거야?"

"나도 잘 모르겠어. 언제 옷이 필요할지 몰라 그랬던 것 같아."

또 꼬치꼬치 캐묻는다. 이런저런 이유 때문에 옷을 트렁크에 넣고 다녔다. 그 이유들을 테사는 알고 싶지 않을 거다.

"마트에 가서 주방 기구들을 좀 사오자. 먹을 것도."

로비로 내려가며 테사가 나를 돌아보았다.

"네 차, 내가 또 운전해도 될까?"

"글쎄, 잘 모르겠네…."

일부러 짓궂게 말했다. 당연히 테사가 운전해도 된다.

Part3
애프터

그는 마침내 남자가 되었다. 단 한 번도 생각해보지 못한 그런 남자. 그의 분노는 글을 쓰는 방향으로 전환되었고, 그는 그런 자신을 자랑스럽게 여기게 되었다. 그의 삶이 이렇게 변한 이유는 단 하나, 그녀 때문이었다. 그는 그녀에게 무릎을 꿇었고, 매순간 그녀에게 감사했다. 그녀는 둘에게 필요한 만큼 그의 곁에 머물렀다. 그런 다음 그가 자신의 삶을 스스로 추스를 수 있도록 시간을 주었다. 그녀는 그의 선택을 늘 응원했다. 그리고 그가 좀 더 노력할 수 있도록 북돋았다.

그 시간 동안, 그는 술을 입에 대지 않았다. 그는 그녀의 이름이 적힌, 하트가 그려진 카드를 우편으로 받았다. 고전적인 방식이었다. 떨어져 지내는 2년이라는 시간이 그녀에게도 쉽지 않았으리라는 것을, 그는 잘 알았다. 그녀에게는 지옥 같은 시간이었고, 그에게는 끝나지 않는 벌을 받는 것 같은 세월이었다.

손으로 노트에 적었던 글들이 활자가 되어 책으로 나왔다. 그때 그녀는 그에게 일주일 동안 연락을 하지 않았다. 그는 그녀가 책을 읽었다는 걸 알았다. 그저 그녀가 랜던과 함께 사는 비좁은 아파트에서 일주일 내내 바쁘게 지냈을 거라 생각했다. 그러는 동안 그는 다른 도시로 이사를 했다. 그 도시는 바람이 세게 불고, 마천루들이 즐비하며, 사방에 핫도그 장수가 넘쳐나고, 사람들은 온통 야구에 미쳐 있는 곳이었다. 그는 그 도시에 적응해 나갔다. 그녀가 더 자주 그를 찾아왔음에도 그에게는 그곳이 집처럼 편하게 느껴지지 않았다. 일하고, 그녀의 전화나 이메일을 기다리고, 다음 번 만날 계획을 하면서, 그의 일상은 늘 똑같았다. 그러는 동안 그는 점점 그녀에게 걸맞는 사람이 되어갔다. 그리고 매일 아침 거울 속에 비치는 남자를 그 자신도 좋아하기 시작했다.

한 주가 지나고 드디어 그녀에게 전화가 왔다. 그녀의 첫 마디는 신랄했다. 그는 대꾸할 적절한 말이 생각나지 않았다. 그는 둘의 관계에서 누가 더 옳지도, 누가 더 틀리지도 않다는 사실을 그녀가 이해해주길 바랐다. 그녀는 책이 나온 걸 축하했지만, 딱 거기까지였다. 그는 지쳐갔다. 인생이란 게 이런 건가 의구심이 들기도 했다. 고층 아파트에 혼자 살면서 배달 음식을 먹으며 옛날 TV 프로그램인 '프렌드'만 줄창 돌려보는 생활 말이다.

몇 주가 지났다. 그녀가 그가 있는 도시로 온다는 소식을 전했다. 그는 심장이 쿵쾅거렸다. 결혼식 때문이었지만, 그녀에게도 파트너가 필요했다. 그녀는 밤새도록 그와 춤을 추었고, 그의 침대에서 사흘을 보냈다….

그녀가 떠날 때까지 그의 마음은 온통 그녀뿐이었다.

그 후, 그는 복잡하고 정신없는 뉴욕으로 그녀를 만나러 갔다. 그곳에서 펼쳐지는 그녀의 새로운 인생에 그는 감동받았다. 하지만 그곳에 그의 공간은 없었다. 그녀는 거기서 좋은 관계를 만들어 가고 있었다. 친구들과 가족들까지. 그는 그녀와 함께하는 삶을 상상했다. 그리고 그녀가 돌아와 그 상상을 현실로 만들어줄 때까지 기다렸다. 그에게 괜찮은 삶을 살 수 있을 거라는 희망은 오직 그것뿐이었다. 그 사실을 알기에 그는 그녀에게 끊임없이 증명해 보여야 했다. 예전의 그가 아닌 더 좋은 사람이 되었다는 걸 말이다. 훨씬 더 좋은 사람, 훨씬 살아있는 그가 되었음을.

인격적으로 성숙해진 그는 사람들을 대하는 행동 방식으로 그걸 증명해 보였다. 그러면서 그는 자신을 가치 있게 느끼기 시작했고, 더욱 책임감 있는 사람이 되었다. 그의 동생 랜던이 실연의 아픔을 겪을 때, 그가 극복할 수 있도록 도와주었다. 크고 작은 측면에서 그는 자신이 가족들에게도 가치 있는 사람이 되었다는 걸 느꼈다.

그는 랜던의 결혼식에서 들러리를 섰다. 그녀도 거기 있었다. 그를 향한 그녀의 사랑도 변함없이 빛나고 있었다. 다행히도 마침내 두 사람은 깨달았다. 그들이 떨어져 있었던 건 이 결말을 향해 달리고 있던 것이었음을. 둘은 더 성장했고, 함께 세상을 헤쳐나갈 준비가 되어 있었다. 그는 이기적이던 자신을 버렸다. 그리고 그녀는 자신이 어떤 사람인지 잘 알게 되었다. 떨어져 있던 시간은 그들에게 약이었다. 둘은 이제 인생을 함께할 준비가 된 것이다.

같이 살면서, 그들은 가슴 아픈 일을 함께 겪었다. 지금껏 겪었던 일들과는 비교도 안 될 만큼 힘든 일이었다. 또 가끔은 견뎌낼 자신이 없을 때도 있었다. 유산된 아이의 방을 정리하던 날은 세상에서 가장 힘든 날이었다. 그는 자책했다. 혹시 자신이 벌을 받고 있는 것은 아닌지. 이런 가혹한 일을 겪는 게 그가 과거에 저지른 잘못 때문은 아닌지.

첫째 아이가 세상에 나온 날, 그도 다시 태어났다. 완전히 새로운 사람으로. 그는 길고 긴 날들을 걸어왔고 이젠 달라졌다. 깊고 성숙한 사랑과 진정한 이해를 가진 사람이 된 것이다. 딸아이의 손은 작았지만, 그 작은 손은 그의 마음을 완벽하게 감싸주었다. 그는 오랫동안 사랑해왔던 소녀가 여자로, 또 어머니로 바뀌는 모습을 지켜보았다. 그보다 아름다운 모습은 세상 어디에도 없었다….

그녀는 다시 한번 엄마가 되었다. 이번에는 귀여운 아들이었다.

아이들이 자랄수록 그들은 더 젊어지고, 날이 갈수록 더욱 깊은 사랑에 빠졌다.

그는 자신이 행운아이며, 재능을 타고난 사람이라 느꼈다. 그리고 그들이 함께 일군 삶을 자랑스럽게 여겼다. 자신이 얼마나 운 좋은 녀석인지 그는 믿을 수가 없었다.

제드

모든 소설에는 로맨틱한 주인공이 등장한다. 또 대부분의 소설은 우리가 이미 지겨울 만큼 봐온 고전적인 장치를 사용한다. 바로 삼각관계다. 『오만과 편견』에서 위컴은 엘리자베스의 애정을 얻으려고 다아시 아버지에 대한 거짓 소문을 퍼뜨린다. 『위대한 개츠비』의 제이 개츠비는 값비싼 와인과 식사를 대접하며 데이지 뷰캐넌에게 청혼하지만, 톰은 그럴 능력이 없었다. 『폭풍의 언덕』의 린튼은 캐서린 언쇼라는 안전한 선택을 한다. 그녀 또한 히스클리프에게 품은, 파멸을 부르는 열정을 뒤로 하고 린튼을 택한다. 심지어 『트와일라잇』의 시커먼 늑대 인간조차도 깜찍한 벨라 스완의 마음을 얻으려고 애를 쓴다. 그녀에게는 멋진 뱀파이어 남자친구가 있음에도 말이다.

픽션에서는 늘 이런 일이 거듭되어왔다. 그 또한 그런 이야기들 속에서 살았다. 그런데 그 일이 자신에게 실제로 일어났다. 삼각관계 말이다. 그는 어처구니가 없었다. 그의 삶에서는 상황이 조금 다를 뿐이었다. 아버지와의 관계 때문에 비뚤어진 남자가 고집스럽지만 순수한 여자에게서 기어코 한 남자에게서 떼어놓으려 안간힘을 쓴다. 그 남자는 트렌디하면서도 감성이 풍부하여 하루 종인 꽃과 식물을 돌보는 일을 한다. 앞서 말한 소설들의 결말은 대부분 이랬다. 주인공이 죽거나, 반은 인간이고 반은 뱀파이어인 아기를 낳거나. 그러나 그 소설들에는 공통점이 있었다. 두 남자 중 한 명에게는 아예 기회조차 없다는 것이다. 그녀가 아무리 그를 아낀다 해도 그것이 결국 그가 그녀를 얻고 승리한다는 의미는 아니라는 것이었다.

어찌됐든 구혼에 실패한 뒤 또 다른 게임을 전전하는 다른 남자들에 비한다면, 그들은 존경받아 마땅하다.

또 파티다. 날만 다를 뿐, 북적이는 파티에 모인 사람들은 죄다 똑같은 짓거리를 하고 있다. 빨간 컵에 술이 넘쳐 바닥에 흘렀고, 방방마다 음악 소리가 시끄럽게 울려댔다. 복도를 지나며 마주친 사람들은 전부 지난번보다 더 지루한 표정이었다. 그럼에도 작년 송년 파티보다 올해 파티에 사람이 훨씬 더 많이 왔다. 희한한 일이다. 이 사람들은 전부 어디서 온 걸까? 모르는 사람들이 모여서 무슨 대단한 사회적 친목 도모를 하는 척하는 게 지겹지도 않나? 대학 생활이 이런 게 전부라는 생각이 들기 시작했다. 내가 자란 플로리다와 이곳 워싱턴은 너무 다르다. 하지만 대학은 거기나 여기나 똑같은 것 같다.

"아, 왜 안 나와."

화장실 문에 기대어 혼잣말을 했다. 잠시 후, 어깨까지 오는 금발의 자그마한 여자가 화장실에서 나왔다. 나를 지나치는데 시선이 바닥을 향해 있었다. 그녀가 입은 긴팔 셔츠는 엉덩이가 드러나는 길이였다. 펑퍼짐하고 헐렁한 배기진과는 대조적이다.

"미안."

그녀는 바닥을 향해 미소 지으며, 나를 지나쳐 아래층으로 황급히 내려갔다.

화장실로 들어와 문을 닫았다. 좁은 공간에 바닐라 향이 확 끼쳤다. 그 향에 머리가 어지러웠다. 잽싸게 볼일 보고 손을 닦은 뒤 문을 열었다. 그리고 여자들 틈바구니를 지나갔다. 여자 하나가 나를 아래위로 훑어보았다. 나를 보는 여자의 눈이 동그래졌다. 무슨 생각을 하는지 뻔히 안다. 여자가 뭐라 말하려는 찰나, 어깨 너머로 금발에 엉덩이가 예쁘던 그녀가 계단 위에 서 있는 게 보였다. 그녀는 아무 것도 없는 뒷주머니를 뒤적거렸다. 그녀가 아랫입술을 핥으며 어이없는 표정을 지었다. 여기를 어떻게 여기는지 알 것 같았다. 테사 일 이후에 한동안 아무 일에도 엮이지 않으려 노력했다. 하지만 지금 나는 금발의 그녀를 향해 다가가고 있었다. 진지하게 무언가를 시작하려는 건 아니었지만, 얘기 정도는 해도 괜찮지 않을까.

계단 끝에 있는 그녀에게 가까이 갔다. 그녀는 계단 난간을 붙들고 있었다. 그녀를 보려고 몇 걸음 더 가까이 갔다. 그녀는 천천히 계단을 내려갔다. 운동화를 신고 있었는데도 발걸음이 조심스러웠다. 머리카락이 등을 절반이나 가리고 있었다. 그녀는 북적이는 사람들을 살폈다. 이제야 주변 상황을 파악하는 듯 사람들 얼굴을 하나하나 확인하고 있었다. 누구를 찾는 건가? 난감한 듯 윗입술을 깨무는 그 순간, 그녀에게 다가가기로 마음을 먹었다. 길이를 접은 청바지 아래로 발목 근처에 별 모양 타투가 보였다.

"누구 찾아?"

말을 걸었다. 그녀가 고개를 들어 나를 보았다. 그녀의 갈색 눈은 얼굴 절반을 채울 만큼 컸다. 겁을 먹은 듯했다.

"내 친구들. 근데 걔들이 간 것 같아."

그녀는 인상을 찌푸렸다.

"아, 내가 찾는 거 도와줄까?"

그녀는 계속 두리번거리다가 갑자기 옆으로 지나가던 남자의 야구 모자를 들어올렸다. 남자는 투덜거렸고, 그녀는 어색하게 미소를 지었다. 부끄럽지만 절박해 보이는 미소였다.

"내 친구 존이 야구 모자를 쓰고 왔거든."

그녀가 변명했다. 소심한 건지 저돌적인 건지 잘 모르겠다. 어느 쪽인지 알고 싶어졌다.

"전화 안 해봤어?"

"못했어. 내 전화기가 친구 가방에 있거든."

그녀가 한숨을 폭 내쉬었다.

"여기 오지 말았어야 했는데. 파티 같은 거, 내 취향이 아니거든."

목소리가 점점 커졌다. 그리고 이제 손짓까지 하기 시작했다.

"근데 메이시가 가자고 애걸해서, 재밌을 거라고. 딱 한 시간만 있다 오자고 그랬는데."

콧등을 찡그리며 그녀가 발끈했다. 그 모습에 웃음을 참으려 아랫입술을 꽉 물었다.

그녀가 얼굴을 붉혔다.

"왜 그래?"

"아무 것도 아니야."

거짓말이다. 사실 너무 귀엽다.

"한 잔 마실래? 아님 다른 거?"

"나, 술 잘 안 마셔."

심드렁한 목소리였다.

"잘 안 마시는 거야, 아예 안 마시는 거야?"

"가끔 마셔. 근데 이렇게 모르는 사람들이 북적거리는 파티에선 절대 안 마셔."

"음, 일리가 있네."

슬쩍 미소를 지었다. 내 속내를 알아줬으면 좋겠다. 여기 있는 다른 애들처럼 의미 없는 시간을 보내고 싶진 않다는 그녀가 꽤 멋지다고 생각하는 중이었으니까. 그 문제에 관해선 남녀 성별 불문이었다.

"망가져야만 재밌게 놀 수 있는 건 아니잖아."

"물론."

고개를 끄덕거렸다. 금세 그녀가 더 매력적으로 느껴졌다.

"그럼, 물이라도 갖다줄게. 네 친구들 찾을 때까지 나랑 내 친구들하고 놀래?"

"음, 잘 모르겠어."

그녀는 낯선 사람들로 북적이는 거실을 둘러보았다.

"아는 사람도 없고, 이런 파티는 보통 좀 찜찜하거든."

그녀의 시선이 술 취한 두 남자에게로 옮겨갔다. 그들은 손바닥만 한 옷을 입은 신입생 여자들 틈에서 빙빙 돌고 있었다.

제대로 파악하고 있네.

거실 저편에서 네이트가 손짓을 했다. 나는 이 흥미로운 여자를 한 번 더 쳐다보았다.

"암튼, 여기 계속 서 있고 싶은 게 아니라면, 저쪽에 있는 내 친구들하고 어울려 봐. 환대해줄 거야."

친구들 쪽을 가리켰다. 타투투성이 친구들을 보고는 그녀의 눈이 동 그래졌다.

"보이는 것보단 괜찮은 애들이야."

농담처럼 건넨 말이었다. 그녀는 어색하게 미소를 지었다.

"음, 쟤들 중 몇 명은 그렇다고."

내 말에 그녀가 크게 웃어버리는 바람에 깜짝 놀랐다. 그녀는 친구들 쪽으로 가는 나를 따라왔다. 트리스탄이 일어서며 소파 자리를 양보했다. 그녀는 예의 바르게 감사 인사를 했다. 요새 트리스탄을 통 못 봤었다. 그래도 루이지애나에서 돌아왔다니 반가웠다. 무엇보다 스테 프랑 공식적으로 헤어졌다는 것도.

"이 거지 같은 대학 생활도 마지막 해로구나."

트리스탄이 컵을 들어 올리며 로건와 건배했다. 로건 무릎 위에 앉아 있던 몰리도 따라 건배했다.

"어휴, 난 아냐. 아직도 2년 더 남았어."

네이트가 투덜거렸다. 네이트가 사귀는 애 이름이 아마 브리아나라고 그랬던가, 그녀가 어이없다는 표정을 지었다. 그러더니 뭐라 중얼거리며 네이트의 컵을 가져가 술을 마셨다.

"실업계 고등학교를 갔어야 했어."

네이트가 고개를 돌렸고, 여자친구는 그를 재밌다는 듯 쳐다보았다.

"대학은 정말 밥맛이야."

"내가 그랬잖아. 넌 타투 숍에서 실습생으로 일했어야 한다고."

여자친구가 네이트를 나무라듯 말했다. 네이트는 어이없어 하며 여자친구 셔츠 어깨에 있는 얇은 끈을 잡아당겼다. 까무잡잡한 살이 슬쩍 보였다. 그러든지 말든지.

"아직도 생각 중이야."

네이트가 말했다. 솔직히 그게 더 나을 것 같다. 네이트는 대학을 졸업하겠다고 아등바등 힘겹게 지내고 있으니 말이다.

"아무튼 지루한 얘긴 집어치우자고. 그쪽은 누구?"

몰리는 내가 복도에서 만난 여자를 가리켰다.

"이쪽은….

도움의 눈길을 보내며 그녀를 쳐다보았다. 통성명하는 것도 까먹고 있었다.

"테리즈야."

그녀가 대답했다. 악센트를 들으니 뭔가 짚이는 게 있었다. 왜 아까는 눈치채지 못했을까.

빌어먹을.

"농담하는 거지?"

몰리가 로건에게 기대며 웃음을 터뜨렸다.

"좋은 이름이네."

제이스가 손에 든 종이의 모서리를 훑으며 히죽거렸다.

"게임할래, 테리즈?"

몰리가 예의 그 톤으로 말했다.

"진실 게임!"

몰리가 나를 쳐다보았고 나는 고개를 가로저었다.

"아니, 누가 그딴 게임을 하고 싶겠냐."

몰리를 노려보며 말했다. 테리즈는 영문을 모르겠다는 표정이었다. 불안하고 불편해 보였다.

"아, 그러지 말고. 진짜 재밌을 거야."

제이스가 거들었다. 몰리도 고개를 끄덕이며 거들었다.

"그래. 쟤 표정을 보니까, 네가 이길 거 같은⋯."

로건이 몰리의 입을 막았다. 저 두 사람이 사귀다니 아직까지도 믿기지가 않는다.

"입 다물지 그래."

로건이 몰리를 향해 말했다.

몰리는 기가 막힌다는 표정을 지었지만, 로건이 손을 뗐는데도 잠자코 있었다.

"작년 같은 일은 절대 없어야 해. 진짜 완전 막장 드라마였잖아."

로건이 몰리의 어깨에 입을 맞췄다. 몰리가 미소 지었다. 이번엔 진짜 미소였다. 악의 없는 미소.

테리즈는 한쪽 눈썹을 찌푸리고 나를 쳐다보았다. 갑작스러운 어색한 기운이 신경 쓰이는 모양이었다.

"작년에 무슨 일이 있었는데?"

"아무 일도 없었어."

얼른 대답하며 친구들을 보았다. 제발 그 입들 좀 닥치고 있기를 바라면서. 나는 이 여자를 방금 만났다. 이런 헛소리 폭격을 맞기엔 너무 이르다.

"걔 이름이 하…."

역시 몰리는 입을 다물 줄 모른다.

"더 이상 혜사 얘기는 하지 말자니까!"

로건이 볼멘소리를 했다.

"혜사? 그게 누군데?"

네이트 여자친구가 물었다.

몰리가 젠체하며 손을 들었다.

"내가 만들어낸 말이야!"

거의 비명 수준이었다.

"모든 공은 저에게 있지요. 내가 그 미친 것들 이름을 붙였거든. 걔들이 결혼식에 초대하길 기대하고 있는 중이야."

몰리가 깔깔거렸다. 몰리의 핑크 머리는 색이 거의 흐려졌다. 한동안 염색을 하지 않은 모양이다. 그녀의 쇼트커트는 이제는 거의 금발처럼 보였다.

"걔들 결혼 안 할 거야."

몰리에게 쏘아붙였다. 그 두 사람 얘기는 이제 지겨워 죽겠다. 페이스북에서 테레사 포스트를 보는 것도 질렸다. 그녀는 뉴욕에서 행복해 죽겠는 모양이었다. 하딘도 행복에 겨워 어쩔 줄 몰랐다. 젠장, 죄다 행복해 죽는다. 야호, 다들 잘됐군.

"당장은 아니겠지만, 결혼한다에 한 표."

몰리가 싱글벙글했다.

"그리고 난? 내기에 이기겠지."

몰리는 검정 아이라이너로 열심히 아이라인을 그리고 있었다. 나를 향해 윙크하는 눈이 꼭 고양이 같았다.

로건은 점잔을 빼며 고개를 끄덕였다. 다들 그렇게 여기는 것처럼. 아주 내 쓰린 상처에 소금을 뿌리고 있다.

몰리가 애들을 에둘러 가리키며 말했다.

"암튼 너네 오기 전에, 우리가 제드의 전 여친에 대한 엄청난 전설을 회상 중이었어."

"내 여자친구 아니었다고."

나는 이를 악물며 말했다.

"빌어먹을."

누군가의 목소리였다. 아마 제이스?

"음…."

테리즈가 일어나 어색해하며 말했다.

"이제 가야 할 거 같아."

그녀는 머뭇거리며 미소를 짓고는 가버렸다.

아프거나 짜증나거나 화가 나거나 해야 했다. 아니, 그 세 가지 모두 느낀 것 같기도 하다. 로건 때문이었다.

"그냥 가게 놔두는 게 나을 거야. 그래 봤자 적만 하나 더 만드는 거 잖아. 쟤도 아마 남자친구가 있을 걸. 네 트럭 타이어를 작살낼 그런 남자친구."

친구라는 놈들은 이번 주 내내 나를 엿먹이려고 작정했나 보다. 비싼 대가를 치른 내 흑역사를 계속 후벼 파고 있으니.

꿈같은 연애를 하리라는 기대는 늘 끔찍한 결과가 되었다. 이제 진짜 화낼 기운도 없었다. 항상 똑같았으니까.

"그 여자가 약혼했다는 걸 몰랐잖아. 그리고 장담하는데, 그딴 짓을 한 건 그 약혼자가 아니라 그 여자였을 거야."

조나 소토가 내 차에 한 짓을 떠올리면 치가 떨린다. 그 인간은 절대 교수 자격이 없는 사람이다. 완전 미치광이다.

네이트가 술을 한 모금 마시며 어깨를 으쓱했다.

"그니까 아무 하고나 자고 다니는 짓 좀 하지 마."

"벌써 1년 전 얘기잖아. 그 여자 약혼자가 여기 교수로 올지 누가 알았겠어?"

그 주말은 아주 총체적 난국이었다. 클럽에서 만난 그 여자가 브라이덜 샤워를 하는 줄 알았다면 집까지 데리고 오지도 않았을 거다. 그러니까 촌스러운 깃털 목도리라든지 티아라 같은 걸 쓰고 어깨띠를 두르고 있었다면 알아챘을 텐데 말이다. 그건 다른 사람들에게 헛짓거리 하지 말라는 경고의 뜻이니까. 그리고 그렇게 해야 그 여자도 자기가 곧 결혼할 거라는 걸 잊지 않을 수 있고 말이다. 아무튼 그 여자는 바로 다음날 결혼했다.

살면서 그런 '원 나잇 스탠드'를 딱 한 번밖에 경험 안 했으니, 운이 좋았다고 생각한다. 그리고 그 결과 이 사달이 났다. 친구 녀석들이 내 연애 문제를 과장해서 떠벌리게 된 거다. 녀석들은 내막을 알 필요도 없다. 남자는 그래도 쿨했다. 아니, 생각했던 것보다 더 쿨했다. 나를 과학 프로그램에서 내쫓으려고 하기 전까지는. 그는 하딘이 퇴학 당하는 걸 막아주기도 했었다. 왜 그 젊은 교수가 잘 알지도 못하는 문제아 편을 드는지, 아무도 궁금해하지 않는 것 같았다. 기분이 엿 같았지만, 그래도 난 하딘이 퇴학 당하지 않아 다행이라 생각했었다.

"근데 너희는, 왜 아무한테나 헛소리를 해대는 거야?"

애들을 통틀어 가리키며 말했다.

"몰리가 여기 있는 놈들 절반은 엿 먹였으니까?"

"말조심해."

로건이 발끈했고, 일순간 모두 긴장했다.

로건과 실랑이를 벌이는 대신 그녀를 쫓아가보기로 했다.

잘은 모르겠지만 그녀는 꽤 괜찮아보였다. 그리고 아주 예뻤다. 맞다, 그녀는 테사를 떠올리게 했다. 그래, 테사를 잊으려면 시간이 오래 걸릴 거다. 어쩌면 이건 바보 같은 생각일지도 모른다. 하지만 대부분의 일이 다 그렇지 않나?

심란한 마음으로 그녀를 찾으러 일어섰다.

테사와 그런 식으로 끝나게 될 줄은 몰랐다. 물론 테사에 대한 관심은 진심이었다. 하지만 한편 질투심에 사로잡혀 있기도 했다. 또 하딘이 사만다와 섹스한 걸 복수하고 싶은 마음도 있었다. 테사를 정말 좋아했지만 그녀에 대한 하딘의 감정과는 차원이 달랐던 것이다.

사만다는 멋진 여자였다. 재미있었고 나보다 몇 살 연상이었다. 그래서 더 안달했지만 그녀는 호락호락하지 않았다. 테사와의 관계가 끝나고 난 다음에도 종종 생각했다. 테사와 하딘의 관계가 나와 사만다의 그것과 비슷했던 것 같다고. 하지만 사만다는 하딘과 잤다. 그리고 그녀는 그걸 별로 심각하게 생각하지 않았다. 내 친구랑 자는 게 늘 있는 일인 것처럼 굴었다. 당연히 하딘도 별 신경 쓰지 않았다.

나만 신경 썼다. 좌절감이 들고 화가 났다. 그 감정이 속에서 곪고 있는데도 그냥 놔뒀다. 그러면서 하딘에게 한 방 먹일 기회만 노렸다. 테사는 나를 신뢰했다. 애초에 나도 내기에 연루된 당사자였는데 말이다. 그녀에게 내기 얘기를 한 건 나였다. 그녀는 내가 필요할 때면 언제든 나에게 왔다. 그게 문제였다. 하딘이 그녀를 멀리할 때만 내게 왔으니까. 나는 그런 걸 다 받아줄 깜냥이 안 됐다. 늘 이인자에 머물고 싶지는 않았다. 게다가 너무 막장 드라마 같았다. 하딘이 첫 승을 올리고 난 다음 그녀를 구해주러 달려가고, 둘의 유치한 관계에서 그녀를 지켜주려 설치는 게 점점 피곤해졌다.

그 또라이 녀석이 나를 처음 때렸을 때, 그녀에게서 발을 뺐어야 했다. 하지만 그러지 못했다. 녀석의 분노가 나를 자극했다. 나는 이 내기를 끝까지 끌고 가서 이기고 싶었다. 녀석은 사만다랑 자놓고 왜 또 그 내기에 뛰어든 걸까? 모든 게 해결되는 시점을 왜 자기가 정하는 거야? 게임을 끝내는 것도, 내가 신경을 쓰든 말든 그것까지도 자기가 정하려 했다.

전부 너무 유치하다. 이제는 알겠다. 그날 밤, 테사 엄마 집으로 테사를 데리러가는 게 아니었다. 그리고 내가 저지른 일도 말하는 게 아니었다. 이렇게 멍청해서 그때부터 쭉 싱글인 거다. 1년 넘게 테사 소식은 듣지도 못했다. 진짜 슬픈 건, 그럼에도 나는 테사와 얘기했던 그때가 그립다는 거다.

테사가 랜던이랑 뉴욕으로 이사 갔다는 소식은 들었다. 분명 하딘도 곧 따라갈 거다. 인정하기는 싫지만, 둘 사이에는 특별한 무언가가 있다. 둘 사이가 삐그덕거릴 때도, 문제의 심각성만큼 심하게 싸우는 걸 한 번도 못 봤다. 하딘은 진짜 테사를 가질 자격이 없다. 하지만 그건 더 이상 내가 끼어들 문제가 아니다.

밖으로 나가 마당을 둘러보며 테리즈를 찾았다. 그녀는 무너진 돌담 위에 앉아 있었다. 옛 기억이 또 하나 떠올랐다. 그녀는 작은 돌멩이를 들고 있었다. 내가 다가가자 그녀가 펄쩍 뛰어내렸다.

"잠시만."

진정을 시키려 손바닥을 들어 보였다.

"친구들 찾는 거 도와줄게. 아니면 집까지 태워줄 사람을 찾아줄 수도 있고."

"글쎄."

그녀는 경계심 가득한 눈빛으로 나를 쳐다보았다. 무슨 연쇄 살인범이라도 보는 듯한 눈빛이었다.

"그냥 집까지만 태워주는 거야. 내 친구들이 좀 시끄럽긴 하지만, 널 해치진 않을 거야. 원하면 내가 같이 가줄 수도 있고. 난 술을 마셔서 널 데려다줄 수가 없어."

한쪽 눈썹을 찡긋해 보였지만, 그녀는 고개를 가로저었다.

"와우, 귀여운 악동군이 상식은 있구나."

그녀는 장난스럽게 미소 지었다.

"가끔은."

어깨를 으쓱했다. 나는 악수를 청하며 손을 내밀었다.

"나는 제드야."

잠시 머뭇거리다가 그녀가 내 손을 잡았다.

"만나서 반가워. 제, 드."

입에 담기 두렵다는 듯이 그녀가 내 이름을 더듬거렸다.

"나도 반가워, 테리즈."

랜던

만나기 전부터 그는 완벽한 그 애를 증오했다. 그의 아버지는 형제가 생길 거라 얘기했다. 마치 그가 그걸 좋아할 거라 기대했다는 듯이. 그는 느닷없이 가족이나 저녁식사 같은 걸 신경 써야 할 처지가 되었다. 그래야 아버지의 새 아들과 좋은 관계를 유지할 수 있을 테니까.

새 형제를 만났을 때, 그는 증오심만 피어올랐다. 단순한 질투심 말고는 그가 새 형제를 미워할 이유는 없었다. 그도 그걸 알았다. 하지만 어쩔 수 없었다. 그는 아버지의 새 아들처럼 운동선수들의 이름도 알지 못했고, 스포츠를 좋아하지도 않았으며, 저녁식사 자리에서 점잖게 굴지도 못했다. 그는 자신이 그 애의 적수가 될 수 없다는 걸 알았다. 그러나 인생이 달라지자 그럴 필요가 없었다는 것을 깨달았다. 그는 완벽한 그 애와 거리를 두려고 안간힘을 쓰며 버텼다. 결국엔 가장 가까운 친구가 된 그와 말이다.

날이 갈수록 세 가지 생각이 계속 머리를 맴돌았다.

'생각했던 것만큼 복잡하고 붐비는 도시는 아니네.'

'테사가 오늘 일 안 하고 나하고 놀았으면 좋겠다.'

'엄마가 보고 싶다.'

맞다, 뉴욕대학교 2학년에 재학 중이지만, 아직도 나에게는 엄마가 최고의 친구 중 하나다.

집이 정말 그리웠다. 테사가 같이 있는 게 큰 도움이 되었다. 이곳에서 그나마 가족과 가장 비슷한 관계가 테사였으니까.

대학생들이 다 이렇다는 걸 잘 안다. 그들은 집을 떠나 최대한 멀리 가는 걸 원하겠지만, 나는 아니다. 어쩌다 보니 나는 내가 살던 곳이 좋아졌다. 어린 시절부터 자란 곳도 아닌데. NYU를 지원할 때는 나름 계획이 있었다. 근데 계획대로 되지는 않았다. 이곳으로 이사 와서 다코타와 함께 새로운 미래를 꾸릴 작정이었다. 다코타는 고등학교 때부터 오래 사귀었던 여자친구였다. 그런 다코타가 대학 첫 해를 싱글로 보내고 싶을 거란 생각은 꿈에도 못 했다.

나는 완전히 나락으로 떨어졌다. 지금도 그렇긴 하지만, 그래도 다코타가 행복했으면 좋겠다. 나와 함께가 아니더라도.

9월인데도 이 도시는 쌀쌀했다. 워싱턴과 비교하면 비는 거의 오지 않았다. 그나마 다행이랄까.

일하러 가면서 휴대전화를 확인했다. 하루에 50번은 하는 거 같다. 엄마가 여동생을 임신하셨다. 혹시라도 무슨 일이 생기면 당장 비행기를 타고 날아갈 거다. 지금까지는 사진 몇 장만 왔을 뿐이다. 주방에서 뚝딱 만들어내던 그리운 음식들 사진이었다.

응급 상황은 없었다. 하지만, 정말로, 엄마가 해주는 밥이 너무 그립다.

거리는 인파로 북적였다. 한 무더기의 사람들과 함께 횡단보도 앞에서 기다리고 있었다. 대부분은 묵직한 카메라를 든 관광객이었다. 십대 소년이 태블릿을 들고 셀카를 찍는 모습을 보니 웃음이 나왔다. 저런 마음은 절대 이해 못 할 거 같다.

신호등이 바뀌자 이어폰의 볼륨을 높였다.

이곳에 와서는 거의 하루 종일 이어폰을 꼈다. 상상했던 것보다 도시는 훨씬 더 시끄러웠다. 이어폰은 소음을 조금은 막아준다. 좋아하는 음악을 듣는 것도 꽤 괜찮다.

오늘은 아일랜드 출신 가수 호지어(Hozier)다.

일하면서도 이어폰을 꼈다. 한쪽 귀에만이다. 그럼 커피 주문은 받을 수 있다. 오늘은 두 남자 때문에 정신이 좀 사나웠다. 두 사람은 해적 옷 같은 걸 입고 서로에게 소리를 질러대고 있었다. 가게 안으로 들어가다가 에이든과 부딪쳤다. 가장 호감 안 가는 직원이다.

그는 키가 컸다. 나보다 훨씬. 머리카락은 흰색에 가까운 금발이라 드라코 말포이를 닮았다. 어쩐지 좀 으스스했다. 그래서인지 가끔은 좀 무례하게 구는 것도 같았다. 나한테는 잘해줬지만, 여자들을 쳐다볼 때 눈빛이 달라지는 걸 몇 번이나 봤다. 그는 커피숍이 아닌 커피 클럽에라도 와 있는 것처럼 행동하곤 했다.

여자들을 향해 미소를 지으며 추파를 던졌고, 여자들은 '잘생긴' 그의 시선에 당황했다. 도대체 왜 그러는 건지 모르겠다. 사실 그는 별로 잘생기지도 않았다. 그가 좀 더 착했다면 그렇게 봐줬을지도 모르지만.

"조심 좀 해, 맨."

에이든이 어깨를 툭 치며 중얼거렸다. 무슨 여기가 풋볼 경기장인 줄 아나.

오늘 아주 짜증 신기록이라도 세울 판이다….

그런 생각은 떨쳐버리고, 뒤편으로 가서 노란색 앞치마를 두르고 휴대전화를 체크했다. 전화기에서 시선을 떼고 나서야 포지가 있다는 걸 알았다. 몇 주 동안 데리고 일을 가르쳐야 할 수습 직원이다. 그녀는 착했다. 조용했지만 열심히 일했다. 그 점도 마음에 들었다. 우리 가게에서는 교육하는 동안 인센티브로 매일 쿠키를 주는데, 그녀는 그걸 늘 챙겼다. 대부분의 수습 직원들은 그걸 안 받는데, 그녀는 이번 주 동안 매일 쿠키를 먹었다. 종류도 다양해서 초콜릿, 초콜릿 마카다미아, 슈가, 그리고 정체 모를 푸르스름한 것까지. 아마 그건 글루텐 프리 쿠키인 것 같았다.

"안녕."

제빙기에 기대 서 있는 그녀에게 미소를 지으며 인사를 건넸다. 그녀는 머리카락을 귀 뒤로 넘기고 커피 팩 하나를 들고 뒷면을 열심히 읽고 있었다. 나에게 웃으면서 인사를 하고는 이내 다시 읽던 커피 팩으로 시선을 돌렸다.

"이런 작은 커피 한 팩에 15달러나 받아먹다니 말도 안 돼."

그녀가 커피 팩을 내게 건네며 말했다.

팩이 손에서 미끄러지는 바람에 놓칠 뻔했지만 아슬아슬하게 잡았다.

"그게 우리잖아."

웃으며 그녀의 말에 맞장구를 쳤다. 커피 팩은 원래 있던 자리에 다시 놓았다.

"우리가 그렇게 받아먹는 거잖아."

"아직 일한 지 얼마 안 돼서 그런가 봐. 그게 '우리'라는 생각이 잘 안 들어서."

포지가 대꾸를 하며 머리를 하나로 묶었다. 그녀는 굽슬거리는 적갈색 머리를 위로 들어올렸다. 머리숱이 엄청났다. 그녀는 머리를 단정히 고정시키고는 고개를 까딱하며 준비 완료 신호를 보냈다.

포지는 나를 따라 매장으로 나와 포스기 옆에 서서 대기했다. 이번 주는 손님 응대와 주문 받기를 익히는 중이다. 다음 주면 음료 만들기를 배우게 될 거다. 나는 주문 받는 일이 제일 좋다. 매일 에스프레소 기계에 손을 데는 것보다는 손님들과 얘기하는 게 나았다.

계산대 물건들을 가지런히 정리했다. 출입문 벨이 울렸다. 포지가 준비됐는지 다시 한번 돌아보았다. 그녀도 완벽히 준비를 마친 상태였다. 드디어 아침 카페인 중독자들을 맞을 준비가 끝났다. 여자 두 명이 큰소리로 떠들며 카운터로 왔다. 그중 하나가 귀에 익었다. 건너다보니 다코다가 거기 있었다. 스포츠 브라에 헐렁한 반바지, 밝은 색 운동화 차림이었다. 조깅을 마치고 온 모양이었다. 무용 수업을 받으러 가는 거라면 옷차림이 조금 달랐을 거다. 보통 원피스에 딱 붙는 반바지를 입었으니까. 그녀는 좋아 보였다. 언제나 그랬지만.

다코타는 몇 주 동안 여기 오지 않았었다. 갑자기 나타난 걸 보고 깜짝 놀랐다. 순식간에 긴장이 되었다. 손은 떨렸고 쓸데없이 포스기 화면을 쿡쿡 찌르고 있었다. 다코타 친구인 메기가 먼저 나를 알아봤다. 그녀는 다코타의 어깨를 툭툭 쳤고, 다코타가 나를 돌아보았다. 얼굴엔 미소를 가득 띤 채였다. 온몸은 땀으로 덮여 있었고 위로 올린 머리는 헝클어져 있었다.

"네가 여기 있었으면 했는데."

다코타는 나에게 손을 흔들었고, 포지에게도 손 인사를 했다.

'뭐라고?'

그게 무슨 의미인지 잘 모르겠다. 우리가 친구로 남기로 했지만, 좀 헷갈렸다. 이게 친구끼리 떠드는 건지 아니면 그 이상의 뭔가가 있는 건지 말이다.

"안녕, 랜던."

메기도 손을 흔들었다. 두 사람에게 미소로 화답한 후 주문을 받았다.

"아이스 커피, 크림은 따로."

두 사람이 동시에 대답했다. 둘은 옷도 거의 비슷하게 입었다. 하지만 다코타의 구릿빛 피부와 반짝이는 갈색 눈동자 때문에 메기는 별로 눈에 띄지 않았다.

거의 기계적으로 플라스틱 컵 두 개를 쥐었다. 얼음 냉장고 문을 열어서 얼음을 퍼 담고, 미리 만들어놓은 커피를 컵에 부었다. 다코타가 나를 보고 있었다. 그녀의 눈길이 느껴졌다. 몇 가지 이유 때문에 좀 어색한 기분이 들었다. 포지가 나를 보고 있을 때도 마찬가지였다. 일하는 과정을 좀 설명해줘야겠다.

"이걸 얼음 위에 부으면 돼. 야간 조가 커피를 미리 뽑아놨어. 그래야 커피가 식어서 얼음이 녹지 않거든."

기본적인 내용이었다. 다코타 앞에서 이런 걸 설명하고 있는 내 모습이 바보같이 느껴졌다. 우리는 사이가 나쁜 건 아니었다. 그저 예전처럼 같이 어울리고 일상을 얘기하지 않을 뿐이다. 그녀가 3년간의 연

애를 끝냈을 때 나는 완전히 이해할 수 있었다. 그녀는 뉴욕이라는 도시에서 새 친구들과 새로운 환경에 둘러싸여 있었다. 그녀의 발목을 붙잡고 싶진 않았다. 그래서 약속을 지키며 그냥 친구로 남게 되었다. 다코타를 몇 년 동안 알아왔고, 앞으로도 늘 그녀를 걱정할 거다. 다코타는 내 두 번째 여자친구였지만, 제대로 된 연애 상대로는 처음이었다. 그 전엔 소우라는 나보다 세 살 연상인 여자를 만났었다. 그때는 다코타와 그냥 친구 관계였다. 다코타는 테사에게도 참 잘했다. 테사가 아르바이트를 하는 레스토랑도 다코타가 소개해 준 곳이다.

"다코타?"

휘핑크림을 더하겠냐고 막 물으려던 참이었다. 에이든이 나보다 훨씬 큰 목소리로 다코타를 불렀다. 나는 어리둥절한 채로 에이든이 카운터로 와서 다코타의 손을 잡는 걸 보고 있었다. 에이든은 붙잡은 손을 번쩍 들어 올려 빙빙 돌렸고, 다코타는 활짝 웃었다.

그러다 나를 힐끗 보고는 한 걸음 물러서서 무덤덤한 목소리로 말했다.

"너, 여기서 일하는지 몰랐어."

두 사람의 대화를 엿듣고 싶지 않아 포지에게로 시선을 돌렸다. 그리고 그녀 뒤에 있는 벽에 붙은 스케줄 표를 보는 척했다. 다코타가 누구랑 친한지 내 알 바 아니었으니까.

"어젯밤에 얘기한 거 같은데."

에이든이 대답했고, 나는 헛기침을 했다.

다행히 포지 말고는 아무도 눈치채지 못한 듯했다. 포지는 비어져 나오는 웃음을 억지로 참고 있었다.

다코타가 불편해하는 걸 알면서도 못 본 척했다. 에이든에게 대답하는 다코타는 웃고 있었다. 작년에 우리 할머니에게 받은 크리스마스 선물을 풀어 봤을 때 봤던 딱 그 웃음이었다. 귀여운 소리…. 가짜 나무 받침대가 달린 허접한 노래하는 물고기 석고상을 받고서도 다코타는 귀엽게 웃었다. 그 모습을 보며 할머니는 무척 기뻐하셨다. 그녀가 또 다시 웃음을 터뜨리자, 그녀가 지금 진짜 불편한 상태라는 걸 알았다. 이 어색한 상황을 무마하고 싶었다. 나는 그녀에게 커피 두 잔을 건네며, 곧 다시 만나자고 이야기했다.

그녀가 대답하기도 전에, 한 번 더 웃어 보이고는 얼른 주방으로 들어왔다. 그리고 이어폰 볼륨을 왕창 높였다.

출입구 종이 울리기를 기다렸다. 다코타와 메기가 나갔다는 신호 말이다. 그러다 한쪽 귀에서 나오는 어젯밤 하키 경기 중계는 듣고 있지도 않다는 걸 깨달았다. 한쪽이었지만 관중들이 응원하는 소리와 하키 스틱 딱딱거리는 소리가 오래된 벨보다 컸는데도. 매장으로 다시 나갔다. 포지가 어이없는 표정으로 에이든이 스팀 밀크 만드는 걸 보고 있었다. 흰색에 가까운 금발이 흰 우유 거품을 만드는 모습은 좀 이상해 보였다.

"에이든이 그러는데, 둘이 댄스 아카데미에 같이 다니고 있대."

내가 다가가자 포지가 귓속말을 했다.

나는 그 자리에 얼어붙어서 에이든을 쳐다보았다. 멍청한 녀석이다. 그는 반짝했던 전성기가 끝나버린 줄도 모르고 있었다.

"네가 물어봤어?"

감동스럽기도 하면서 걱정이 됐다. 에이든이 다코타와 얽힌 다른 얘기도 했을까 봐.

포지는 씻으려던 컵을 들고 고개를 끄덕였다. 싱크대로 그녀를 따라갔다. 그녀는 물을 틀었다.

"에이든이 그 사람 손을 잡았을 때 네 반응 다 봤어. 그래서 그냥 두 사람이 어떤 관계인가만 물어봤어."

포지가 어깨를 으쓱했다. 곱슬거리는 그녀의 묶은 머리가 흔들렸다.

그녀의 주근깨가 그동안 봐왔던 것보다 흐려 보였다. 주근깨는 뺨에서부터 콧등, 미간까지 이어져 있었다. 그녀는 커다란 입술을 아이처럼 삐죽 내밀었다. 키도 거의 나만 했다. 그녀가 수습으로 일한 지 사흘째 되던 날 알게 된 사실이었다. 그때가 관심이 폭발한 시기였던 것 같다.

"다코타하고 사귀었었어."

새 친구에게 솔직히 털어놓았다. 컵을 닦을 행주를 그녀에게 건네주었다.

"아, 그 사람들 사귀는 거 같진 않았어. 슬린데린과 사귄다면 그 여자분도 제정신이 아닌 거지."

포지가 웃자 내 뺨이 붉게 물들었다. 나도 그녀를 따라 웃었다.

"너도 그거 눈치챘어?"

피스타치오 민트 쿠키 하나를 집어 그녀에게 주었다.

그녀는 웃으며 쿠키를 쥐었다. 그리고 내가 통 뚜껑을 닫기도 전에 절반을 먹어치웠다.

크리스찬

가족과의 유대는 서로의 영혼이 묶여 있어야 가능하다. 우리는 부모와 형제, 다른 가족 구성원을 단지 혈관에 같은 피가 흐른다는 이유만으로 사랑해야 한다. 어린 시절, 그는 늘 궁금했다. 다음 날 학교에 가야 하는데도 비틀거리며 큰 소리로 아들을 깨우는 그 남자를, 정말 사랑해야 하는 걸가? 거실로 들어와 벽난로 선반에 기대서 부츠를 벗으려고 기를 쓰고 있는 그 남자를? 소년은 벽 뒤에 몸을 숨기고 그 남자가 비척거리다 바닥에 자빠지는 모습을 몰래 지켜보곤 했다. 그러고는 서둘러 방으로 도망가야 했다. 그 남자가 던진 부츠가 그의 머리 근처 벽에 와 부딪치기 전에 말이다.

그는 그 밤들을 증오했다. 그리고 호탕하게 웃는 엄마 친구 아저씨가 집에 올 날만을 손꼽아 기다렸다. 소년은 그 아저씨가 아빠였으면 좋았겠다고 생각했다. 어쩌면 이 남자가 그를 대신할 수도 있겠다고 생각했다. 그는 항상 책을 한 권씩 가져왔다. 소년은 그 모든 걸 기억하고 있었다. 아저씨는 소년과 책에 대해 이야기를 나누었다. 줄거리와 주제에 대해 이야기하면 소년은 자신이 더 똑똑해지고 쑥 자란 것 같았다.

처음으로 아저씨에게 선물 받은 책을 소년은 죽을 때까지 기억할 거다. 그 책은 소년의 첫 번째 진짜 친구가 되었다. 소년이 자라면서 아저씨가 집에 들르는 횟수는 점점 줄어들었다. 아저씨가 보고 싶었고, 그가 드문드문 가져오는 책들이 그리웠다. 소년이 반항기에 접어든 십대가 되었을 때도, 아저씨는 늘 책을 가져왔다. 소년은 엄마가 그를 사랑한다는 걸 알았다. 하지만 그 때문에 자신의 삶이 얼마나 거짓으로 점철돼 있었는지는 알지 못했다.

집 안은 조용했다. 킴을 슬쩍 넘겨다보았다. 그녀는 가슴에 카리나를 안고 소파에서 잠들어 있었다. 아기의 조막만 한 손은 엄마의 스웨터를 꼭 붙잡고 있었다. 킴은 아기에게 나와 내 악센트에 대해 얘기하다가 잠이 들었다. 이야기를 하는 그녀의 목소리는 사랑스러웠다. 엄마의 달콤한 말투와 아빠의 악마 같은 악센트가 섞인 말투였다. '악마 같은', 그녀는 내 악센트를 그렇게 불렀다. 마치 그래도 되는 것처럼. 킴벌리는 지구상에서 최고로 고집불통인데다 '악마 같은' 여자다. 그리고 나는 그런 그녀를 사랑한다.

킴벌리는 내 비서에서 비즈니스 파트너가 되었다. 그녀는 사업 안목이 꽤 좋았다. 아마도 그래서 나하고 결혼했겠지. 아니면 내 아들 스미스를 진심으로 좋아했든가. 그건 거부하기 쉽지 않았으니까.

카운터 테이블에 서류 더미가 쌓여 있었다. 내년에 오픈할 뉴욕 레스토랑의 계약서 뭉치였다. 물론 기쁜 일이었지만, 아기가 태어난 것과는 비교도 안 된다. 그동안 투자 영역을 요식업계로 확대해왔다. 워싱턴에서 뉴욕, 로스앤젤레스로 레스토랑을 계속 오픈했다. 하지만 그건 딸아이가 내 눈 앞에서 자라는 걸 보는 기쁨과 비할 바가 아니었다. 다른 아이들은 자라는 모습을 보지 못했다.

킴을 슬쩍 건너다보았다. 평소보다 코를 더 심하게 골았다. 그 모습이 너무 사랑스러워 휴대전화를 꺼내 동영상을 찍기로 했다. 계약서 작성은 내일 해도 된다. 지금은 킴을 더 보고 싶다. 그녀가 숨 쉬는 모습을 가만히 바라보고 있었다. 코 고는 소리가 천둥 치는 것 같다.

녹화 버튼을 누르고 조용히 소파에 가까이 갔다. 5초쯤 녹화했을 때 킴벌리가 눈을 번쩍 떴다. 눈을 뜨자마자 내 손에 들려 있는 전화기를 노려보았다. 겨우 잠들었을 텐데, 그걸 깨운 것 같아 후회가 되었다.

"일하는 거 아니었어요?"

기지개를 켜며 속삭이는 목소리는 나지막했고, 잠이 가득 고여 있었다. 그러면서도 시선은 카리나에게 고정되어 있었다.

"맞아. 근데 당신 놀리는 게 훨씬 더 재미있거든."

내가 웃음을 터뜨리자 킴벌리는 내게 발길질을 했다. 가슴 위에 있던 카리나가 버둥거리며 반짝 눈을 떴다. 그리고 신기한 듯 우리를 올려다보았다.

"아주 잘 하셨네요."

킴벌리는 나무라듯 말했지만 미소를 짓고 있었다. 그녀는 몸을 일으키며 카리나를 들어 올렸다. 내가 딸아이를 안자 킴벌리는 내 팔을 부드럽게 쓰다듬었다.

"우리 예쁜이."

카리나의 통통한 뺨을 코로 쿡쿡 찔렀다. 그러자 카리나가 하품을 했다. 카리나는 웃는 모습이 나와 꼭 닮았다. 스미스와 하딘에게도 있는, 보조개가 움푹 파이는 그 미소 말이다.

앤과 켄이 아이 이름을 뭐라 지을까 의논하던 그날 밤이 떠올랐다. 우리는 모두 주방에 모여 있었다. 트리시는 배가 남산만 해져서 신발끈도 못 맬 지경이었다.

"난 니콜라스나 해롤드라는 이름이 좋은데."

켄이 말했다.

'해롤드라고?'

말도 안 된다.

'니콜라스?'

그것도 안 된다.

트리시가 불룩한 배를 문지르며 온화한 미소를 지었다.

"난 해롤드가 좋은데."

그 이름이 아주 싫진 않았다. 그저 딱 어울리는 이름이 아닌 것 같았다. 아이는 뱃속에서부터 만만치 않았다. 밤마다 발길질을 해대며 믿을 수 없을 만큼 쑥쑥 자랐다. 아이는 분명 파이터가 될 거다. 근데 그런 아이 이름이… 해롤드, 애칭으로 해리라면? 너무 얌전하고 차분한 이름이었다.

"너무 흔한 것 같아."

내가 끼어들었다.

"하딘은 어때?"

내 첫 아이를 위해 지어놓은 이름이었다. 겨우 열 살 때였다. 햄스테드에서 자라며, 나는 소설가가 된 내 모습을 상상하곤 했다. 어느 날, 내 소설 주인공 이름을 하딘이라고 지었다. 흔하지도 않고, 영국식 발음에도 잘 어울렸다.

트리시가 어떤 느낌인지 소리내어 불러보았다.

"하딘. 잘 모르겠는데…."

트리시가 남편 눈치를 보았다. 그 순간 질투심이 타올랐다. 켄은 별 관심 없다는 듯 어깨를 으쓱했다. 그래도 예의는 차리려 애쓰는 듯했다.

"괜찮은 거 같은데."

켄이 낮은 목소리로 말했다.

그는 또 한 번 어깨를 으쓱했다. 트리시가 마지못해 미소를 지었다.

"하딘이라고? …하딘."

"그럼 그걸로 하지."

켄이 한시름 놓았다는 표정으로 매듭지었다.

트리시도 놀라거나 언짢아 보이지는 않았다. 첫 아이 이름을 지으면서 보이는 뜨뜻미지근한 켄의 반응에도 말이다. 하지만 나는 마음이 쓰였다. 드러내지는 못했지만 트리시도 그랬을 거라 생각한다.

켄이 그저 평범한 수준으로라도 신경 써주었으면 했다. 켄은 대학교를 다니느라 항상 바빴다. 나름 이유가 있었다. 그는 공부를 엄청나게 해댔다. 그가 법학 시험 공부를 하며 마약을 한다는 소문이 무성했다. 눈동자가 늘 흐리멍텅했지만, 그럼에도 그는 열심히 공부해야 했다. 나도 그 심정은 이해한다. 그를 비난하지는 않는다. 그는 또 자기 아이에게도 완벽한 아버지가 되려는 척을 했다. 아직 태어나지도 않은 아이한테. 그게 더 거슬렸다. 나는 자꾸만 나 자신을 그 상황에 대입하려 하고 있었다.

20년 전

4월 햄스테드의 태양은 뜨겁게 작열했다. 트리시는 풀밭 위 내 옆에 누워 있었다. 바람이 불어 그녀의 갈색 머리카락이 내 얼굴로 날렸다. 트리시는 이 상황이 열여섯 살 인생에서 제일 재밌는 듯했다. 트리시는 나이보다 어른스러웠다. 그녀는 전 세계 지도자들에 대한 자신의 이론을 피력하는 중이었다. 하지만 이 순간만큼은 열한 살 소녀로 돌아가기로 한 모양이다.

얼굴에 붙은 그녀의 머리카락을 치우길 벌써 열 번째다.

"그 사자갈기 같은 머리카락, 자르기로 한 거 아니었나?"

그녀에게서 조금 떨어지며 볼멘소리를 했다. 지난주에 몇 가지를 증명해 보이겠다며 머리카락을 자르겠노라 선언한 그녀였다. 근데 뭘 증명한다고 했는지는 잊어버렸다.

오늘 햄스테드 타운 파크는 텅텅 비었다. 그래서인지 트리시의 웃음소리가 우리를 둘러싸고 있는 나무들 사이에서 메아리처럼 울려 퍼졌다. 우리는 이곳에 자주 왔다. 하지만 켄은 대부분 같이 오지 못했다. 너무 바빴기 때문이다.

"생각하고 있긴 했지. 근데 이게 너무 재밌어."

트리시는 몸을 굴려 내 쪽으로 다가오며 한 번 더 머리카락을 내 얼굴에 날렸다. 꽃인지 민트인지 모를 향기가 풍겼다. 언제나 나를 끌어당기는 향기. 트리시는 내 옆에 몸을 붙이고, 내 다리 위에 다리를 올렸다.

물러나야 하지만 그러지 않았다. 느낌이 너무 좋았으니까.

"아기들 머리가 길게 자라서 태어난다면 어떨까?"

트리시의 궁금증은 종잡을 수가 없다. 놀랄 것도 없는 질문이었다. 트리시 포웰은 질문쟁이로 유명했다. '이러면 어땠을까?', '저러면 어땠을까?' 이게 그녀의 전매특허였다. 그런 모습이 이상하면서도 멋졌다. 트리시는 우리 학교의 다른 애들과는 완전히 달랐다. 이 지역 대학생 중에도 트리시 같은 여자는 없었다. 그녀를 처음 만났을 때, 부스스한 머리가 제일 먼저 눈에 띄었다. 역시 지금 이 화요일 오후에도 그게 제일 큰 문제다.

"아기들이 사자 머리로 엄마 뱃속에서 나온다는 소리나 하면서 수업 빼먹을 거야?"

눈을 뜨며 잘 보이는 거리까지 몸을 굴렸다. 그녀의 얼굴에 주근깨가 빽빽했다. 그걸 손끝으로 하나하나 만져보고 싶었다. 그리고 내 손 길에 그녀가 환희에 차 눈을 감는 모습을 보고 싶었다.

"아니, 안 그럴걸."

트리시가 키득거렸다. 그녀의 눈동자 속에서 그림자 하나가 우리 쪽으로 다가오는 게 보였다. 켄이 풀밭 위에 와 앉았다. 트리시를 보자 켄의 침울한 눈빛이 환하게 달라졌다.

그녀가 켄을 향해 미소를 지었다. 높이 자란 풀을 헤치고 오는 그는 꼭 복권에라도 당첨된 듯한 모습이었다. 켄의 눈길을 트리시도 눈치챘는지 잘 모르겠다. 나는 그걸 항상 의식하고 있었다. 그러면서도 아무렇지 않은 척했다.

우리 둘 중에 켄이 더 나은 남자라는 걸 다들 알았다.

살갗에 내리쬐는 햇볕이 너무 뜨거워졌다. 나는 한 손으로 눈을 가리며 일어섰다.

"나는 가야 할 것 같아. 데이트가 있거든."

청반바지에 손을 문지르며 말했다. 갈색으로 탄 손이 물 빠진 데님과 대조되어 보였다. 여름 한철을 지내면서 이렇게까지 피부가 그을릴 수 있다는 사실이 참으로 놀랍다. 트리시는 거의 매일 그렇게 말했다. 그녀와 어울려 다니느라 이렇게 된 건데 말이다.

트리시가 눈을 흘기며 우리 둘에게 뭐라 안 좋은 소리를 했다. 켄의 두 볼이 사과처럼 빨개졌다. 머리카락이 뒷목을 덮을 만큼 길어지면서 켄은 추레해 보였다. 갈색 눈 아래에는 다크서클이 자리 잡았다. 켄은 요즘 로스쿨 입학 시험을 준비하느라 미친놈처럼 공부만 하고 있었다. 켄 스캇은 우리 학년 중에 가장 착실한 학생이었다. 어떻게 켄 같은 놈이 우리와 절친이 된 건지 모르겠다. 트리시는 그래도 나보다는 좀 나았다. 그녀는 불꽃이며 햇살이었다. 또한 차가운 바위이자 파도였다. 그녀는 맘대로 해야 할 때와 조심해야 할 때를 잘 알았고, 똑똑했다. 그녀의 그런 면을 나는 무척 좋아했다.

"나랑 잠깐 얘기할 수 있어?"

일어서는 나에게 켄이 말했다. 그가 내 쪽으로 다가왔다. 켄은 나보다 키가 몇 인치쯤 더 컸다. 고개를 끄덕이며 그의 말을 기다렸다. 하지만 그의 시선이 트리시에게 꽂혀 있었다. 나와 단둘이 하고 싶은 얘기가 있었던 모양이다. 그에게 저쪽으로 가자고 손짓했다. 20미터쯤 그를 따라갔다. 낡은 철제 벤치가 나왔다. 그가 먼저 앉더니 옆자리를 툭툭 쳤다.

진지한 모습이었다. 걱정해야 하는 상황인가? 젊은 커플이 손을 붙잡고 우리 앞을 지나갔다. 켄은 그들이 지나갈 때까지 기다리며 뜸을 들였다. 걱정이 커져가고 있던 차에 마침내 켄이 입을 열었다.

"너한테 하고 싶은 말이 있어서."

켄은 미간을 잔뜩 찌푸리고 있었다. 그러니까 열일곱 살보다 훨씬 더 나이 들어 보였다.

"너, 죽는 건 아니지, 그치?"

어깨로 켄을 툭 밀쳤다. 그가 아주 조금 긴장을 푼 듯했다.

켄은 고개를 가로저었다.

"아냐, 그런 거 아냐."

웃음 반 긴장 반이 섞인 목소리였다.

뭣 때문에 이렇게 긴장을 하고 있는 거지? 단도직입적으로 말해줬으면 좋겠다.

"트리시가, 내 게, 됐으면, 좋겠어."

켄이 숨도 쉬지 않고 말했다.

뱉은 말을 다시 긴장하고 있는 켄한테 쑤셔 넣을 수 있었으면 좋겠다. 아니면 켄이 죽든가. 그래, 덜 잔인한 방법으로 뭐 다른 거 없을까.

"너… 뭐라고?"

평정심을 유지하기 위해 모든 노력을 다해야 했다.

켄이 어이없다는 표정을 지었다.

"내 여자가 됐으면 한다고, 멍청아."

안 된다고, 너는 그녀를 가질 수 없다고 말해주고 싶었다. 켄이 그녀에게 먼저 고백하는 건 불공평했다.

'그녀에게도 선택의 기회를 줘.'

그렇게 외치고 싶었다.

'그녀는 내 것이어야 한다고.'

그렇게 우길 수 있었으면 좋겠다.

"왜 나한테 얘기하는 건데?"

결국 내 입에서 나온 말은 이거였다.

내 친구는 벤치에 등을 기대 앉아 손을 무릎 위에 얹었다.

"그냥 확실하게 해두고 싶어서…."

켄은 뒷말을 흐렸다.

잠시 침묵이 흘렀다. 그 순간 두 가지 생각이 들었다. 절친에게 내 마음을 솔직히 털어놓아야 할지, 아니면 친구의 행복을 빌어줘야 할지 말이다. 둘 다 하는 건 불가능했다.

나는 나보다는 그의 행복을 선택하기로 했다. 그리고 웃음을 터뜨렸다.

트리시가 켄의 고백을 받아준 건 놀랍지 않았다. 하지만 트리시가 나를 사랑할지도 모른다는 일말의 희망도 갖고 있었다. 트리시는 안정적인 걸 더 좋아했다. 그 이듬해까지도, 트리시가 내 절친의 여자친구 이상으로 생각될 때마다, 나는 그 마음을 억눌러야 했다. 가끔 두 사람이 내 앞에서 키스를 할 때도 있었다. 두 사람이 서로에게서 멀어질 때마다 그녀는 허락을 구하듯 나를 쳐다보았다. 나는 작은 희망을 살려두고 있었다. 한 해 동안 그것 때문에 무척이나 힘들었다. 섹스를 할 때도 그녀를 떠올렸고, 키스를 하면서도 그녀를 느꼈다.

나는 이제 그만 멈춰야 했다.

처음엔 쉬운 것 같았다. 만나는 여자들을 트리시하고 비교하는 걸 그만두었다. 트리시도 나와 얘기하면서 내 손을 쓰다듬는 걸 그만두었다. 세상이 다르게 보이기 시작했다. 더 이상 그녀가 내 발목을 잡고 있다고 느끼지 않았기 때문이다. 그녀는 더 이상 나를 얽매지 않았다. 무엇도 나를 그렇게 할 수 없었다.

햄스테드는 내 그릇을 담지 못했다. 나는 그 사실을 알고 있었다. 트리시도 알았다. 심지어 동네 베이커리도 나의 최근 행보를 눈치챘을 거다. 매주 달달한 것들을 사러 들르던 횟수가 점점 줄다가 아예 발길을 끊었기 때문이다.

느닷없이 이 도시가 싫어지고 더 넓은 세상으로 나가고픈 욕망이 샘솟았다. 미국으로 가고 싶었다. 미래 계획 같은 건 없는 한심한 친구들과 무엇보다도 내가 가장 좋아하는 두 연인들과 멀리 떨어진 곳으로 말이다. 그동안 켄과 맥스 내외에게 나는 찬밥 신세였다. 나는 넓은 세상으로 가 사람들에 대해 더 배우고 싶었다. 내 인생을 이곳에서 썩힐 수는 없었다. 내 주변 사람들은 이곳에 이미 단단히 뿌리를 내려 정착해가고 있었다. 동네 은행에 계좌를 개설하고, 근처에 있는 대학을 다녔다. 그들이 부모님이 하던 일을 직업으로 정했을 때 그들의 미래가 뻔히 내다보였다. 그들의 야망이라는 게 간장 종지만 하다는 걸. 그들은 자기 역할에 적응했고, 다른 오디션 같은 건 꿈도 꾸지 않았다.

트리시도 그들 중 하나가 되었다. 교양 과목에 흥미를 잃은 지 오래였고, 수업에도 거의 출석하지 않았다. 트리시와 켄은 캠퍼스 건너편 작은 아파트로 이사를 갔다. 통학 시간을 줄이기 위해서였다. 켄은 과하게 공부에 열중했고, 요즘엔 완전히 망가져버렸다. 그는 볼 때마다 책 더미에 묻혀 있었다. 트리시는 이제 연인이라기보다는 켄의 엄마처럼 보였다. 매일 밤 켄의 알람을 맞춰놓고, 켄이 입을 옷을 깨끗이 빨아 침대 머리에 놓아주었다. 켄에게 커피를 내려주고 아침밥을 준비했으며 점심 도시락을 싸주었다. 켄이 집에 오기만을 기다렸다가 따뜻한 저녁밥을 만들어줬다. 그러고도 켄의 책 더미에 밀려 항상 뒷전이었다. 그렇게 계속 다람쥐 쳇바퀴 도는 일상의 무한 반복이었다. 한때 어떤 위험도 무릅썼던 반짝거리는 개구쟁이 기질은 그녀에게서 사라진 지 오래였다. 그녀는 과로와 수면 부족이 누적된 채로 기다리고 또 기다리는 여자가 되었다. 그 노력 덕에 아파트는 반들반들 윤이 났다. 그녀는 열심히 집을 예쁘게 가꾸었다. 길고양이 한 마리를 데리고 와 가트라는 이름도 지어주었다. 내가 가장 좋아하는 책의 주인공에게서 따온 이름이었다. 그 생명체나 트리시가 붙인 이름에 켄이 일말의 관심이라도 있을지가 궁금했다.

내가 재밌어 했던 '만약에 게임'은 날이 갈수록 시들해졌다. 대신 그녀는 막연한 불안감을 토로하는 횟수가 점점 늘었다. 우리가 환호했던 상상의 나래 펼치기가 불가능해진 것 같았다. 대신 자질구레한 것들을 걱정했다. 나도 더 이상 풀밭에서 어울리던 친구는 아니었다. 그녀에게 자신감을 되찾아줘야 했다. 비록 그녀의 마음 첫 번째 자리는 내 것이 아니었지만.

이 모든 상황에도 불구하고 트리시의 유머 감각은 여전했다. 매일 밤 기도했다. 그녀가 그것만큼은 잃어버리지 않기를. 내가 집에 더 자주 들를수록 트리시는 점점 더 밝아졌다. 일주일에 한 번 들르다가, 그녀의 부탁으로 두 번으로 늘었다. 켄이 집을 비우는 시간은 더 길어졌다. 트리시는 걱정거리를 나에게 털어놨고, 어두운 방 안에서 매번 암울한 질문들을 쏟아냈다. 그때마다 나는 두 사람의 좋은 친구로서 그 답을 다 알고 있는 척했다. 연인에게 그녀가 품고 있는 두려움을 나누라고 격려해주기도 했다.

얼마 지나지 않아 나는 내 결정을 후회했다. 어느 날이었다. 그날은 켄이 공부하러 가지 않고 집에 있던, 무척 드문 밤이었다. 우리는 식탁에 모여 앉았다. 다들 위스키가 담긴 술잔을 든 채였다. 서로의 근황을 어색하게 주고받는 지루한 대화가 이어졌다. 켄이 술잔을 채웠다. 얼음도 찾지 않았다. 켄은 이제 위스키에 얼음을 넣지 않았다.

트리시가 큰 소리로 한숨을 쉬더니 자리에서 일어났다. 그녀는 좁은 거실로 가 소파 팔걸이에 걸터앉았다.

"만약에 세상이 유리 케이스 안에 담겨 어떤 외계인 아이 방에 있는 거라면 어땠을까? 개미집 상자 같이 말이야."

술이 오르면서 트리시의 악센트가 점점 강해졌다.

"그게 무슨 말 같지도 않은 소리야."

내가 콧방귀를 꿨었다. 위스키 냄새가 코를 찔렀다. 켄은 웃는 척도 안 했다. 입꼬리조차 움직이지 않았다. 나는 자리에서 일어나 기지개를 켰다. 식탁에 켄 혼자 남겨둘 생각은 아니었다.

"그래. 그럼 만약 내일 지구가 멸망한다면 어떨까? 우리가 죽도록 열심히 일하고 잠은 쥐꼬리만큼 잔 게 다 시간 낭비라면 말이야."

침침한 방에서 그녀의 눈동자가 반짝였다. 가트가 그녀의 다리 위로 뛰어올랐다. 그녀는 가트의 오렌지 빛 털을 쓰다듬었다.

트리시의 질문에 대해 진지하게 생각해봤다. 내일 죽는다면, 내가 그녀 때문에 얼마나 가슴이 아팠는지, 그녀는 알까? 내가 얼마나 사랑했는지, 그녀는 알까?

켄이 결국 웃음을 터뜨렸다. 하지만 그의 답변은 내 예상을 완전히 빗나갔다.

"죽도록 열심히 일했다고? 그게 꼭 뭔 줄 아는 것처럼 얘기한다?"

켄은 고개를 뒤로 젖히고 불량스러운 자세로 비딱하게 앉아 웃고 있었다. 트리시가 한숨을 내쉬었다. 가트는 뭔가 심상치 않은 기운을 감지한 듯했다. 두 사람이 싸우는 걸 나는 한 번도 보지 못했다. 혹시라도 둘이 싸운다면, 나는 트리시가 이기는 쪽에 걸겠다. 고양이가 트리시 품에서 뛰어내려 복도 저쪽으로 달아났다. 고양이를 따라가야 하는데. 당장 여기를 떠나 저 꼴을 보지 말아야 하는데, 그럴 수 없었다.

켄이 잔을 기울이더니 남은 술을 모두 마셨다.

"미안하지만 내가 뭔가 잘못 들은 거 같은데."

트리시가 이를 악물며 말했다.

켄이 벌떡 일어서며 언성을 높였다. 테이블 아래에 있는 내 손이 부들부들 떨렸다. 녀석의 멱살을 잡고 정신을 차릴 때까지 흔들어대고 싶은 걸 간신히 참았다. 녀석은 요즘 가수면 상태로 다니는 것처럼 제정신이 아니었다. 트리시에게 소리를 지르질 않나, 트리시를 이상한 이름으로 부르질 않나, 쌍욕을 해대질 않나. 트리시가 켄의 뺨을 후려쳤다. 나는 뱃속이 부글부글 끓어오르는 걸 계속해서 참고 있었다. 켄은 한꺼번에 술을 퍼마시더니 비척거리며 나가서 차를 몰고 사라져버렸다. 제대로 걷지도 못하는 주제에 말이다. 그가 나가버린 뒤 30분 동안 트리시는 내 품에 안겨 펑펑 울었다. 내 팔뚝에 떨어지던 그녀의 뜨거운 눈물을 나는 애써 외면했다. 켄은 뒤도 돌아보지 않고 나갔다. 그가 나가버린 게 차라리 다행이었다.

"만약에 그 사람이 안 돌아오면 어떡하지?"

트리시의 입술이 파르르 떨렸다. 트리시는 내 가슴에 머리를 기댔다. 이제 조금씩 진정되기 시작하는 듯했다.

"그럼, 돌아오면 어떡할 건데?"

트리시에게 물었다.

그녀가 한숨을 쉬더니 내 손을 꼭 잡았다. 고개를 숙여 그녀의 얼굴을 보았다. 심장이 아파왔다. 그녀는 너무 아름다웠다. 꽉 깨문 입술이 새빨개지고 눈은 퉁퉁 부었지만, 그래도 아름다웠다. 이제 그녀는 진정이 된 듯했다. 그녀의 시선이 내 입술에 꽂혀 있었다.

"만약에 내가 잘 안다고 생각했던 사람을 보지 못한 거라면?"

트리시가 속사포처럼 질문했다. 곧이어 더 빠르게 다음 말을 쏟아냈다.

"만약에 내가 안정된 삶보다 관심을 더 받고 싶은 거라면?"

트리시는 머리를 쥐어뜯었다. 광기가 서린 모습이었다. 그러다가 어깨를 똑바로 세우고 나를 쳐다보았다.

"만약에 내가 우정과 사랑을 혼동하고 있는 거라면 어떡하지? 켄과 내가 그러고 있는 것 같지 않아?"

트리시가 내 손을 내려다보았다. 나도 모르는 새에 내 손은 그녀의 손을 잡고 있었다.

"잘 모르겠어."

손을 빼서 머리카락을 쓸어 넘겼다. 그러고는 소파에 기대앉았다. 트리시에 대한 내 감정을 숨기고 우정을 선택했던 순간 나도 우정과 사랑 사이에서 혼란스러웠다. 내 절친인 두 사람은 함께 삶을 꾸려가고 있었다. 두 사람의 문제는 사랑이 부족해서가 아니다. 시간이 부족해서다. 그게 전부다. 켄은 트리시를 사랑한다. 혹시라도 트리시가 켄보다 나를 사랑했던 거라면 지금이 아니라 오래 전에 나한테 고백했을 거다.

트리시는 소파 위에서 무릎걸음으로 나에게 다가왔다. 그녀가 손을 내밀어 내 머리카락을 쓸어 넘겨 주었다.

"그게 그렇게 간단한 게 아니라면?"

그녀를 향한 내 마음을 느낀 걸까? 그래서 이렇게 야금야금 내게 다가오는 건가?

그녀의 얼굴이 코앞까지 다가왔다. 그녀는 내 눈을 똑바로 쳐다보았다.

"넌 내 생각, 해본 적 없어?"

켄보다 훨씬 덜 마시긴 했지만, 우리한테서도 숨쉴 때마다 위스키 냄새가 진동했다. 켄을 생각하자, 이 아파트 안 어딘가에 켄이 존재하는 것 같았다. 그는 트리시의 몸에 자신을 새겨놓았다. 그는 매일 밤 트리시와 나란히 눕는다. 손으로 그녀 젖가슴의 감촉을 느낀다. 그는 트리시 복부와 허벅지의 새하얀 살결을 만진다. 트리시의 입술이 그의 입술에 닿는다. 그는 트리시를⋯.

나는 절대로 꿈도 못 꿀 일이다.

"그러지 말았어야 했어⋯."

그녀의 호리호리한 몸매와 완벽한 피부를 떠올려본 적이 없었다면 나는 바보다. 날마다 그녀를 상상했고, 그녀가 성장하는 모습을 봐왔다.

트리시는 내 대답이 꽤 흡족한 모양이었다. 행동을 보니 알 것 같다. 트리시는 내 입술을 뚫어지게 쳐다보더니 자기 입술을 핥으며 살짝 벌렸다. 이건 혹시 그녀도⋯, 그러니까, 그녀도 나를 생각해왔던 건가? 그렇지 않다면 왜 그런 걸 물었겠어?

그녀가 내 눈을 보며 눈을 깜빡거리더니 다시 내 입술을 쳐다보았다. 더 이상 내 사전에는 상식이니 자제력이니 하는 말은 없었다. 그녀의 머리를 감싸 안고 입을 맞췄다. 나는 천천히 그녀의 혀와 입술을 내 것으로 만들었다. 이 순간만큼은 그녀는 내 것이다. 누가 먼저랄 것 없이, 우리는 그 순간 서로를 탐닉하고 있었다. 트리시는 순식간에 욕망으로 가득 차 거칠게 나를 바닥으로 밀치더니 내 위에 올라탔다. 내 입속으로 혀를 밀어 넣는 그녀의 표정에 깊은 안도감이 서려 있었다. 신음을 토해내며, 나는 그녀에게 닿을 만큼 엉덩이를 들어올렸다. 이미 내 것은 단단해져 있었다. 그녀도 그걸 느꼈으면 좋겠다.

그녀는 내 손을 그녀의 다리 사이로 이끌었다. 자신이 얼마나 젖었는지 보여주면서 흥분에 몸을 떨었다. 내가 필요하다는 걸 온몸으로 고백하는 거다. 나도 마찬가지였다. 엉덩이를 들어 그녀 몸에 문질렀다. 그녀는 음란한 말을 쏟아내며 다음 단계로 나가자고 애원했다.

'우리 이래도 될까…'

"만약에 우리 들키면 어떡해?"

트리시가 살짝 몸을 떼며 물었다.

늘 그랬지만, 지금 이 순간에 정말 그걸 신경 써야 하는 건지 잘 모르겠다.

"근데 만약에 안 들키면?"

트리시가 혼잣말을 했다. 또 다른 질문은 그녀의 입술에 막혀 더 이상 말이 되어 나오지 않았다. 그녀는 내 바지 버튼을 서둘러 풀었다. 그녀의 손이 안으로 미끄러지듯 들어와 내 남성을 움켜쥐었다. 그녀의 손길에 나는 녹아내리는 것 같았다. 분노에 찬 켄에게 들킬지도 모른다는 공포도, 그녀를 온전히 내 것으로 만들 수 없다는 생각도, 나는 가득 채우고 있던 불안도 모두 사라져버렸다. 그저 지금은 그녀에게 나를 묻으며 그녀의 모든 걸 갖고 싶다는 생각뿐이었다.

나는 팬티와 바지를 한꺼번에 끌어내렸다. 그녀는 나를 맛보고 있었다. 혀로 나를 탐색하며, 핏줄이 곤두선 내 페니스를 핥고 있었다. 그녀는 눈을 감고 맛을 음미하듯 나를 목구멍에 닿을 때까지 입에 물었다가 뺐다. 나를 탐닉하는 데 몰두하면서 그녀의 경계심은 점점 사라져버리는 것 같았다. 그녀는 다시는 느낄 수 없을 것처럼 나를 황홀하게 만들었다. 다시는 없을 기회라는 건 사실이었다.

"마주보고 누워봐. 널 보고 싶어."

마침내 그녀를 가지는 동안, 나는 그녀를 보고 싶었다. 트리시는 커피 테이블을 한쪽으로 치우고 카펫 가운데로 움직였다. 그녀는 재빨리 옷을 벗었다. 옷 벗는 모습을 보는 것도 또 다른 즐거움이다. 그녀가 면으로 된 긴 원피스를 발치에 떨어뜨렸다. 두 손은 이미 흰색 브래지어를 들어 올리고 있었다. 몸매의 곡선을 따라 내 시선이 움직였다. 그녀의 유두는 꼿꼿한 작은 조약돌 같았다. 복부는 탄탄했고, 상체 근육의 곡선은 골반뼈로 이어져 있었다.

그녀에게 다가갔다. 그녀는 카펫 위에 누워 다리를 활짝 벌리고 나를 맞았다. 그녀와 나 사이에는 내 페니스만이 묵직하게 자리잡고 있었다. 그녀의 애액 냄새를 맡을 수 있었다. 얼마나 타이트할지 벌써 느낌이 왔다. 그녀에게 다가가 천천히 밀어 넣어 그녀를 꽉 채웠다. 들고 나며 펌핑을 반복하는데, 그녀가 나를 꽉 붙잡고 있는 느낌이 들었다. 절대 멈출 수 없을 것만 같았다. 벌써부터 나는 그녀를 더 원하게 됐다. 트리시가 눈을 위로 치켜떴다. 나도 더 이상 버틸 수 없을 것 같았다. 나는 엉덩이를 힘껏 들어 올렸고, 그녀는 두 다리로 내 허리를 감싸 안았다. 우리는 절정으로 치달았다.

"너무 단단해."

그녀가 흐느끼며 말했다. 나는 더 세게 펌프질했고, 트리시는 내 팔을 움켜쥐었다.

그녀 안에 내 모든 걸 쏟아 부었다. 이번이 처음이자 마지막이 아니기를 간절히 바라며. 트리시는 내 어깨에 얼굴을 묻고 거친 숨을 토해냈다. 나는 그녀 목에 남긴 키스 마크에 입을 맞췄다.

잠시 후, 우리는 현실로 돌아왔다. 격렬하게 부딪혔던 팔과 다리는 쓰라렸고, 땀범벅이 되어 지친 숨을 토해냈다. 트리시는 다리를 꼬고 바닥에 앉아 있었다. 나는 최대한 그녀와 멀찍이 떨어져 소파에 앉아 있었다.

"만약에 우리가 멈출 수 없으면 어떡해?"

트리시는 나를 한 번 보고는 식탁을 응시했다.

어떻게 해야 할지 나도 모르겠다. 내가 뭘 원하는지, 또 그녀가 뭘 원하는지도. 할 수 있는 게 뭔지도 잘 모르겠다.

"멈춰야 해."

내가 중얼거리듯 말했다.

"나, 다음 달에 떠날 거야."

그녀는 이미 들은 말이었다. 심지어 비행기 티켓을 예약하는 것도 도와줬다. 그런데도 그녀는 처음 듣는 말인 양 고개를 돌려 나를 보았다. 그러다 아무 말 없이 고개를 끄덕였다. 우리는 서로 느끼고 있었다. 죄책감과 안도감, 그리고 절대 가질 수 없는 그 무언가를 잃어버렸다는 상실감까지.

그리고 놀라운 현재…

켄은 내 친구였다. 나는 그를 절친이라고 불렀다. 그런데도 나는 그의 와이프에게 집착에 가까울 만큼 미쳐 있었다. 그 여자를 사랑했고, 그녀와 함께할 때면 타오르는 불꽃 같은 내 열정을 사랑했다. 그녀는 영리했고 내 약점을 잘 알고 있었다. 우리가 저지른 짓은 용납될 수 없었고, 우리 둘 다 그걸 잘 알고 있었다. 하지만 어떻게 할 수가 없었다. 우리는 덫에 걸려 있었다. 나쁜 타이밍과 더 나쁜 선택의 희생자였다.

또 다시 무너져 내려 그녀의 벗은 몸 위에서 헐떡거릴 때면 늘 우리 잘못이 아니라고 스스로를 설득해야 했다. 어쩔 수 없었다. 우리 잘못이 아니었다. 그럴 수밖에 없었고, 그건 우리가 처한 상황의 결과일 뿐이었다.

나는 그렇게 자랐다. 나는 실수도 잘못도 저지르지 않는 그런 아이라고 배웠다. 아버지는 언제나 옳았다. 심지어 그렇지 않을 때도. 아버지는 자신의 그런 사고방식을 장남에게 그대로 대물림했다. 나는 문제아였다. 돈 때문이 아니었다. 아버지와 살면서 아버지의 오만함을 배웠기 때문이다. 아버지는 어떤 실수도 인정하지 않는 사람이었다. 그럴 필요가 없었다. 누구든 탓할 사람이 있었기 때문이다. 나는 그걸 인생의 교훈이라 생각했다.

그래서 아버지와 다른 사람이 되려고 애썼다. 그리고 조금은 더 나은 사람이 된 것도 같았다.

킴벌리는 그런 면에서 내가 꽤 잘하고 있다고 인정했다. 그녀는 늘 분에 넘치는 칭찬을 해주었다. 그래도 나는 그걸 다 받아들였다. 킴도 남을 비난하는 데는 선수였다. 그녀는 맥주를 진탕 마신 대학 때 친구들보다도 입이 거칠었다.

"카리나를 침대에 눕히고 와요. 난 가서 당신을 기다리고 있을게요."

킴벌리가 내 볼에 입을 맞추며 엉덩이를 찰싹 때렸다. 그녀는 침실로 가면서 싱긋 웃으며 윙크를 했다.

저 여자를 너무 사랑한다.

카리나가 자면서 트림 소리를 냈다. 아기의 등을 부드럽게 쓸어주었다. 카리나는 고사리 손으로 내 손가락을 잡았다.

내가 다시 아빠가 되었다니, 아직도 믿을 수가 없다. 이제 나도 늙었다. 흰머리가 여기저기서 비죽비죽 나오는 나이가 됐다.

로즈가 세상을 떠난 뒤, 세상에는 나와 스미스밖에 없었다. 또 다른 아이가 생길 줄은 전혀 몰랐다. 이미 다른 아이가 있었다는 것도 몰랐다. 이제 시작에 불과하지만, 내 인생에 친구 같은 아들이 생겼다. 스물한 살, 이미 남자가 된 아들. 하딘은 내 가장 큰 후회에서 가장 큰 기쁨이 되었다. 하딘의 미래를 생각하면 너무도 두려웠다. 그래서 변변한 직장이라도 마련해주려고 그를 반스 출판사에 취직시킨 거였다.

그러나 내가 예상하지 못한 것이 또 있었다. 하딘이 천재로 탈바꿈하리라는 것이었다. 하딘은 십대 시절을 아주 힘겹게 보냈다. 그래서 나는 그가 제대로 된 삶을 시작도 못 한 채 자기 인생을 망쳐버릴 줄 알았다. 항상 분노에 차 있었고, 그 때문에 불쌍한 트리시는 지옥 같은 삶을 살아야 했다.

나는 문제아에 외톨이였던 하딘이 베스트셀러 작가로 성장하는 모습을 지켜보았다. 하딘은 내가 바라마지않던 모습으로 성장했다. 스미스는 모든 면에서 하딘을 우러러보았다. 타투만 질색을 했는데, 둘은 그걸 가지고 논쟁하길 좋아했다. 스미스는 타투가 촌스럽다고 했고, 하딘은 그런 스미스에게 새 타투를 보여주는 걸 좋아했다.

침대에서 자고 있는 예쁜 아기를 내려다보았다. 수면등 스위치를 켜며 사랑스럽고 소중한 아기에게 약속했다. 세상 최고의 아버지가 되겠다고.

스미스

그는 누군가의 롤모델이라는 게 어떤 건지 전혀 알지 못했다. 자기처럼 되고 싶어 하는 사람이 있는 줄은 꿈에도 몰랐다. 하지만 한 소년은 그랬다. 보조개가 예쁜 소년은 그가 올 때마다 그 주위에서 맴돌았다. 소년은 자라났고, 그도 함께 자랐다. 결국 소년은 그의 가장 가까운 친구가 되었다. 그리고 소년의 키가 그와 비슷해졌을 때, 두 사람은 진정한 형제가 되었다.

하딘 형이 오늘 온다. 평소보다 더 설레고 신이 났다. 몇 달 동안 한 번도 형을 못 만났기 때문이다. 형이 다시는 집에 안 올 줄 알았었다. 형은 이사를 가면서, 기회가 될 때마다 한 번씩은 오겠다고 약속했다. 지금까지는 약속을 잘 지키고 있고, 그래서 참 다행이다.

며칠 전부터 아빠는 내 정신을 산만하게 하려고 온갖 걸 다 시키고 있다. 수학 숙제나, 설거지 그릇 정리, 킴벌리 아줌마의 강아지 산책시키기 같은 것들 말이다. 강아지 테디를 산책시키는 건 나도 좋아한다. 테디는 착하고 정말 덩치가 작다. 그래서 산책하다가 변덕을 부릴 때면 안아서 데리고 올 수 있었다. 그런 것들과 상관없이 하딘 형이 온다는 생각에 여전히 마음이 들썩거렸다.

오늘 일과는 너무 길었다. 학교, 피아노 레슨, 이제는 숙제할 시간이다. 다른 방에서 킴벌리 아줌마가 노래를 부르고 있었다. 세상에, 너무 큰 소리다. 가끔씩 킴벌리 아줌마는 자기가 노래를 꽤 잘 부른다고 생각하는 것 같다. 그래서 그러지 말라고 얘기할 수가 없었다. 높은 음을 낼 때면 강아지 테디도 무서워하는 것 같았다.

하던 형은 집에 올 때마다 책을 한 권씩 가져다주었다. 나는 그 책들을 읽고 형이랑 얘기를 하거나 짧은 글을 써보기도 했다. 어떤 때는 이해하기 어려운 책을 주기도 했다. 또 어떤 책은 내가 너무 어려서 못 읽을 거라고 아빠가 가져가기도 했다. 그럴 때면 아빠는 책으로 형의 머리를 툭 치고는 '나중에' 주겠다고 했다.

하던 형이 아빠한테 구시렁거리는 게 웃긴다. 보통 머리를 맞으면 꼭 그랬다.

테사 누나가 내가 어렸을 때 하던 형이 나한테 욕을 가르친 적이 있다고 말해줬다. 근데 나는 기억이 나지 않는다. 테사 누나는 늘 내가 더 어렸을 적 얘기를 해준다. 누나는 킴벌리 아줌마 다음으로 나한테 얘기를 많이 해준다. 킴벌리 아줌마가 제일 많이, 제일 큰 소리로 얘기한다. 근데 테사 누나도 거의 비슷하다.

현관문 앞을 지나는데 벨이 울렸다. 거실에 있는 인터폰 화면을 보았다. 코만 큰 하던 형 얼굴이 화면을 가득 채우고 있었다. 그러다 화면에 낙서를 한 것 같은 타투가 보였고, 이제 형의 목이 보였다. 나는 웃으며 스피커 버튼을 눌렀다.

"너네 아빠가 현관문 비번 또 바꿨어?"

형이 물었다. 스피커에서 나오는 소리보다 입술이 더 빨리 움직였다. 그게 너무 웃겼다.

형은 아빠와 목소리가 거의 비슷했는데, 조금 느렸다. 할머니하고 할아버지도 비슷했다. 두 분은 다 영국에서 태어나셨으니까. 아빠가 그러는데, 나도 영국에 네 번 가봤다고 한다. 근데 나는 작년에 갔던 것만 기억난다. 아빠 친구분 결혼식에 참석하러 갔던 거다.

그때 아빠가 좀 다쳤다. 그 장면이 아직도 기억난다. 아빠 다리는 꼭 누가 요리해 먹으려고 잘라놓은 소고기 같았다. 그 모습이 꼭 '워킹 데드' 같았다. (그거 몇 편 찾아본 걸 아빠한테 이르면 안 된다.) 킴벌리 아줌마가 아빠 다리 붕대 가는 걸 도와줬다. 상처가 꽤 심했는데 흉터는 좀 멋졌다. 킴벌리 아줌마는 한 달 동안이나 아빠 휠체어를 밀었다. 아줌마는 아빠를 사랑해서 하는 거라고 했다. 내가 다쳐서 휠체어를 타게 되면, 아줌마는 분명히 내 휠체어도 밀어주실 거다.

문을 열어주었고, 나는 부엌으로 향했다. 뒤에서 거실 바닥을 쿵쾅거리며 들어오는 형의 발소리가 들렸다.

"스미스, 허니."

킴벌리 아줌마가 부엌으로 들어오며 나를 불렀다.

"뭐 좀 먹을래?"

오늘은 아줌마 머리가 굽실굽실했다. 강아지 테디를 닮았다. 테디 털도 막 뻗쳐 있는데. 내가 고개를 가로젓는데 하딘 형이 들어왔다.

"난 먹을래요."

형이 말했다.

"배고파요."

"네가 아니라 스미스한테 물어본 건데."

아줌마는 파란색 원피스에 손을 쓱쓱 닦았다.

하딘 형이 큰 소리로 웃었다. 형은 고개를 절레절레 흔들며 나를 쳐다보았다.

"아줌마가 형한테 하는 거 봤지? 완전 못됐어."

나도 따라 웃었다. 아줌마는 형이 자기를 못살게 군다고 투정했다.

두 사람 다 너무 웃기다.

아줌마가 냉장고를 열고 주스 병을 꺼냈다.

형도 웃음을 터트리며 내 옆에 앉았다. 형 손에는 흰색 종이로 포장한 꾸러미 두 개가 있었다. 리본도 포장지에 쓰인 글씨도 없었다. 내 거일 게 뻔하다. 그래도 버릇없게 굴고 싶진 않았다.

꾸러미를 빤히 쳐다보며 포장지 밖으로 비쳐 보이는 책 제목을 읽으려 해봤지만 소용없었다. 창문 쪽으로 고개를 돌려 밖을 보는 척했다. 그럼 버릇없어 보이지는 않을 거다.

하던 형이 꾸러미를 카운터 테이블 위에 놓았다. 아줌마가 나한테 주스 한 잔을 건네고는 수납장을 열어 과자 한 봉지를 꺼냈다. 아빠는 늘 내가 과자를 많이 먹지 못하게 하라고 킴벌리 아줌마한테 잔소리했다. 근데 아줌마는 그 말을 듣지 않았다. 아빠가 아줌마는 아빠 말을 절대 안 들을 거라 그랬다.

과자 봉지를 집었다. 하던 형이 봉지를 뺏어 내 머리 위에서 들고 있었다.

형은 나를 내려다보며 미소를 지었다.

"넌 배 안 고픈 줄 알았는데."

형 입술 아래에 구멍이 보였다. 꼭 누가 점을 그려놓은 것 같았다. 내 기억에 형은 거기에 피어싱을 했었다. 내가 늘 형한테 그걸 빼라고 했었다. 형은 나한테 테사 누나 말 좀 듣지 말라고 했다.

"이제 배고파졌어."

나는 펄쩍 뛰어서 형 손에 있던 과자 봉지를 쥐었다. 봉지 우그러지는 소리가 크게 났다. 형은 어깨를 으쓱했지만 즐거워 보였다. 내가 웃기다고 생각하나. 형은 늘 나한테 웃기다고 하니까.

봉지를 뜯자 형이 과자를 한 움큼 집어서 입에 욱여넣었다.

"얼굴에 과자 부스러기 잔뜩 묻기 전에 선물 풀어볼래?"

형이 과자를 우걱거리며 말했다. 킴벌리 아줌마가 인상을 썼다.

"크리스찬!"

아줌마가 큰 소리로 아빠를 불렀다.

하던 형이 괜히 무서운 척했다.

나는 얼른 과자 봉지를 치웠다.

"음, 형이 물어보기 전부터 그 책 뜯어보고 싶었어."

형은 꾸러미 두 개를 집어서 품에 안았다.

"책? 내가 가져온 게 책이라고 누가 그래?"

"늘 책 가져왔잖아."

더 두꺼운 책을 먼저 집었다. 형이 그 책을 카운터 테이블 위에 놓았다.

"졌다."

저건 대체 무슨 말지 모르겠다.

잠시 예절은 접어두고 궁금한 마음에 포장지를 북북 찢었다. 화려한 책 표지가 모습을 드러냈다. 표지에는 마법사 모자를 쓴 남자애가 있었다.

"해리포터와 비밀의 방."

제목을 소리 내어 읽었다. 너무 좋다. 이 전편을 막 다 읽은 참이었다.

하던 형을 올려다보았다. 형은 머리카락을 뒤로 쓸어 넘기고 있었다. 나는 아빠 생각에 완전 찬성이다. 형은 머리카락를 좀 잘라야 한다. 길이가 킴벌리 아줌마만큼 길었다.

형이 책을 가리켰다.

"그것도 랜던이 준 거야. 그 형은 그 꼬맹이 마법사를 엄청 좋아해."

아빠가 부엌으로 들어오면서 형에게 욕을 했다. 형은 아빠 어깨를 한 대 쳤다. 킴벌리 아줌마가 두 사람한테 애들 같다고 소리쳤다. 아빠 랑 형보다 내가 더 어른스럽다고.

"음, 그거 좋네."

아빠가 말했다.

"스미스, 테사 누나 친구한테 고맙다고 꼭 인사 전해라."

하던 형이 발끈했다.

"테사 누나 친구요? 걘 내 동생이라고요."

형이 미소를 지으며 팔을 벅벅 긁었다. 나도 어른이 되면 형처럼 타 투를 하고 싶다. 아빠는 안 된다고 하지만. 근데 킴벌리 아줌마는 내가 독립하면 아빠도 나를 말릴 수 없을 거라고 했다.

어른이 되면 나는 하고 싶은 걸 다 할 수 있다.

"그 형이 형 진짜 동생은 아니잖아."

아빠가 전에 랜던 형은 진짜 동생이 아니라고 설명해줬다.

하던 형 얼굴에서 웃음기가 사라졌다. 형은 고개를 끄덕였다.

"맞아. 근데 그래도 랜던은 내 동생이야."

그게 무슨 의미인지 곰곰이 생각해봤다. 킴벌리 아줌마는 아빠한테 배고프냐고 묻고, 형은 딴전을 피우며 부엌 주위를 두리번거렸다. 무 슨 이유에선지 갑자기 형 표정이 조금 슬퍼 보였다.

"형 아빠가 우리 아빠잖아. 그럼 랜던 형 엄마가 형 엄마야?"

내 물음에 형은 고개를 가로저었다. 아빠가 아줌마 어깨에 입을 맞쳤다. 아줌마는 미소를 지어보였다. 아빠는 항상 아줌마를 웃게 만드는 것 같다.

"가끔 부모님이 같지 않아도 가족이 되는 사람들도 있어."

하던 형이 나를 물끄러미 쳐다보았다. 내 대꾸를 기다리는 표정이었다. 근데 진짜 나는 그게 무슨 뜻인지 모르겠다. 어쨌든 형이 랜던 형을 동생이라고 하고 싶다면, 나도 좋다. 랜던 형은 정말 착하니까. 그 형은 뉴욕에 산다. 그래서 자주 보지는 못했다. 테사 누나도 거기 산다. 아빠도 거기에 사무실이 있다. 아빠 사무실은 반짝반짝 하고 병원 같은 냄새가 났다.

하던 형이 내 손을 잡았다. 나는 형을 쳐다보았다.

"랜던이 내 동생이라서 네가 내 동생이 아닌 건 아니야. 너도 알지?"

나는 약간 부끄러워졌다. 왜냐하면 킴벌리 아줌마는 울려고 그랬고, 아빠는 겁에 질린 것처럼 보였기 때문이다.

"어, 알아."

형에게 대답하고 『해리 포터』 책으로 눈을 돌렸다.

"랜던 형도 우리 형이 될 거야."

하던 형은 흐뭇한 듯 미소를 지었다. 나는 킴벌리 아줌마 얼굴을 다시 쳐다보았다.

"그럼, 분명히 그렇게 될 거야."

형이 킴벌리 아줌마를 보며 말했다.

"이제 그만 좀 하시죠! 그러고 있으니까 누가 죽기라도 한 것 같잖아요."

아빠는 형한테 험한 소리를 했다. 형이 아빠한테 사과를 던졌다. 아줌마가 깜짝 놀라 펄쩍 뛰었다. 아빠는 야구 선수처럼 사과를 멋지게 받왔다…, 그리고 바로 한입 베어 먹었다. 우리는 모두 웃음을 터뜨렸다.

하던 형이 다른 책도 카운터 테이블에 올려놓았다. 나는 얼른 책을 집었다. 이건 포장을 뜯기가 더 어려웠다. 종이 모서리에 살짝 손을 베었지만 아무도 눈치채지 못하길 바랐다. 킴벌리 아줌마가 호들갑 떨며 상처를 소독하고 밴드를 붙이는 장면을 연출하고 싶지 않았다.

포장지를 다 뜯어내자, 책 표지에 있는 커다란 십자가가 눈에 들어왔다.

"드라-큘라?"

전에 들어본 적이 있는 제목이었다. 흡혈귀 이야기다.

아빠가 카운터 테이블로 다가왔다.

"드라큘라? 너 장난해? 얘 아직 열 살도 안 됐어!"

아빠가 책을 뺏으려고 했다.

도움을 청하는 눈길로 아줌마를 쳐다보았다. 아줌마는 입을 삐죽 내밀고 하던 형은 못마땅한 눈으로 보고 있었다.

"내가 원래 네 편을 들어주는 쪽인데…."

아줌마가 말하자, 형이 아줌마에게 거짓말쟁이라 했다. 그래도 아줌마는 꿋꿋이 말을 이어나갔다.

"근데 드라큘라? 하필이면? 해리 포터랑 드라큘라라. 무슨 그런 조합이 있니?"

아빠가 고개를 끄덕거리며 동상처럼 서 있었다. 아빠 말이 맞다는 걸 주장하고 싶을 땐 늘 이랬다.

잠시 후, 하던 형이 어이없어 하며 검정 티셔츠 목 부분을 잡아당겼다.

"미안하다, 야. 너네 아빠는 꽉 막혔어. 일단 『해리 포터』먼저 읽고

있어. 그럼 형이 다음에 올 때는….'

"폭력성 없는 책으로."

아빠가 불쑥 끼어들었다. 하던 형은 한숨을 내쉬었다.

"알았어요, 알았어. 폭력성 없는 걸로."

형은 웃긴 말투로 대꾸했다.

나는 또 웃어버렸다. 아빠도 미소를 지었고, 아줌마는 아빠를 안아주었다.

형이 다음 번 올 때까지 얼마나 기다려야 할까.

"형은 언제 또 오는데?"

형은 턱을 문질렀다.

"음, 확실히는 모르겠어. 한 달쯤 뒤에?"

한 달은 너무 긴 것 같다. 그래도 책이 꽤 두꺼우니까….

형이 내게 몸을 기울이며 속삭였다.

"아무튼 꼭 올 거야. 그 때마다 책 한 권씩 가져다줄게."

"아빠가 형한테 해줬던 것처럼?"

내 말에 형은 아빠를 쳐다보았다. 우리 아빠. 하지만 형은 아빠라고 부르지 않는다. 형은 아빠를 반스 씨라고 부른다. 그건 아빠 성인데, 하던 형 성은 아니다. 형의 성은 스캇이다. 가짜 아빠한테서 따온 성이다.

나도 아빠를 반스 씨라고 부르려 했던 적이 있었다. 아빠는 한 번만 더 그랬다가는 서른 살이 될 때까지 방에서 못 나올 거라고 으름장을 놓았다. 그렇게 오래 방에 갇혀 있긴 싫었다. 그래서 나는 아빠를 아빠라고 부르기로 했다.

형은 다시 자기 의자에 앉았다.

"맞아, 너네 아빠가 나한테 해줬던 것처럼."

형은 또 슬퍼 보였다. 근데 그것도 확실한지 모르겠다. 형은 항상 슬펐다가, 화났다가, 웃다가 했으니까. 형은 진짜 이상하다.

"그걸 어떻게 알았니, 스미스?"

아빠가 물었다. 하딘 형 얼굴이 새빨개졌다. 형은 입모양으로 '아빠한테 말하지 마.'라고 했다. 나는 손을 뻗어 과자를 더 집었다.

"하딘 형이 말하지 말래요."

형은 자기 이마를 탁 치더니, 내 이마를 때렸다. 킴벌리 아줌마가 우리 둘을 보고 미소를 지었다. 아줌마는 우릴 보고 늘 미소 짓는다. 아줌마가 웃을 때가 좋다. 웃음 소리가 정말 좋다.

아빠가 우리에게 다가왔다.

"하딘 형은 너한테 이래라 저래라 할 수 없어, 기억하지?"

아빠가 내 어깨에 손을 올려 쓰다듬어 주었다. 아빠가 그러면 나도 기분이 좋아진다.

"하딘 형이 뭐라 그랬는지 또 얘기해봐. 그럼 아이스크림도 사주고, 새 기찻길도 사줄게."

기차는 내가 제일 좋아하는 거다. 아빠는 항상 새 기찻길을 사준다. 지난 달, 내 기차를 전부 빈방으로 옮기는 걸 킴벌리 아줌마가 도와줬다. 그래서 나는 기차만 갖고 놀 수 있는 방이 따로 생겼다.

하딘 형은 땀을 찔찔 흘리는 것 같았다. 그래도 화난 것 같진 않다. 그래서 아빠한테 다 말하기로 했다. 게다가 새 기찻길도 얻을 수 있으니까.

"형이 그랬는데, 아빠가 형한테 이런 책을 갖다줬대요."

나는 무거운 책을 들어 보였다.

"형이 나만할 때, 그래서 형은 되게 행복했대요."

형은 고개를 돌렸다. 내 얘기를 듣고 아빠는 굉장히 놀란 것처럼 보였다. 아빠는 눈을 반짝이며 나를 쳐다봤다.

"그랬어, 형이?"

아빠 목소리가 너무 이상하다.

"응, 형이 그랬어요."

고개를 끄덕였다.

하던 형은 아무 말도 없이 나를 돌아보았다. 얼굴이 새빨갰다. 그리고 눈동자가 아빠처럼 반짝거렸다. 나는 킴벌리 아줌마를 보았다. 아줌마는 손으로 입을 막고 있었다.

"뭔가 나쁜 이야기인 건가요?"

세 사람에게 물어봤다.

아빠와 하던 형이 동시에 대답했다.

"아니, 아니야."

"하나도 나쁜 얘기가 아니란다."

아빠는 한 손을 내 등에, 다른 한 손을 하던 형 등에 얹었다.

평소에 아빠가 이러면 형은 늘 꽁무니를 뺐는데, 오늘은 그러지 않았다.

혜사

테사가 오든을 낳은 해, 뉴욕은 역대급으로 가장 더운 여름을 보내는 중이었다. 화요일이었고, 내 새 소설이 발간되는 날이었다. 테사와 나는 카펫 위에 누워 지난주에 설치한 천장 팬을 멍하니 쳐다보는 중이었다.

말도 안 되는 몇 가지 이유로 이 작은 아파트를 다시 꾸미는 중이다. 여기서 천년만년 살 것도 아닌데 돈을 계속 들이고 있는 거다. 오든을 위한 방을 완전히 뜯어고쳐야겠다고 충동적으로 결정한 것이다. 오든은 이제 생후 8주인데 말이다. 일거리는 생각했던 것보다 훨씬 많았다. 이 공사로 오든 침대가 우리 침실로 들어왔다. 우리가 쓰는 침대 발치 한가운데 아기 침대를 두니 비좁고 갑갑했다. 꼭 좁은 보트에 탄 난민들 같은 꼴이었다. 보트를 빠져나올 때면 다섯 살 딸내미 에머리가 선장이 되어 있었다.

테사는 이게 좋은 모양이다.

테사가 침대 머리맡에 발을 두고 거꾸로 누워 아들의 손을 잡고 잠이 든 것도 여러 날이었다. 그중 절반은 똑바로 누워 자라고 테사의 귓바퀴를 잘근거리며 딱딱하게 뭉친 어깨를 문질러 깨우기도 했다. 또 나머지 절반은 그냥 테사의 다리를 끌어안고 자기도 했다. 어쩔 수 없는 일이었다. 그래도 테사는 아침이면 내 곁에 누워 내 귓바퀴를 간질이거나 내 등허리를 문질러주곤 했다.

벌써 노인이 된 느낌이었다. 원고 작업할 때 자세가 나빠서 그런지 허리가 많이 아팠다. 소파에 구부정하게 앉거나 바닥에 다리를 꼬고 앉아 다리 위에 노트북을 놓고 작업하기 일쑤였으니까.

테사가 천장 팬을 가리켰다.

"저 팬 좀 벗겨진 거 같아. 다시 칠해야겠어."

최근에 육아방을 성별과 상관없는 연한 노란색으로 새로 칠했다. 방 분위기가 환했으면 했다. 지난 번 시행착오를 통해 배운 게 있었다. 딸들이 샤방한 핑크색을 좋아할 거라 지레짐작하는 건 금물이다. 우리는 에머리가 태어나기 전 핑크색으로 벽을 칠했다. 하지만 에머리는 핑크색을 좋아하지 않았다. 우리는 그 색깔을 안 보이게 하려고 초록색 페인트칠을 세 번 하느라 세 번의 오후를 투자해야 했다. 그 사건으로 우리는 교훈을 얻었고, 테사는 나한테 새로운 욕을 배웠다. 그래서 부드러운 파스텔 노랑이 유행이라고 우기면서 그렇게 강행했다. 어떻게 해야 남들에게 뒤처지지 않으면서도 내 여자를 즐겁게 해줄 수 있는지 우리 둘 다 잘 알고 있었다. 그리고 또 한 가지. 오든이 자기 의사를 표현하기 시작했을 때 이 색깔을 다른 색으로 덮는 건 조금 더 쉬울 테니까.

육아방은 갖가지 노란색 물건들로 채워졌다. 그렇게나 많은 노랑이 있다는 건 미처 몰랐다. 그리고 그 노란색들이 그렇게 서로 안 어울릴 줄 몰랐다. 물건들은 테사가 이케아나 포터리반에서 사온 것들이다. 장담하는데, 테사는 일주일에 적어도 세 번은 거기에 들렀다. 테사는 마음에 드는 걸 발견하면 그걸 끌어안고 이렇게 말했다. '이 장식 베개 너어어어어무 좋아 보인다!'라거나 '이 장난감 너무 예뻐서 먹어버릴 수도 있을 것 같아!' 라고. 그러고는 그 물건들은 소파 쿠션 밑에 쑤셔넣거나, 아직 다 차지 않은 육아방 수납장에 마구 넣어뒀다.

방은 결국 햇빛이 이리저리 비치는 큰 공처럼 돼버렸다. 정신이 사나워져서 테사는 10분 이상을 방에 있지 못했다. 결국 그녀는 나에게 약속을 받아냈다. 또 방을 꾸민다고 설치면 내가 나서서 못 하게 하겠다는 약속. 특히나 육아방은 절대! 근데 테사는 또 이걸 전부 새로 칠해

쳤으면 하고 있는 거다.

내 여자를 위한 일이라면 나는 더한 것도 할 수 있다. 내가 할 수 있는 모든 걸 할 거다.

테사를 위해 할 수 있는 것 중 하나는 테사가 일을 좀 덜 하게 하는 거다. 테사는 요즘 너무 힘들어 했다. 그래서 나도 미치겠다. 테사는 질주를 멈추지 않는다. 나도 그녀가 자기 일을 얼마나 좋아하는지 잘 안다. 그녀에게 일은 셋째 아이나 마찬가지였다. 최고로 아름다운 결혼식을 선물하려고 그녀는 몸이 가루가 되도록 일했다. 테사는 웨딩 산업계에 첫발을 내딛던 신참 웨딩 플래너였다. 그럼에도 그녀는 정말 멋지게 일을 해냈다.

처음 직업을 바꾸겠다는 말을 꺼냈을 땐, 그녀도 겁에 질려 있었다. 그녀는 좁아터진 부엌을 이리저리 왔다갔다 했다. 내가 식기세척기를 돌리고, 에머리 손톱 손질을 막 마쳤을 때였다. 나는 바뀐 역할을 꽤 잘해내고 있다 생각했다. 하지만 에머리가 테사에게 이르는 바람에 모든 게 들통났다. 에머리 손을 엉망으로 만들어 놓고도 내가 괜찮아 보인다고 했던 게 화근이었다. 손톱에 발라준 새빨간 매니큐어를 보고 에머리는 자신이 뭔가를 죽인 것 같다고 말했다.

내 자식이 이렇게 비위가 약하고 유머 감각이 없을 줄이야.

"암튼 난 반스 출판사에서 제안한 승진을 거절하고, 학교로 돌아가고 싶어."

테사는 식탁에 앉아 조심스럽게 말했다. 아니 내가 그렇게 느낀 걸수도 있다. 에머리는 어른들의 선택이 어떤 파장을 일으킬지도 모르고 잠자코 앉아 있었다.

"정말?"

나는 젖은 접시를 행주로 닦는 중이었다.

테사는 아랫입술을 꽉 물며 눈을 크게 떴다.

"요즘 많이 생각해봤어. 근데 그러지 않으면 정신이 나갈 거 같아."

나한테 일일이 변명할 필요는 없었다. 누구나 가끔 변화는 필요하니까. 심지어 나도 책에 파묻혀 사는 게 지겨울 때가 있었다. 그래서 테사가 묘안을 짜냈다. 에머리가 다니는 초등학교에 한 달에 두세 번쯤 가서 아이들을 가르치는 일이었다. 랜던이 선생님으로 있는 학교였다. 당연히… 사흘 정도 해보고 그만뒀다. 그래도 즐거운 경험이었고, 딸에게 간식을 사줄 정도의 푼돈은 벌었다.

늘 그랬듯이, 나는 테사가 하고 싶은 걸 하도록 응원했다. 그녀가 행복하기를 바랐다. 테사가 벌어오는 돈이 꼭 필요한 것도 아니었으니까. 나는 반스 출판사와 다음 책 계약서에 얼마 전 사인을 했다. 2년 전에 세 번째 책이 나온 상황이었다. 『애프터』의 인세로 번 돈은 바로 아이들을 위한 계좌에 입금됐다. 음, 뭐, 좀 떼서 테사에게 '머저리 같은 짓을 자꾸만 저지르는 나를 용서해줘'라는 선물을 해주긴 했지만. 소박한 거였다. 낡은 팔찌를 대신할 금속 팔찌였다. 예전 팔찌는 실을 꼬아 만든 거라 세월을 못 이기고 끊어졌다. 그래도 테사는 팔찌 장식을 그대로 간직하고 있었다. 새 팔찌에 장식을 바꿔 달 수 있다는 걸 알고 테사는 뛸 듯이 좋아했다. 이제는 장식을 바꾸고 싶을 때마다 바꿀 수 있었다. 뭐 내가 보기엔 시답지 않아 보였지만, 아무튼 테사는 좋아했다.

그 다음날 아침, 테사는 반스 출판사에 앉아 있었다. 그리고 정중히 승진 제안을 거절했다. 그런 다음 집에 와서 한 시간이나 울었다. 직장을 그만두는 게 마음에 걸릴 거다. 그래도 길게 속상해 하진 않았다. 테사가 업무를 정리하는 2주 동안 킴벌리와 반스 씨가 매일 그녀를 위로 해줬다는 걸 나도 잘 안다.

웨딩 플래너로서 첫 번째 고객을 맡게 됐을 때, 테사는 환호했다. 테사는 활어처럼 펄펄 살아 날뛰는 것 같았다. 지금껏 한 번도 보지 못한 모습이었다. 지금도 이해가 안 된다. 철없던 시절 내가 그렇게도 온갖 멍청한 짓을 다 저질렀는데도, 왜 이 정신 나간 여자는 내 곁에 남아 있었던 건지 말이다. 사실 그래서 나는 행복하다. 지금처럼 신나서 일하는 그녀를 볼 수 있는 것만으로도.

물론 테사는 첫 번째 고객의 결혼식을 성공적으로 마쳤다. 그리고 그 고객이 다른 고객을 추천해 주었고, 추천은 꼬리에 꼬리를 물고 이어졌다. 불과 몇 달 만에 테사는 두 명의 직원을 고용했다. 테사가 자랑스러웠다. 테사도 스스로를 자랑스럽게 여겼다. 돌이켜 보면 실패를 걱정했던 게 바보 같았다. 쓰레기 더미에 손을 대도 그걸 황금으로 바꾸는 짜증나는 부류의 인간들. 테사도 그들 중 하나였다.

그게 바로 나한테 일어난 일이었다.

테사는 일하고 또 일했다. 오든을 낳고 나서 테사는 또 다시 격무에 시달렸다.

팔꿈치로 테사를 쿡쿡 건드렸다.

"넌 밤에 좀 더 자야 해. 바닥에 누워서 천장 팬 돌아가는 걸 보다가 그냥 잠이 들어버리잖아."

장난을 치던 팔꿈치가 엉덩이에 깔렸다.

"난 괜찮아. 너야 말로 밤에 거의 안 자잖아."

테사가 내 목에 대고 속삭였다.

테사 말이 맞다. 하지만 나 또한 마감이 있어서 잠자는 데 할애할 시간이 없었다. 게다가 원고가 잘 써지다 막혀버리면, 나는 꼼짝도 못 하고 잠도 잘 수 없었다. 여전히 테사가 내 수면 부족을 신경 쓰고 있다는 게 싫었다. 테사는 항상 나보다 내 걱정을 더 많이 하고 있으니까.

"진심이야. 넌 좀 쉬어야 해. 저 꼬마 괴물 녀석이 나온 뒤로 아직 산후조리 중이잖아."

나는 그녀의 셔츠를 들어 배를 문질러주었다.

테사가 몸을 뺐다.

"하지 마."

내 손을 치우려고 애를 쓰며 그녀가 볼멘소리를 했다. 오든을 낳고 테사는 자신감을 잃었다. 그 모습이 나는 싫었다. 에머리를 낳을 때보다 오든을 낳고 나서 테사의 몸이 더 망가졌다. 그래도 나에게는 그 어느 때보다 섹시했다. 사소한 터치에도 불편해 하는 게 싫었다.

"베이비…."

팔꿈치에 기대 몸을 일으켰다. 그녀를 내려다보며 나는 고개를 끄덕였다.

두 손가락으로 내 입술을 누르며 그녀가 미소를 지었다.

"이러는 거 소설의 한 장면이라는 거 다 알아. 멋진 남편 코스프레 하면서 일장 연설하려는 거잖아. 배에 흉터가 생긴 후에 내가 훨씬 더 아름다워 보인다는 뭐 그런 말 하면서."

테사가 연극 대사를 읊듯이 말했다.

항상 너무 똑똑해서 문제란 말이야.

"아냐, 테스. 널 볼 때면 내가 어떤 느낌이 드는지 알려주는 장면이야."

손을 움직여 그녀의 젖가슴을 움켜쥐었다. 몸이 달아오르게 만들어 줄 거다. 그녀의 신음소리가 들렸다. 옷 속으로 단단해진 젖꼭지를 비틀자 그녀가 흐느끼기 시작했다.

그녀도 원하고 있었던 거다. 나는 알고 있었다. 그녀도 알고 있었다. 그녀는 마음을 열고 그걸 받아들였다. 나는 최대한 빨리 움직였다.

손을 내려 그녀의 반바지 속으로 밀어 넣었다. 그럼 그렇지, 그녀는 벌써 축축이 젖어 있었다. 젖은 그 느낌이 너무 좋았다. 당장이라도 맛보고 싶은 충동이 일었다. 손가락을 꺼내 입 안에 넣었다. 테사는 신음을 토하며 내 검지와 중지를 끌어당겨 자기 입 속에 넣고 손끝을 빨았다.

맙소사, 이 여자가 나를 죽이려 드는군.

내 손끝을 깨물면서 테사는 나에게서 눈을 떼지 않았다. 그녀에게 내 몸을 바짝 붙였다. 그녀의 욕망 어린 몸짓에 내 페니스가 얼마나 단단해졌는지 느끼게 해주고 싶었다. 그녀의 반바지 허리춤을 잡고 발끝까지 벗겨 내렸다. 팬티가 다리에 걸리자 테사는 냅다 발길질을 하며 벗었다. 테사는 나를 원했고, 내가 필요했다. 그녀의 목덜미를 빨았다. 내 페니스를 잡는 그녀의 손길을 느낄 수 있었다. 나만큼 난폭해진 그녀가 내 옷을 벗겼다. 그녀가 내 위에 올라탔고, 나를 완전히 다 가졌다. 테사의 불안은 사라진 것 같았다. 그녀는 몸을 낮추더니 촉촉해진 입술을 단단해진 내 물건에 가져갔다. 따뜻한 혀로 끝을 문지르자 맑은 액체가 그녀의 혀로 떨어졌다. 테사는 일정한 속도로 입을 움직였고, 내가 그녀의 이름을 신음하자 점점 더 빨라졌다.

바닥에 누워 그녀의 가슴을 잡았다. 모유 수유를 하는 중이라 그녀의 가슴은 꽤 빵빵했다. 딱 한 가지 그녀가 마음에 들어 하는 몸의 변화였다.

"젠장, 네 가슴 너무 좋다."

테사가 입술을 움직이는 동안 내가 토해낸 말이었다.

나를 감싸고 있는 테사의 입에 힘이 들어갔다. 등 뒤에서부터 팽팽하게 긴장감이 일었다. 테사의 머리카락을 움켜쥐었다. 그녀가 고개를 들고 나와 눈을 마주치며 입술을 핥았다. 테사가 팔꿈치로 받쳐 몸을 일으켜 가슴을 내 사타구니에 댔다. 나는 하루 종일 혼자 집에 갇혀 주인의 손길을 기다리던 강아지처럼 낑낑거렸다. 테사가 아름다운 젖가슴을 모아 내 페니스를 그 사이에 넣었다. 세 번 움직였을 뿐인데, 나는 그녀의 가슴에 사정하고 말았다. 나는 거친 숨을 골랐고, 테사는 혀를 내밀며 수줍게 미소 지었다. 두 뺨은 붉게 물들어 있었다.

그녀가 일어서서 가슴을 내려다보았다.

"나 샤워해야 할 것 같아."

여전히 헐떡거리며 나는 바닥에서 내 티셔츠를 집어 그녀에게 주었다. 그녀는 나를 보고 인상을 쓰며 손으로 셔츠를 밀었다. 그리고 문을 향해 갔다. 이제 그녀는 내 티셔츠로 체액을 닦는 걸 덜 좋아하게 됐다. '이건 부적절한 행동이야, 그래서 수건이 있는 거라고.' 테사는 매번 이렇게 말했다.

그녀를 따라 욕실로 들어갔다. 샤워를 하면서 그녀에게 받은 환희를 되돌려주겠다고 다짐하면서.

거울에 비친 그녀의 가슴이 멋지게 보였다. 이 아파트에서 가장 좋은 것 중 하나가 이 욕실 벽에 달린 거울이다.

헤사

부활절

"하딘, 오든이 일어났어."

잠결에 테사 목소리가 들렸다.

"에머리 깨워서 부활절 바구니 찾으라고 해줘."

테사가 내 어깨를 흔들며 일어나라고 애원하고 있었다.

"하딘, 제발."

잠긴 목소리였지만, 속삭임 속에 흥분이 섞여 있었다. 평생 이런 식으로 잠을 깰 수 있다면 나는 정말 행운아다. 눈을 겨우 뜨고, 신음소리를 내면서 그녀를 가슴팍으로 끌어당겼다.

"웬 야단법석이야?"

그녀의 관자놀이에 입을 맞추며 물었다. 그녀의 머리카락이 내 얼굴에 달라붙었다. 그 머리카락을 쓸어 넘겨주었다. 테사는 윗옷을 입지 않은 채였다. 부드러운 젖가슴이 내 옆구리에 와 닿았다.

테사는 한숨을 내쉬며 털이 부숭부숭한 다리로 내 다리를 감았다. 나는 장난스럽게 다리를 움츠렸다. 테사도 장난을 치며 나를 쿡 찔렀다.

"애들 바구니 찾는 거 도와줘야 한단 말이야. 아침도 만들어야 하고. 그니까 얼른 일어나."

그렇게, 나를 하나도 안 달아오르게 한 것처럼, 테사는 꿈틀거리며 내 품에서 빠져나갔다.

"이리 와봐, 베이비."

그녀의 따뜻한 몸을 그리며 중얼거렸다.

테사는 옷장 문을 열었고, 나는 그녀의 드러난 가슴을 힐끔거렸다.

소리가 목구멍에 걸린 것 같았다. 좀 더 일찍 일어나서 그녀를 침대에 더 묶어두는 건데. 당장 그녀 안으로 들어가고 싶은데. 따뜻하고 촉촉한 그녀 안으로 깊게….

베개 하나가 얼굴로 날아왔다.

"침대에서 당장 일어나! 오늘 우리 바쁘단 말이야, 알잖아."

한숨을 내쉬며 침대에서 굴러 내려와 셔츠를 뒤집어썼다. 다른 걸 또 던지기 전에 얼른 일어나야지. 테사는 바로 얼마 전까지 집을 다시 꾸미느라 몇 달을 보냈다. 그때 새로 마련한 소중한 장식물들을 망가뜨리고 싶지 않을 거다. 인테리어를 꼭 새로 해야 한다고 설득하면서 정신 나간 업자와 함께 직접 골라 왔던 것들이다. 그 인테리어 업자는 완전 얼간이였다. 거실을 연한 코랄 색으로 칠하더니 일주일 후엔 그것보다 약간 덜 구역질 나는 비슷한 톤으로 한 번 더 칠을 했다.

"알아, 달링. 바구니, 부활절 토끼, 부활 달걀이랑 기타 빌어먹을 것."

벽에 걸린 거울에 내 모습을 비춰보면서 머리를 쓸어 넘겼다. 손목에 있던 밴드로 머리를 묶고, 나를 쳐다보는 테사를 마주보았다. 테사는 실룩거리는 입꼬리를 겨우 진정시키고 있는 듯했다.

"그래, 빌어먹을 것."

테사는 결국 웃음을 터뜨렸다.

"우리 2시까지 랜던네 가야 해. 카렌이랑 켄 씨도 그쯤 도착한댔어. 그리고 아직 거기 가져갈 포테이토 샐러드도 못 만들었단 말이야."

긴 머리를 다 빗고, 테사는 나에게 빗을 건네며 히죽거렸다.

나는 고개를 가로저었다. 빗 같은 건 필요 없다. 손가락으로도 충분하다.

"너 준비하는 동안 내가 포테이토 샐러드 만들게."

내가 제안했다.

"자, 그럼 이제 애들한테 가볼까."

테사가 인상을 썼다. 내 요리 실력을 못 미더워 하는 눈치다. 완전 잘 만들 자신 있는데…, 작년 크리스마스 때는 예외였지만. 그때는 내가 치킨을 홀랑 태웠다.

테사는 흰 면바지에 진한 남색 티셔츠를 입었다. 살갗이 많이 그을 려 있었다. 테라스를 작은 정원으로 꾸미느라 밖에서 시간을 많이 보 내서 그렇다. 테사는 브루클린에 얻은 이 집의 작은 마당을 무척 좋아 했다. 이곳은 새 책이 나온 기념으로 테사에게 사준 집이다.

"에머리 깨우고, 우린 거실에서 봐."

테사가 내 뺨에 입을 맞추고, 오든을 소리쳐 불렀다. 돌아서는 테사 엉덩이를 찰싹 때렸다. 테사는 살짝 눈을 흘겼다. 만날 있는 일이다.

에머리 방으로 들어갔다. 에머리는 침대에 활개를 펴고 뻗어 있었 다. 긴 다리가 작은 디즈니 침대 모서리 밖으로 걸쳐져 있었다.

"엠."

가만히 에머리 팔을 흔들었다.

에머리는 팔을 휘적거렸지만 눈은 계속 감고 있었다. 한 번 더 깨우 자 신음 같은 대답을 했다.

"시이이러."

그러더니 배를 깔고 엎드려 베개에 얼굴을 묻었다.

손 많이 가는 녀석이군.

"베이비, 지금 일어나야 해. 오든이 네 몫의 부활절 사탕까지 다 먹어

버릴 거라고….'

그러자 에머리는 침대에서 튀어 올랐다. 금발은 산발이 되어 있었다. 에머리는 나를 닮아 곱슬머리에 엄마를 닮아 숱이 많았다.

"안 그러는 게 좋을걸!"

에머리는 잽싸게 슬리퍼를 신더니 방에서 튀어 나갔다.

내가 따라갔을 땐 이미 부엌 수납장을 죄다 열어놓는 중이었다.

"내 건 어딨어?"

에머리가 꽥 소리를 질렀다.

테사가 웃음을 터뜨렸다. 오든은 포동포동한 고사리손으로 달걀 모양 초콜릿 포장을 마구 뜯었다. 그러더니 초콜릿을 전부 입 안에 쑤셔 넣었다. 잠깐 오물거리더니 입을 쩍 벌렸다.

테사가 몸을 숙여 오든 혀에 있는 포장 조각을 꺼냈다. 오든은 초콜릿 범벅을 한 이를 드러내며 씨익 웃었다. 오든은 지난주에 앞니를 하나 뺐다. 그 모습이 미치도록 사랑스러웠다. 혀 짧은 소리를 내는 오든을 골렸다. 그거야 말로 부모의 특권이었으니까. 놀리고 싶을 땐 언제든지 놀릴 수 있다는 거. 이건 일종의 통과의례 같은 거다.

"엄마!"

에머리가 복도 벽장 쪽에서 소리를 질렀다.

"아빠가 내 거 숨겼어, 그치? 그래서 내가 못 찾는 거야!"

에머리의 생 쇼에 웃음이 나왔다.

"그래, 그래. 내가 숨겼다."

에머리는 착한 아이다. 열한 살 나이에 딱 맞는 말대꾸와 강한 자기 주장을 갖췄다. 그래서 친구가 많지는 않았다.

에머리는 집 안을 샅샅이 뒤졌다. 그 사이 오든은 사탕 바구니 절반을 해치웠다. 가짜 풀로 만든 끈은 쿨하게 바닥에 던져버렸다.

"그 안에 드럼도 있어."

오든에게 말해줬다. 오든은 입안 가득 사탕을 집어넣고 고개를 끄덕였다. 초콜릿으로 만든 것 외에는 아무 관심이 없는 듯했다.

"아빠."

에머리가 빈손으로 부엌에 들어왔다.

"부탁인데, 내 바구니 어디 숨겼는지 말해줄래요? 너무 어려워요. 작년보다 더 어렵잖아요."

에머리는 내 옆에 서서 내 허리에 팔을 둘렀다. 나이에 비해 키는 크지만, 내가 바보인 줄 아는 모양이다.

"제에에에에발요."

에머리가 애원했다.

"아빠가 바보인 줄 아는구나. 힌트를 줄게. 근데 애교로 아빠를 매수할 순 없어. 너 해야 할 일 있는 거, 기억하지?"

에머리는 입술을 오므리고 나를 더 세게 안았다.

"알아요, 아빠."

내 가슴에 대고 에머리가 대답했다.

내는 새로운 묘안을 떠올리고 히죽거리며 웃었다. 테사를 건너다보니 그녀는 에머리를 의심스러운 눈초리로 쳐다보고 있었다.

"네가 절대 안 가는 곳이 있지. 옷 정리를 도와달라고 하는 엄마아빠 요청을 네가 거절했지. 그곳이야."

나는 에머리의 등을 쓰다듬었다. 에머리는 감고 있던 팔을 풀었다.

"세탁기!"

오든이 소리치자 에머리가 비명을 질렀다. 에머리는 동생에게 달려가 머리를 톡톡 쳐주었다. 오든은 씨익 웃었다. 칭찬 받고 좋아하는 모습이 꼭 귀여운 강아지 같았다.

잠시 후, 에머리가 바구니를 들고 부엌으로 달려왔다. 조그만 초콜릿 부활 달걀 몇 개가 바닥에 떨어졌다. 에머리는 신경도 쓰지 않고 바구니 속을 마구 뒤졌다. 테사가 일어나 에머리가 어질러 놓은 바닥을 치웠다. 에머리는 치울 생각이 눈곱 만큼도 없어 보였다.

에머리는 바닥에 앉아서 다리 사이에 바구니를 끼고 알록달록한 젤리를 한 움큼 입에 넣고 우물거렸다. 테사와 오든을 돌아보았다. 오든은 엄마 목에 팔을 감고 품에 안겨 있었다. 안겨 있는 뒷모습이 제 엄마 덩치만 했다. 언제 이렇게 시간이 흘렀는지 모르겠다. 어떻게 나 같은 망나니가 이런 차분하고 감성이 풍부한 아이들을 만들어냈을까.

에머리는 확실히 울컥하는 면이 있었다. 이를 테면 화분을 벽에 집어던진다든가 하는 것들. 그래도 그런 건 다루기 어렵지 않았다. 나는 바로 에머리를 문고리에 매달아놨었다. 버르장머리 없는 아이한테 놀아날 생각은 전혀 없었으니까. 열한 살 에머리는 화낼 이유가 없다. 나와는 상황이 다르다. 에머리는 늘 곁에서 사랑해주는 부모가 둘 다 있다.

정말로 우리 애들은 훌륭한 어린이들이다.

테사와 나는 늘 아이들 곁에 있다. 매일 안아주고, 입을 맞추고, 적어도 두 번은 사랑한다고 말해준다. 에머리에게는 잘나가는 아이들 사이에서 유행하는 신상들까지 사준다. 아이들이 나처럼 자라는 건 절대 원치 않는다. 구멍 뚫린 신발을 신고 부모 없는 집에서 혼자 우두커니 앉아 있던 어린 시절 나처럼. 하지만 장난감 같은 게 갖고 싶다는 기분이 어떤 건지 내 아이들도 알기를 바란다. 그리고 간단한 몇 가지 일들을 해야 그걸 얻을 수 있다는 걸 가르치고 있다. 포옹이나 볼 뽀뽀, 칭찬의 말 같은 것들 말이다. 그런 표현들은 언제나 모자람 없이 해줄 거다. 아이들이 태어나는 순간, 우리는 약속했다. 나는 절대 내 아버지처럼 되지 않을 거다. 두 아버지 모두 닮고 싶지 않았다. 사랑받는 아이들로 키울 거고, 세상에 혼자 남겨질지도 모른다는 생각 같은 건 절대 들지 않게 할 거다. 혼자 살아가기엔, 특히 이 작고 여린 녀석들에게는, 세상이 너무 넓다.

나는 아이들의 삶을 망쳐버릴 수도 있는 '형편없는 아버지 굴레'의 악순환을 끊어버렸다.

한 시간도 채 지나지 않아 에머리는 다시 잠이 들었다. 다리 하나는 소파 뒤로 뺀고 팔 한쪽은 덜렁덜렁 매달린 채. 오든은 자기가 제일 좋아하는 소파에 누워 있었다. 자리만 많이 차지할 거라는 극렬한 내 반대에도 불구하고 테사가 선택한 소파였다. 그 소파는 아주 비싸고 좋은 스툴과 찰떡이었다. 그 스툴 또한 이 집의 거실에 두기엔 너무 큰 것이었다. 가구 문제에 관한 한 내 의견은 완전히 묵살되었다. 나는 대자로 뻗어 자는 여섯 살짜리를 보고 있었다. 턱에 초콜릿 자국을 그대로 묻힌 채 달콤한 잠에 빠져 있는 내 아이를 말이다. 아들은 엄마보다 나와 보내는 시간이 더 많았다.

"애들 좀 봐, 너무 사랑스러워."

뒤에서 테사가 잠든 아이들을 보며 말했다. 돌아보니 테사는 완전히 지쳐 보였다. 눈은 풀려 있었고 피부는 창백했다.

테사의 볼에 입을 맞췄다. 이 키스로 그녀의 안색이 조금이라도 돌아오기를. 테사가 한숨을 내쉬었다. 테사는 두 손을 내 배 위에 놓았다.

"애들 자는 동안 뭐 할까?"

테사는 늘 애들이 낮잠 자는 시간을 분 단위로 쪼개서 생산적인 일을 했다. 테사는 너무 바빴다. 그런데도 내 말은 귓등으로도 안 듣는다. 더 이상 어쩔 도리가 없다.

테사가 머릿속으로 할 일들을 체크했고, 나는 그 모습을 물끄러미 보고 있었다.

"글쎄."

느릿느릿 말하다 불쑥 한마디씩 던지기 시작했다.

"케이크 값 물어보러 전화해야 해."

또 조금 있다 금세 딴소리를 한다.

"포지한테 부케를 체크해 보라고 해야 해."

이것 말고도 다른 말을 또 중얼거렸지만 나는 듣고 있지 않았다. 대신 테사의 헐렁한 바지 앞섶으로 손을 집어넣었다. 팬티 속까지 손이 들어가자 테사가 나를 조심스레 쳐다보았다.

"정신 사납게 하지 마."

투덜거리면서도 테사는 내게 몸을 밀착했다. 쾌락의 손길을 허락하는 몸짓이었다.

"넌 너무 일을 많이 해."

이 말을 이번 주에만 서른 번쯤 한 것 같다. 테사는 나에게 서른한 번째로 눈을 흘겼다.

테사는 내 손을 자기 가슴으로 가져갔다.

"마감 때면 몇 날 며칠을 안 자는 사람이 누구더라."

오늘은 테사가 내 방해 공작에 넘어간 듯했다. 확실히 평소와는 조금 달랐다. 기회는 이때다. 놓치지 않을 거다. 나는 테사를 거칠게 애무하며 젖가슴이 목까지 밀려 올라갔다 내려오는 걸 바라봤다. 테사는 나를 더 원한다고 작은 소리로 흐느꼈다. 그녀가 원하는 대로 다 해줄 거다.

테사 손을 잡고 복도로 이끌었다. 테사는 초조해하며 빠른 걸음으로 침실로 향했다. 복도를 지나면서 테사는 흥분에 겨워 벽을 세게 쳤다. 벽에 걸린 커다란 아이들 그림 액자를 아슬아슬하게 비껴갔다. 그 그림이 나는 왠지 소름 끼쳤다. 하지만 테사는 광고판만 하게 아이들 모습을 그려 벽에 걸자는 아이디어를 내놓고 너무 좋아했다. 내가 낼 수 있는 의견은 고작 그림을 우리 침실 반대편 방 쪽에 걸자는 것뿐이었다. 와이프랑 사랑을 나누면서 형광으로 된 형체도 이상한 아이들 그림을 보고 싶진 않았으니까. 그건 진짜 말도 안 된다.

"이리 와."

테사에게 내 다리 위로 올라오라 손짓했다. 나는 침대 모서리에 앉아 있었다. 요 몇 달 동안 간간이 침대를 아이들과 같이 쓰곤 했다. 오든은 가끔씩 악몽을 꿨다. 혹시 그러는 게 나한테 물려받은 건 아닌가 싶어서 걱정이 됐다. 오든이 오면 에머리도 따라왔다. 동생에게 샘이 나서다. 그러면서 '나쁜 꿈' 핑계를 댔다. 지어낸 말인 게 뻔한데도 에머리는 다시 여섯 살이 된 듯 눈을 비비며 어리광을 부렸다.

둘 다 우리 사이에서 잤다.

'참으로 끝내준다'고 말하고 싶다.

"하던?"

조곤조곤하지만 성마른 목소리였다. 테사는 나를 빤히 보고 있었다.

"무슨 생각을 하는 거야?"

손으로 내 복부를 어루만지며 테사가 물었다. 살갗에 그녀의 손톱이 가볍게 스쳤다.

"애들 생각. 우리 침대에서 같이 잤던 거 말이야."

나는 미소를 띠며 어깨를 으쓱했다.

"거 참, 이상하네."

테사가 고개를 절레절레 저었다. 그러면서도 입가엔 미소가 떠나지 않았다.

"이상하긴 하지. 이 시점에서 한눈을 팔고 있는 게 네가 아니라 나니까, 달링."

단단해진 젖꼭지를 건드리자 테사가 신음했다. 테사의 셔츠를 머리 위로 끌어올렸다. 셔츠는 바닥에 떨어졌고, 테사는 머리를 흔들어 머리카락을 풀어헤쳤다. 테사의 뺨은 발그레해졌고 입술의 핑크빛은 더욱 진해졌다. 헝클어진 금발에 갈망하는 눈동자. 검정색 레이스 브래지어를 따라 손으로 더듬었다. 이 여자, 죽이게 섹시한 레이스 브라를 입었다. 브라 안으로 손을 넣어 젖꼭지를 잡아당겼다.

"누워봐, 베이비."

테사는 바지와 팬티를 벗어 바닥으로 걷어차고 침대에 누웠다. 그리고 베개를 끌어다 베었다. 그녀의 눈빛은 무얼 원하는지 정확히 말하고 있었다. 그녀는 내가 아래로 내려가주길 원했다. 요즘 들어 테사가 제일 좋아하는 거다.

테사는 피곤에 찌들어 녹초가 됐고, 발도 너무 아파했다. 그런 이유로 그녀는 간단히 욕구를 충족하고 싶어 했다. 당연히 이렇게 보상을 받게 될 거다. 테사가 다리를 들어 구부렸다. 그리고 내 눈앞에서 다리를 활짝 벌렸다. 감탄이 터져 나오려는 걸 억지로 누르며 입술을 꽉 깨물었다.

테사는 흠뻑 젖었고, 불빛 아래 반짝거리고 있었다. 그 모습에 나는 자제력을 잃었다. 그녀에게 달려들어 부드럽고 촉촉한 그곳에 입을 맞추었다. 혀를 아래위로 움직이며 부드럽게 빨았다.

그녀가 엉덩이를 들며 몸을 내 쪽으로 밀었다. 나는 그녀의 허벅지를 잡고 그녀를 침대 모서리로 거칠게 끌어내렸다. 테사는 비명을 질렀다. 환희와 놀라움이 섞인 사랑스러운 비명이었다. 두 손으로 그녀의 엉덩이를 붙들고 입으로 그녀를 탐닉했다. 그녀는 내 이름과 '좋아', '오 갓'을 외치다 온갖 난잡한 말을 신음처럼 쏟아냈다.

자극적이고 절규 같은 그 소리가 너무 좋았다. 그녀의 다리가 떨릴 때까지, 두 손으로 침대 시트를 움켜쥘 때까지, 나는 계속 움직였다. 이제 그녀가 내 머리카락을 한 가득 움켜쥐었다. 젠장, 너무 좋다.

"하, 딘…."

목소리가 갈라졌다. 나는 손가락으로 그녀의 민감한 부분을 미끄러지듯 애무했다. 그녀는 완전한 흥분에 빠졌다. 혀끝으로 그녀의 클리토리스를 빙빙 돌리며 자극했다. 그녀가 절정에 오르는 순간, 나는 그녀를 맛보았다. 세상에서 가장 달콤한 맛.

고개를 들어 그녀의 배에 머리를 기댔다. 그녀는 거친 숨을 골랐다. 그녀가 내 머리카락을 움켜쥐고, 나를 자기 몸 위로 끌어당겼다. 아직도 나는 단단했다. 그녀의 벗은 몸 위에 엎드렸다. 이 순간 원하는 건 오로지 섹스밖에 없었다. 테사도 그걸 알았다. 그래서인지 그녀는 다시 몸을 일으키더니 꿈틀거리며 내 몸에 문질렀다.

"삽입하고 싶어? 그걸로 충분하지 않았던 거야?"

단단해진 내 것을 촉촉한 그녀에게 밀어붙이며 물었다.

"앞으로도 절대 충분하진 않을 거야…."

흐느끼듯 말하며 그녀는 내 페니스를 잡고 자기 안으로 이끌었다. 나도 모르게 신음이 터져 나왔다. 나는 그녀 안으로 깊숙이 들어가며 그녀가 눈동자를 치켜뜨는 모습을 지켜보았다. 그녀는 내 가슴팍에 부풀어 오른 자신의 젖가슴을 밀어붙였다. 그리고 두 다리로 내 허리를 감았다.

"더, 세게."

더 깊숙이 들어오길 원하는 듯 테사가 애원했다. 나는 기꺼이 그녀 안으로 더 세게, 더 빨리 밀고 들어갔다. 그녀는 한 손으로는 내 머리카락을, 다른 한 손으로는 내 등허리를 움켜쥐고 있었다.

오래 버티지 못할 거 같다. 더 이상은.

허리를 감은 그녀의 다리에 힘이 들어갔다. 우리는 동시에 절정에 올랐다. 마지막 펌프질을 하며 그녀의 몸 안에 내 모든 걸 쏟아 부었다. 그녀는 눈을 꼭 감고 있었고, 나는 그녀 곁에 무너져 내렸다.

거친 숨이 잦아들자, 나는 테사를 넘겨다보았다. 눈을 감고 입술을 벌리고 있었다. 처음 만났던 날만큼 눈부시게 아름다웠다.

그녀를 처음 만났을 때의 애송이 같던 내 모습은 잘 기억나지 않는다. 하지만 그날 이후 함께했던 그녀의 모습은 선명하다. 그 모든 시간들이 주마등처럼 스쳐 지나갔다.

이 고집불통 여자는 여전히 나와 혼인신고하는 걸 거부하고 있다. 그럼에도 그녀는 모든 면에서 나의 아내다. 그리고 어여쁘고 사랑스러운 내 아이들의 엄마다. 그녀의 일이 좀 한가해지면 적어도 아이 하나는 더 낳고 싶었다.

이 세상에 또 하나의 생명을 태어나게 한다니 두렵기도 하다. 매번 조금은 걱정이 된다.

인간으로서 가지는 당연한 책임감이 내게는 무겁게 다가왔다. 그럴 때마다 테사는 내 어깨에 놓인 짐 절반을 덜어가며, 우리는 좋은 부모가 될 거라 안심시키곤 했다. 나는 내 아버지와 다르다. 나는 당당하게 한 남자가 되었다. 물론 많은 잘못을 저질렀다. 하지만 나는 그 모든 걸 참회하며 용서를 빌었다. 특정 종교를 갖고 있는 건 아니었지만 그럼에도 나는 안다. 세상에는 무언가 더 큰 존재가 함께하고 있음을 말이다. 나의 세상은 아무 것도 없는 곳에서 모든 게 있는 곳으로 바뀌었다. 그리고 나는 지금의 내가 자랑스럽다. 내 아이들의 눈동자 속에서 나는 나만의 등불을 본다. 그리고 그들의 웃음소리에서 내 행복을 듣는다.

이 지역 청소년들을 위해 다른 사람들과 함께 기금을 모아 이룬 변화들이, 나는 무척 자랑스럽다. 내 책에 영향을 받은 수천 명의 독자들도 만나왔다. 나는 오랜 동안 모든 걸 꽁꽁 숨기려 애를 썼다. 하지만 일단 정면 돌파를 하자, 마음이 활짝 열렸다. 나는 내가 겪었던 일 같은 건 누구와도 나누려 하지 않았던 이기적인 인간이었다. 중독이나 정신적 문제로 고통받는 청소년들을 외면하면서. 최근 몇 년 동안, 나는 과거에 연연하지 않고 미래로 나아가는 법을 배웠다. 내 생각이 얼마나 고루하고 멍청했는지 깨달았다. 그래도 그게 내 진실이었다.

나는 오랜 시간을 어둠 속에서 살았다. 그래서 다른 사람들을 밝은 곳으로 이끄는 데 도움을 주고 싶다.

나는 꿈도 꾸지 못했던 가족을 얻는 축복을 받았다. 그리고 나보다는 더 나을 아이들을 키우고 있다.

테사의 머리가 한쪽으로 툭 떨어졌다. 잠든 얼굴 위로 흐트러진 머리카락을 쓸어 넘겼다. 그녀는 나의 평온이며, 나의 열정, 나의 숨결, 나의 고통이다. 우리가 앞으로 무슨 일을 겪든, 우리가 함께하는 동안은 매 순간이 가치 있는 삶이다.

나는 테사와 나 스스로를 지옥에서 끌어올렸다. 그리고 우리는 여기 함께 있다. 그 모든 일을 겪은 후에, 우리는 마침내 우리만의 천국에 도달했다.

〈끝〉

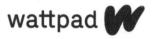

세상 모든 이야기가 살고 있는 곳

전 세계의 다양한 작가들이 쓴
수백만 개의 이야기를
만나 보세요.

앱을 다운로드하거나 아래 사이트에 접속하세요.
www.wattpad.com